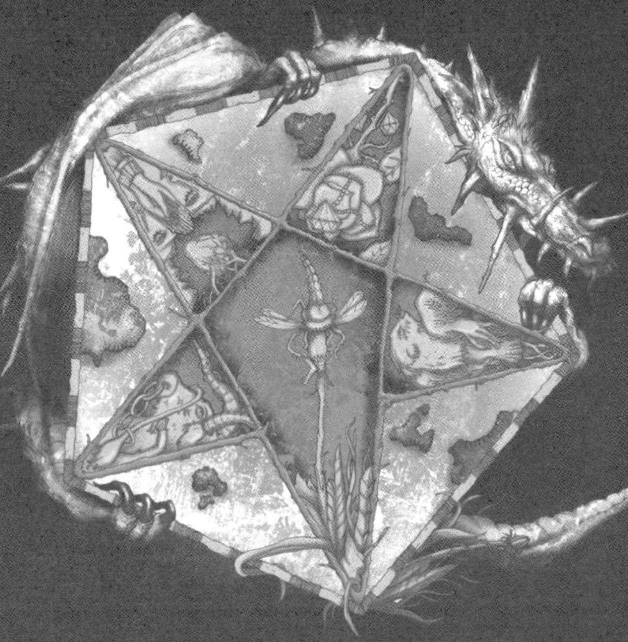

地海故事集

Tales from Earthsea

娥蘇拉·勒瑰恩

Ursula K. Le Guin

地海六部曲｜第五部

段宗忱——譯

娥蘇拉・勒瑰恩的文字非常優美豐富，是我最喜歡的女作家之一。

——村上春樹，日本當代作家

想像力豐富，風格上乘，超越托爾金，更遠勝多麗絲・萊辛。勒瑰恩在當代奇幻與科幻文學界中，實已樹立無人可及的範例。

——哈洛・卜倫，西洋文學評論家，《西方正典》作者

太初之道即為「言」：言說是魔法最始初的形式與真名。在這套作品出現之前，從來沒有任何一部奇幻文學將此意念闡述得淋漓盡致。藉著娥蘇拉・勒瑰恩的書寫，還原回鮮明面目的語言、真實，以及聖邪兩極之間的無數微妙地帶。此套奇幻小說所再現的事物，是渾然互涉的陰陽魔力，也是比現實更真切的「真實」。

——洪凌，作家

勒瑰恩是科幻小說界的重量級作家之一。她的這部作品同時具有經典及入門的意義，值得細細品讀。

——廖咸浩，台大外文系教授

同樣寫巫師、談法術、論人性，看「哈利波特」乃知其然，而讀「地海傳說」則知其所以然。「地海傳說」情節緊湊，意喻深玄悠遠，搓揉東方哲思，兼及譯文流暢，讀來彷入武俠之境，令人沈陷迴盪。這部二十世紀美國青少年幻想小說經典作品，你不能擦身而過。

——劉鳳芯，中興大學外文系副教授

地海世界的奇幻之旅，在無限的想像力中蘊含深意，只要你還保有童心，都應該先睹為快！

——幾米，繪本作家

關於事物的精確真言，必同步投影出其所未言。勒瑰恩透過地海世界的傳奇言說，投影出榮格與道家的思想神髓，引領我們重新思考自然、想像、年齡與個體轉化的形變過程。當代讀者的冥思之海中，將因地海傳奇而重塑勇氣、正義的形象，感受語言魔力與俗民神話的力量。

——龔卓軍，南藝大造形藝術所副教授

勒瑰恩在這部優異的三部曲中創造了充滿龍與魔法的「地海世界」，已然取代托爾金的「中土」，成為異世界冒險的最佳場所。

——倫敦週日時報

一如所有偉大的小說家，娥蘇拉・勒瑰恩創造的幻想世界重建了我們自身，釋放了心靈。

——波士頓全球報

她的人物複雜，令人難忘；文筆以堅韌優雅著稱。

——時代雜誌

「地海」的魔法乃作者本身魔力的隱喻……勒瑰恩填補地海歷史空缺的手法，令已熟悉地海世界的讀者感到欣喜；初次接觸地海的讀者則發現，儘管書中人物似乎只是面對個人衝突，其抉擇往往影響整個世界的命運……令人難忘。

——紐約時報（《地海故事集》推薦）

【推薦導讀】

如何知曉海中每一滴水的真名？

幾年前我應邀到柏克萊大學演講，安德魯．瓊斯（Andrew F. Jones）教授與台灣的研究生楊子樵，帶著我到舊金山灣的秘境散步。那是一處填海造陸所形成的小半島，被當地人暱稱為"bulb"。海邊住著一些「無家者」和藝術家，他們用撿來的材料搭建簡易房舍，並以廢棄物創作。我們看著和太平洋截然不同的水色，幾隻帶著金屬感的綠色蜂鳥在花叢穿梭，灘地上鷸鳥和鴴鳥成群覓食，冠鷺鷥悠然划水而過。突然間不知道是誰喊了一聲，我們順勢望去，一隻加州海獺游過眼前。在那一刻，我想起入口處有一個簡陋的石牌，用油漆寫著library，箭頭像是指向這片海灘，也像是指向大海。

瓊斯教授本身是研究中國與臺灣流行音樂的專家，談天中提到日前邀請了長期為客家歌手林生祥作詞的鍾永豐先生演講，當時帶他一起去見了一位小說家。這位小說家正是當代奇幻、科幻文學大家勒瑰恩（Ursula K. Le Guin）。後來直到我見到鍾永豐，才知道勒瑰恩的詩也深深影響了他的創作。去年臺灣樂壇極精彩的一張專輯《圍庄》，其中〈慢〉的歌詞，靈感就是來自勒瑰恩的詩句。勒瑰恩的詩在台灣雖沒有翻譯，但她本來在我心目中就是一位詩人。能把幻奇小說寫得詩意且具有高度哲理，當世作家能與之比肩的只有少數

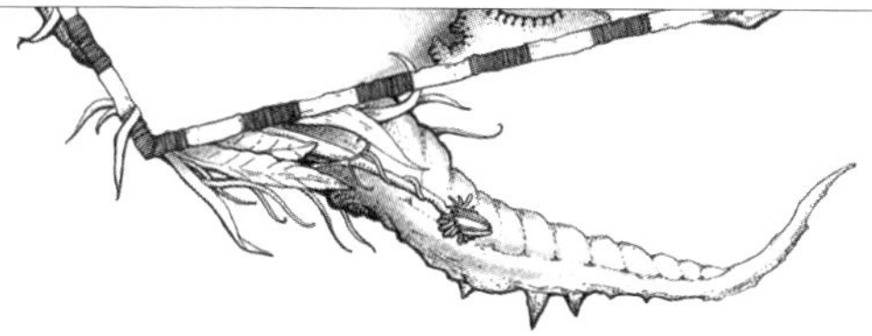

幾人。不久之後我的版權代理人譚光磊先生傳來勒瑰恩在plurk上評論了我的小說《複眼人》，我看著這位以作品導航我的作者所寫的字句，眼前又再次出現當日舊金山灣的美麗景象。

由於自己也寫作近似科幻或奇幻的作品，常有讀者會問及兩者的差別何在？事實上不僅是中文存在著翻譯上的差異，在其它語文的國度，向來也存在著不同的意見與立場。

東華大學英美系的陳鏡羽教授曾在〈幻奇文學初窺〉裡提到英、法語在相關用詞的互譯。她認為「fantastic literature」（Phantastischen Literatur）與「literature of the fantastic」（littérature fantastique）在考量發音、歷史與文類等理由下，應該譯為「幻奇文學」，而臺灣書市常用的「奇幻文學」對應的是"fantasy literature"。

隨著時代流轉更迭，近年法國學界提出的專有名詞"la littérature de l'imaginaire"，指涉的是較廣義的「幻奇文學」，它包含了：奇幻（Fantasy）、恐怖（Fantastique）與科幻（Science-Fiction）三種次文類（最廣義的幻奇文學也包含魔幻寫實小說）。陳鏡羽教授說，法文「l'imaginaire」，多譯為「the imaginary」，意指虛幻的、非真實的想像或幻想。但翻成中文就麻煩許多，因為如果譯為「想像」，會和「imagination」造成混淆；但若譯成「虛幻想像」又有可能被誤解幻奇小說是「不合邏輯」（illogical）的。但好的幻奇文學並不是不合邏輯，而是它會建立一個特定或與真實世界交疊的時空，在那裡，自有專屬的運作邏輯。

時至今日，人類創造出的l'imaginaire，已不再限於文字作品，而是遍及詩歌、戲劇、電影、漫畫、電視、電子遊戲中。那被造出的各種異世界（如納尼亞、金剛、地心、太空）與異生命（如吸血鬼、僵屍、精靈、外星人……），正如托爾金在他的〈論仙境故事〉（"On Fairy-Stories"）裡提到的，存在著奇幻（Fantasy）、再發現（Recovery）、脫逃（Escape）與慰藉（Consolation）四大元素。創作者以人類心靈創造出各式各樣的外宇宙，最終要呈現的是心靈這個內宇宙。

與現在臺灣一般出版會把「奇幻」當成一種通俗文類來思考不同，西方的幻奇文學論述者，會從古老的文學傳統談起。包括阿普列尤斯（Lucius Apuleius）、歌德、王爾德、卡夫卡，都曾寫過幻奇文學。因此，陳鏡羽教授說，幻奇文學的討論是「立足於詩學修辭傳統，來探討幻奇敘事與想像的文學性及其詮釋學目的性和語文的歷史性」。透過這個過程，得以窺伺「跨語言文化虛幻想像的美學，與再現神話創造的共通性」。

其中法籍理論家托多洛夫（Tzvetan Todorov）的說法影響了許多人對幻奇文學的定義，他認為幻奇文學會讓主人翁在「超自然」以及「理性」之間產生猶疑，讀者也會在閱讀時，猶豫於小說裡所描述的現象，究竟是出自神怪？還是怪異卻只是一時難以理性解釋的自然現象？也就是說，作者以各種迷人、奇巧的「幻奇修辭」修辭與敘事，造成了讀者閱讀時恍惚狀態，才得以產生獨特的「幻奇美學」，以及那些存活於文字裡，讓我們不可自拔的「第二自然」（Artificial Nature）。

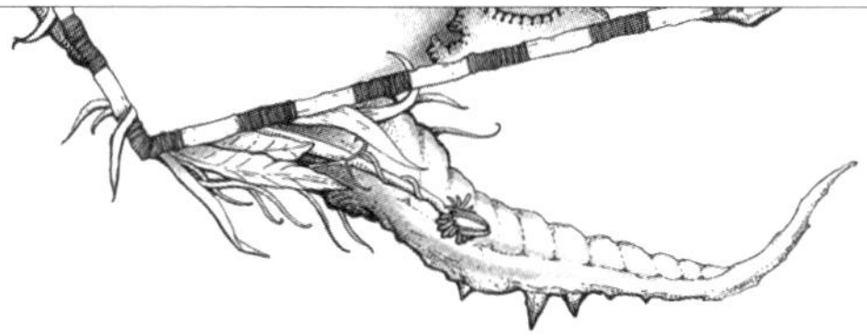

娥蘇拉．勒瑰恩在世界文壇的地位不只建立在通俗小說上，也立足於「詩學修辭傳統」，以及她無與倫比的「幻奇修辭」與「跨文化的想像」中。那個獨特、專屬於勒瑰恩的文本第二自然，既立足於科幻陸地，也根植於奇幻之海。

一九六九年勒瑰恩以《黑暗的左手》（*The Left Hand of Darkness*）獲得星雲獎與雨果獎，這本科幻小說透過格森（Gethen）這個星球裡兩個國度的爭戰，展現了一個奇異冰原世界的故事，直到現在都仍被視為以科幻討論性別意識的重要文本——因為格森星人是一種「無性別」，或者說「跨性別」的生命體，因此他們的文化與社會制度自然也就與我們認知的大相逕庭。

這本傑作和《一無所有》（*The Dispossessed*, 1974），以及《世界的名字是森林》（*The Word for World Is Forest*, 1976）等系列作品，都與「伊庫盟」（Ekumen）這個虛構的星際聯盟組織有關。在短篇小說集《世界誕生之日》（*The Birthday of the World*, 2002）的序裡，勒瑰恩自己說明了這個字是她在父親的人類學書籍裡所遇到的一個希臘字彙「oikumene」，意思是「不同教派的合一體」（in ecumenical）。她以數本中長篇小說與短篇小說的聯綴，建立了一個隱隱相聯結的世界。這是勒瑰恩的努力——用自己一生創作的時間，來對應一個更大時間跨度的故事星雲。這是長時間勉力經營，不斷補遺上個故事空缺，承接前行敘事線索的寫作方式。

與那個太空航行、烏托邦社會、星際戰爭的世界不同，從一九六八年起的「地海系列」，則是一個由法師、術士、龍與神的子民共存的奇幻世界。從《地海巫師》（1968）開始，直到二〇〇一年出版的《地海奇風》與《地海故事集》，創作時間長達三十餘年，地海群島典故繁多，傳說千絲萬縷卻齊整細膩，沒有一條線索未收拾妥切。與「伊庫盟」系列不同的是，這裡的人物彼此相倚，互為情人、師徒、仇敵……，它雖然「奇幻」，卻不是在遠方的星際間穿梭，而是伸手觸摸可得似的。法師們似乎就在我們生活的某處，開啟一道沒有人知道的暗門進入的時空裡，而不是幾千光年以外。

在這一系列故事裡，我們看到「雀鷹」格得如何面對「黑影」成長為法師、「被食者阿兒哈」如何以勇氣讓自己自由而恢復為「恬娜」；我們目睹了英拉德王子「亞刃」追隨格得去尋覓世界失序的秘密，和龍族族女「瑟魯」一同渡過逐步了解自己身世的時光，並且親見術士「赤楊」與格得等人聯手修補遠祖犯下的錯誤……。地海故事就像一部奇幻史書，裡頭每一個人的來歷如此清楚徵信，且都不是天生的異能英雄，而是靠著修煉與人生經驗換取成長。

學者在論及勒瑰恩的作品，往往都聚焦於性別與烏托邦及反烏托邦寓意。但近年漸漸有學者發現，勒瑰恩作品無論是科幻奇幻，毫無例外充滿了細緻的自然環境描寫，即使故事發生在遙遠的異星。

蔡淑芬教授曾寫過一篇題為〈深層生態學的綠色言說：勒瑰恩奇幻小說中的虛擬奇觀和環境想像〉的論文，探討勒瑰恩幾部小說裡的環境描述（她舉的例子部分學者會歸納

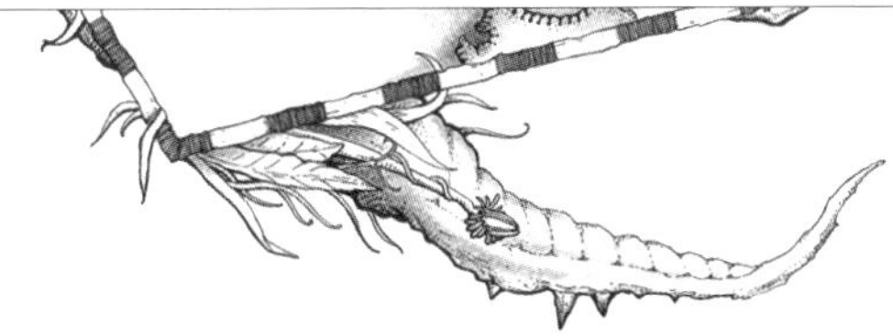

為科幻小說），以生態批評來切入勒瑰恩小說，發掘裡頭充滿了綠色生態哲學。她說勒瑰恩的小說雖然套用外太空之旅的套路，但卻與高科技戰爭或異形入侵的「刺激、懸疑、動作」小說大異其趣，勒瑰恩描繪的異境是她「對自然的觀察、歷史事實的重組，以及對文明的觀察」。這一點都沒錯。特別是對「自然的觀察」這部分，勒瑰恩顯然是一位具備生物、生態知識，並且常以此做為隱喻的寫作者。

在勒瑰恩的巫師術士的奇幻世界裡，施法者必須知道施法對象的「真名」。但這些事物本然「賦名」卻與讀者所處的世界並無差異……或許勒瑰恩的意思是，在我們現今所知的「名字」背後，萬物另有其存在的真意。

比方說青年格得冒險所乘坐的船原名為「三趾鷸」，這是被他治好白內障的老船主贈送給他的。不過老船主希望他將船改名為「瞻遠」，並在船首兩側畫上眼睛，彷彿一隻海上飛行的鳥。老船主說，如此一來：「我的感激就會透過那雙眼睛，為你留意海面下的岩石和暗礁。因為在你讓我重見光明以前，我都忘了這世界有多明亮。」

而法術雖然能造風、求雨、召喚雲霧，卻沒辦法造出讓人吃得飽的東西，因為真正承載萬物的是生物循環，是無機體、有機體共構的生態系，不是幻術。在《地海巫師》裡，學藝的格得曾問專門教導技藝的「手師傅」，要如何把從石頭變出的鑽石維持住？老師傅回答他說：「它是柔克島製造出來的一小顆石頭，也是一小撮可以讓人類在上頭生活的乾泥土。但它就是它自身，是天地的一部分。藉由幻術的變換，你可以使『拓』（石頭的真名）看起來像鑽石、或是花、蒼蠅、眼睛、火焰」，但這都只是「形似」而已，物的本質並未被改變。另一位「變換師傅」雖然擁有將物變換為另一物的能力，這法門卻不能隨意使用，因為「即使只是一樣物品、一顆小卵石、一粒小砂子，也千萬不要變換。宇宙是平衡的，處在『一體至衡』的狀態。一塊石頭本身就是好的東西。」這裡頭不僅有微言大義，也充滿了深層生態學與生態中心論述的精神。

而在地海世界裡，施用法術還得依靠知識與語言文字。知識存在於書本（別忘了格得就靠書本而知曉龍的真名），也會隨著經驗、教導與外在現實而改變，法師一生都在找尋事物真正的名字。一片海不只是一片海，它是無數魚族、海岸、海潮、礁石、聲響……的名字所組構成的。唯有通曉這些事物的所有真名，才能領略世界是如何從太古演變至今，而法術也才有施展的可能性。

所以，「欲成為海洋大師，必知曉海中每一滴水的真名。」從太古留下的書籍與繁衍不息的生態世界，即是地海傳說裡的大法師們的「圖書館」與見習處。

在勒瑰恩的作品裡，有一篇收錄在《風的十二方位》（*The Wind's Twelve Quarters*）裡的短篇故事〈比帝國緩慢且遼闊〉（1971），描述一支太空探險隊登陸了編號為「world 4470」的星球。這支隊伍裡有數學家、「硬」科學家（物理、天文、地理）、「軟」科學家（心理學、人類學、生態學），生物家以及一位女性的「協調者」（Coordinator）。最特別的角色是一位童年時曾是自閉症患者的「歐思登先生」（Mr. Osden）。他是因為具有極為強大的「神入能力」（power of empathy），才被派上船的。因為人類對外星生物的形貌

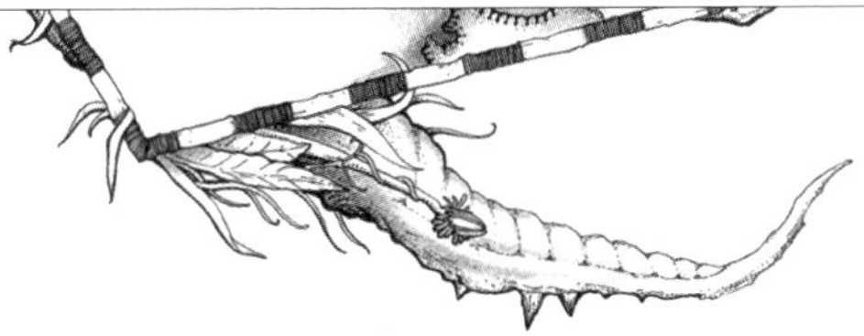

一無所知，歐思登的神入能力就像一個生命探測器。

World 4470是一個只有植物，沒有動物的世界，彼處沒有殺戮、沒有心智，只有一片寧靜的沉寂。但一次歐思登在林中被攻擊的事件後，他們開始認為這個星球的所有植物聯構成一個整體，「一個巨大的綠色思維」。人類的出現，造成了它們的恐懼，這恐懼就像鏡子一樣，反射回所有人的心底。

這支太空隊伍的組成，不就是一個「人類文明的有機體」？硬科學、軟科學、管理與工作聯構成知識體系各司其職，然而歐思登的神入（或移情）能力，最終才是與陌生文明溝通的關鍵鎖匙。這篇小說的標題“Vaster than empires and more slow”出自英國詩人馬韋爾（Andrew Marvell, 1621-1678）的知名情詩〈致羞赧的情人〉（“To His Coy Mistress”），裡頭有一句是「我植物般的愛會不斷生長／比帝國還要遼闊，還要緩慢（My vegetable love should grow/Vaster than empires, and more slow）。勒瑰恩將這詩句化為故事，讀來動人心魄，也堪稱是理解她小說核心的重要注解。

在勒瑰恩的小說世界裡，對各個星球伸出善意之手的「伊庫盟」（Ekumen）文明存在了數百萬年，背後有一個更古老巨大的宇宙；而地海世界裡的諸島文明雖不知年歲，但絕對遠遠不及大海與天地。自然存在先於任何文明，比任何文明都「還要遼闊，還要緩慢」，至今仍以無意識的「愛」包裹眾生。

當科學不斷拓展它的領地，真正的科學家，當能更深地領略人類的有限與未知的無限。而真正的作家，也不能再以純粹臆度、感性與「神入」為本，以粗糙的修辭去滿足於膚廓的幻奇了。

勒瑰恩的小說世界，既強調生命對世界的知識理解，也不斷思辨存在的意義，她所展示的是一個連「烏托邦」也充滿歧義的世界。（《一無所有》一書的副標題正是「一個歧義的烏托邦」〔An Ambiguous Utopia〕）閱讀勒瑰恩如同被「變換師父」施咒變成蒼鷹、水族、龍、異星人或遺世者，思想貧弱的作家雖然也可以寫出這般天馬行空的想像，但那些想像卻無法打動歷經世事的讀者。

但勒瑰恩的文字不同，它好像永遠比你要蒼老、世故、天真，而且洞悉人世，那是太古而來的音響，存有知曉海裡的每一滴水不可能被一一喚出真名的智慧。

——本文作者為國立東華大學華文系教授　吳明益

【目錄】

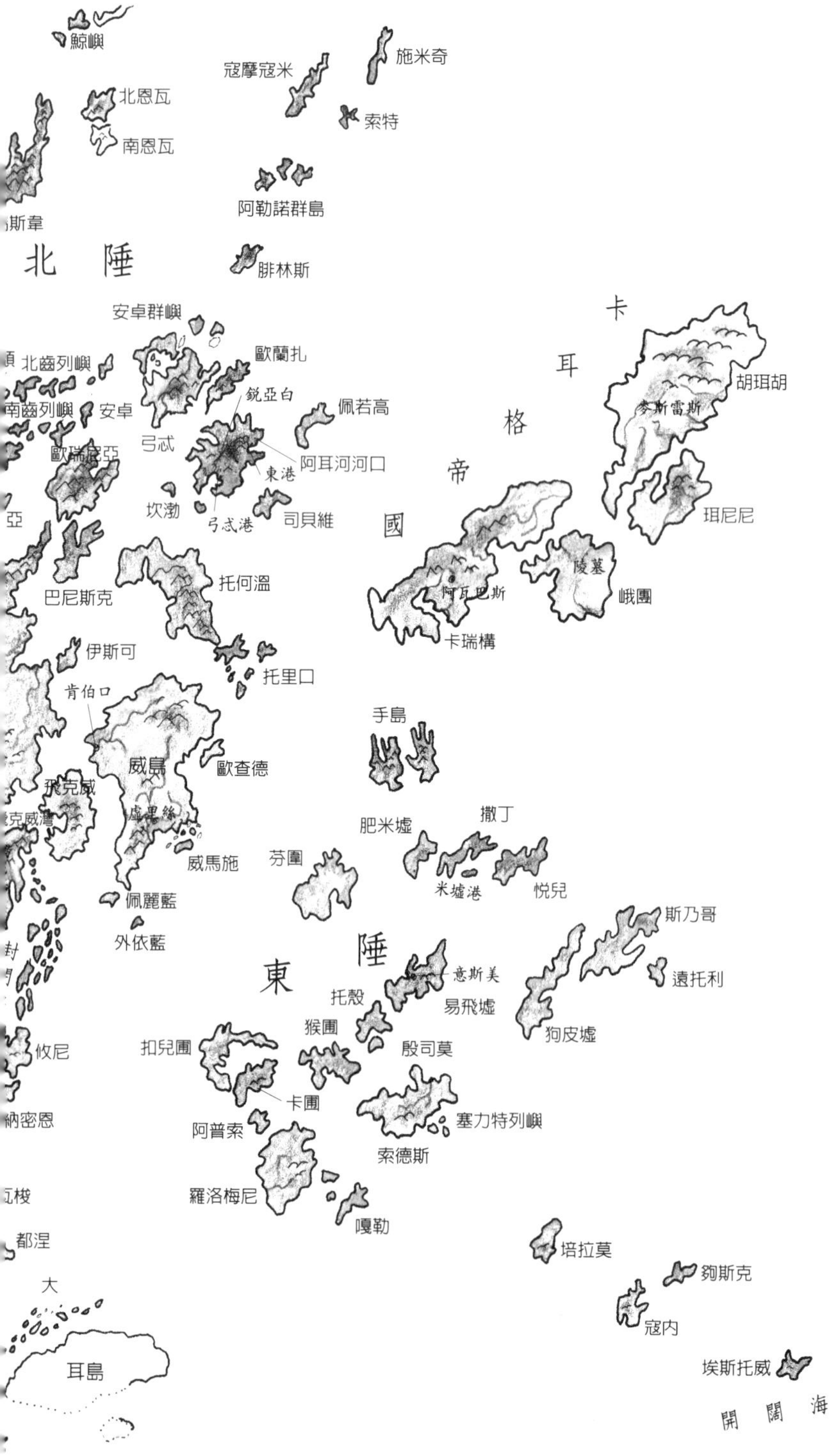

鯨嶼
寇摩寇米
施米奇
北恩瓦
南恩瓦
索特
阿勒諾群島
斯韋
北 陲
腓林斯
安卓群嶼
卡
耳
格
帝
國
北齒列嶼
歐蘭扎
胡珥胡
銳亞白
佩若高
參斯雷斯
南齒列嶼
安卓
弓忒
歐瑞尼亞
阿耳河河口
東港
坎渤
弓忒港
司貝維
珥尼尼
陵墓
巴尼斯克
托何溫
阿瓦巴斯
峨團
卡瑞構
伊斯可
托里口
肯伯口
手島
威島
歐查德
飛克威
克威灣
虛里絲
撒丁
肥米爐
威馬施
芬圍
米爐港
悅兒
佩麗藍
斯乃哥
外依藍
東
陲
意斯美
遠托利
托穀
易飛爐
猴圍
狗皮爐
扣兒圍
殷司莫
攸尼
卡圍
塞力特列嶼
納密恩
阿普索
索德斯
羅洛梅尼
嘎勒
都涅
培拉莫
大
夠斯克
寇內
耳島
埃斯托威
開 闊 海

厚堅
博茨
梭瑞司克
甌司可
挪斯特
依波司可
突普
德群島
偕梅
道恩
安丹登山
彼西
伊彼西
帕恩
革梅
貝茨
帕恩海
婁叟
法力恩山脈
艾伯恩
斜辟墟
托寧
下托寧
厚斯克
蟠多
奈墟
九十嶼
卓干
柔克
吉斯
安絲摩
瑟得
帕迪
瓦梭
西勒
德黑門
納維墩
偕勒多
歐農
龍居諸嶼
烏里
烏西翟洛
黎斯克
耶遜
托林峽
印嘎特
昂圖哥
西陲
開爾突
阿林思
鄰開爾突
法爾突
西姆利
阿巴
節西濟
沙島
洛拔納瑞
歐貝侯
南陲
威勒吉
長砂丘
遠叟

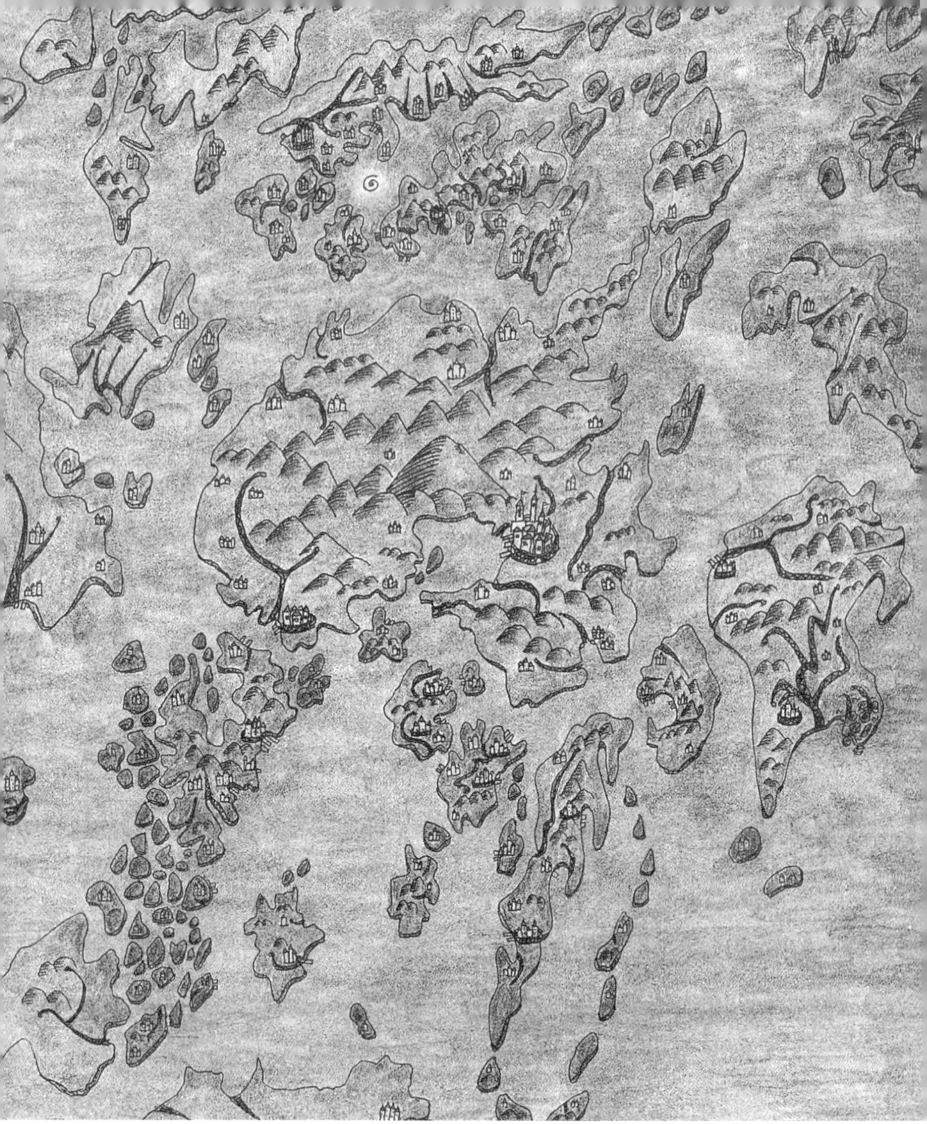

群島王國的內環諸嶼

來自阿爾克島，繪於第八世紀的地圖

這是教學用地圖，而非航海圖，島嶼的比例多有誇張，然而相對位置及距離則頗為正確。地圖上無任何註記。消失的索利亞島以漩渦標示。

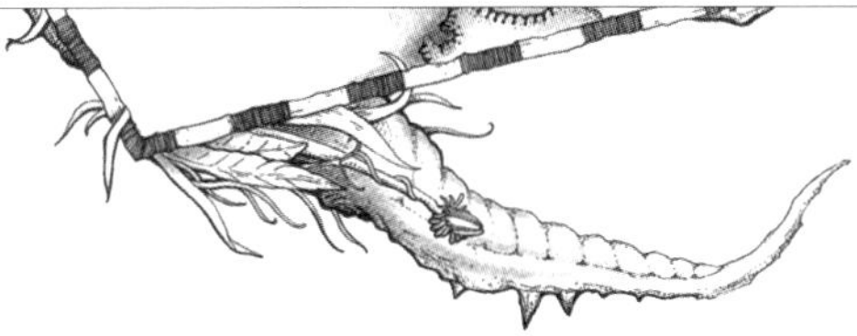

作者序

在「地海傳說」第四部《地海孤雛》結尾，故事已到達我當時以為的現時。就像在所謂現實世界中的現時一樣，我不知道接下來會發生什麼事。我可以猜測、預言、擔心、希望，但仍不知道將會發生什麼。

無法再接續《地海孤雛》的故事（因為尚未發生），又傻傻認定格得與恬娜的故事已達「從此幸福快樂」的大結局，所以我為該書取了一個副標題——「地海終章」。哎，愚蠢的作家。現時是流動的。即使在故事時間、夢境時間、很久以前的時間，現時也不等同於當時。

在《地海孤雛》出版七、八年後，有人請我寫一套發生在地海的故事。我僅瞥一眼便發現，在我不注意時，地海已發生許多事。我該回去了解，現時發生了什麼事。

我想取得一些資料，好了解當時發生的事，尤其是格得與恬娜出生前的年代。對於地海、巫師、柔克島或龍，許多事開始令我疑惑。為了解現在發生的事，我必須花點時間，利用群島王國的典籍庫做些歷史研究。

研究不存在歷史的方法，便是說故事，然後明白究竟發生了什麼。我相信這與「現實世界」歷史學家所用的方法相去不遠。即使我們活在某樁歷史事件中，但能以故事訴說該事件前，我們難道就能了解、甚至記得那樁歷史事件嗎？至於自身經驗以外的時代或地點，我們除了依靠他人訴說的故事，也別無他法。畢竟，過去事件只存在於記憶，而記憶是想像的一種。事件是真實的現時，但它一旦成為當時，之後的真實便完全操之在我們，依憑我們的精力與誠實。若我們允許事件自記憶中消褪，那便只有想像力能重燃它一絲隱微餘光。如果我們蒙蔽竄改過去，強迫過去訴說我們想聽的故事，或代表我們自以為的意義，故事就會失真，成為贗品。

我們背負神話及歷史的行囊，與過去一起穿越時間，責任沈重，但正如老子所說：「聖人終日行不離輜重。」（編按：《道德經》卷二六）

建造或重建未曾存在的世界、完全虛構的歷史時，須以不同順序進行研究，但基本動機與方法頗為近似：看看發生什麼事、試圖了解發生原因、聽聽別人怎麼傳述、看看他們怎麼做。透過嚴謹思考後，試著坦實敘述，讓故事有分量，並且合理。

本書五篇故事皆在探索、延伸前四部地海故事所建構的世界。每篇故事皆獨立存在，但先讀完前四部再來讀這些故事，或許會比直接讀這些故事更有助益。〈尋查師〉的年代約在其餘小說之前三百年，當時世界黑暗動盪，此故事或許有助於了解群島王國許多習俗制度如何制定形成。〈大地之骨〉講述格得第一位師

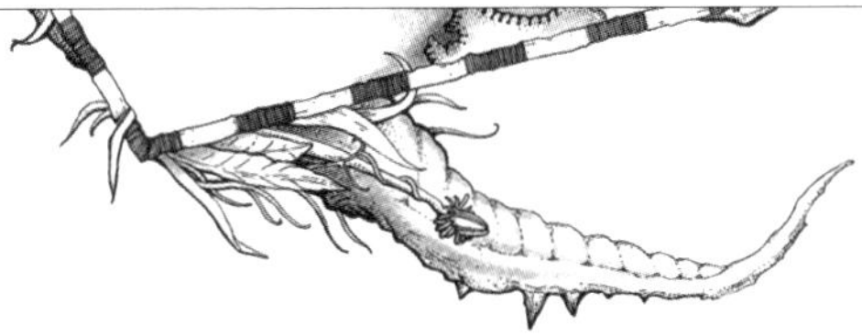

傳的師傅之事，此故事顯示若要阻止一場地震，需要不止一位巫師。〈黑玫瑰與鑽石〉可能發生在地海最近兩百年內任何時刻，畢竟，愛情故事可以發生在任何年代、任何地點。〈高澤上〉發生於格得短暫卻波折重重的六年地海大法師任期內。最後一篇故事〈蜻蜓〉，發生於《地海孤雛》結束後幾年，是《地海孤雛》與下一部《地海奇風》間的橋梁，是座龍橋。

為了讓思緒得以在歲月及世紀間游移，又不致打亂事件順序，將我在寫這些故事時可能出現的矛盾與差異降到最少，我開始（較）有系統地將我對這些民族及其歷史的知識，整理成〈地海風土誌〉篇。其功能頗像三十年前我開始撰寫《地海巫師》時所繪的首張群島王國及陲區大地圖。我需要知道事物在哪裡、如何從此地到達彼端，時空皆然。

對某些讀者而言，這類虛構事實或想像國度的地圖可能頗具吸引力，因此我在本書末尾添加這些描述。我也為本書重新繪製地圖，很高興的是，在從事這項工作時，於黑弗諾典籍庫中找到一張極古老的地圖。

撰寫地海傳說這幾十年來，我已有所改變，讀者亦然。所有年代都在變化，但在我們的年代，道德與心理變革卻迅速且劇烈。典型成為里程碑，廣泛簡單的事物愈趨複雜，混沌變得優雅，而眾人確知為真的事實，也變成某些人曾以為的自以為是。

這點頗令人不安。無論我們多喜愛絢麗的無常、迷人的閃爍霓虹，仍渴望不變的事物。我們珍惜恆常的老故事：亞瑟王永遠沈夢於亞法隆（Avalon）；比爾博（Bilbo）[注]可以到「那裡再回來」，而「那裡」永遠是珍愛、熟悉的夏爾；唐吉訶德出發前往刺殺風車……人們因此轉向奇幻領域，以尋得穩定古老的事實，不變的單純。

然後資本主義工廠開工。有供給，有需求。奇幻成為一項商品、一種產業。

商品化的奇幻毫無風險：沒有創造，只有模仿與瑣碎。剝削古老故事的智慧與複雜的道德寓意，將行為化為暴力、演員化為玩偶，也將事實陳述化為煽情的陳腔濫調。英雄像電動收割機，機械化地揮舞刀劍、雷射光、魔杖，賺進大筆利潤。令人深沈不安的道德選擇經過篩選裝飾，也變得可愛、安全。偉大說書人以熱情激發的靈感遭複製後卻變得刻板，降格為色彩俗麗的塑膠玩具，予人廣告、販賣、損壞、丟棄，可替代，也可任意置換。

將奇幻商品化，所倚賴與所剝削的正是讀者（成人小孩皆然）無上的想像力。想像力能讓這些死物起死回生，暫時擁有某種類型的生命。

想像力如生物，都活在現時，而且與真實的變化共存、從中成長。一如我們所

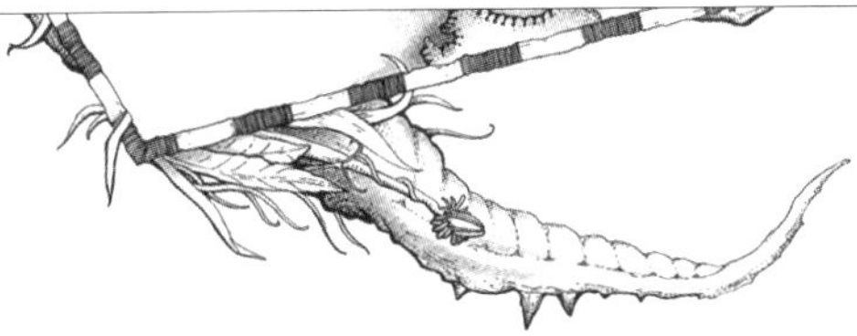

為與所有，想像力也可能經由妥協而遭貶抑，但它耐得過商業及教條的剝削。土地比帝國長存，征服者也許能將森林及草原化為沙漠，但雨終究會落下，河川會流向大海。曾經搖晃、變動、虛幻的遙遠國度，正如我們多彩地圖上的國家一般，同是人類歷史與思想的一部分，有些甚至更恆久。

長期以來，我們同時居住在真實與想像的國度，但在兩處的生活方式皆已不同於父母或祖先。魔力隨著年歲不斷變化。

我們如今識得十幾位亞瑟王，每位都是真實的。在比爾博有生之年，夏爾橫遭變動。唐吉訶德去了阿根廷，在那裡遇到波赫士（Luis Borges）。Plus cést la méme chose, plus ça change. ——愈是相同的事物，愈將改變。

我很欣悅地回到地海，發現它還在那兒，全然熟悉，卻又有所改變，而且不斷變化。我以為會發生的事並未發生，人們不是我原以為的模樣，而我在自認熟稔的島嶼間迷途。

所以這些故事是我的探險與發現。謹將地海的故事獻給喜歡（或覺得可能喜歡），以及願意接受下述假設的讀者：

萬物恆變；

作者及巫師不全然可靠；

龍無可解釋。

•【編注】比爾博為托爾金所著「魔戒」（Lord of the Ring）小說中的人物。

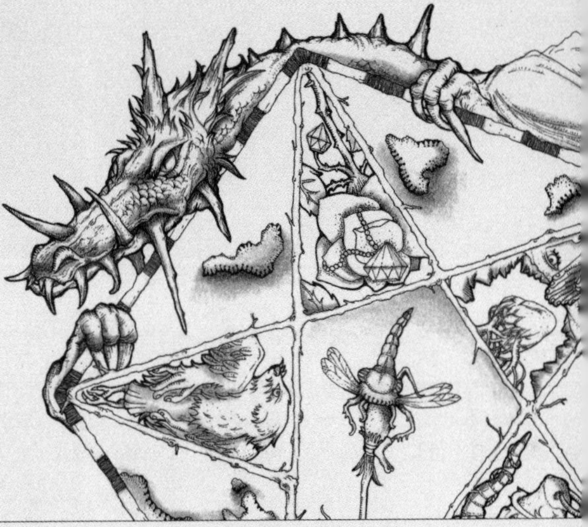

【第一章】

尋查師
The Finder

一・黑暗年代

約莫六百年前，《黑暗之書》撰於英拉德島的貝里拉，第一頁寫道：

索利亞島沈回海底，葉芙阮與莫瑞德雙雙殞逝，之後，智者諮議團暫為其子瑟利耳攝政，直至他親自繼承王位。他的王祚雖然光輝，卻很短暫。繼他之後，共有七位英拉德之王，王土亦漸擴張。爾後，龍群前來西方諸島劫掠，巫師群集禦敵，但徒勞。阿肯巴王將宮廷自英拉德島的貝里拉遷往黑弗諾城，隨後派遣船艦抵禦來自卡耳格大陸的入侵者，將之趕回東方，突襲艦隊則繼續遠航，直至內極海。十四位黑弗諾王中，末代君王馬哈仁安與龍族及卡耳格均締結和平約定，然代價甚昂。符文之環破碎，厄瑞亞拜與巨龍雙身亡，勇者馬哈仁安因叛變而喪命，群島王國彷彿諸事不順。

馬哈仁安身故後，爭奪王位者眾，但無人能安坐於上，王儲相爭，分化朝臣忠誠。人民福祉蕩然無存，正義不彰，只餘富人當權。貴族、商人、海盜，凡有能力僱用士兵與巫師者，皆占地自封領主，土地、城市均成私產。領地百姓皆為藩王奴隸，受僱藩王者更淪為真正奴隸，唯賴主人庇佑，得免遭敵對藩

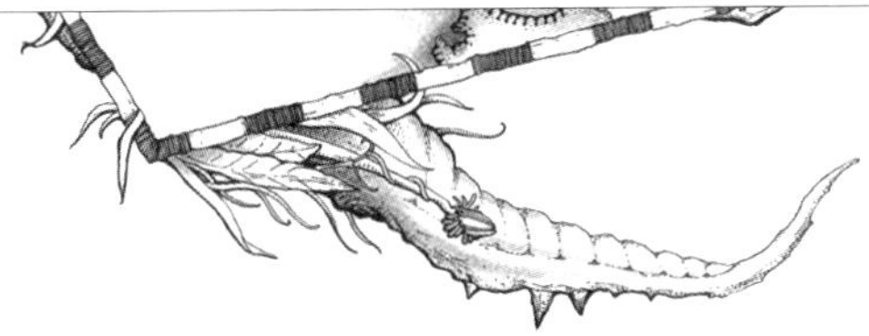

王侵占土地、海盜劫掠港口、飢貧交迫的法外流民聚眾攻擊搶劫。

《黑暗之書》完成於其所描述的年代後期，集結許多矛盾的歷史紀錄、殘缺不全的人物列傳，以及敘述不清的傳說，但仍是黑暗年代倖存紀錄中最好的一本。藩王寧要諂詞而非史實，因此焚燬許多書簡，以免貧困無權者從中明白權力的本質。

然而，藩王得到一本巫師的智典時，通常謹慎收藏，以防其為害，或將書交由所聘僱的巫師，任憑處置。巫師或其學徒可能會在書中咒文、真名列表頁緣或最後的空白頁上記載瘟疫、饑荒、掠奪、主人更替等事件，以及在事件中所施法咒與成敗結果。這些信手留下的記載偶爾披露清晰的歷史片段，猶如黑夜中、雨霧裡，遠方海上的點點漁火。

此外，其餘小島及較為平靖的黑弗諾島高原，也傳下歌曲、古老的敘事詩與歌謠，訴說這些年代的故事。

黑弗諾大港位於世界中心，雪白劍塔高矗大港之上。在最高的塔頂，厄瑞亞拜的配劍映照一日最初與最後的天光。地海諸島各類行商、各色商品、各項知識技藝往來穿梭城中，可謂一份無法囤藏的財富。銀環癒合之後，王返城鎮守，象徵時代癒合。而在此城，在近日，群島男女與龍族交談，象徵變遷來臨。

黑弗諾也是座大島，土地遼闊富饒。遠離港邊的內陸村鎮中，歐恩山坡的農莊裡，世事少有變動。彼處，值得歌唱的歌謠一再誦唱，酒館中老人談論莫瑞德，彷彿自己年少英雄時曾與彼相識。牽牛返家的女孩訴說結手之女的故事，故事主人翁已遭整個世界與柔克遺忘，卻流傳於這陽光普照的沈靜田野小路中，及廚房爐火邊主婦工作聊天處。

在王治時代，法師聚集在英拉德宮廷或黑弗諾王宮，出謀獻策，共同商議，運用己身技藝，以達成眾人同意的良善目標。但在黑暗年代，巫師將技藝售予出價最高的競標者，在決鬥與術法戰爭中以法力相互攻擊，無視自己犯下的惡行，甚或可能出於刻意。瘟疫饑荒、泉水乾涸、夏日無雨、四季無夏、羊群牛隻生下病弱畸形的幼獸，島民生下病弱畸形的嬰孩，人民將這些現象歸罪於巫師與女巫，實情也確是如此。

於是，施行術法日漸危險，除非受到強有力的藩王保護。巫師若遇巫力勝過自己的人，很可能遭消滅；即使身處凡人之中，一旦鬆懈警戒，也可能身亡，因人民將巫師視為人間一切痛苦的根源、邪惡之所在。當時，大多數人均視魔法為黑魔法。

村野巫術自此聲名狼籍，女人的巫術尤然，且至今如故。女巫應用自身獨有技

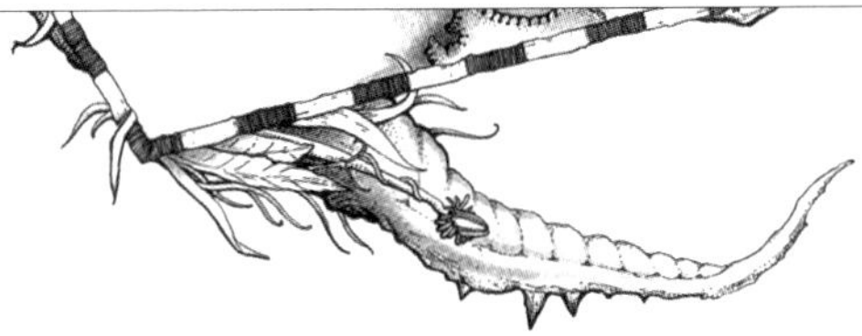

藝，而付出沈痛代價。照顧懷孕牲畜與婦女、助產、教導歌謠儀式、維持農地肥沃、使菜園田野生產有序、建造房舍、照料家具、採掘礦物及金屬等，這些大事一向由女性負責。女巫彼此分享豐富的咒文及誦咒知識，以期成效良好。然而，一旦生產或農事不順，便成女巫之咎。而萬事皆錯，只因巫師相互爭戰，或為求速效濫用毒藥、詛咒，絲毫不顧後果。他們招致乾旱、暴雨，為土地引來蟲害、火災與疾病，村莊女巫因此受罰。女巫不明白為何癒咒反使傷口化膿，接生的孩子弱智，祈福似乎燒毀農地種子、蟲害樹上蘋果。厄運發生後，總得有人成為代罪羔羊，而女巫術士就近可及，他們身處村莊城鎮，而非藩王城堡要塞，沒有武裝兵士或防禦咒語保護。因此，術士女巫相繼遭溺斃於有毒井中，在枯萎農田中焚燒或活埋，以期讓瘠土再度肥沃。

應用或傳授知識變得更加危險，繼續從事的通常已是邊緣人，傷殘、精神不正常、無親無靠、垂垂老矣，已沒什麼可供剝奪。廣受尊崇的智者逐漸變成腳步蹣跚、只會耍戲法的無能村莊術士；為人信賴的智婦變成老巫婆，將靈藥用來增強慾望、嫉妒與敵意；孩童的魔法天賦變成令人害怕、必須隱藏的事物。

這故事便發生在如此年代，部分節錄自《黑暗之書》，部分來自黑弗諾、歐恩高原或法力恩林地。故事雖以隻字片語拼湊而成，架構空洞，半是傳言半是猜測，卻也包含部分真相。這是關於柔克誕生的故事。如果柔克師傅認為事實不然，便請出面訴說柔克如何誕生，因為雲霧籠罩了柔克初成智者之島的年代，而這雲霧可能正是由智者安置。

二・河獺

我們溪裡有隻河獺，
知曉外形如何變化；
咒法全都難不倒他，
會說人類與龍族話。
水就這樣流啊流，
水就這樣流。

河獺的父親是造船工，在黑弗諾大港船塢上工作。河獺在鄉間用的通名是母親為他起的，她是農婦，出生於歐恩山西北方附近的巷底村，同別人一樣前來城市找工作。造船工一家是亂世裡從事清白買賣的清白人家，亟欲避人耳目，以免招致禍

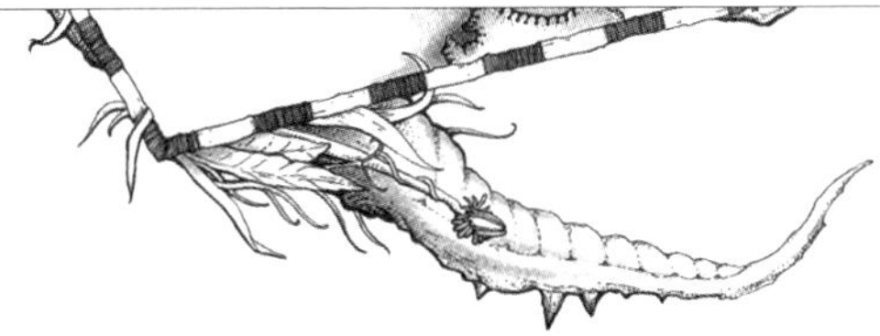

害。所以，男孩顯現魔法天賦時，他父親試圖打他，以驅趕這份天賦。

「你乾脆打一片雲叫它別下雨好了。」河獺的母親說。

「小心別把邪魔打進去了。」他阿姨道。

「小心他施咒讓皮帶反過來打你！」他叔叔說道。

但男孩沒有作弄父親，他默默承受鞭打，學會隱藏天賦。

他似乎不以為意。他這麼輕易便可在暗室裡亮起一道銀光；想著一枚遺失的胸針，便可找到；只要將手滑過扭曲木結，對它說話，便可將它轉直。所以他不明白有什麼好大驚小怪。但父親因為他「抄捷徑」而大發雷霆，有一次甚至因為他對手邊工作說話而摑了他一巴掌，堅持要他噤聲，用工具做木工。

他母親設法解釋：「這就好比你找到大珠寶。我們找到鑽石，除了藏起來，還能怎麼辦呢？不管是誰，只要有錢買得起你那顆鑽石，就也有辦法為了那顆鑽石殺掉你。所以你要離那些大人物和他們手下的詭徒遠一點！」

那個年代，巫師被稱為「詭徒」。

力的天賦之一，就是辨認力量。除非巧於隱藏，否則巫師皆識得巫師。男孩十二歲時，除了在造船一技上頗有潛力之外，別無巧藝。為他接生的產婆來到家中，對他父母說：「讓河獺晚上下工後到我這兒來。他該學習歌謠，為命名日做準備了。」

這事沒什麼問題，因為她也為河獺姊姊做了同樣準備，所以他父母就在晚上送他過去。但她不只教導河獺《創世歌》，她識得他的天賦。她和一些與她同類的男女一樣沒沒無聞，有些還聲名不佳，但他們都有某種程度的天賦，且暗中分享彼此擁有的知識與技藝。「天賦未受教，宛如船艇無人引領。」他們對河獺說道，進而傾囊相授。雖然不多，但其中的確蘊含偉大技藝的開端。河獺對欺瞞父母感到不安，卻無法抗拒這份知識，無法抗拒這些卑微教師給予的慈愛與讚美。他們告訴他：「如果你不以它為害，它也不會害你。」要他答應這點倒也容易。

在流入城內北牆的賽倫能河段中，產婆賜與河獺真名，日後在遠離黑弗諾的群島上，人們便以此追憶他的事蹟。

這群人中，有一名他們私稱為變換師的老人，教了河獺幾個幻術咒文。河獺十五歲左右時，老人將他帶到賽倫能河邊的田野，欲傳授自己所知的一則真變換咒。「首先，你試著把那叢矮樹變成大樹的樣子。」河獺立即照辦。男孩這麼輕易便能掌握幻術，令老人深感震驚。河獺乞求哄勸，老人才願繼續教授，他還得答應以自己祕密的真名發誓，如果學會變換師的偉大咒語，只能用來拯救自己或別人的生命。

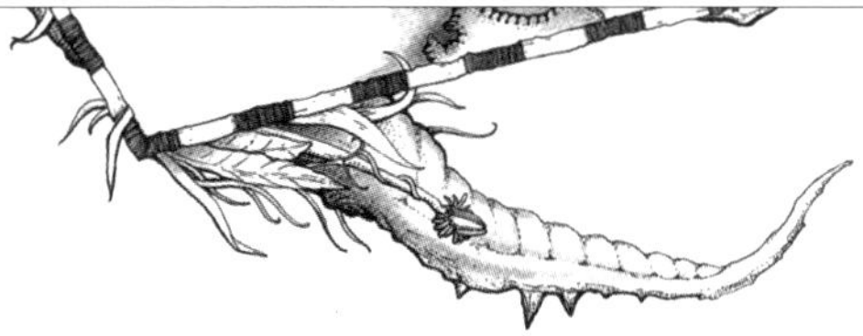

接著老人教他咒語。但這也沒有多大作用，河獺心想，反正他還是得藏起咒語。至少，河獺還能運用與父親、叔叔在船廠一起工作時所學手藝，連他父親也不得不承認，他逐漸成為一名好工匠。

海盜羅森自命為內極海之王，是當時的大藩王，占領此城及黑弗諾東南區。他從這片富庶領土壓榨而得的貢奉，都用來增加軍力、增建船艦，好派到別處去奪取奴隸與戰利品。正如河獺的叔叔所言，羅森讓造船工忙不過來。在這年代，唯一找得到的工作是乞討，鼠群在馬哈仁安宮中橫行無阻，而他們還有活兒可幹，已足以讓他們心存感激。河獺父親說，他們做的是清清白白的工作，至於成品有何用途，不須在意。

但河獺受的另一種教育讓他敏於體察這類事務背後細微的良知問題。手中正建造的大船，將由羅森的奴隸划向戰爭，帶回更多奴隸當作貨品。他光想到這艘好船要用在殘酷用途，便嚥不下這口氣。「為什麼我們不能像以前一樣，建造漁船？」他問，而父親回答：「漁夫付不起。」

「漁夫付的錢是沒有羅森付得多，但我們還是活得下去。」河獺爭辯。

「你以為我能抗拒大王的命令嗎？你想看我跟別的奴隸一起划著我們建造的船嗎？小子，用用腦袋！」

因此，河獺帶著冷靜理智與憤怒心情，在他們身邊工作。他們陷入困境。他心想，力的天賦若非用來脫離困境，還有何用處？

工匠的自尊不允許他以任何方式在船的木工上偷工減料，巫師的操守卻告訴他，他可以在船身下個魔咒，一個直接纏入船梁與船殼的詛咒。這總該算是用祕技為善吧？即使有害，也只是為了陷害惡行。他並未向老師們提及此事——若他做錯，也完全不是老師的錯，他們對此一無所知。他仔細思量該怎麼辦好這件事、如何小心翼翼編構咒語。那是倒反的尋查咒，他稱之為迷失咒。這艘船會漂浮、容易操作、穩當前進，但無法遵循舵手操作。

他已盡己所能抗議他人錯用好技藝及好船，因此頗為得意。船艦終於下水（一切看來安然無恙，只有到了外海，船的缺陷才會顯露），他無法再對老師們隱藏自己所作所為。他的老師是一小群老人及產婆、能與死人溝通的年輕駝子，還有知曉事物真名的眼盲女孩。他把自己搞的把戲告訴他們，盲女孩笑出聲，老人卻說：「小心，注意。你要躲好。」

羅森麾下有個人自稱「獵犬」，據他所言，他能嗅出巫術。他的工作便是嗅聞羅森的食物、飲料、衣物與女人，嗅聞任何敵方巫師可能用來攻擊羅森的物品，並

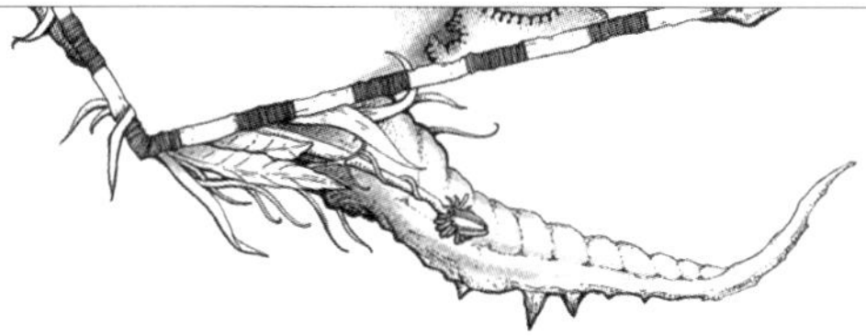

檢視船艦。船艦脆弱，處於險境，易受咒文與詛咒侵襲。獵犬一登上新船艦，便嗅到了什麼。「好啊，好啊，是誰啊？」他走到船舵邊，把手放在上面。「很聰明，但這是誰呢？我想是新來的。」他抽動鼻子，頗為讚賞。「非常聰明。」

天黑後，數人來到造船街屋前，把門一腳踹開。獵犬站在手握武器、身著盔甲的人之間道：「是他。放過別人。」他對河獺說：「不要動。」聲音低沈友善。他感到年輕人體內力量巨大，因而略感害怕，但河獺過於驚恐又缺乏訓練，以致完全未想到利用魔法脫逃或阻止暴行。他撲上前去，野獸般纏鬥，他們敲昏他、擊碎河獺父親的下頷、打昏阿姨與母親，藉以教訓他們不該養大詭徒，然後抱走河獺。

窄小街道中，沒有一扇門打開，沒人探出頭來看是什麼嘈雜聲。直到那些人離開許久，才有些鄰居偷偷出來，盡力安慰河獺家人。「唉，這個巫術，真是個詛咒，詛咒！」他們說道。

獵犬告訴主人，下咒者已關在安全處。羅森問：「他是誰的手下？」

「大王，他在您的船廠工作。」羅森喜歡別人以王室頭銜稱之。

「笨蛋，我是問誰僱他來詛咒船艦？」

「目前看來，是他自己的主意，吾王。」

「為什麼？對他有什麼好處？」

獵犬聳聳肩。他覺得沒必要告訴羅森，人民並非因私慾而憎恨他。

「你說他頗有技能，這人能用嗎？」

「吾王，我可以試試看。」

「制服他，要不就埋了他。」羅森說完，轉向更重要的事。

河獺謙卑的老師曾教他要有自尊。他對在羅森這種人手下做事的巫師心存輕蔑，這些人因恐懼或貪婪而墮落，魔法降格，用於邪惡。在他心裡，沒有什麼比如此背叛技藝更卑劣。因此，他對自己無法鄙視獵犬而感到困擾。

河獺被塞進宮中的儲藏室，這是羅森占據的一座舊宮殿。室內無窗，斜紋橡木門扉備有鐵門，門上施加咒文，足以困住比河獺更老練的巫師。羅森僱了不少技力俱強的人。

獵犬不把自己算在內。「我只有鼻子。」他說。獵犬每天都來探視河獺腦震盪與脫臼肩膀的復原情況，也與他交談。就河獺所見，他一片好意，也很誠實。「如果你不幫忙做事，他們就會殺了你，」他說：「羅森不會放任你這樣的人在外晃蕩，最好趁他還願意僱用你時接受。」

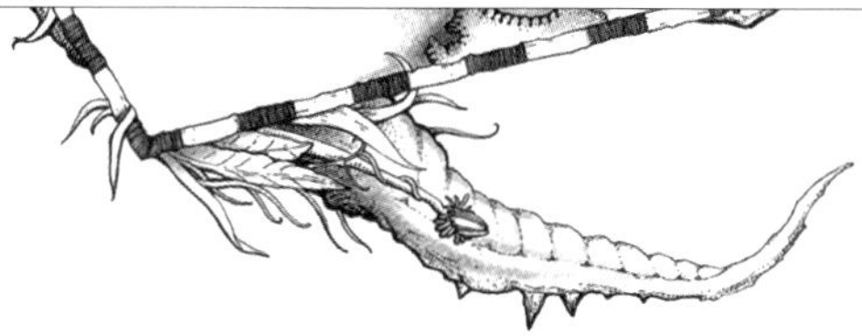

「我辦不到。」

河獺拒絕，並非出於道德，只是平實道出一件遺憾的事實。獵犬讚賞地看著他。自從跟著海盜王以來，獵犬已厭倦誇耀、威脅，與那些只會誇耀、威脅的人。

「你最強的是什麼？」

河獺不願回答。他不由自主地喜歡獵犬，卻無法信任他。「變形。」他終於嘟囔道。

「變身嗎？」

「不。只是小把戲，把葉子變成金幣，只是形似。」

當時，不同的魔法類別與技藝尚無固定名稱，技藝之間也沒有明確關聯。日後柔克智者會說，當時人們所知根本稱不上「技藝」。但獵犬確知他的囚犯正隱藏自己的技能。

「你連改變自己的表象都不會嗎？」

河獺聳聳肩。

要河獺說謊很難。他以為自己不善說謊是因缺乏練習，獵犬卻更清楚並非如此。他知道魔法本身就會抗拒虛假。魔術、掌中小把戲，或佯與亡者溝通，都是魔法贗品，正如玻璃之於鑽石，黃銅之於黃金。這些是騙術，而謊言在這類土地上滋長。魔法技藝雖能用於虛假用途，卻與真實息息相關，咒文使用的字詞都是真字。所以，真正的巫師很難對自身技藝造謊，他們心底皆知謊言一說出口，便可能改變世界。

獵犬憐惜河獺。「如果由戈戮克拷問你，他只消說一、兩個字，就可以抖出你知道的一切，連你的腦筋都能拉出來。我看過『老白臉』逼問後的殘存樣兒。那，你會不會操風？」

河獺遲疑片刻，說：「會。」

「你有袋子嗎？」

以前，天候師會隨身帶個皮袋，裡面裝著風，打開袋子可吹出順風或收起逆風。也許這只是裝裝樣子，但每個天候師都有個袋子，無論是長長大袋，還是小小腰包。

「在家裡。」河獺答。這不是謊言，他在家裡的確有個小包，裡面放著細工工具和氣泡水平儀；而操風一事，他也不完全說謊。有幾次他真的將法術風召到船帆上，不過他不知該如何對抗或控制暴風雨，這卻是每個天候師必會的事。但他想，他寧願淹死在暴風中，也不願在這黑洞中被殺害。

「但是你不願在國王麾下使用這項技藝？」

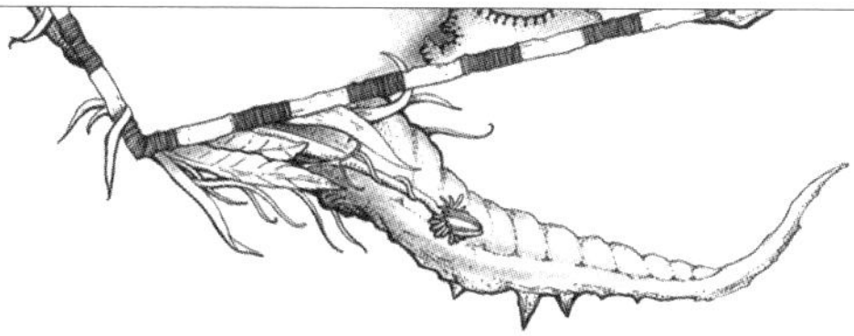

「地海沒有王。」年輕人義正辭嚴地說。

「那麼，就算我家主人麾下好了。」獵犬很有耐心地修正。

「不要。」河獺回道，遲疑片刻，覺得有義務對這人解釋一番。「倒不是我不要，而是不能。我想過，在那艘戰艦船板靠近龍骨的地方做個船底塞。你知道我用船底塞的意思嗎？船航入深海時，隨著船身木板移動，這些塞子會逐漸鬆落。」獵犬點點頭。「但我做不到。我是造船工，不能造會沈的船，何況船上還載著這麼多人。我的手做不了這種事，所以我盡我所能。我讓船走自己的方向，而不是羅森的方向。」

獵犬微笑。「他們至今仍然無法解除你下的咒語。老白臉昨天在甲板上爬來爬去，邊吼邊唸，最後命人換掉船舵。」他指的是羅森的總法師，一名來自北方的蒼白男人，名叫戈戮克，黑弗諾島上人人聞之喪膽。

「那沒用。」

「你能解除那咒嗎？」

河獺疲憊、傷痕累累的年輕臉龐上，閃現一抹自滿神情。「不行，我想沒人能解除。」

「太可惜了。你本可以用此來談條件。」

河獺一語未發。

「鼻子啊，現在可有用哪，可賣個好價錢。」獵犬繼續說：「我不是想找人搶我活兒，但俗話說得好：『尋查師一定找得著工作』……你進過礦場嗎？」

巫師的猜測往往貼近事實，縱使他可能不明白他知道的是什麼。河獺的天賦最早顯現的徵兆，便是在他只有二、三歲時，一旦聽懂失物是什麼，無論是掉落的鐵釘，還是遺失的工具，他都有能力直直朝它走去。年少時，他最鍾愛的樂趣便是獨自走入鄉野，沿著小徑或爬過山丘，讓地下水脈、礦脈節塊、岩石土壤的層次紋理穿透光裸腳掌，蔓延全身，彷彿走在一棟極大的建築中，看見其中的甬道與房間、連往涼爽洞窟的斜坡、牆上銀枝閃爍的光芒。他愈往前行，身體便彷彿成為大地軀幹。他透析大地的動脈、臟腑、肌理，一如他自身。這力量對他而言，是種喜悅，他從未試圖加以利用，這是他的祕密。

他沒回答獵犬。

「在我們底下是什麼？」獵犬指著以粗糙板岩鋪設的地面。

河獺靜默一會兒，低聲回答：「黏土，還有碎石。再往下是孕育石榴石的岩石。城裡這一帶下方都是那種岩石。我不知道名字。」

「你可以學。」

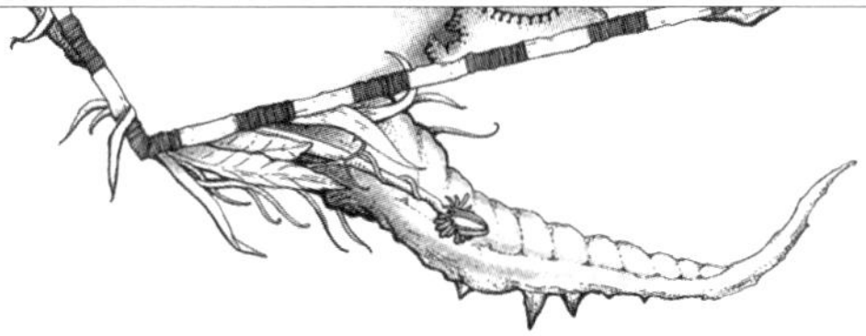

「我知道怎麼造船、怎麼航行。」

「你還是遠離船隻比較好，四周都是戰鬥和掠奪。王在山後邊的薩摩里開採舊礦，你在那裡就不會礙到他。你想活著，就得替他工作。我會負責讓你派到那裡，如果你願意。」

沈默片刻後，河獺說：「謝謝。」他抬頭望向獵犬，短促、質疑、評量的一瞥。獵犬曾抓走他，站在一旁看手下將他打昏，未曾阻止他們毆打，此刻卻又像友人般與他說話。為什麼？河獺的眼神問道。獵犬回答他的疑問。

「詭徒得團結。沒有任何技藝而只有財富的人讓我們自相殘殺，全是為了自身利益，不是為我們。我們把力量賣給他們，為了什麼？如果我們團結，決定自己該走的方向，也許會有更好的結果。」

獵犬要將年輕人送往薩摩里是好意，但他不了解河獺意志有多堅定。河獺自己也不了解，他太慣於服從他人，以致沒有發現，其實他一向依循自己心意；他亦過於年輕，不相信所做之事可能害死自己。

河獺打算一旦被帶出牢房，就使用老變換師的變身咒脫逃。他現在總算是遭受生命危險，可以使用這咒法了吧？只是，他無法決定自己該變成什麼……一隻飛鳥，或一縷清煙？哪種比較安全？但他還在思索時，羅森手下看多了巫師伎倆，早在他食物中下藥，使他完全無法思考。他們把他像袋燕麥般甩入騾車，他在旅程中顯露甦醒跡象時，便有人在他頭上用力敲一記，說希望確保他好好休息。

河獺回過神來，毒藥與頭疼令他噁心衰弱。他身在一間房內，四周都是磚牆，窗戶皆已堵死。門上沒有鐵條，也沒有明顯的鎖。他試圖站起，卻感到法咒束縛，控鎖著身體與神智，隨著每一動作緊繃、攀附、彈回。他可以站起身，但無法朝門多走一步，甚至連手都伸不出去。這種感覺駭人，肌肉似乎不屬於自己。他再度坐下，試著靜止不動。纏繞胸膛的咒法阻止他深呼吸，心神也感到窒息，彷彿所有思緒都被塞入一個過小的空間。

良久房門打開，走進數人。他們堵住河獺的嘴，將他手臂綁縛身後，他無力抗拒。「小夥子，你現在不能編咒或唸咒，但點頭沒有問題，對吧？」一名臉上滿布皺紋的魁梧男子說道：「你被派來這裡當探礦師，礦探得好就吃得好、睡得飽。你要找的東西是朱砂。大王的巫師說，在舊礦附近還有。他想要朱砂，所以，找到了對你我都好。現在，我要把你蹓出去，我就像探水師，你呢，就是我的魔杖，懂吧？你往前走。如果你想往這邊或那邊走，就低個頭，像這樣；如果你知道腳下有礦藏，就在那裡踏一下，像這樣。我們就這樣說定，好吧？你乖乖地別搞鬼，我也

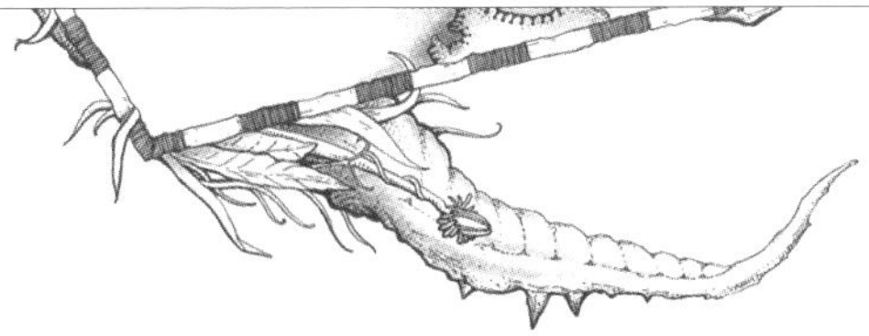

不會虧待你。」

他等著河獺點頭，但河獺站著，毫無動靜。「要賭氣隨你，」那人說：「如果你不喜歡這份工作，烤爐隨時等著你。」

那名男子，別人稱為「力奇」。他牽著河獺出門，炎熱明亮的晨光下，天色刺目。河獺離開牢房後感到魔法的束縛鬆開、消失，但其餘建築則纏繞別的咒語，某座高大石塔周圍特別密集，空中滿布防禦與退斥的黏膩線條。若試圖向前推進，碰到線的臉腹立即產生極端痛苦的穿刺感，但他驚恐低頭找尋身上傷口時卻找不到。口被塞滿、手臂後縛，他沒有聲音及雙手可施法，根本無法抵抗這些咒語。力奇將一條皮繩繫在河獺頸項，另一端握在自己手中，跟在河獺身後。起先他任由河獺自行撞入幾處咒文，之後河獺便會閃避。咒文所在其實很明顯，因為塵揚小徑左曲右拐以錯開。

河獺陰鬱前行，像狗一般繫著，全身因病痛和怒氣而發抖。他環顧四周，看見石塔，一堆堆木材排放在敞開門邊，生鏽的轉輪及機械置於大坑旁，還有砂石、黏土如小山堆積。發疼的頭顱一轉動，便不禁暈眩。

「你要真是探礦師，最好現在就開始探。」力奇說著上前來到河獺身旁，斜瞄著他的臉。「就算不是，最好也開始探，才可以在地面上待久一點。」

有人從石塔走出，行經兩人，以奇特的蹣跚快步急速行走，雙眼直視前方。他的下巴亮著水光，胸膛淋濕，唾液自唇邊滲出。

「那是烤爐塔，」力奇道，「他們在那裡煮沸朱砂，取得金屬。烤爐人一、兩年就會死。往哪裡走，探礦師？」

須臾，河獺朝背離陰灰石塔的左邊點點頭。兩人朝一處長而無樹的山谷走去，經過荒草蔓生的土堆與礦渣。

「這裡所有礦石早都挖出來了。」力奇道。河獺開始感覺腳下奇特的大地：泥土中空曠的甬道，充滿暗黑空氣的房間，一座直立迷宮，最深的土坑積著死水。「沒有多少銀礦，水銀也早就沒了。小夥子你聽著，你到底知不知道朱砂是什麼？」

河獺搖搖頭。

「我讓你看看是什麼東西。戈戮克就是要這個，水銀的原礦，因為水銀可以腐蝕別的金屬，連黃金都可以，看見沒？所以他叫它『王者』。如果你找到他的『王者』，他會好好對待你。他經常來這兒。來吧，我讓你看看。狗總要先聞到氣味才能追蹤。」

力奇帶河獺進礦場，讓他看看容易產生水銀原礦的脈石。幾個礦工正在長長坑道尾端工作。

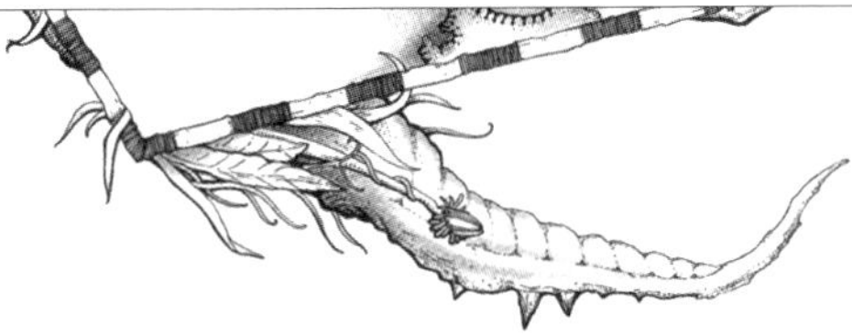

在地海礦場工作的多為婦女，或因身形比男人嬌小，較易在狹窄地方行動，或因與大地親近，更可能源自傳統。這些女礦工是自由之身，跟烤爐塔中的奴工不同。力奇說，戈戮克指派他為礦工工頭，但他從未進岩礦工作過，那些婦女禁止他參與，堅信讓男人提起鏟子或用枕木撐住礦頂，會招致厄運中的厄運。「正合我意。」力奇道。

一名頭髮蓬鬆、眼眸明亮、額頭上綁根蠟燭的婦人放下鎬子，讓河獺看看桶裡的些許朱砂、褐紅土塊及碎屑。陰影在礦工挖掘的土壁上跳躍，陳舊枕木吱嘎作響，飄篩下些微塵土。雖然黑暗中的空氣依然清涼，平巷與坑道卻低矮狹窄，礦工必須彎腰擠縮才穿得過。有幾處，坑頂已經坍塌，木梯也搖搖欲墜。岩礦令人畏懼，河獺在其中卻感覺受到庇護。他幾乎捨不得回到炙燒白日下。

力奇未將他帶往烤爐塔，而是返回簡陋篷屋。他從上鎖房內拿出一只柔軟厚實的小皮袋，沈甸甸陷在掌心。他打開袋口，讓河獺看看躺在裡面那一小池塵蒙亮光。他束起袋口，金屬在袋中晃動，隆起、推擠，彷彿一隻試圖逃脫的動物。

「這就是『王者』。」力奇道，語氣既像崇敬，又像憎恨。

力奇雖非術士，卻比獵犬駭人。但他跟獵犬一樣，粗暴卻不殘酷，只要求服從。河獺在黑弗諾船塢中看了一輩子的奴隸與主人，知道自己很幸運。至少在白天，力奇是主人時，他很幸運。

河獺只能在自己牢房裡吃飯，因為只有在那裡，口塞才能取下。他們給他麵包與洋蔥，麵包上還灑了一點酸臭的油。雖然他每晚都很飢餓，但坐在房裡全身捆著咒縛時，幾乎食不下嚥。食物嚐來像金屬、像灰燼。黑夜漫長可怕，咒文擠縮他、壓沈他，讓他一再驚醒，掙扎著要呼吸，無法理智思考。白日降臨時，他滿懷難以言喻的喜悅，即便必須忍受雙手反綁於後、嘴巴塞住、一條繫繩拴於頸間。

力奇每天早早蹓他出門，經常四處漫遊到午後傍晚。力奇寡言又有耐性。他沒問河獺是否找到礦藏，沒問是否真在搜尋礦藏，還是假裝搜尋。河獺自己亦無法回答。在每日信步漫遊中，如同過去，地底知識流入他體內，而他會試圖封閉自己，不予接收。「我拒絕為邪惡之徒工作！」他告訴自己。然後，夏風與日光會軟化他，堅硬光裸的腳掌感受腳下乾草，他便知道草根下有條溪流穿過黑暗土壤，滲透層層雲母岩礦；礦層下則是岩窟，壁上有纖細、赤紅、斑駁的朱砂岩層……他未示意。他認為腦中逐漸成形的地底圖樣或許派得上用場——如果他知道該怎麼做。

約莫十天後，力奇說：「戈戮克大爺要來這裡了。如果還沒有礦物給他，他可能會找新的探礦師。」

河獺走了一哩遠，默想擔憂，繞回頭，將力奇帶到離舊礦場不遠的小山丘上。

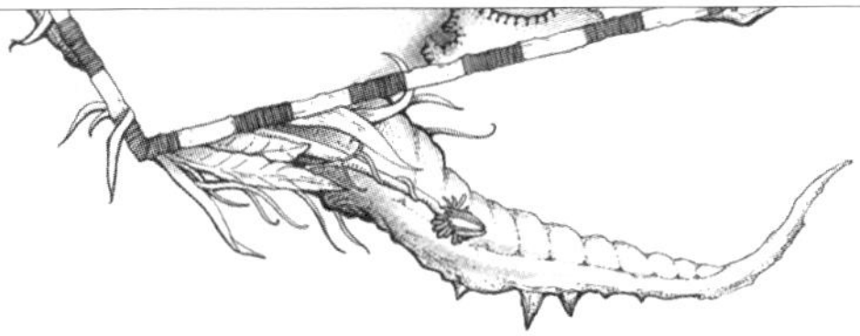

他朝地下點頭、踏腳。

回到牢房，力奇正鬆開繫繩，解下河獺的口塞時，河獺說：「那裡有些岩礦。從老坑道直直向前挖大概二十呎，就可以找到。」

「有不少嗎？」

河獺聳聳肩。

「剛剛好夠用是吧？」

河獺一語不發。

「也合我意。」力奇答道。

兩天後，工人重新開啟舊礦道朝岩礦挖去時，巫師抵達。力奇沒把河獺關在牢房裡，而留他在太陽下坐，他心存感激。雖然雙手綁縛、嘴巴塞住，算不上完全舒適，但風與陽光就是莫大福氣。而且，他能深呼吸、打瞌睡，不像夜晚在牢房，夢著被泥土堵住口鼻。他只做過這種夢。

河獺半睡半醒，坐在篷屋旁陰影下。堆在烤爐塔邊的木柴氣味，喚醒家鄉工作院裡的記憶、刨木滑過細緻橡木板時的新木香。一陣聲音或動作驚醒了他，他抬頭，看到巫師赫然聳立於面前。

戈戮克與當時許多同僚一般，衣著花俏。一件由洛拔那瑞絲織成的赤紅長袍，繡著金色與黑色的符文與符號，還戴頂寬沿尖頂的帽子，讓他看起來比凡人高。河獺不用看到衣服，便認得出戈戮克。他認得那隻手，是那隻手編構他的束縛、詛咒他的夜晚；他也認得那股力量酸澀的滋味，及令人窒息的掌控。

「我想我找著我的小尋查師了。」戈戮克說，聲音深厚柔軟，宛如六弦提琴的樂音。「在太陽下睡著，好像把工作都做好了。所以你派他們去挖掘『紅母』了嗎？你來這裡前知道『紅母』嗎？你是『王者』的朝臣嗎？好了，好了，用不著繩子綁著你。」他於所站之處手指輕揮，即為河獺的手腕鬆綁，塞口布條也隨之鬆脫。

「我可以教你怎麼自己鬆綁。」巫師微笑說道，看著河獺按摩、轉動痠疼的雙腕，抿動壓扁在牙齒上數時辰的嘴唇。「獵犬告訴我，你這小夥子很有潛力，如果有人好好引導將會前途遠大。如果你想拜訪『王者』的宮殿，我可以帶你去。但你或許不知道我說的『王者』是誰？」

河獺的確不清楚巫師是指海盜王或水銀，但他大膽一猜，快速對石塔比個手勢。

巫師瞇起雙眼，微笑加深。

「你知道他的名字嗎？」

「水銀。」河獺說道。

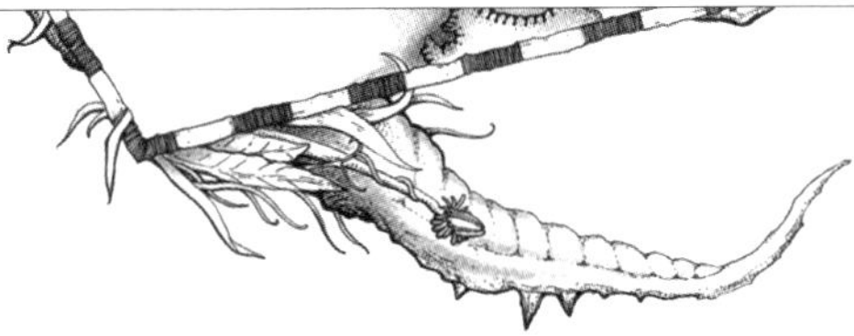

「俗人是這麼稱呼，或叫汞、重量之水。但服侍他的人卻稱之為『王者』、上王、月精。」戈戮克仁慈又好奇的目光掠過河獺，投向高塔，再回到河獺身上。他的臉又大又長，比河獺見過的臉都要白，眼泛藍光，下巴及臉頰上四處是灰黑色鬈曲毛髮，冷靜開朗的笑容綻露出小小牙齒，已掉了幾顆。「學習見識他真正形體的人，可以看到他是一切成分之主，力之根源深扎在他體內。你知道我們如何稱呼隱藏於宮殿中的他嗎？」

頭戴高聳帽子的高大男人突然在河獺身邊不遠處坐下。他的氣息帶有泥土味，淺色眼睛直視河獺雙眼。「你想不想知道？你可以知道你想知道的一切。我對你毋須藏有祕密。你對我亦然。」戈戮克笑了，不帶威脅，滿是歡欣。他再次凝視河獺，大而白的臉龐平靜、若有所思，「你有力量，對，各式各樣的小特質跟伎倆。聰明的小夥子。但不是太聰明，這點很好，沒有聰明到不想學習。不像某些人……如果你想，我願意教導你。你喜歡學習嗎？你喜歡知識嗎？你想不想知道，王者獨自在岩石宮殿裡閃耀時，我們如何稱呼他？他的名字是『土銳絲』。你知道這個真名嗎？這是上王語言中的一個詞。他的語言，他的名字。用我們粗鄙的語言說，就是『精子』。」他再度微笑，拍拍河獺的手。「因為他是種子，也是播種者。是種子、是力量與正義的根源。你會懂的，你會懂的。來！來吧！我們去看王者飛舞在朝臣間，從他們身上聚集出己身！」他倏地敏捷站起，握住河獺的手，以令人訝異的力量拉起河獺。他正因興奮而大笑。

河獺感覺自己彷彿從無止無盡、乾枯昏眩的半意識裡，被帶回感受清晰的生命。巫師的碰觸並未帶來魔法束縛的恐懼，而是一份能源與希望的力量。河獺告訴自己不能信任這人，卻渴望信任他、向他學習事物。戈戮克強大、專橫、奇特，但給了河獺自由。數週來，河獺首度雙手自由，不受咒法控制地行走。

「往這走，往這走。」戈戮克喃喃道，「你不會受到任何傷害。」兩人來到烤爐塔門前，位於三呎厚牆間的狹窄通道。他握住河獺臂膀，因少年略微遲疑。

力奇說過，岩礦加熱後散發的金屬煙霧導致塔中工人生病而死。河獺從未進入塔內，也沒看力奇進去過。他曾經近得知道塔四周有囚咒環伺，會痛刺、迷惑、糾纏試圖逃跑的奴隸；如今，他感覺咒語像一絲絲蜘蛛網、黑霧的繩索，讓道給創造它們的巫師。

「呼吸，呼吸，呼吸。」戈戮克邊笑邊說，河獺試著在進塔時不要屏住呼吸。

在一間巨大穹室內，烤坑盤踞正中。烈焰映照下，形跡匆忙、骨瘦如柴的黑色人形將礦石鏟了又鏟，堆到烈焰中的木柴堆，其餘人忙著端來新柴，抽動一旁的風箱。穹頂有一排小室穿過熏煙濃霧，盤旋而上直至塔頂。力奇說過，水銀蒸氣會困

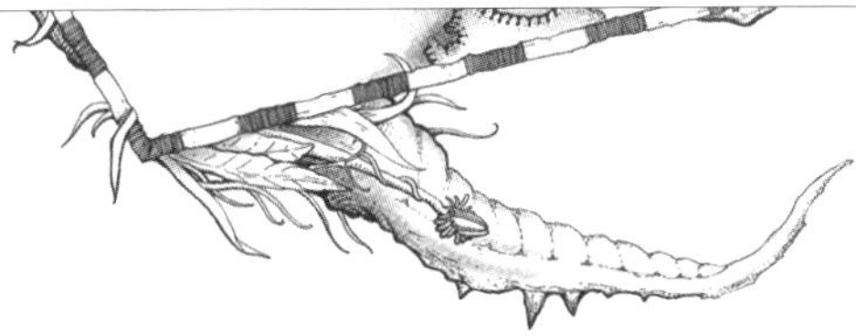

在這些小室裡，凝結、重新加熱，再度凝結，直到在最高拱頂中，精純金屬流洩進石頭溝槽或碗裡。他說，烘烤的低層原礦，每天只能產出一、兩滴水銀。

「別害怕。」戈戮克說，聲音強健悅耳，穿越巨碩風箱韻律的喘息聲，也穿越爐火平穩的怒吼。「過來，你來看他如何在空氣中飛升，淨化自己、淨化臣民！」他將河獺拉到烤坑邊緣，雙眼映著火焰而發亮。「服侍王者的邪惡精靈會變得純淨。」他說道，嘴唇貼近河獺耳邊，「他們口吐唾液時，殘渣及瑕疵會從體內流出，病症及雜質化膿則從潰爛自由流出。完全燒淨時，他們終於可以騰雲駕霧，飛入王者呂殿。來呀，來呀，進入他的塔頂，黑夜召喚明月的處所！」

河獺跟在戈戮克身後爬上螺旋梯，樓梯起先寬廣，後來愈擠愈窄；經過蒸氣室，裡面有紅熱火爐，通氣孔連往精煉室。礦石燃燒後殘留的煙煤則由裸體奴隸刮下，推進火爐重新燃燒。兩人來到最頂層房間。戈戮克對蹲踞在孔道邊緣唯一一名奴隸說：「讓我見見王者！」

矮小瘦弱、頭髮全無、手掌手臂生滿爛瘡的奴隸，打開凝結孔道邊緣的石杯。戈戮克向內瞥，如孩子般熱切。「這麼小，」他喃喃道，「這麼年輕。小王子、娃娃王、土銳絲王。世界的種子！靈魂珍寶！」

戈戮克自袍內拿出繡有銀線的軟皮囊。他以綁在皮囊上的細緻獸角匙舀起杯裡幾滴水銀，放入皮囊，將束口皮繩重新綁緊。

奴隸站在一旁，毫無動靜。所有在烤爐塔的炙熱與濃霧下工作的人都裸著身體，要不就只裹塊兜襠布，穿著鞋底鞋尖都朝上捲曲的軟皮鞋。河獺又瞥了那奴隸一眼，心想以身高看來，應該還是個孩子。然後，他看到小小胸脯。是個女人，禿髮，四肢乾枯，關節處圓滾腫脹。她曾往上看了河獺一眼，只轉動眼球。她朝火中啐了口唾液，以手擦過潰爛嘴角，繼續文風不動站著。

「沒錯，小僕人，做得好。」戈戮克以溫柔聲音對她說道，「把妳的唾液獻給火焰，它會化成活銀、月光。這還不神奇嗎？」他繼續說，帶河獺離開孔道，走下螺旋梯。「最卑下的事物能產出最尊貴的事物，這就是這項技藝的偉大宗則！粗鄙紅母孕育上王；垂死奴隸的唾液，造就力量的銀色種子。」

一路走下熏臭的螺旋臺階，戈戮克不停說著，河獺試圖了解，因為這是一個有力量的人在告訴自己，力量是什麼。

但他們再度回到陽光下後，河獺的頭繼續在黑暗中暈眩，沒走幾步便彎下身，在地上嘔吐。

戈戮克以好奇慈愛的眼神觀看。河獺畏縮喘息地直起身後，巫師溫和問道：「你害怕王者嗎？」

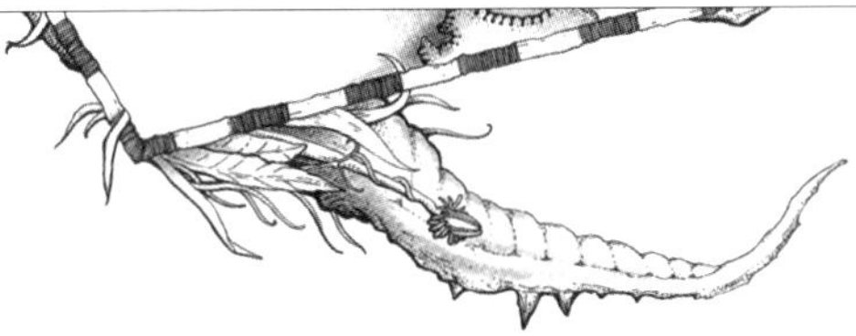

河獺點點頭。

「如果你分享他的力量，他就不會傷害你。害怕力量、抗拒力量，是非常危險的行為。愛上力量，分享它，則是王族之道。你看，看我做。」戈戮克舉起他放入幾滴水銀的皮囊。他打開皮囊，端至唇邊，喝下裡邊液體，雙眼始終直視河獺。吞嚥前，他張開微笑的嘴，好讓河獺看見銀滴聚集在舌上。

「如今王者在我體內、我的宅邸，是我尊貴的賓客。他不會讓我口吐白沫、嘔吐，或在我身上引起潰爛。不會。因為我不怕他，而是邀請他，因此他進入我的血脈。我沒有受到傷害。我的血液銀光閃閃流動，我看到旁人不知曉的事物，分享王者的祕密。他離開我時，躲在穢物中，在骯髒內；而在那鄙下之地，他等待我將他拾起，如同他淨化我般淨化他，於是我們每次都一起變得更純淨。」巫師握住河獺臂膀同行，神祕地微笑說：「我是排出月光的人。你再也見不到另一個像我這樣的人。而且不只如此。不只如此，王者還進入我的精子，他就是我的精子。我就是土銳絲，他就是我……」

河獺渾沌的腦中只隱約知道，兩人正朝礦坑入口走。他們進入地底。礦坑通道如同巫師言詞般，是一片黑暗迷宮。河獺跌跌撞撞前行，試圖了解。他看到塔中奴隸，那個看著自己的女人。他看到她的雙眼。

除了戈戮克送至前方的黯淡法術光外，他們行於漆黑之中，穿過廢棄已久的坑層。但巫師似乎知道每一步路；或許他不知道路，只是漫無目的走著。他一面說話，偶爾也轉向河獺，好引領或警告，然後繼續前行，繼續說話。

兩人來到礦工延續舊坑道之處。在那兒，巫師與力奇在跳躍的燭火與破碎陰影間交談。巫師碰觸甬道末端的泥土，將土塊握在手中，掌心滾過泥塵，捏壓、測試、品嚐。他不發一語，河獺專注盯視，仍試圖了解。

力奇與兩人一同回到篷屋。戈戮克輕柔地向河獺道晚安。力奇照樣把他關回磚牆房，給他一條麵包、一顆洋蔥、一壺水。

河獺一如往常，在咒縛的不安壓制下蹲踞。他大口大口喝水，洋蔥滋味新鮮，他吃完一整顆洋蔥。

堵住窗戶的水砂泥間，穿透裂縫的微光逐漸消逝，但河獺未陷入每夜在房內必經的茫然悲慘，反而維持清醒，而且愈來愈清醒。他與戈戮克共處時腦中的激烈騷動慢慢鎮靜，而後從騷動中浮現某個畫面，漸漸逼近，漸漸清晰。是在礦坑中看到的畫面，模糊又清楚：塔中高拱下的女子，有著空癟胸部、化膿雙眼的女子，她從中毒的嘴邊呸吐流下的唾液，擦擦嘴，站著等死。她曾看著他。

河獺此刻看著她，比在塔中更清晰。他從未如此清晰地看過別人。他看到瘦弱

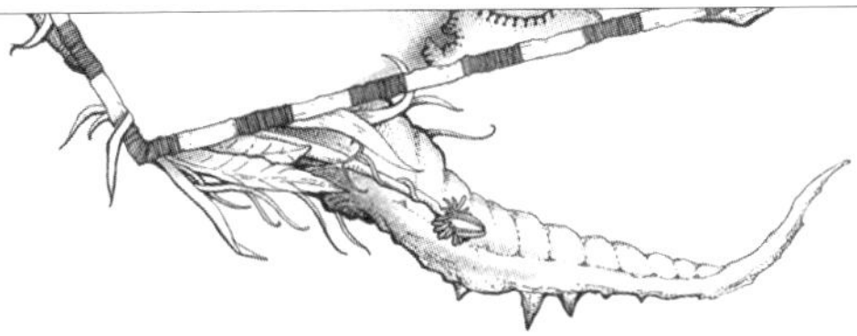

雙臂、腫脹手肘與手腕關節、孩童般的後頸，彷彿她正在同一房間裡，彷彿她正在自己體內，她就是他。她看著他，他看到她看著他，他透過她的雙眼看到自己。

河獺看到束縛的成串咒語，沈重的黑暗繩索圍繞四周，糾纏如迷宮線團。有個方法可以自繩結逃脫，如果他這般轉過來，然後這般，再如此以手撥開線條，他便自由。

他再也看不到那女子。他獨自在房中，自由站立。

數天、數週中無法思考的念頭快速奔躍腦海，形成想法與感覺的風暴，激烈的憤怒、報復、憐憫、驕傲。

起先，河獺被力量和復仇的激烈幻想席捲：解放奴隸；以咒語捆縛戈戮克，把他投入精煉火中、綁縛他、讓他眼瞎，留他一人在最高拱室，吸入水銀煙霧，至死方休……但念頭開始沈澱，清晰輪轉時，河獺知道，就算那擁有高超技藝與力量的巫師發瘋，也擊不倒。欲有一絲希望，便得利用巫師的瘋狂，引導巫師邁向自我毀滅。

河獺沈思。與戈戮克相處時，河獺一直試圖學習，嘗試了解巫師在告訴他什麼。然而，如今他確定，戈戮克的想法、他急欲分享的教誨，與他的力量或任何真正的力量皆毫無瓜葛。開發礦藏與精煉的確是奧妙且需專精技巧的偉大技藝，但戈戮克對這些技藝似乎一無所知。上王及紅母等言談只是空洞字詞，甚至不正確。但河獺怎麼知道？

在戈戮克滔滔不絕的長篇大論裡，唯一以太古語（巫師的咒法即以太古語組成）說出的字，便是**土銳絲**，他說這意謂精子。河獺自身的魔法天賦識得這是正確意義，但戈戮克說這個字也代表水銀，卻不正確。

河獺謙卑的老師已將所知創世語詞都傳授給他，其中雖不包括精子或水銀的真名，但他嘴唇輕啟，舌頭緩動：「**阿野蘇爾**。」

他的聲音是石塔內那名奴隸的聲音。知道水銀真名的是她，透過他說出。片刻間，他靜持身心，首次開始了解自己的力量何在。

他站在漆黑的閉鎖房內，知道能自由離去，因他已自由。崇敬與感謝如狂風驟雨掠過全身。

稍後，河獺刻意再次進入咒縛陷阱，回到原位，在床墊坐下繼續思考。囚禁咒語還在，但如今已不具控制力。他可以自由進出，咒語僅如畫在地上的線條。內心對這份自由的感謝之情，如心跳般在體內穩定跳動。

河獺想著自己必須採取什麼行動、必須如何進行。他不確定是他召喚了她，還是她自己憑意志過來；不知道她如何對他，或透過他說出太古語彙；不知道自己在

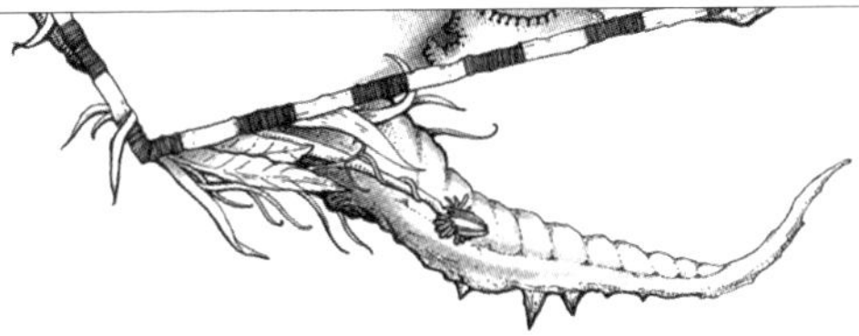

做什麼，也不知道她在做什麼。但他確信，一旦施法便會驚動戈戮克。終究，他一時衝動，召來石塔中女子。他心懷畏懼，因為此類咒文在教導他術法的人之間純屬謠傳。

他將她引入自己心靈，像之前一樣看到她，在那裡，那間房裡。他呼喚她。她來了。

她的魅影再次站立，在蜘蛛網般的咒語繩索外凝視他、看著他，一道輕柔泛藍、來源不明的光滿溢房間。她潰爛磨傷的雙唇顫抖，卻未說話。

河獺開口，給予自己的真名：「我是彌卓。」

「我是安涅薄。」她悄語。

「我們該如何逃離？」

「他的真名。」

「就算我知道……我跟他在一起時，無法說話。」

「如果我跟你在一起，我可以用他的真名。」

「我不能呼喚妳。」

「但我能來。」她說。

安涅薄環顧四周，河獺隨之抬頭。兩人都知道戈戮克已感不對勁，業已醒覺。

河獺感到束縛貼近、縮緊，原有的陰影降臨。

「我會來的，彌卓。」安涅薄道。她伸出緊握成拳的瘦乾手掌，然後手心向上攤開，彷彿要給他什麼，隨即消失。

光芒隨她消失。河獺獨處黑暗。咒語冰冷地擒住喉頭，緊掐他，束縛雙手、壓迫肺部。他蹲踞喘息。無法思考、無法記憶。他說：「陪我。」但不知道自己與誰對話。他很害怕，但不知道自己害怕什麼。巫師、力量、咒文……一切都是黑暗。但在他體內，而非心裡，燃著他再也無可名狀的知識，燃燒某種信念，像走在地穴迷宮時，手裡端捧的微弱燈光。他注視芥子般燈火。

疲憊邪惡的窒息夢境來襲，卻未能掌控。河獺深沈呼吸，終於睡去。他夢見雨霧縹緲間的幽長山坡，與穿過雨幕的耀眼光芒；夢見雲朵飄過島嶼海岸邊緣，及一座高聳、圓潤、碧綠的山陵，在雨霧與陽光下，立於海洋彼端。

自稱為戈戮克的巫師，與自稱為羅森大王的海盜合作經年，相互支持，增加彼此的力量，皆相信對方是自己的僕人。

戈戮克確信，少了自己，羅森亂七八糟的王國就會迅速瓦解，隨便哪個敵方巫師用半個咒語，便能抹去這王國的王。但他讓羅森擺出主人架子。海盜對巫師而言

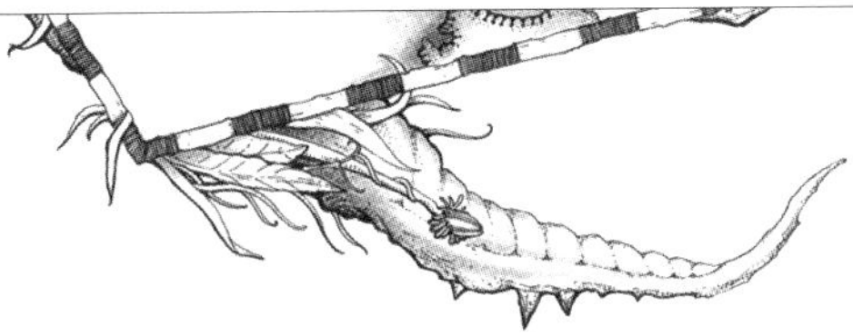

是個便宜之計，巫師慣於滿足私欲、自己的時間不受拘束、有用之不竭的奴隸供自己需求與實驗。維持他加諸於羅森個人、遠征、劫掠之行的護咒很容易，保持他施於奴隸工作或藏寶地的囚咒，也很容易。但織就這些咒文則是另一回事，是漫長艱辛的工作。不過，咒法皆已定位，全黑弗諾沒有巫師能解。

戈戮克從未遇見令自己害怕的人。他曾與幾個強得讓他提高警覺的巫師交手，但從未見過第二個有他這等技巧與力量的人。

近來，羅森手下的掠奪者從威島帶回一本智典，戈戮克不斷深入挖掘其中祕密，而對學會或自行發現的大部分技藝漠不關心。那本書讓他相信，他所有的技藝都投射或暗示更大的祕密。如同一個真正的元素能控制所有物質般，一份真正智識也能涵括所有知識。愈趨近祕密，他愈了解，巫師的技法其實與羅森的頭銜或支配一般粗鄙、虛假。一旦與真正元素合而為一，他便會成為唯一真王，只有他能在人群中同時唸誦創世與毀世之詞，他也可以把龍當成狗豢養。

戈戮克在年輕探礦師身上看到一股未經訓練且十分笨拙的力量，正合他用。他需要比現有更多的水銀，因此需要一名尋查師。尋查是很卑下的技巧，戈戮克從未使用，但他看得出那年輕小夥子有這類天賦。應該花點時間知曉男孩真名，好確定能控制他。光想到為了要教導那男孩明白自己的長處須浪費多少時間，他便不禁歎了口氣。之後，還是得從土裡挖出原礦，將金屬精煉出來。一如往常，戈戮克的想像自動越過阻擾與延誤，直接跳到美妙神祕的終點。

他將威島智典放在以咒語密封的盒裡，隨身攜帶。書中片段描述真正的精煉火焰，研讀這些章節許久後，戈戮克知道，一旦有足量金屬，下一步就是更加精煉，成為月精。他把書中隱晦不清的語言解讀成：為提煉淨化純水銀，不能以平凡木材生火燃燒，而需要人屍。今晚他在篷房中重新閱讀、沈思這些文字，又發掘另一種意義——這本智典的文字總含蘊另一層深義。或許書本要說的是：牲品不僅要有低賤肉體，還要有次等靈魂。因此塔中大火不該燃燒屍體，而應燃燒活體。活生生、有意識。污穢下的純淨、痛苦中的幸福，這都是偉大宗則的一部分，一旦窺見堂奧，立時清晰可見。戈戮克確信自己是對的，終於了解正確方法，但他不能心急，必須有耐心、必須確定。他翻開另一片段，兩相對照，反覆推敲書中內容，直至深夜。有那麼一刻，他的心念被拉走，意識邊緣出現某種侵擾。一定是那孩子在搞什麼鬼。戈戮克不耐煩地說了一個詞，又回到上王領域的神妙境界。他從未察覺，囚犯的夢境已脫離掌控。

第二天，戈戮克叫力奇把男孩帶來，他期待見到他，對他表示慈愛、教導他、稍稍寵他，一如昨日。戈戮克陪著男孩坐在陽光下。戈戮克喜愛孩童與動物，喜

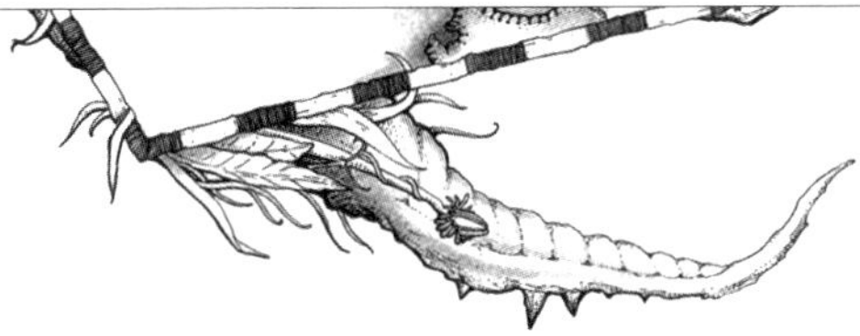

歡所有美麗事物。身邊有個小東西頗為愉快，河獺茫然不解的敬畏顯得可愛，他尚未理解的力量亦然。奴隸的軟弱、伎倆與醜陋病態的身體令人厭煩，河獺當然也是他的奴隸，但這事毋須告訴孩子。他們可以成為師徒。但學徒毫不忠誠，戈戮克心想，記起學徒「早生」——那小子太過聰明，得記得要更嚴格控制他。父子，這就是他跟河獺可能的關係。他要孩子叫他父親。他想起自己原本打算發現男孩的真名。有幾種方法可以選擇，但既然孩子已在他掌握，最簡單的方式便是詢問。「你的真名是什麼？」他問，專注望著河獺。

河獺內心出現一番微小掙扎，嘴巴卻打開、舌頭移動：「彌卓。」

「很好，很好，彌卓。」巫師說：「你可以叫我父親。」

「你一定要找到紅母。」隔天戈戮克說。兩人再度並肩坐在篷屋外。秋陽和煦。巫師脫下尖頂帽，濃密灰髮在臉龐邊隨意飄動。「我知道你幫他們找到那一小叢，但只有幾滴，為了這麼一點來燒，實在不太值得。如果你想幫我，如果要我教你，你得再努力一點。我想你知道該怎麼辦。」他對河獺微笑，「對不對？」

河獺點點頭。

河獺依然惶恐驚駭，戈戮克輕易逼他說出真名，擁有直接終極的力量可掌控他，如今他已毫無可能用任何方法抗拒戈戮克。當晚，他絕望至極。但隨後安涅薄進入他內心，以她自己的意志，憑她自己的方法而來。他無法召喚她，甚至無法想她，也不敢這麼做，因為戈戮克知曉他的真名。但即使他與巫師在一起，她還是來了，她未現身，只出現在他心中。

巫師的言談與連續、半意識的控制法咒，在周圍形成一團黑暗，令河獺很難覺察她，但他能感覺時，與其說她在他身邊，不如說她就是他，或說他就是她。他透過安涅薄的眼睛看；她的聲音在他腦海中說話，比戈戮克的聲音與咒語更清晰有力。透過她的眼睛及心神，他可以看、可以思考，然後他發現，巫師十分確定自己掌控他的身心靈魂，便忽略了逼迫河獺服從的咒縛。束縛是種連結。他，或是他內在的安涅薄，都能跟隨戈戮克的咒文連結，進入戈戮克的心智。

對此渾然不覺的戈戮克繼續喃喃，跟隨自己惑人嗓音織就的無盡咒文。

「你必須找到真正的子宮、大地的腹囊，裡面有純淨的月種子。你知不知道月是大地之父？對，對，他與大地共臥，行使父親的權力。他以真正的種子，令她卑賤的黏土受孕，但她不願生下王者，她因恐懼而強壯，因卑劣而任性。她拉住他，將他深藏，害怕生下自己的主人。這正是原因：為了讓他誕生，必須活活燒死她。」

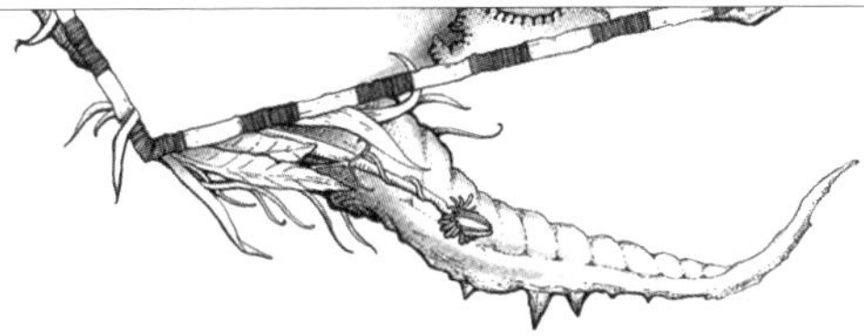

戈戮克停住，好一會兒沒說話，他思索，神色興奮。河獺瞥見他腦中景象：熾熱的大火堆，燃燒有手有腳的柴火、燃燒尖叫的團塊，如綠木在火焰中尖叫。

「對，必須活活燒死她。」戈戮克說，渾厚嗓音柔軟迷離，「然後，也只有在那時候，他才會蹦出來，精光燦爛！喔，時候到了，時候早就到了。我們必須為王者接生。我們必須找到那大礦藏。它就在這裡，毋庸置疑！母親的子宮躺在薩摩里之下。」

戈戮克再度停頓，突然直盯河獺，讓河獺恐懼得僵直，以為巫師抓到他正窺視。戈戮克看著他一會兒，以半敏銳半茫然的奇特注視，微笑。「小獺卓！」他喚，彷彿恰恰發現河獺在身邊。他拍拍河獺肩膀。「我知道你有找出隱藏事物的天賦，倘加以訓練，這天賦可不小。別怕，我兒，我知道你為何只把我的僕人帶到那個小蘊藏，故弄玄虛、拖延時間。但現在我來了，你服侍我，沒什麼好怕的。你也沒必要對我隱瞞，對不對？聰明的孩子愛戴父親、服從，而父親會論功行賞。」戈戮克貼得非常近——他喜歡如此——然後溫柔親密道：「我確定你找得到大礦藏。」

「我知道它在哪裡。」安湼薄道。

河獺無法說話。安湼薄透過他說話，利用他的聲音，那聲音聽來濃重衰弱。

除非戈戮克下令，否則很少人對他說話。他用以緘默、弱化、控制所有靠近他身旁之人的咒語，已成毋須思考的習慣。他慣於被聆聽，而非聆聽。戈戮克信賴自己的力量，執著於自己的想法，心裡不存他念。他完全未意識到河獺，只將河獺視為計畫一部分及自身的延伸。「對，對，你會知道。」他說，再度微笑。

但河獺卻全神貫注在戈戮克身上，完全感受他的存在，以及巨大的控制力量。他依稀覺得，安涅薄的發話移走戈戮克加在他身上的諸多控制，為他取得一個立足點、一個據點。即使戈戮克如此靠近，近得嚇人，他依然開得了口。

「我會帶你去。」他僵硬艱辛地說。

就算有人能說話，戈戮克也習慣聽別人說出他自己放入他人嘴裡的詞語，但這是他想聽，卻未意料能聽見的話。他緊握年輕人的手，將臉貼近，感覺年輕人瑟縮躲開。

「你真聰明哪，你找到比最初找到那塊更好的岩礦了嗎？值得挖掘、烘烤嗎？」

「是大礦藏。」年輕人答。

緩緩說出的僵硬字眼馱載了極沈分量。

「大礦藏？」戈戮克直視他，兩人臉龐隔不到一手掌厚。他泛藍眼珠中，光芒近似水銀的柔和及瘋狂變幻。「子宮？」

「只有主人可以過去。」

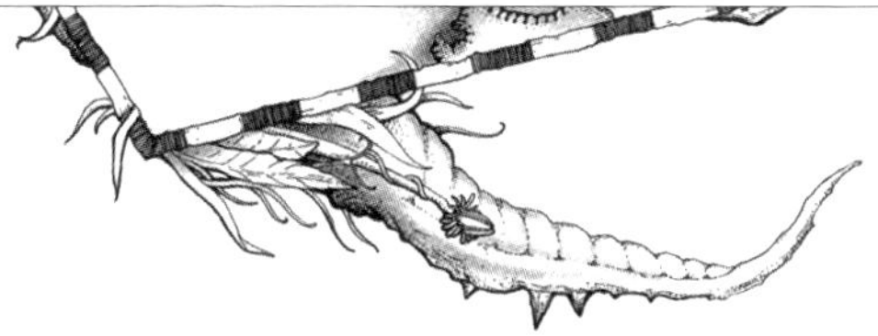

「什麼主人？」

「人宅的主人。王者。」

對河獺而言，這段對話有如在巨大黑暗中提著一盞小燈行走。安涅薄的智慧就是那盞燈，每向前一步都揭露他必須走的下一步，他永遠看不見自己所站的位置，不知道會發生什麼，也不了解看到什麼。但他看得到，一字一字，步步向前。

「你怎麼知道大宅？」

「我看到的。」

「在哪裡？靠近這裡嗎？」

河獺點點頭。

「在土裡嗎？」

把他看到的告訴他，安涅薄在河獺腦海低語。河獺說：「一條河流在黑暗中流洩過閃爍屋頂，屋頂下是王者大宅。高聳廊柱支撐極高的屋頂，地板是赤紅色，所有廊柱也都是赤紅色，上面還有閃亮符文。」

戈戮克屏住呼吸。片刻，他非常輕柔地問：「你能閱讀那些符文嗎？」

「我不能讀。」河獺的聲音平板無調。「我去不了。除了王者，沒有人能以肉身進入，只有他才能閱讀書寫在那裡的文字。」

戈戮克蒼白的臉褪得更死白，下巴略略顫抖。他站起身，動作一如往常突兀。「帶我去。」他道，試圖自制，卻遽然驅策河獺起身行走，河獺蹣跚站起，向前踉蹌數步後，險些跌倒。他僵硬笨拙前行，對催促的頑強激烈意志，試著不加抗拒。

戈戮克緊貼河獺身旁，經常握住河獺手臂。「這邊，」他數度說道，「沒錯！就是這邊。」但他跟隨在河獺身後。他的碰觸與咒語推擠河獺，追趕，卻往河獺選擇的方向前進。

他們走過烤爐塔，經過新舊甬道，直至河獺第一天帶領力奇走到的狹長山谷。如今已是晚秋，那日曾碧綠的樹叢及矮草已灰褐乾枯，風吹得樹叢上最後葉片沙啦作響。兩人左方，一條低陷小河流經柳樹叢，和煦陽光與細長投影在山坡上畫下一道道斜線。

河獺知道脫離戈戮克的瞬間將至，這點昨晚便已確定。他也知道，若巫師在幻象驅策下忘記保護自己，且河獺知曉戈戮克真名，則在同一瞬間，他便可能擊敗戈戮克，泯除其力量。

巫師咒文依然將兩人心智緊緊相連。河獺衝動地向前擠入戈戮克的心智，尋求真名，但他不知從何找起，也不知該如何尋找，他只是一名尚未通曉自己技藝的尋查師。在戈戮克思緒中，唯一清晰可見的是一頁頁智典，上面寫滿毫無意義的字詞

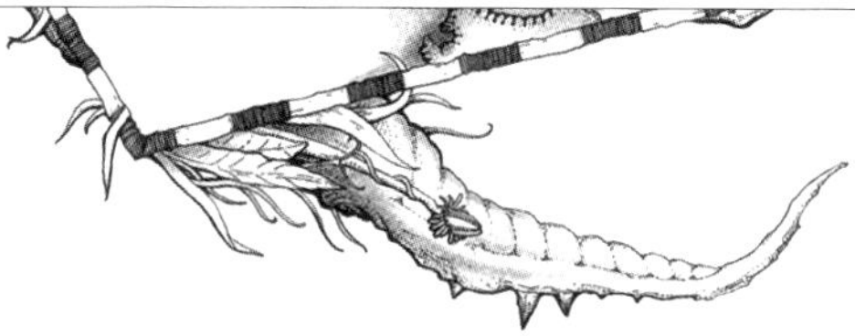

與他描述的幻象：一座巨大紅牆宮殿，銀色符文在赤紅廊柱上舞動。但河獺既看不懂書，也讀不通符文。他從未學過閱讀。

在這當兒，他與戈戮克離石塔與安涅薄愈行愈遠，她的存在時而衰弱退去。河獺不敢嘗試召喚她。

幾步遠處，地底下兩、三呎深，有暗黑水源，水流緩緩滲過雲母岩層上的軟土，水源下是空曠石室及朱砂礦藏。

戈戮克幾乎已完全陷入幻象，但既然河獺與他的心智相連，他亦看到河獺所見部分。他停下腳步，緊抓住河獺手臂，手掌因期待而顫抖。

河獺指向在面前抬升的低矮坡：「王者大宅在那裡。」戈戮克的注意力登時完全自他身上轉移，專注於山邊及所見幻象。霎時，河獺終於可以呼喚安涅薄，她立刻進入他的心智與本體，與他同在。

戈戮克靜靜站立，但雙手振顫緊握，高大身軀痙攣顫抖，像隻獵犬，想追逐卻找不到氣息，不知所措。山坡上短草與樹叢映照在最後一絲陽光中，卻沒有入口，短草從多石崎嶇的乾土中長出，大地毫無縫隙。

雖然河獺沒想著這些字詞，安涅薄卻以他的聲音說話，依然是那軟弱沈悶的聲音：「只有主人能打開大門。只有王者持有鑰匙。」

「鑰匙。」戈戮克說。

河獺靜立，埋沒自己，如同安涅薄在塔房中一般站立。

「鑰匙。」戈戮克焦急複誦。

「鑰匙是王者的真名。」

話語在黑暗中一躍而出。兩人中，誰的聲音？

戈戮克緊繃顫抖地站著，依然不知所措。「土銳絲。」過了半晌後他說，近似耳語。

風吹拂乾草。

巫師立刻向前一步，眼中精光四射，大喊：「以王者之名開啟！我是提納拉！」他的雙手比出快速有力的手勢，彷彿撥開沈重窗簾。面前山壁顫抖、扭動，而後開啟。山壁上一道裂痕加深、加寬，地下水自裂縫湧出，漫過巫師腳背。

他後退瞪視，手激烈比畫，撥開河流如風吹散噴泉，大地裂縫變得更深，露出雲母岩礁。一陣激烈撕裂破碎後，閃亮岩層裂成兩半，下面是一片黑暗。

巫師走上前去。「我來了。」他以歡沁溫柔的嗓音說道，無畏地踏入大地初綻的傷口，白色光芒在他雙手與頭頂邊波動照耀。但他走到石室破裂頂邊，看不到往

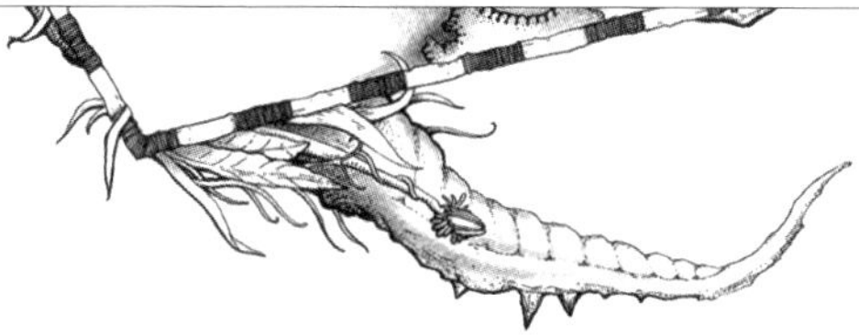

下的斜坡或臺階，遲疑片刻，瞬間，安涅薄以河獺之聲大喊：「提納拉，墜落！」

巫師狂亂地踉蹌數步，試圖轉身，卻在漸漸剝落的崖緣失去重心，朝黑暗筆直落下，猩紅披風在他身邊鼓脹飛起，靈光圍繞著他，宛如流星。

「閉上！」河獺大喊，登時跪下，雙手伏在地面，碰觸岩隙的初綻裂唇。「閉上，母親！癒合！完整！」他懇求、哀乞，說著吐露後才知曉的創世語詞。「母親，完整！」破裂大地哀鳴移動，漸漸合攏，自行癒合。

餘留一條泛紅裂縫，一道在乾土、碎石與拔起草根間的傷疤。

風呼嘯吹動矮樹叢上的乾葉。太陽沈入山後，成堆灰黑雲朵低壓聚集。

河獺獨自蹲踞在山坡腳下。

烏雲密布。雨雲飄過小谷，水滴落在乾土低草上。雲層上，太陽正由明亮天宮緩緩邁下西方臺階。

河獺終於坐起身。他又濕、又冷、又迷惘。為什麼會在這裡？

他遺失了某樣東西，必須找回，他不知道自己遺落什麼，卻知道掉在那火熱石塔，那裡有道石階，在灰煙迷霧中緩緩攀升，他得過去。他站起身，一跛一拐，搖搖晃晃，拖著腳離開山谷。

他沒想要隱藏或保護自己，幸好附近沒有守衛。雖有幾個守衛，卻未警備，因有巫師咒語封鎖牢房。咒語已經消失，塔裡的人不知道，依然在絕望法咒下辛勞工作。

河獺經過烤爐坑大穹室與奔走的奴隸，緩緩爬上光線漸暗、臭氣熏天的盤旋臺階，來到最高處。

她就在那裡，能治癒他的患病女子，持有寶藏的貧瘠女子，是自己化身的那位陌生人。

他默默站在門口。她坐在熔爐底旁，瘦弱身體如石灰黑，下巴與胸脯閃耀從嘴角流下的唾液。他想到由破裂地面流出的泉水。

「彌卓。」她喚，潰爛的嘴無法清楚說話。他跪下，握起她的雙手，凝視她的臉龐。

「安涅薄，」他悄聲說，「跟我來。」

「我想回家。」她說。

他扶她站起。他沒唸咒保護或隱藏兩人。他已耗盡力量，而她雖然擁有極大魔力，得以陪他一步步走在通往山谷的奇特旅程，並且騙巫師說出真名，但仍不懂技藝或魔法，而且體力盡失。

依舊沒人注意他們，他們身上好似有保護咒。兩人走下螺旋梯出了塔門，經過

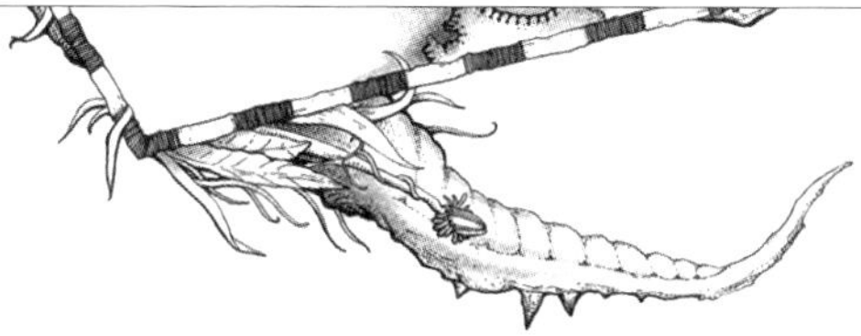

篷屋，遠離礦坑。穿過稀疏林地，走向薩摩里低地上，遮掩住歐恩山的低陵。

安涅薄腳程稍快，不像一名飢餓、跡近毀損的女子，幾乎全裸地在寒雨中行走。她意志專注地前行，腦中別無他念、沒有他、沒有一切，但她的實體與他同在。他敏銳、奇異地感覺她在身邊，一如彼時她應他召喚而來。雨水沿著她裸露的項首與身體流下。他要她停步，穿上他的襯衫，卻為此羞愧，因為這數週來，他都穿著同一件襯衫，衣服因而污穢不堪。她讓他將襯衫套上，繼續前行。她走不快，卻很穩定，眼睛盯著他們追隨的馬車微跡，直到夜晚在雨雲籠罩下提早降臨，看不清該踏向何處。

「造光，」她說，聲音嗚咽哀傷，「你不能製造光嗎？」

「我不知道。」他答，試圖讓周圍亮起法術光，須臾，兩人腳前的地面微微發光。

「我們應該找地方躲雨歇息。」他說道。

「我不能停。」她說，又開始邁步。

「妳不能徹夜不停啊。」

「如果我躺下，就站不起來了。我想看到大山。」

她微弱的聲音被刮過山陵樹叢的嘈雜風雨掩蓋。

兩人繼續穿越黑暗，銀亮雨絲中只見微弱銀白的光，照著眼前路徑。她腳下一絆，他便拉住她的手臂，之後兩人緊密並肩行走，好分享安慰，取得些微溫暖。他們走得更慢、更慢，卻一直前進。周遭靜默無聲，只有暗黑天際降雨拍打地面，潺潺雙腳在小徑稀泥與濕草上，微微發出親吻滋響。

「你看，」她停下步伐說道，「彌卓，你看。」

河獺一直半睡半醒地走著。法術光的蒼白漸退，淹沒在更微弱廣大的澄澈中。天地灰白如一，但前方與上方，極高之處一抹飛雲之上，卻有一道幽長山脊泛著紅光。

「那裡。」安涅薄說，指著高山微笑。她看著同伴，然後緩緩看向地面，直通通跪落在地。他一同跪下，試圖支撐她，卻發現她在他臂彎中滑倒。他試著不讓她的頭陷入路上泥漿。她的四肢與臉龐抽搐，牙關喀喀敲擊，於是他抱緊她，想為她取暖。

「女人，手。」她耳語，「問她們。在村子裡。我真的看到山了。」

她企圖再次坐起，抬頭看天，但一陣顫動與戰慄席捲身體，折磨她。她開始喘息。從山頂與東方天際投射的紅色天光下，他看到猩紅泡沫與唾液從她嘴角流下。

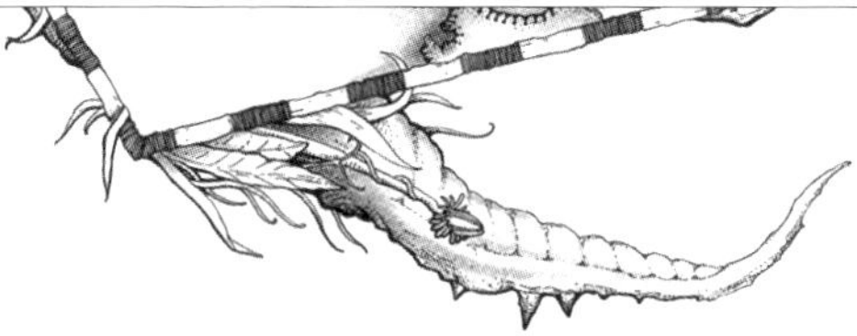

有時她緊攀住他，卻不再說話。她抵抗死亡，為了多一口氣而戰。紅色天光漸退，積雲再次飄過山峰，遮蔽初升太陽，暗入深灰。她最後一口艱困呼吸無法接續時，已是下雨的白晝。

名叫彌卓的男子坐在泥濘中，懷抱死亡女子，放聲哭泣。

一名車夫牽著一騾車橡木經過，將兩人載至林邊村。車夫無法讓年輕人放開女人的屍體，雖然他衰弱且搖搖欲墜，卻萬分艱難地抱著她爬上馬車，不肯將負荷放在橡木堆上。往林邊村的一路上，他一直抱著她。他只說了一句：「她救了我。」車夫未追問。

「她救了我，我卻救不了她。」他激切地對村裡男女說道。他依然不肯放手，緊抱雨濕的僵直軀體，彷彿要保衛它。

村人許久才讓他明白，其中一位婦人是安涅薄的母親，應該讓她抱安涅薄。他終於照做，卻觀察她是否對他的朋友溫柔，想保護她。而後，他溫馴地隨另一名婦女離去。他穿上婦人給的乾衣服，吃下些許食物，倒在她引領的床墊上，因疲累而啜泣、入睡。

一、兩天後，力奇幾個手下前來詢問，是否有人看到或聽說偉大巫師戈戮克，及一名年輕尋查師的事。傳言兩人消失得毫無蹤跡，彷彿被大地吞蝕。至於有個陌生人躲藏在蜜迪家中的蘋果儲藏閣一事，林邊村民無人吐露半字。此後，那兒的人已不再將他們的村莊稱為林邊村，改稱為獺隱村。

他經歷漫長艱困的考驗，為對抗強大力量甘犯重險。因為年輕，體力回復得很快，但心智回歸緩慢。他失去某種東西，永遠喪失，尋獲當下便已失去。

他搜尋記憶，搜尋影子，在影像間不斷盲目摸索：在黑弗諾家中遭受的攻擊；石牢房與獵犬；篷屋裡的磚牢與魔法束縛；與力奇同行、與戈戮克同坐；奴隸、大火、在熏煙濃霧間盤旋而升的石階、直達高塔的房間。他必須重新取回一切、經歷一切、搜尋。他一遍一遍站在高塔房中，看著那女子，她也望著他；他一次次走過小谷，穿越乾草，穿過巫師燃燒的幻覺，與她同在；他一再看見巫師墜落，看到大地閉合；他看到拂曉時分紅色山脊。安涅薄死在他懷裡，她毀傷的臉龐靠著自己手臂。他問她，她是誰、他們做了什麼、他們如何完成，但她無法回答。

安涅薄的母親阿佑與姨母蜜迪都是智婦。兩人以溫暖香油、按摩、草藥與誦唱盡力醫治河獺。她們對他說話，聽他說話。兩人毫不懷疑他的力量極大。他否認：「若不是妳女兒，我什麼都辦不到。」

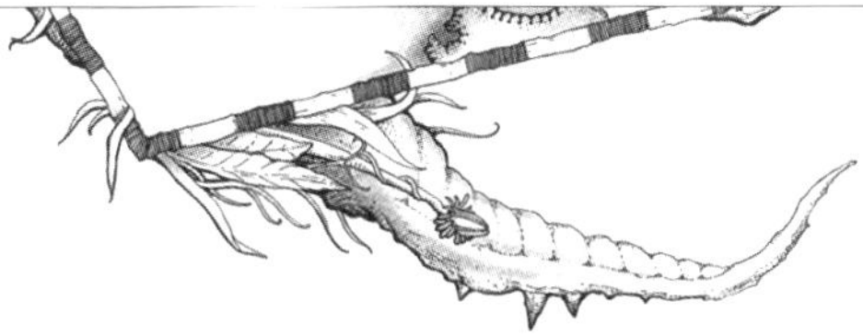

「她做了什麼？」阿佑輕聲問。

他盡己所能全盤托出：「我們素不相識，但她把真名給我，我也將真名給她。」他斷續說道，夾雜漫長靜默。「被巫師強迫同行的是我，但她也與我同在。她是自由的，因此我們兩人可以一起逆轉他的力量，逼他自我毀滅。」他沈思良久，說：「她把她的力量給了我。」

「我們知道她有極大天賦，但不知該如何教導她。」阿佑道，沈默片刻，「山上已經沒有老師了。羅森王的巫師殺光所有術士與女巫。我們無法向任何人求助。」

「有一次我在高坡上遇上春雪暴，迷路了。」蜜迪說：「她到那裡，她來找我，但不是用身體過來。她還引導我到小徑上。那時她僅僅十二歲。」

「她有時會和亡者同行，」阿佑悄聲道：「在森林裡，靠近法力恩的地方。她通曉我祖母告訴過我的太古力，大地之力。她說，祂們在那裡很強。」

「但她也只是個平凡女孩，」蜜迪說，掩住臉，「是個好女孩。」她低聲道。

半晌，阿佑道：「她跟一些年輕人去弗恩，向那裡的牧羊人買羊毛。這是去年春天的事了。那些人說的巫師到那兒去，施法咒，帶走奴隸。」

眾人默不作聲。

阿佑與蜜迪非常相似，河獺看著她們，看到安涅薄原本可能的模樣：嬌小、纖細、敏捷的女子，臉龐圓潤、有著清澈眼眸，一頭濃密黑髮不像多數人一般直，而是鬈曲毛燥。許多西黑弗諾人都有這種頭髮。

但安涅薄頭髮落得精光，與烤爐塔中所有奴隸一樣。

安涅薄的通名是「菖蒲」，那是泉水中的藍色鳶尾花。她母親與阿姨說到她時，都這麼叫她。

「無論我是誰、無論我能做什麼，都不夠。」河獺說道。

「永遠都不夠，無論誰都一樣。」蜜迪說：「一個人能做什麼呢？」

她抬起食指，接著將其餘手指緊握成拳，緩緩旋轉手腕，掌心朝上攤開，彷彿要給予什麼。他曾看安涅薄做同樣手勢。他專注看著，心想，那不是咒語，而是信號。阿佑看著他。

「這是祕密。」她說。

「我能知道嗎？」他過了一會兒問。

「你已經知道了。你將它給了菖蒲，她亦給了你。信任。」

「信任，對。」年輕人說：「但對抗……對抗他們呢？……戈戮克不在了，或許羅森也會垮臺。有什麼不同嗎？奴隸能自由？乞丐有飯吃？正義能伸張嗎？我

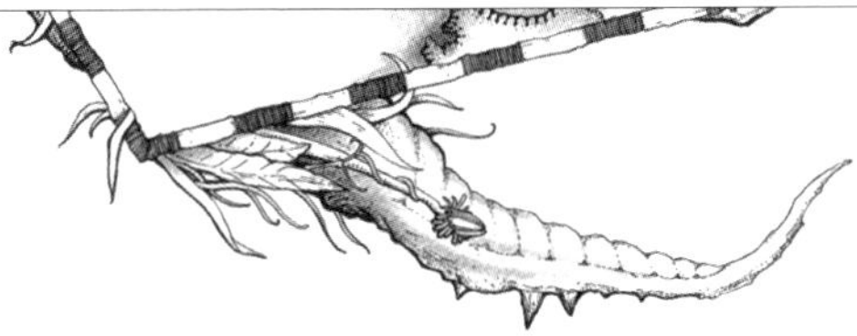

想，人有劣根性。信任能否定它、超越它，越過這道鴻溝，但它依然存在；我們所作所為，最終還是滿足邪惡目的，因為我們就是如此，貪婪、殘酷。我看著世界，看著森林與這裡的高山、天空，一切無恙，都是該有的模樣。但我們不是。人類不是。我們錯了，我們做的事也錯了。動物不會犯錯，牠們哪有能力犯錯？但我們可以，因此我們犯錯，而且永遠不能停止。」

兩人聽他說話，不同意也不反對，而是接受他的絕望。他的言詞深入兩人傾聽的緘默，沈澱數日後，以不同形式回到他心中。

「沒有別人，我們將一事無成，」他說：「但只有貪婪、殘酷的人才會結黨營私。不願加入的人便孤軍奮戰。」他第一眼見到的安涅薄影像，那個獨立塔房內的垂死女人，隨時圍繞他。「真正的力量都浪費掉了。巫師將技藝用於攻擊彼此、服侍貪婪之人，如此使用，技藝還有何用處？都浪費了。技藝錯用，或遭棄置，像奴隸的生命般。無人能獨力獲得自由，法師也不例外，所有人都在牢房中使用魔法，一無所得。力量無法用在良善用途上。」

阿佑握起手，將掌心朝上攤開，快速略比出某個手勢、某個信號。

一名男子上山來到林邊村，是弗恩的燒炭匠。「我妻小巢有口信傳給智婦。」村民指引他前往阿佑家。他站在門口，快速比個手勢，攤開握住的拳：「小巢要告訴妳，烏鴉提早飛起，獵犬正追逐河獺。」在火邊敲核桃的河獺靜止不動。蜜迪謝謝信差，為他端來一杯水、一把去殼核果。阿佑兩人與信差聊著他妻子的事。信差離去後，她轉向河獺。

「獵犬是羅森的手下，」他說：「我今天就走。」

蜜迪望向妹妹。「那該是我們跟你談談的時候了。」說完，她隔著爐火在河獺對面坐下。阿佑站在桌邊，一語不發。壁爐中燒著暖火。這時節陰濕冰冷，山上人家戶戶柴火充足。

「在這塊地方，甚至更遠處，有人跟你想的一樣，認為人無法獨力擁有智慧，我們這些人試圖團結，因而被稱為『結手』，或『結手之女』。我們並非都是女人，但自稱女人頗有好處，那些大人物認為女人不能團結，再不，就是把這類結盟視為統治、苛政，或不覺得會有任何力量。」

阿佑在陰影裡接話：「據說有座島嶼一如有王在位，仍保有正義之治，人稱莫瑞德之島，但不是眾王的英拉德島，也非伊亞。傳言它位於黑弗諾南方，而非西方。在那裡，結手之女保留了古老技藝，而且她們肯教導技藝，不像巫師只會藏私。」

「也許接受她們教導後，你能好好教訓一下那群巫師。」蜜迪說。

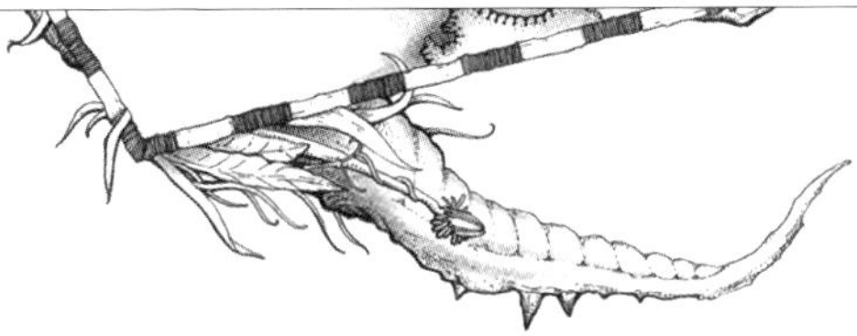

「也許你找得到那座島嶼。」阿佑說道。

河獺看著兩人。顯然她們將最大的祕密與希望都告訴了他。

「莫瑞德之島。」他複誦。

「只有結手之女這麼說，以防巫師或海盜知曉其真正意義。巫師或海盜以別的詞稱之。」

「這趟路途將非常遙遠。」蜜迪說。

對這對姊妹與所有村民而言，歐恩山就是他們的世界，黑弗諾海岸已是宇宙邊緣，更遠處則是謠傳與夢境。

「據說，你得往海邊去，往南走。」阿佑說。

「他知道的，妹妹。」蜜迪告訴她，「他不是說過嘛，他是造船木匠。但從這裡到海邊真遠，你後面還跟著個巫師，要怎麼去那兒啊？」

「從不帶氣味的水路走。」河獺說著站起身來。一堆核桃殼從腿上落下，他拿起壁爐掃把，盡數掃入火堆。「我該走了。」

「帶著麵包。」阿佑說。蜜迪連忙將硬麵包、硬乳酪與核桃裝入綿羊胃製成的皮囊。她們非常貧困，兩人傾盡所有給河獺，安涅薄亦如此。

「我母親生在法力恩森林對面的巷底村，」河獺說：「妳們聽過嗎？她名叫玫瑰，是山梨的女兒。」

「車夫在夏天會下山到巷底村。」

「如果有人能告訴那裡的村民，他們會捎個訊息給她。我舅舅小索以前每一、兩年都會進城一次。」

她們點點頭。

「若能讓她知道我還活著……」

安涅薄母親點點頭：「她會收到消息的。」

「去吧。」蜜迪道。

「與水共行。」阿佑道。

他擁抱兩人，她們回擁，他離開屋子。

河獺跑過零星茅屋，來到湍急嘈雜小溪。每晚在林邊村，都聽到小溪歌唱。

他對小溪祈禱：「帶我走，救救我。」他請求。他施下老變換師很久以前教他的法咒，唸出變身真言。頃刻，無人跪在吵雜流洩溪水旁，只有一隻河獺潛入溪流，消失無蹤。

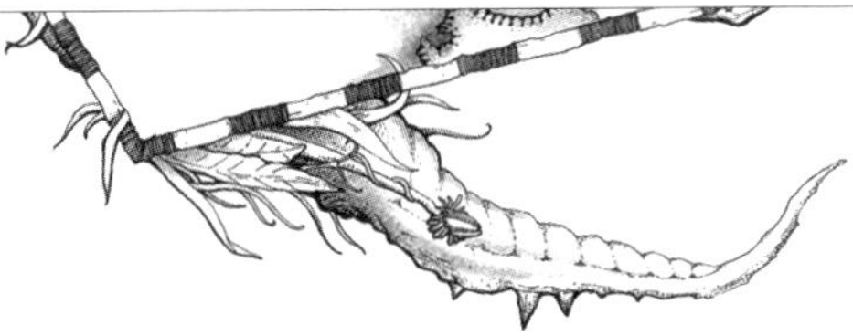

三・燕鷗

我們山上有個智者，
知曉如何心想事成；
他變化外形，他變化姓名，
但其餘永遠不會變。
水就這樣流啊流，
水就這樣流。

冬日午後，在歐內法河延至黑弗諾大灣北面淺灣的河畔，一名男子在泥砂地上站起，衣衫襤褸、鞋履破爛，身形細瘦棕褐、眼眸深暗，頭髮又細又濃，足以讓雨水滑落。河口淺灘正下雨，是灰陰冬日裡綿寒陰鬱的毛毛雨。他衣衫濕透，拱起肩膀，轉身朝岸邊遠處裊裊炊煙走去。身後是河獺從水裡爬上來的四腳足印，與男子離開水邊的兩腳足跡。

他之後去了何處，歌曲並未細述，只說他在流浪：「他遠遠流浪，一塊又一塊陸地。」他若沿著大島海岸前行，便能在許多村莊裡找到通曉結手信號的產婆、智婦或術士，以獲協助，但他身後跟著獵犬，因此他極可能趕忙離開黑弗諾，化身水手，登上往伊拔諾海峽的漁船，或往內極海的商船。

在阿爾克島、厚斯克島的歐若米與九十嶼間，都有故事描述一名男子如何到來，尋找依然記得王治及巫師之義的地方，他稱那片土地為莫瑞德之島。我們無法得知這些故事是否跟彌卓有關，因為他使用許多化名，鮮少、甚至不曾自稱河獺。戈戮克之死沒讓羅森垮臺，海盜王僱有別的巫師，其中一人名叫早生，很想找到擊敗他師傅戈戮克的小後輩。早生頗可能找到彌卓行蹤，因為羅森的勢力囊括黑弗諾及內極海北方，且與時俱增，獵犬的鼻子也靈敏如昔。

或為躲避追獵，或因厚斯克島結手之女的傳言，彌卓來到內極海上極西的蟠多。在巨龍耶瓦德燒殺搜刮之前，蟠多是個富庶島嶼。彌卓之前所到之處，觸目皆是如黑弗諾或更不堪的島嶼，深陷戰爭劫掠，受海盜侵擾，農田荒草叢生，城鎮盡是盜賊宵小，他以為自己已在蟠多尋得莫瑞德之島，因這城市美麗和平，人民富庶安康。

彌卓在此遇見一名老法師，名喚高龍，真名已讓時間掩沒。高龍聽到莫瑞德之島的故事後，微笑而哀傷地搖頭：「不是這裡，不是。蟠多海爺都是好人，記得王道，不尋求戰爭或劫掠，但他們遣子去西方獵龍。好玩嘛！把西陲的龍當野鴨野鵝

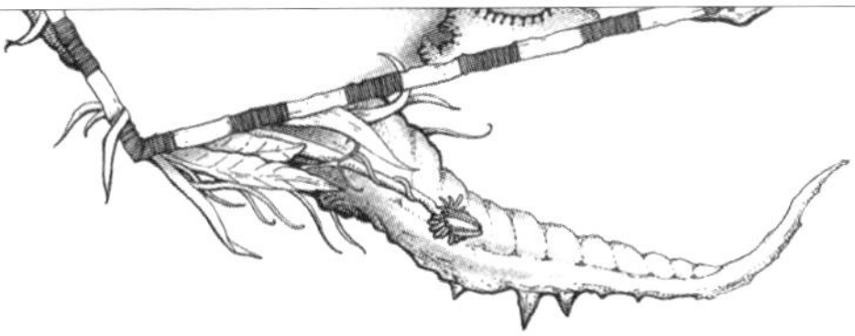

般濫殺，不會有好下場！」

高龍心懷感激，收彌卓為徒。「一名法師傾囊相授，使我學得技藝，但我一直找不到人傳承，終究，你來了。」他告訴彌卓，「年輕人來找我，他們問：『這有什麼用？你找得到金子嗎？』說：『你能教我把石頭變成鑽石嗎？能給我一把屠龍劍嗎？說一堆大化平衡有什麼用？沒賺頭。』他們說，沒有利益！」老人大論年輕人的愚蠢及世風敗壞。

說到授業解惑，老人是誨而不倦，慷慨相授，一絲不苟。彌卓第一次見識魔法真貌：不是怪異天賦或無厘頭行徑，而是一門藝術、一項手藝，長久研修方可窺其堂奧，持續練習方能正確使用。但即便如此，魔法的奇異感永不消退。高龍對咒語及術法的掌握不比學生強多少，但腦海中對某種更碩大之事——完整的知識——具有清晰概念。這使他成為一名法師。

彌卓聆聽，想著自己與安涅薄如何在暗黑雨中行走，憑著微弱燈光，只看得到該走的下一步；想著他倆如何抬頭，在拂曉中看到紅色山脊。

「每個咒語皆息息相關，」高龍說：「一片葉子的任何動向，都能移動地海每座島嶼上每棵樹木的每片葉子！萬物皆有形意，這正是你必須尋找、注意的。只有成為形意的一部分，才是正道。形意中才得自由。」

彌卓跟隨高龍修習三年。老法師過世後，蟠多領主請彌卓繼承法師之位。高龍雖對獵龍者不斷批評責罵，但在島上一向受人尊敬，繼承者也會享有尊敬與權力。也許彌卓不禁以為此處已是最近似莫瑞德之島的地方，便在蟠多又留一段時間。他與年輕領主同船出航，經托林峽深入西陲尋找龍群。他渴求見到一條龍，但那年代天候惡劣，時有暴風雨突來，將船三度逼退到印嘎特，彌卓拒絕再讓船隻朝颶風西行——自黑弗諾港的小帆船時代以來，他已學得不少天候術。

之後他離開蟠多，再度受牽引而南行。也許前往安絲摩島。藉由某種偽裝，他終於來到九十嶼的吉斯島。

直至今日，當地人民仍以捕鯨為生，船跟城鎮皆腥臭無比。彌卓無意從事該業，他雖不喜搭乘奴隸船，但唯一從吉斯島出港東行的，只有一艘載著鯨油往偶港航行的船。他曾聽人談起偶島南方與東方的封閉海，那裡有富庶小島，鮮為人知，與內極海群島沒有交易。他所尋找之地可能就在那兒。於是，他以天候師身分登上由四十名奴隸划動的船。

天氣一度轉晴，順風，藍天裡白雲朵朵，還有晚春和煦陽光。船艦順利遠離吉斯島。午後稍晚，他聽到船長對舵手說：「今晚讓船保持向南，不要驚擾柔克。」

他從未聽人談起這座島嶼，便問：「那兒有什麼？」

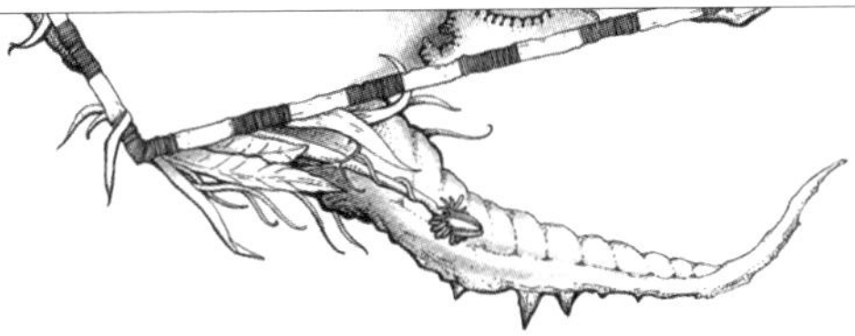

「死亡與荒蕪。」船長答，他身材矮小，有著鯨魚般飽見世事的哀傷小眼。

「戰爭嗎？」

「好幾年前了。瘟疫、黑魔法。附近水域都受到詛咒。」

「蛆蟲。」舵手說，他是船長的兄弟，「在柔克附近釣魚，你會發現魚長滿蛆蟲，像糞堆上的死狗一樣。」

「還有人住在那裡嗎？」彌卓問，船長答「女巫」，而他兄弟說：「吃蟲的人。」

群島王國中有許多這類島嶼，敵對巫師的摧殘與詛咒使大地貧瘠荒蕪，即使只是經過這類地方，都會招致邪惡。彌卓沒多想柔克，直到當晚。

他睡在甲板，星光照面，做了單純鮮明的夢：白晝，雲朵飛越明亮天際，海洋彼端，有座山陵高聳碧綠，陵脊沐浴在陽光下。他醒來，景象在腦中依然清晰。十年前，在薩摩里礦場，咒語鎖閉的篷屋牢房裡，他也曾看過這一幕。

他坐起身。黑暗海面沈靜非常，緩長的浪湧背面映照星光點點。以船槳划行的船隻極少遠離陸地邊緣，也鮮少徹夜划航，多半會在海灣或港口停靠。但這段航程沒有靠泊處，既然天氣溫和如斯，他們便立起船桅及大方帆。船艦柔柔向前漂流，划槳奴隸在長板凳上熟睡，除了舵手及守夜人外，船員都睡了，連守夜人都在打盹兒。水波在船身邊緣低語，木材輕聲吱嘎，奴隸的鐵鍊鏗鏘一響，又是一響。

「這樣的夜晚，不需要天候師，況且他們也還沒付錢給我。」彌卓對著良心說。他從夢中甦醒，腦中還留著柔克一詞。為什麼從未聽人提起這座小島、從未在航海圖上看過？也許它真如傳言所說的受詛荒蕪，但難道不該畫在航海圖上嗎？

「我可以化身燕鷗，在天亮前回到船上。」他自言自語，心情卻慵懶。他的目的地是偶港，頹毀土地太常見了，沒必要飛去尋找。他讓自己安躺繩索間，看著星辰。西方治鐵爐座四星正明亮，低懸海面之上。光芒有點模糊，在他注視下，星子一顆一顆熄滅。

最微弱的輕歎，顫抖著溜過緩慢平滑的浪波。

彌卓立時站起：「船長，醒醒。」

「怎麼了？」

「有巫風吹來，順風的方向。快把帆卸下。」

無風吹拂。空氣依然輕柔，大帆軟軟垂下，只有西方星辰隨著逐漸升高的沈默暗影淡去、消失。船長看著那一幕。「你說是巫風？」他不情願地問。

詭徒會拿天候當武器，降冰雹摧毀敵方農作物、送颶風擊沈敵方船艦。這類風暴反覆狂亂，甚至能到離目的地甚遠之處，侵擾百哩外收割莊稼的農夫或水手。

「把帆卸下。」彌卓命令。船長伸個懶腰，咒罵兩聲吼出命令。船員緩緩爬起，

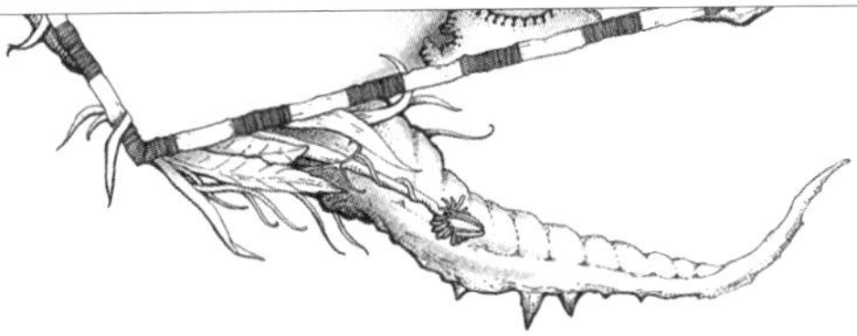

緩緩收入笨重船帆，船槳長對船長及彌卓問了幾個問題後，開始對奴隸大吼，大步在他們之間踏步，以打結的繩鞭左右揮劈，好叫醒他們。帆僅半卸，槳僅半握，彌卓剛誦起安定咒，巫風便襲擊而來。

突來漆黑與狂風暴雨中，巫風隨著一聲暴雷開始攻擊。船像馬匹般高抬前頂，然後滾得又重又遠，船桅立即斷裂，但牽索撐了下來。船帆掉落海裡，盛滿海水，將船直線下扯。巨排船槳在槳架上來回滑動，鐵鍊緊繫的奴隸站在長椅上掙扎、驚喊。一桶桶燃油四處散落，轟隆隆撞壓翻滾。船帆直將船朝海底拉扯，甲板側立海面，一排巨碩暴浪撲上船隻，淹沒，使船沈入海底。所有人的狂喊與尖叫剎時沈默，只留下雨水衝擊海面的怒吼，隨著詭異颶風東行而漸漸淡弱。穿過颶風，一隻白色海鳥從黑色海面拍翅升起，脆弱而孤注一擲地朝北飛去。

拂曉第一道曙光中，懸崖下狹長沙灘印上海鳥降落的蹤跡，之後接續男人步行漫遊的足印，在懸崖與海洋間愈行愈窄的沙灘上，延續一長段距離。之後便無蹤跡。

彌卓知道反覆變化形體的危險，但船難及昨夜漫長的飛行讓他心晃神搖、全身虛弱，灰色海灘只將他領向一道無法攀爬的陡直懸崖底。他再次施咒、唸誦，以燕鷗快速、疲累的雙翅飛到崖頂。此時，飛翔支配了心神，他飛越籠罩在日出前陰影的大地。在遙遠的前方，有一座高聳碧綠山陵的陵脊，正沐浴在初生陽光下。

他朝那兒飛行、降落，碰觸土地時又變回人形。

他站在那兒好一會，心生迷惘。他依稀覺得，自己並非因行為或抉擇而變回人形，而是一降落在這土地、這山陵上，他便變回自己。更偉大的魔法盤據在此。

他好奇而警戒地環顧。整座山上，星花草正值花季，細長花瓣在綠草間熊熊燃燒一片金黃。黑弗諾孩童都認得這種植物，稱之星花草，以伊里安島的祝融之災為名。當時火爺攻擊諸島，厄瑞亞拜前去迎敵，將之擊敗。佇立山頭，往昔英雄的故事歌謠在彌卓記憶中浮現。厄瑞亞拜，以及在他之前的英雄：鷹后赫露、將卡耳格人逐回東方的阿肯巴、締和者瑟利耳、索利亞之葉芙阮，還有廣受愛戴的莫瑞德王，人稱白法師。勇者與智者彷彿隨召喚來到面前，彷彿他呼喚他們。但他不曾呼喚，他看到他們。他們站在長草間，在隨著晨風輕點的焰形花朵間。

然後盡皆消失，只留他一人站在山頂，飽受震撼、疑惑不安。「我已見過地海諸王諸后，」他心想，「他們只是長在這座山頭上的蔓草。」

彌卓緩緩走向山頭東方，地平線上高僅數指的太陽已將該處照得又亮又暖。往太陽下方望去，他看到村鎮屋頂群聚在面東而開的海灣頂，彼方高橫天際的線條，

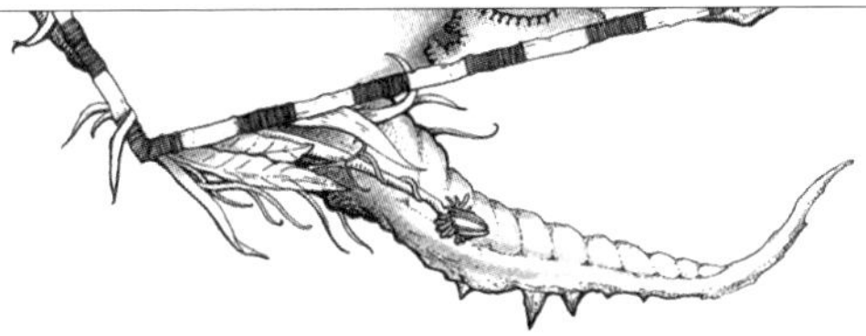

則是半個世界外的海洋邊緣。轉向西方，他看到農田、牧場與道路。北方則是幽長綠色山巒。南方一塊低凹山地有叢高大樹木，吸引、擒持他的目光。他覺得那是座大森林的入口，就像黑弗諾的法力恩林地，他不知自己為何這麼想，因為他也看得到樹叢外光禿的荒野與牧地。

他站了良久，才撥開高草及星花草朝下走。山腳下一條小徑，領他經過農地，農地看來妥善照料，卻異常寂寞。他想找一條通往城鎮的小徑，卻沒有半條朝東。田野間毫無人影，有些剛翻犁過。一路無犬朝他吠叫，只有在某個岔路口，一隻在貧瘠牧地咀嚼的老驢子走到木柵欄邊探出頭，渴望有人陪伴。彌卓停步輕撫那灰褐瘦削的臉。他從小在城市、海邊長大，對農場及家畜所知不多，但覺那驢子眼神和善。「我在哪裡，驢子？」他向牠問，「該怎麼到我看見的城鎮？」

驢子將頭重重抵著他的手，好讓他繼續抓搔眼耳之間。他搔弄時，牠閃動長長右耳，因此彌卓離開驢子，選擇右邊岔路，即使那條路看來通往山頂。不久，房舍可見，他走上街道，終於到達海灣頂的城鎮。

農地泛著奇異的安靜。無聲息，無人蹤。如此甜美春晨的平凡城鎮令人安適，但如許沈靜卻讓他不得不懷疑是否身處瘟疫襲過之地，或是受到詛咒的島嶼。他繼續前行。在房屋及一棵老李樹間綁著一條曬衣繩，衣物隨著晴朗微風拍擊。一隻貓來到花園一角，不是飢腸轆轆的棄貓，而是足掌雪白、鬍鬚潔淨、生活安泰。他從這陡峭石阪往下走，終於聽見人聲。

他停步傾聽，卻什麼都聽不到。

他朝街尾走。小巷開展成小市集，人們聚集，為數不多，不在買賣物品，也沒搭起棚架或攤位。那些人正等待他。

彌卓自從走過城鎮上方碧色山陵，見過綠草間鮮豔幻影後，心情便覺輕鬆，他全心期待，滿懷某種神異感，卻不害怕。他靜立，望向前來迎接的人。

其中三位向前走來，一名老人高大魁梧、髮色眩白，還有兩名女子。巫師識得巫師，彌卓知道她們是力之女。

他舉起握拳的手，一轉攤開，掌心向上獻給來人。

「啊。」較高的女子說道，笑了，但沒回應這手勢。

「告訴我們你是誰，」白髮男子說，語氣還算禮貌，卻未先招呼或歡迎，「你如何來此。」

「我生於黑弗諾，接受造船工匠與術士的訓練。我原本搭一艘船，從吉斯島前往偶港。昨夜，巫風來襲，只有我免於溺斃。」他沈默。回想起那艘船艦和其中鍊鎖的人，便吞沒他的心智，一如黑暗大海吞沒他們。他大喘一口氣，彷彿從陷溺中

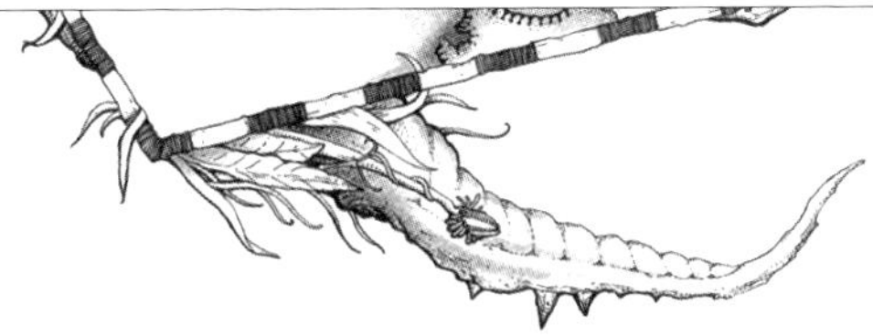

浮起。

「你怎麼來到這裡的？」

「變成鳥……變成燕鷗飛來的。這裡是柔克島嗎？」

「你變身了？」

彌卓點頭。

「你服侍誰？」較矮小年輕的女子首度開口。她有張敏銳堅毅的臉龐，還有長長黑眉毛。

「我沒有主人。」

「你在偶港的差事是什麼？」

「好幾年前，我在黑弗諾被奴役。解救我的人告訴我有個地方，沒有主人、依然記得瑟利耳的王道統治，而且技藝受到尊崇。七年來，我一直在尋找那地方、那島嶼。」

「誰告訴你的？」

「結手之女。」

「隨便誰都會握拳、攤掌，」高大女子和藹說道，「但不是每個人都能飛來柔克，或以游泳、航行等等方法來此。所以我們必須詢問你如何前來。」

彌卓沒有立即回答。「機運眷顧久願。」他終於說道：「不是技藝、不是知識帶我來的。我想我已到達尋覓之所，但我不知道；我想你們可能是阿佑她們提起的人，但我不知道；我想我從山上看到的樹叢裡藏有偉大祕密，但我不知道。我只知道，從踏上那座山頭起，我就像小時第一次聽人唱誦《英拉德行誼》一般，迷失在不可思議的神奇中。」

白髮男子看看另兩名女子。其餘人也走上前來，議論紛紛。

「如果你留在這裡，你要做什麼？」黑眉女子問他。

「我會造船、補船，也能駕船，還能四處尋查。如果你們還需要，我亦會操縱天候這類技藝。我也願隨任何肯教導我的人學習技藝。」

「你想學什麼？」較高女子以和善聲音問道。

此時，彌卓感覺無論此生是正是邪，這問題將決定自己的一生。他再次靜默站立良久。他欲言又止，最後終於說道：「我誰都救不了，一個都救不了，連救我的人都救不了。我知道的一切都無法讓她自由，我一無所知。如果你們知道該如何自由，求求你們，教教我！」

「自由！」高大女子說，聲如揮鞭。她看著同伴，片刻後微微一笑，轉向彌卓，說：「我們是囚犯，自由是我們研習的課題。你穿透我們的牢牆而來，你說你

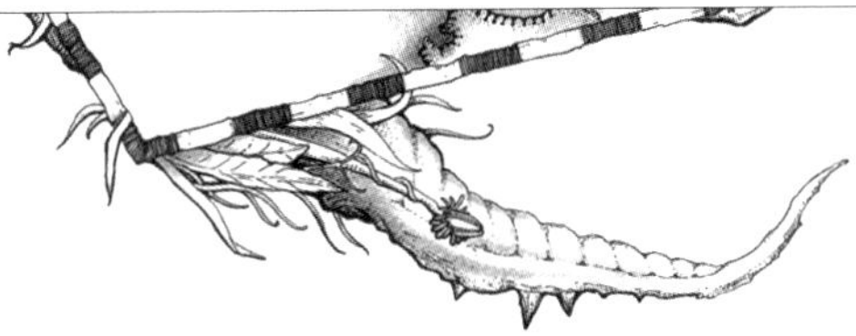

在尋找自由，但你必須知道，離開柔克可能比前來更加困難。監牢中還有監牢，其中有一些還是我們自己建造的。」她看看旁人，問：「你們怎麼說？」

他們說的話很少，近乎靜默地尋求共識。最後，較矮女子以銳利眼神看向彌卓：「你要，就待下吧。」

「我要。」

「我們怎麼稱呼你？」

「燕鷗。」他答，於是眾人以此稱之。

彌卓在柔克所找到的，比追尋已久的希望與傳言更多，也更少。他們說柔克是地海的心臟。兮果乙在時間之初，從海中抬起大陸，第一塊是北海的明亮伊亞，第二塊便是柔克。那座碧綠山陵即是柔克圓丘，根基較其餘島嶼更深。而他之前見過的樹林，有時在島這端，有時又在另一邊，是全世界最古老的樹林，也是魔法的源頭與中心。

「如果砍下大林，巫術便會失效。那些樹的根就是知識之根。葉影在陽光下形成的形意，撰寫兮果乙創世時所說的言詞。」

莧爐如是說。她是彌卓的師傅，有對猛銳黑眉。

柔克上所有魔法技藝師傅都是女性。島上沒有力之子，連平凡男子都很少。

三十年前，瓦梭島眾海盜王派艦隊前來征服柔克，不為微薄財富，而為擊破聲名遠播的魔法。柔克一名巫師將島出賣給瓦梭詭徒，降低島上抵禦及警告咒語。咒語破除，海盜非以巫術，而是以蠻力和烈火攻占整座島。綏爾灣內泊滿大船，軍隊燒殺搜刮，奴隸販子擄走男人、男孩、年輕婦女。他們屠殺幼童與老人，所到之處，焚燒每棟房舍及田野。幾天後海盜登船離去，無一座村落完好，農田亦傾毀荒蕪。

海灣頂的綏爾鎮也帶有圓丘及大林的某些特異，劫掠者雖然在鎮上追逐搜尋奴隸、搶奪縱火，火卻一點就熄，狹窄街道也引得盜匪團團轉。大多數倖存島民都是智婦與孩子，藏身鎮上或心成林裡。現在柔克島上的男子都是當初留下的孩子，如今長大成人；還有幾個已老邁的男子。當地除了結手之女外，別無組織治理，她們的咒語長期守護柔克，如今更加嚴密。

結手之女鮮少信任男人，因為一個男人的背叛，就使得一群男人攻擊此地。她們說，扭曲技藝以獲私利的，是男人的野心。「我們不與他們往來。」高窕的芙紗和藹說道。

然而茰爈對彌卓說：「我們是自找毀滅。」

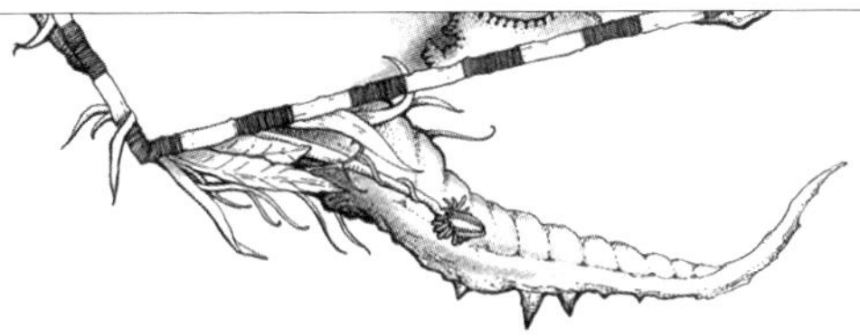

百餘年前，結手之子與結手之女聚集於柔克，形成巫師聯盟。他們對自己的力量自豪、信任，在能夠公然起義之前，教導他人，祕密結黨，抵抗興戰之徒與奴隸販子。女人向來是聯盟的領袖，莨燼說，女人假扮成膏藥販及織網工等，離開柔克前往內極海附近，組織廣泛緊密的反抗網絡。至今，那張網仍留下某些連結。彌卓首先在安涅薄村落遇上其中一道蹤跡，從而追尋至今，但她們並未領他前來。那次劫掠後，柔克便完全封閉在智婦一再織就的強大護咒中，與其餘人民再無交易。

「我們救不了他們，」莨燼說：「甚至救不了自己。」

芙紗雖然有著溫和聲音與微笑，卻毫不妥協。她告訴彌卓，同意留他在柔克，是為了看住他。「你一度穿越我們的防禦，你可能說真話，也可能不是。你能告訴我什麼，讓我信任你嗎？」

眾人同意給他一間港邊小屋與一份工作，協助綏爾的造船婦；婦人僅自學過造船術，樂意接受彌卓的巧藝。芙紗不在途中為難他，總是親切招呼，但她說過「你能告訴我什麼，讓我信任你嗎」，他無法回答。

莨燼則多以皺眉回應他的招呼。她會驟然提問，聽取答案，且一言不發。

他曾怯怯問她心成林是什麼，因為他問別人時，她們都說：「莨燼可以告訴你。」她拒絕回答，態度並非高傲，而是明確。她說：「你只可能在大林裡，向大林學習了解大林。」幾天後，茵爐來到綏爾灣沙岸，彌卓正在那裡修補漁船。她盡力協助，並詢問有關造船的問題，他亦勉力告知，讓她看看造船術。那是個平靜午後。但之後她又驟然離去。他對茵爐懷有某種敬畏，因她難以預料。不久，出乎意料地茵爐對他說：「長舞節後我會去大林。你想來就來吧。」

從柔克圓丘上彷彿看得到整片大林，但如果走在林中，卻不一定能再出返田野，只會在樹下不斷行走。大林內部只有單一樹種，且僅存此處，但這些樹的赫語名除了「樹」之外，別無稱謂。茵爐說，太古語中每棵樹都有真名。繼續走一會兒，會再回到熟悉樹種間：橡樹、槲樹、梣樹，栗樹、核桃木、柳樹，春天碧綠，冬季乾禿；也有深色冷杉、雪松，還有一種彌卓不識的高大冬青樹，紅色樹皮柔軟、枝葉層疊。每次走，樹林間道路總是不同。綏爾人告訴他，最好不要太過深入，只有原路折返，才能確保走出樹林，進入田野。

「森林有多遠？」彌卓問，茵爐答：「心有多遠，它就有多遠。」

彌卓在歐若米時，學會了閱讀群島王國的通用文字。之後，蟠多的高龍教導他一些力量符文，那些智識為人所知；茵爐獨自在心成林中學到的，除了與她分享的對象外，皆不為人知。整個夏天她都住在大林邊緣，身邊只有一個小盒，防止老鼠或林鼠奪食所存不多的食物，有間樹枝搭成的遮雨棚，還有一堆煮飯的炭火。炭火

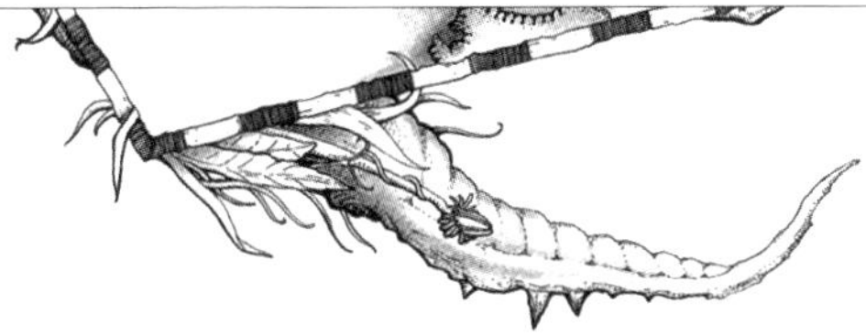

設在小溪旁，溪流從樹林間流淌，與奔向海灣的小河匯流。

彌卓在附近紮營。他不知道萸燼要他做什麼。他希望她打算教他，開始回答他對大林的疑問，但她隻字不提，而他更是羞怯謹慎，生怕打擾她獨處。這種獨處如大林之奇，令他戒慎恐懼。第二天，她喚他同行，領他深入林間。兩人沈默行走多時。夏日正午，樹林完全沈靜。無鳥啼，無葉動，一排排樹木各不相同，卻又重疊如一。他不知道他們何時折返，只知足下所走範圍，已超出柔克海岸。

溫暖夜裡，他們再度走出，回到耕地與牧野。走回營地時，他看到冶鐵爐座四顆星出現在西方山陵。

萸燼只說了「晚安」，隨即離去。

隔日，她說：「我要去樹下坐。」他不確定她希望自己做什麼，因此遠遠跟著她，直到兩人走入大林最深處，那裡所有的樹都是同一種，無名種類，但每一棵都各具真名。她在一棵老樹根脈間的柔軟葉堆中坐下，他也在不遠處坐下。她看著、聽著、靜坐，他也看著、聽著、靜止。兩人如此過了幾天。一天早晨，萸燼走入大林，他心帶頑抗，刻意留在河邊。她沒回頭。

那天早上芙紗從綏爾鎮來，帶來一籃麵包、乳酪、凝乳和夏季鮮果。「你學到什麼了？」她疏離溫和地問，彌卓回答：「學到我是笨蛋。」

「為什麼，燕鷗？」

「笨蛋就算永遠坐在樹底下，也不會更明智。」

高挑女子微笑。「我妹妹從未教導男子。」她說著瞥了他一眼，調開目光，凝視夏日田野。「她從未正眼看男子。」

彌卓默立。他臉頰發熱，低下頭。「我以為……」欲語還休。

芙紗所言讓他恍然看到萸燼的不耐、猛銳、沈默之外，原來還有另一面。

他試圖將萸燼視為不可褻瀆，但事實上他渴望碰觸她柔軟的褐色肌膚、閃耀黑髮。她突然以難解的挑釁瞪視他時，他以為她在生氣。他害怕會侮辱、激怒她。她害怕什麼？他的慾望？她自己的……但她不是涉世未深的女孩，她是智婦、法師，是走在心成林中，通曉陰影形意的人！

他與芙紗站在樹林邊緣，思緒決堤般在他腦海激盪。「我以為法師都離群索居，」他終於說道：「高龍說，做愛會崩解力量。」

「某些智者是這麼說。」芙紗和藹說道，再次微笑地向他告別。

他整個下午都沈浸在混亂憤怒的情緒中。萸燼走出大林，朝上游葉影扶疏的房舍走去時，他同行，提著芙紗的籃子作藉口。「我能跟妳說話嗎？」

她扼要地點頭，皺起黑色眉尖。

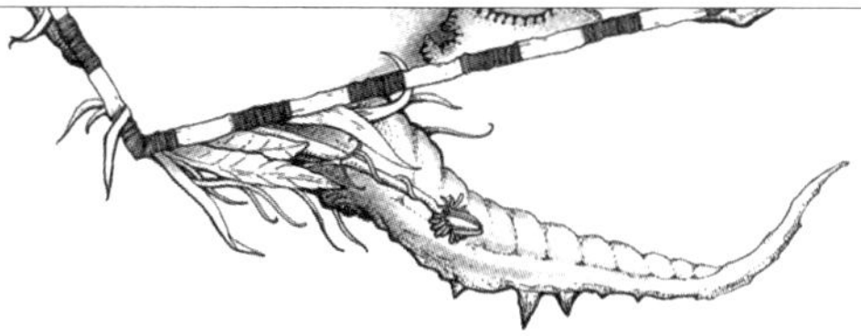

他一語不發。她蹲下身看看籃子裡有什麼。「桃子！」她喊，微笑。

「我師傅高龍說，做愛的巫師會力量崩解。」彌卓突發此語。

她無言，只是拿出籃裡東西放在地上，分成兩份。

「妳認為是真的嗎？」他問。

她聳聳肩：「不。」

他緘口結舌站在那裡，須臾，她抬起頭看著他。「不，」她溫柔沈靜地說：「我認為不是真的。我認為所有真正的力量，所有的太古力，追本溯源都是一體。」

他依然站著。然後她說：「你看這些桃子！都熟透了。得馬上吃掉。」

「如果我把名字告訴妳，」他說：「我的真名……」

「那我就把我的告訴你。」她說：「如果……如果我們應該這樣開始……」

但，兩人卻從桃子開始。

兩人都很害羞。彌卓握起她的手，雙手顫抖，真名是伊蕾哈的莄燼怒容滿面地轉開，然後，她輕輕碰觸他的手。他輕撫她滑順流洩的黑髮時，她似乎只是在忍耐他的碰觸，於是他停住。他試圖擁抱她，她全身僵直，拒絕他。而後，她轉過身，激烈、急切、笨拙地用雙手將他緊圈。兩人並未在第一夜，或最初幾夜內便獲得極大喜悅與自在，但彼此相互學習，終於穿越羞恥恐懼，進入激情。他們在林中靜默的長日，與星光遍照的長夜，皆為喜悅。

芙紗從鎮裡帶來最後一批晚熟桃子時，兩人笑了。桃子正是他們的幸福象徵。他們欲留芙紗共進晚餐，但她不肯。「你們要把握良辰。」她說。

那年夏季過早結束，雨季提早來臨，即使在如此南端的柔克，秋天也飄起了雪。風暴輪番來襲，彷彿狂風憤起，抗拒詭徒無端擺弄干涉。婦女在寂寥農莊的爐火邊團坐，人群聚集在綏爾鎮壁爐周圍，聆聽風嘯雨打或寂靜雪落。綏爾灣外，大海轟隆擊打島岸暗礁與懸崖，沒有船隻敢出航，進入這種海面。

眾人分享所有。就這點看來，這裡的確是莫瑞德之島。在柔克，無人餐風露宿，但每人僅擁有生活基本必需。有了大海和風暴掩護，更以偽裝島嶼誘導船隻迷途，作為自身防禦的方法，因而與世隔絕。他們工作、談話、唱「冬頌」與《少王行誼》；也有《英拉德編年史》與《智傑史》可讀。老人與婦女會在漁婦織補魚網的港邊大廳，高聲朗誦這些珍貴書籍。那裡有座壁爐，他們會點起爐火，甚至有人從島另一端的農場前來聽史歌朗誦，在沈默中傾聽，全神貫注。「我們的靈魂飢餓。」苺爐道。

苺爐與彌卓住在離網屋不遠的小房子中，不過她經常與姊姊芙紗在一起。劫匪從瓦梭前來時，苺爐和芙紗還是孩子，住在綏爾附近一座農場。母親將姊妹倆藏在

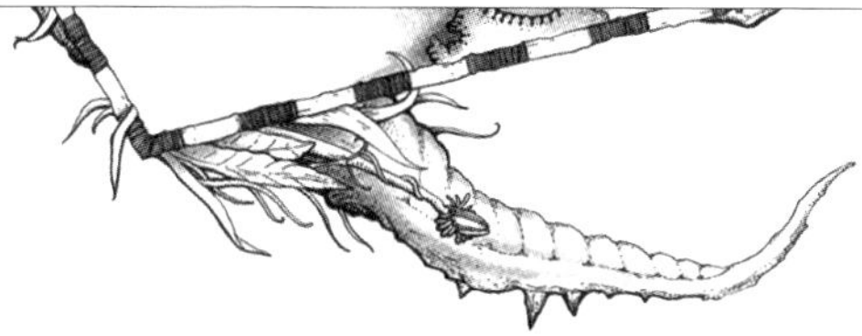

農場放根菜作物的地窖裡，自己出去施咒，試圖保護丈夫與兄弟，因為男人寧願戰，不願躲。一家人與牛隻同遭殺戮，房子、穀倉焚為平地。當天及之後的夜晚，兩個小女孩都待在地窖裡。最後，前來埋葬腐屍的鄰居發現兩個小孩，沈默、飢餓，手握鶴嘴鋤及斷裂犁頭，準備守禦兩人為死者疊砌的石土堆。

彌卓從茰燼口中只聽到約略內容。某晚，比茰燼大三歲的芙紗，記憶較清晰，告訴他完整故事。茰燼坐在兩人身邊，默默聆聽。

彌卓則把薩摩里礦坑、巫師戈戮克，及奴隸安涅薄的一切，告訴芙紗與茰燼，以為回報。

他說完後，芙紗沈默良久，說道：「所以，你剛來這裡時說，『我救不了救我的人』，就是這個意思。」

「而妳問我，『你能告訴我什麼，讓我信任你？』」

「你剛告訴我了。」芙紗說。

彌卓握住她的手，將額頭貼上。說故事時他強忍淚水，如今，他再也忍不住。

「她給了我自由，」他說：「而我依然覺得，我所做的一切都是透過她、為了她。不，不是為了她，我們對死者無能為力。是為了……」

「為了我們。」茰燼接口，「為了我們這些活著、躲著，未遭殺害也不殺人的人。強有力的人肆無忌憚任意而為，世上僅剩的希望，只在微不足道的小人物身上。」

「我們非得永遠躲藏不可嗎？」

「真像男人說的話。」芙紗帶著她溫柔、受過傷的微笑說道。

「對。」萸燼說：「我們非躲不可，必要的話，永遠都得躲藏。因為在這道海岸之外，只剩下殺人與被殺。你是這麼說的，我也相信。」

「但真正的力量無法隱藏，」彌卓說：「藏不久。力量死於躲藏、無人分享。」

「柔克的魔法不會死，」芙紗說：「『在柔克，諸咒皆強。』阿斯這麼說過，而你已在樹下行走……我們的任務必然是保留這份力量。隱藏力量，對，囤積力量，就像小龍囤積火焰般；還要分享，但僅限此地，傳遞下去，一個又一個。這裡很安全，因為這裡的人都微不足道，大盜與殺手最不可能來此尋找力量。總有一天，龍會成長茁壯，即使要花上千年……」

「但在柔克外，」彌卓說：「平民在困苦中受奴役、挨餓、死亡。難道他們也得毫無希望地持續千年嗎？」

他輪流看著姊妹的臉，一個溫和、不動如山，而另一個，在嚴厲外表下宛如初燃火焰第一道火舌，靈敏溫柔。

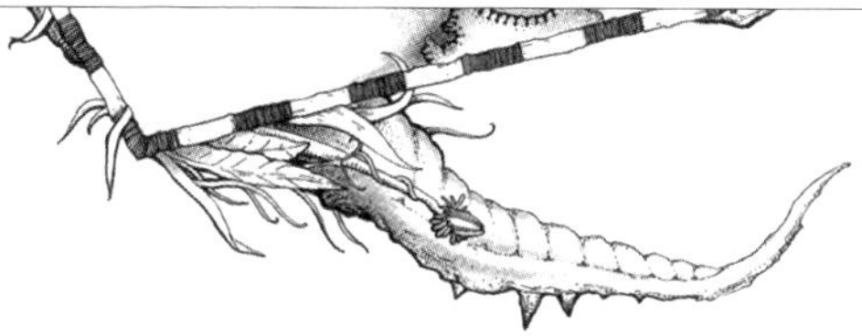

「黑弗諾島上，離柔克很遠的地方，歐恩山上的村落裡，在對世事一無所知的人民之間，依然有結手之女。經過這麼多年，網絡毫髮未損，那是怎麼織成的？」

「以靈巧。」茵燼說。

「而且撒得很遠！」他再度輪流看著兩人。「我在黑弗諾市沒受過良好訓練，我的老師們告訴我，不要將魔法用在壞用途上，但是他們活在恐懼中，沒有力量抵抗強權。他們把能給的都給了我，卻依然羸弱。我未走上歧途都得感謝機運，及安涅薄賜給我的力量。要不是她，我如今已是戈戮克的奴僕。然而，她自己乏人教導，也遭受奴役。如果巫術只由佼佼者草草教導，由強勢者用於邪惡之途，我們在此處的力量該如何壯大？小龍將賴何為生？」

「這裡是中心，」芙紗說：「我們必須守住中心。並且等待。」

「我們必須給予所能給予之物，」彌卓說道：「如果我們之外的人都淪為奴隸，那我們的自由還有何價值？」

「真實的技藝勝於虛假，形意會維持。」茵燼皺眉說道。她拿起火鉗，把與她同名的餘燼在爐火中聚成一堆，一擊打入烈焰。「我知道這點。我們的生命如此短促，形意則長長久久。如果當今柔克有昔時盛況……若有更多身懷真實技藝的人聚集在此，教導與學習，同時保存……」

「如果柔克如往日般以強盛聞名，害怕我們的人將再來摧毀。」芙紗說。

「因此，只有保密一途。」彌卓說：「但問題亦然。」

「我們的問題是男人，」芙紗說：「親愛的弟弟，希望你別介意。對別的男人而言，男人比女人和小孩重要。我們這裡縱有五十名女巫，他們也不會多加注意，但如果知道我們有五名力之子，他們就會打算再來摧毀。」

「所以雖然我們之間有男子，但我們過去仍是結手之女。」茵爐說。

「妳們依然是。」彌卓說：「安涅薄曾是其一。她、妳們，及所有住在同一監牢的人。」

「我們能怎麼辦？」芙紗問。

「學習了解我們的力量！」彌卓說道。

「建一所學院，」茵爐說：「睿智的人可以前來相互學習、研習形意……大林為我們遮蔭。」

「梟雄鄙視學者與師傅。」彌卓說道。

「我想反之亦然。」芙紗說道。

於是，他們在漫長冬天裡討論，旁人也前來參與。討論逐漸從願景變成意圖，從渴望變成計畫。芙紗一直十分謹慎，警告各種危險。茵爐提及白髮的杜恩十分急

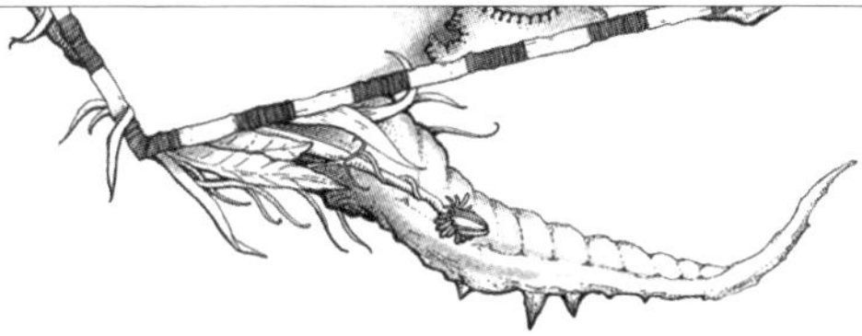

切，甚至想開始教導綏爾每個孩子術法。一旦萸燼開始相信柔克的自由在於提供他人自由，她便致力思索結手之女如何復興。但她在樹下經長期獨處形成的思考方式，總是在尋找形式及明確性，因此她問：「我們不知道自己的技藝是什麼，該如何教導？」

因此，島上智婦開始討論：魔法的真實技藝是什麼？魔法從哪裡開始轉為虛假？一體至衡如何維持、會因何喪失？哪些法藝必要、哪些有用、哪些危險？為什麼有人只有某項天賦，而沒有另一項天賦？技藝能否因學習而來？在討論中，她們協調出此後各項技藝名稱：尋查、天候術、變換、治癒、召喚、形意、名字、幻術、歌曲知識。儘管日後尋查僅視為一項有用法藝，不符合法師身分，而以誦唱取代，但直到今日，這些依然是柔克師傅的技藝。

柔克學院也自這些討論中誕生。

有些人說，學院的誕生與此相差甚遠。他們說，柔克當初由一名稱為「暗婦」的女人統治，與大地太古力共謀合作。據說，她住在柔克圓丘下一處洞穴，從未走入日光下，卻在大地與海洋上編施咒法，強迫男子服從她邪惡的意志，直到第一任大法師來到柔克，破除咒法，進入洞穴，打敗暗婦，取代她的位置。

這故事只有一項屬實，早期有位柔克師傅確實破開、進入一處極大洞窟。雖然柔克之根基亦是所有島嶼的根基，但那洞窟卻不在柔克。

在彌卓及伊蕾哈的年代，柔克人無論男女，對大地太古力皆無懼意，反而加以尊崇，從中尋求力量與遠見。這點隨時間流逝漸漸改變。

那年春天再度遲來，寒冷且暴雨不斷。彌卓開始造船。桃樹開花時，他已依循黑弗諾風格建好一艘纖細結實的遠洋船，名之「可望」。不久，他將「可望」駕離綏爾灣，未攜伴同行。「在夏季尾聲尋找我的蹤跡。」他對莢燼說。

「我會在大林裡等你，我的心會隨你而去，我黝黑的河獺、我雪白的燕鷗、吾愛，彌卓。」

「我心亦與妳同在，我的莢燼、我盛開的花樹、吾愛，伊蕾哈。」

彌卓，人稱燕鷗的男子，在首度尋航中駛向內極海北方，朝向他數年前曾造訪的歐若米。那裡有他信任的結手之人，其中一位名叫鴉。他是富有的隱士，雖然本身沒有魔法天分，卻熱中文字著作，尤其是智典與史書。照鴉的說法，當初他將燕鷗一頭塞進書本，直到燕鷗讀懂為止。「文盲巫師是地海之禍！」他高喊，「無知的力量是破滅之源！」鴉是個怪人，任性、高傲、固執，為保護熱衷的事物會變得分外英勇。好幾年前他便反抗過羅森威權，偽裝進入黑弗諾港，從古老皇家藏書閣

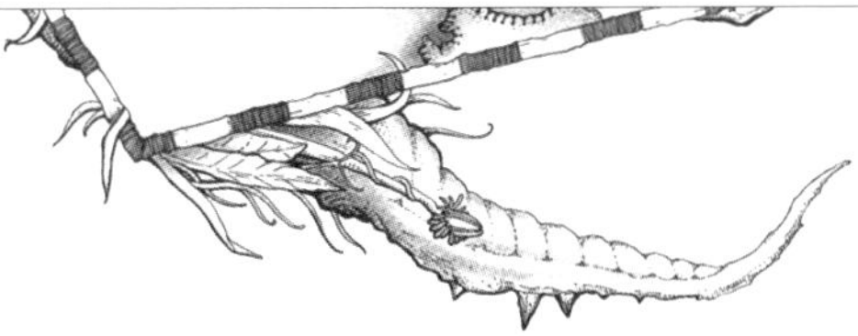

中取走四本書。他最近剛從威島取得一篇有關水銀的古老論述，極端自豪。「也是從羅森鼻子下弄出來的。」他對燕鷗說：「你快來看！這以前屬於一個名巫師。」

「提納拉，」燕鷗說：「我認得他。」

「這本書不會是垃圾吧？」鴉說，一提到書，他腦子便轉得極快。

「我不知道，我在追更大的獵物。」

鴉歪著頭聽。

「《真名之書》。」

「阿斯去西方時，那本書就跟著遺失了。」鴉說。

「高龍法師告訴我，阿斯住在蟠多時曾告訴那裡的一名巫師，他把《真名之書》留給九十嶼一個女人妥善收藏。」

「女人！妥善收藏！在九十嶼！他瘋了嗎？」

鴉喧嚷怒罵，但光想到《真名之書》可能還存在，便立刻整裝——只要燕鷗高興，他隨時可出發去九十嶼。

於是，他們乘「可望」南航，首先抵達臭氣衝天的吉斯島，然後偽裝成小販，在宛如迷宮的海峽間造訪一座座小島。鴉在船上塞滿多數島民難得一見的好東西，燕鷗則以合理價錢賣出，以物易物，因為島民沒有多少錢。兩人極受歡迎，人未到先轟動，大家都知道，只要書本老舊古怪，他們就願意交易。而群嶼上，只要是書本，就全都老舊古怪。

鴉高興地以五顆銀釦、一把珍珠柄小刀、一塊洛拔那瑞絲料換得一本阿肯巴年代寫成、水漬滿布的動物寓言集。他坐在「可望」中，低哼古代有關赫瑞蜥、甌塔客與冰熊的描述，燕鷗則登上每座島嶼，在家庭主婦的廚房與老人盤桓的慵懶酒館中展示貨品。有時他會懶懶地握緊拳頭，將手反轉，攤開掌心，但這裡無人回應信號。

「書？」北蘇迪迪一個燈心草編織匠問：「像那邊那個嗎？」他指向塞入屋頂縫細間的長條羊皮紙。「它們還有別的用途啊？」鴉緊盯著四散在屋簷下燈心草間的字詞，因氣憤而全身顫抖。燕鷗趕緊趁他還沒爆發，把他帶回船上。

「那只是獸醫手冊。」繼續航行時，鴉冷靜下來，承認道，「我看到『馬瘸』，還有一些母羊乳房的東西。可是這種無知的態度！這種野蠻無知的態度！用書填他家的屋頂！」

「而且是有用的知識。」燕鷗說：「如果知識不保存、不教導，人民怎麼可能不無知呢？如果書籍可以收藏在一個地方……」

「例如眾王藏書閣。」鴉說，夢憶過往榮光。

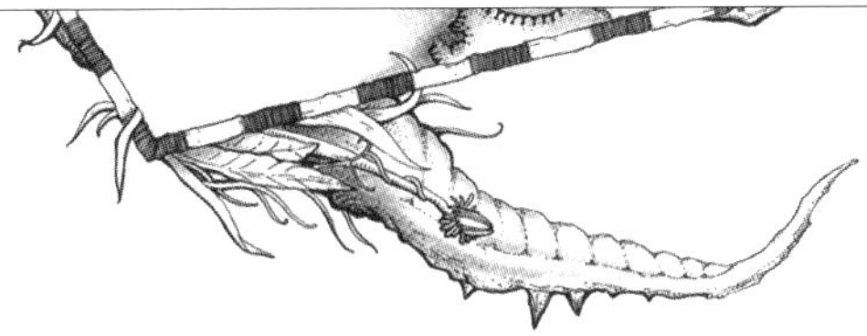

「或是你的圖書館。」燕鷗說，他已比當年更懂得字斟句酌。

「隻字片語罷了。」鴉說，撇開畢生心血，「只是斷簡殘篇！」

「這是個開始。」燕鷗說。

鴉只歎口氣。

「我想我們該往南走。」燕鷗說道，將船導向開闊海道。「朝帕笛島去。」

「你有做這門生意的天分，」鴉說：「你知道該去哪找，就這麼直直走向穀倉閣樓裡那本動物寓言書……可是這兒沒什麼好找，沒什麼重要的。阿斯不會把最偉大的智典留給會拿來塞屋頂的老粗！你若高興，我們就去帕笛島吧，然後回歐若米。我受夠了。」

「而且我們沒有鈕釦了。」燕鷗說。他很愉悅，一想到帕笛島，便知道自己正往正確方向走。「也許我沿路能找到點鈕釦，這是我的天賦呢。」

兩人都未去過帕笛島。那是座慵懶的南方島嶼，有個漂亮老港城泰立歐，以粉紅色砂石建造，還有本應肥沃的田野與果園。但瓦梭領主在此統治了一世紀之久，不斷加稅、徵奴，耗竭土地與人民。泰立歐晴朗的街道憂傷骯髒，城中人民有如住在野地，睡在碎布拼湊而成的帳棚及披屋中，或露宿街頭。「喔，我不行了。」鴉厭惡地說道，避開一堆人類排泄物。「燕鷗，這些傢伙不會有書！」

「等等，等等，」同伴說道，「給我一天時間。」

「這很危險，」鴉說：「而且毫無意義。」但他沒堅決反對。這謙虛天真的年輕人，自己曾教會他閱讀，如今已成深不可測的嚮導。

兩人走過一條主街，轉進一區小房子中，這裡曾是紡織工社區。帕笛島上種植亞麻，路上有些多已廢棄的石造漚麻屋，某些窗邊還看得到紡輪。小廣場上一塊遮蔽酷熱陽光的陰涼處下，四、五名婦人在井邊紡織。孩童在附近嬉戲，身體瘦弱、因炎熱而無精打采，對陌生人沒有多少興趣。燕鷗彷彿知道自己該往何處前行，毫不遲疑走到這裡。他停下腳步向婦人們問安。

「喔，俊俏小夥子，」其中一人帶著微笑說：「你不用給我們看你那包袱裡有什麼，我已經一個月沒看過一枚銅錢或象牙了。」

「不過，太太，妳或許會有點亞麻布吧？織品、麻線？我在黑弗諾聽說帕笛島的亞麻是最好的，我也看得出妳在紡的是好東西。這線真漂亮。」鴉愉悅又帶點鄙視地看著同伴，他自己可以非常精明地為一本書議價，但要他跟普通婦人喋喋不休釦子跟線的事，則太貶低身價。「妳先等我把這打開吧。」燕鷗一面在石地上攤開包袱，一面說道。婦女與骯髒膽怯的小孩靠過來，想瞧瞧他有什麼寶貝。「我們在找織好的布料、未染色的線，還有別的……我們還缺釦子。妳們有沒有獸角或骨頭

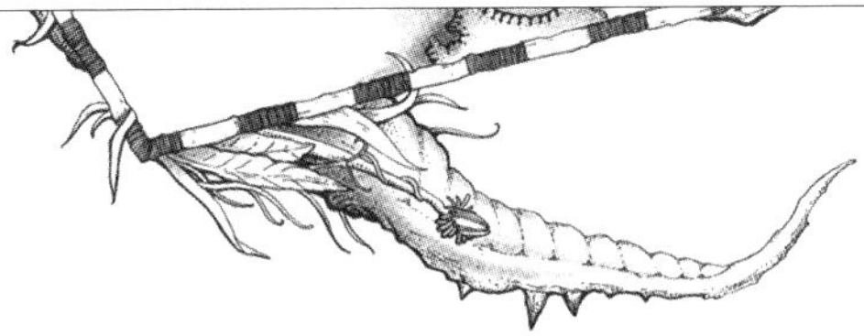

雕成的釦子？我願意用這頂漂亮小絨帽來跟妳們換三、四顆釦子。或是像這捆漂亮緞帶，太太，看看這顏色，配妳的頭髮多漂亮啊！紙張也可以，書也成。我們在歐若米的主人正找這類東西，也許妳們有收一些起來。」

「喔，你真俊俏，」他將紅色緞帶比在她黑色髮辮上時，最先說話的婦人笑道，「我真希望有什麼可以給你！」

「我沒有大膽到向妳索個吻，」彌卓說道：「但或許要個攤開的掌心，可以嗎？」

他比出信號，她看了他片刻。「這很簡單，」她輕輕說道，比回信號，「但在陌生人中不一定安全。」

彌卓繼續展示貨品，與婦女、小孩說笑。沒人買東西。他們凝視這些小玩意兒，彷彿是些珍寶。他讓他們盡情看、盡情碰，也讓一個小孩摸走一面磨光銅鏡，看著它消失在破爛襯衫下，一句話也沒說。終於，他說他必須走了，一邊收起包袱，孩子三三兩兩離開。

「我有個鄰居，」黑辮女子說：「她可能有點紙片。如果你們在找那些東西。」

「上面有字的？」一直無聊坐在井蓋上的鴉問，「上面有記號的？」

她上下打量他：「上面有記號的，先生。」然後她以完全不同的語氣對燕鷗說：「請你跟我來，她住在這裡。雖然她只是個女孩，而且十分貧困，但我可以跟你說，小販，她有攤開的掌心。也許不是我們所有人都有。」

「我可有哩，」鴉說，粗略地比畫著信號，「所以，女人，省省妳的酸醋吧。」

「喔，有得省的人是你吧，先生。我們這裡是窮人家。又無知。」她眼光一閃，又帶領他們繼續前行。

她將他們領到巷尾一間屋前。那曾是漂亮房舍，以石頭建成的雙層樓房，但如今半空、樓面毀壞，窗戶外框及裝飾用的石雕盡遭拆除。他們經過有口井的中庭。她在邊門上敲了兩下，一名女孩開門。

「啊，這是女巫巢穴。」鴉一聞到草藥及芳香煙霧便如此說道，向後退了一步。

「是治療師。」他們的嚮導說道。「多莉，她又生病了嗎？」

女孩點點頭，先看看燕鷗，然後轉向鴉。她大約十四、五歲，瘦削結實、眼神陰鬱沈穩。

「多莉，他們是結手之子，一個矮小俊俏，另一個高大驕傲。他們在找紙。我知道妳們以前有一些，不過現在可能沒了。他們的包袱裡不會有妳們需要的東西，但也許他們願意為想要的東西付點象牙幣。是這樣吧？」她將明亮眼眸轉向燕鷗，他點點頭。

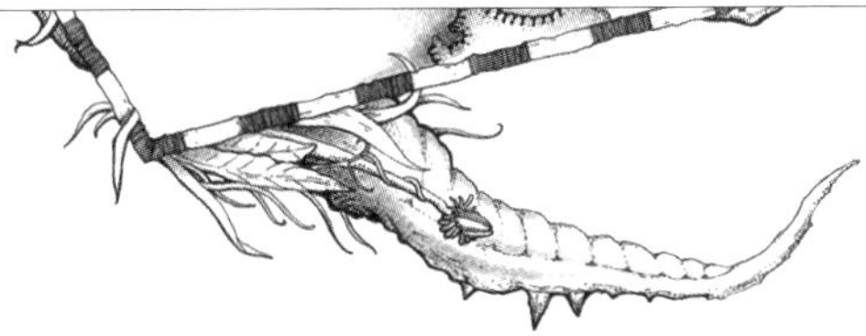

「蘭草，她病得很重。」女孩說，再次注視燕鷗。「你不是治療師啊？」是句責問。

「不是。」

「她是。」蘭草說：「她母親、她母親的母親也是。多莉，我們進屋裡去吧，至少讓我進去，好跟她說話。」女孩回屋裡一會兒，蘭草對燕鷗說道：「她患肺病，快死了。沒有治療師能醫好，她自己卻能醫治瘰病、以碰觸止痛，真是神奇。多莉頗有望繼承她的衣缽。」

女孩示意三人進屋，鴉決定在外面等待。房間高而深，依稀留存以往優雅痕跡，如今已非常古老殘破。治療師的各色道具及乾燥草藥四散屋內，卻有如以某種規則排列。細緻石壁爐燃燒一小撮香甜草藥，附近有個床架，床上女人十分瘦弱，在昏暗的光線下幾乎只剩一團骨頭與虛影。燕鷗走到床邊，她試圖坐起身說話，女兒用枕頭將她的頭撐起。燕鷗靠得很近時，他聽到她說：「巫師。不是巧合。」

她是力之女，知道他是何等人物。是她呼喚他前來此地嗎？

「我是尋查師，」他說：「也是追尋者。」

「你能教導她嗎？」

「我能帶她到可以教導她的人身邊。」

「帶她去。」

「我會的。」

她躺下頭，閉上眼。

受到那專注意志的震撼，燕鷗站起身深吸一口氣。他轉頭看看女孩，她沒有回應，只是以呆滯陰鬱的哀傷望著母親。婦人沈入睡眠後，多莉才有動靜，前去協助蘭草。蘭草身為這對母女的朋友及鄰居，自認該盡點心力，因此正收集四散床邊的血濕布條。

「她剛剛又流血了，但我止不住。」多莉說，淚水自眼角流下臉頰，表情幾乎沒變。

「孩子，小東西。」蘭草說，將她拉近擁抱，雖然多莉回抱了蘭草，卻沒有軟化。

「她要去那裡，去牆那裡，我不能跟她一起去。」她說：「她要獨自去那裡，我不能跟她一起去……你不能去那裡嗎？」她自蘭草身邊抽離，再度看著燕鷗，「你可以去那裡！」

「不行，」他說：「我不認識路。」

但就在多莉說話時，他看到女孩所見景象：一道長坡向下通往黑暗，山坡對

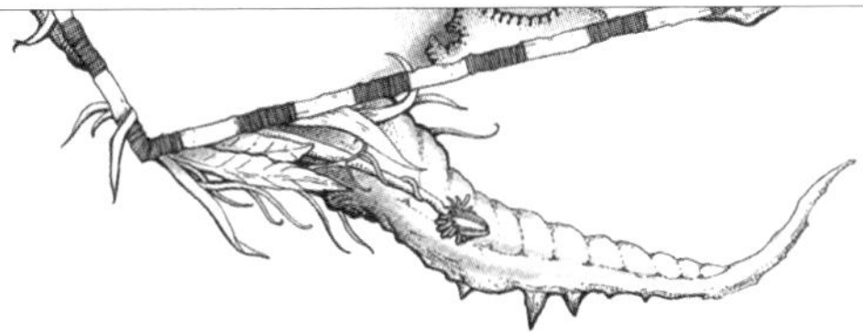

面，暮色邊緣，有道矮石牆。他觀看，彷彿看到一名婦人沿著牆走，消瘦、羸弱、骨頭、虛影。但她不是床上那名垂死婦人。是安涅薄。

然後那一幕消失，他面對年輕女巫站著。她責難的神情緩緩改變，將臉埋入雙手。

「我們必須讓她們走。」他說。

她說：「我知道。」

蘭草以敏銳明亮的眼睛輪流看著兩人。「不只是手巧的人，還是有法藝的人。嗯，你也不是第一個了。」

他露出疑惑眼神。

「這裡叫做阿斯之屋。」她說。

「阿斯住過這裡。」多莉說，一抹傲氣暫時穿透她無助的痛苦。「法師阿斯。很久以前，在他去西方之前。我的女性先祖都是智婦。他曾經和她們一起住在這裡。」

「給我一個臉盆，」蘭草說：「我端水來浸泡這些布條。」

「我去拿水。」燕鷗說。他端起臉盆，走到院子。鴉一如以往坐在井蓋上，看起來既無聊又坐立不安。

「我們為什麼在這裡浪費時間？」燕鷗把水桶垂入井裡時，他質問，「你開始替女巫拿東端西了嗎？」

「對，」燕鷗說：「直到她過世。然後，我會帶她女兒到柔克。如果你想讀《真名之書》，可以跟我們一起來。」

於是，柔克學院收了第一位來自海外的學生，還有第一位圖書館員。如今存放在孤立塔裡的《真名之書》，是「名字」技藝的知識與方法基礎，而真名是柔克魔法的基礎。據說，那位名叫多莉的那位女孩日後反而教導了她的師傅，且成為所有治療技藝及草藥學的師傅，奠定這門學科在柔克的尊崇地位。

至於鴉，連與《真名之書》分開一個月都無法承受，所以他從歐若米運來自己的書，和眾多書本一同定居綏爾。只要學院的人對書本及他表現相當敬意，他便允許他們前來研讀書籍。

燕鷗經年的規律也如此定下：晚春時節，他會乘「可望」出航，探尋適合前來柔克學院的人。大多數是有魔法天賦的小孩與年輕人，有時也有成年男女。小孩多半貧窮，雖然燕鷗從未強迫孩子同行，但他們的雙親或師傅卻鮮少知道真相。燕鷗會假扮漁夫，想僱個男孩在他船上工作，或找女孩到紡織棚裡接受訓練，或為另一

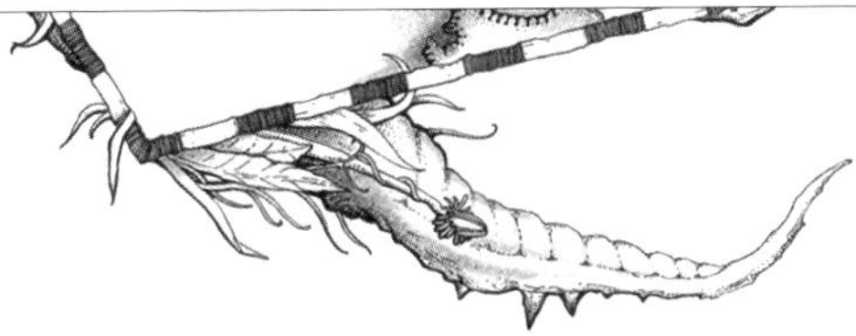

座島上的主人買回奴隸。若父母是為了讓小孩有機會而讓燕鷗帶走小孩，或出於貧困而將小孩賣出，以為燕鷗工作，燕鷗會以真正的象牙錢幣付款；但如果他們是把小孩賣了當奴隸，燕鷗會以金幣付款，但在隔日離去的同時，金幣也變回牛糞。

他在群島王國中四處旅行，甚至遠至東陲，相隔多年才會返回同一城鎮或島嶼，好讓自己的事跡淡去，但即便如此，還是有人開始談論他。人們稱他為拐兒人，一個可畏的術士，將小孩帶往北方冰冷島嶼，在那裡吸小孩的血。威島及飛克威島上的村裡，依然流傳拐兒人的故事，警告孩童提防陌生人。

當時，已經有許多結手之人知道柔克在進行什麼工作。年輕人前往柔克，成年男女前去受教與教學。對這些人而言，路途十分艱辛，因為隱匿柔克的咒文如今更為強大，讓柔克看起來只像一片雲或碎浪間的暗礁；柔克之風吹著，阻止任何船艦進入綏爾灣，除非船上有術士，知道如何轉移風向。然而，人們繼續前來，隨著歲月流逝，終於需要一棟比綏爾鎮房屋更大的房舍。

群島王國中，依照傳統是男人造船、女人造屋。但在建造大型屋舍時，女人會讓男人一起工作，沒有「礦工不許男人入礦場」，或「造船匠禁止女人觀看安舵」等迷信。因此，力量神通的男女在柔克建起宏軒館，基石安置在綏爾鎮上方一座山頂，靠近大林，面向圓丘。牆垣不僅以石頭、木材建立，更以魔法為基底、以咒語強化。

彌卓站在山頂，說：「就在我所站之處，下面有一條水脈，泉水永不枯竭。」眾人小心翼翼向下挖掘，找到水源，讓水流恣意躍入陽光；而宏軒館首先建妥的部分，就是最內層心臟地帶：湧泉庭。

彌卓與伊蕾哈在白磚道上漫步，四牆尚未築起。

伊蕾哈曾在噴泉旁種植一棵大林挖來的小山梨樹。兩人前來確定小樹是否順利茁壯。春風自柔克圓丘強勁吹下，面海而去，令噴泉水流歪斜四散。圓丘山坡上有一小群人，年輕學生正向偶島術士手師傅亥加學習如何施展幻象。星花草綻放後，灰燼飄散風中。萸燼的髮絲也出現灰痕。

「那你去吧，」她說：「讓我們來解決律條的問題。」她眉眼悍銳如昔，但與他說話的語氣已鮮少這般嚴厲。

「伊蕾哈，妳要我留，我就留下。」

「我是想要你留下。但是別留！你是尋查師，必須四處探尋。只是，要讓眾人對『道』——瓦利斯希望稱為『律條』——產生共識，比建造宏軒館加倍困難、爭端更多。我真希望我能就此離開！我希望能和你如現下這般一同漫步……也希望你不去北方。」

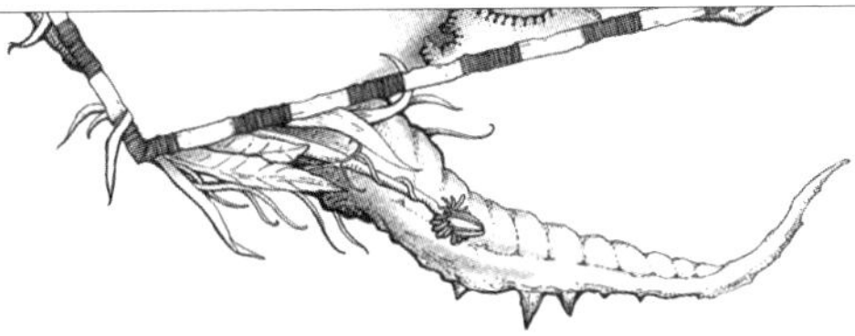

「我們為何爭執？」彌卓頗為喪氣地問。

「因為人數增多了！把二、三十個有力量的人聚在同室之內，各人有各自的想法，而把一向任意而為的男人與女人放在一起，就會相互憎恨。我們這些人之間，的確存有一些明顯、具體的差異。這些差異必須解決，卻又不容易辦到。但只要有一點善意，就能帶來莫大好處。」

「是瓦利斯嗎？」

「瓦利斯，以及幾個男人。他們把身為男人這點看得比其他事重要。他們鄙視太古力，更覺女人的力量與太古力有關，所以不可靠。難道力量可以由凡人控制或利用麼！但是他們看待『男人』，猶如我們看待『世界』，所以，他們堅持真正的巫師非男人不可。而且要禁慾。」

「啊，那件事。」彌卓語帶哀傷。

「就是那件事。姊姊昨晚告訴我，她、安尼歐和其餘木匠提議，在宏軒館為他們搭建一部分專屬，甚至獨立的屋子，好讓他們維持自己的純淨。」

「純淨？」

「這不是我說的，是瓦利斯說的。但是他們拒絕了。他們希望柔克律條將男女分離，而且他們要讓男人決定一切。我們能做出什麼妥協？他們如果不願與我們合作，為什麼要來這裡？」

「我們應該送走不願意合作的男人。」

「走？懷著怒氣嗎？好告訴瓦梭或黑弗諾的梟雄，柔克女巫正醞釀一場風暴？」

「我忘了……我老是忘記。」他沮喪地說：「我忘了囚室的牢牆。我在外面時不像現在這麼笨……在這裡，無法相信這裡會是牢獄，但在外面，沒有妳，我會想起……我不想離開，但是我必須離開；我不想承認在這裡的事可能錯了，或可能出錯，但我必須接受……伊蕾哈，這次我會離開，往北方去，但我回來後就會留下。我會在這裡找到我需要的。我不是已經找到了嗎？」

「沒有，」她說：「你只找到我……但在大林中有很多可尋找的事物，甚至足以讓你免於四處奔波。為什麼要去北方？」

「好到達英拉德島和伊亞，我從沒去過那裡，我們對那兒的巫術一無所知。『眾王之英拉德、明亮伊亞、至壽之島』！我們在那裡一定找得到盟友。」

「但是黑弗諾隔在我們之間。」

「我不會穿過黑弗諾，親愛的。我打算走水路繞過。」他總是能讓她笑。他是唯一能讓她笑的人。他離開後，她變得聲音寧靜、脾氣平和，因為她學會了在必須完成的工作面前，不耐毫無用處。有時她依然怒容滿面，有時她會微笑，但從不放

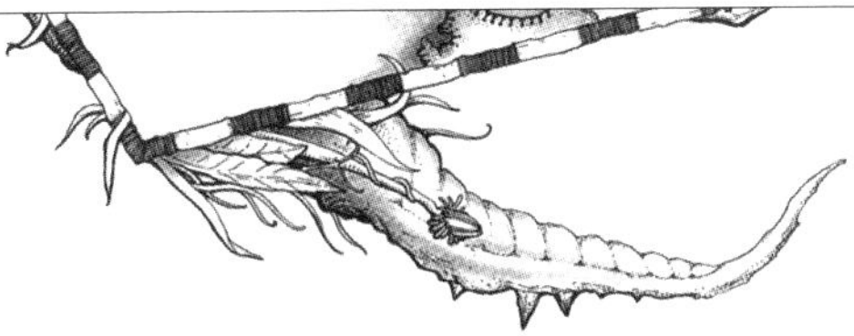

聲大笑。她會一如往常獨自前往大林，但在搭建宏軒館及開設學院的這幾年，她鮮少能去那裡，即使能，也多會帶一、兩名學生同行，學習森林間的道路及樹葉的形意，因為她是形意師傅。

燕鷗那年較晚才啟程。他帶著一名十五歲男孩，名叫小塵，是個頗有潛力的天候師，需要在海上多加鍛鍊；他還帶著莎娃，一名七、八年前跟他一起來到柔克的六十歲婦女。莎娃曾是阿爾克島上的結手婦，雖然毫無巫術天賦，卻熟知該如何讓一群人彼此信任、共同合作，因而在阿爾克島上受到智婦般尊崇，在柔克亦然。她請求燕鷗帶她去見家人，她母親、妹妹、兩個兒子。他會把小塵留在她身邊，返航時再接他們回柔克。三人在夏天橫越內極海朝東北航行。燕鷗要小塵在船帆裡灌入一點巫風，好在長舞節前抵達阿爾克島。

一抵達阿爾克島沿岸，燕鷗親自在「可望」周圍施下一道幻象，讓船看來像根浮木，因為這些水域滿是海盜與羅森的奴隸販子。

他將兩人留在阿爾克島東岸的賽瑟斯里，在長舞節後，繼續沿著伊拔諾海峽航行，打算沿歐莫爾島南岸朝西前進。他繼續在船上施加幻象。仲夏燦爛清澈陽光裡，隨著北風吹拂，他看見歐恩山幽長山脊、輕盈山巔，在藍色海峽及較模糊的藍褐色陸地上高遠聳立。

你看，彌卓。你看！

那是黑弗諾，他的家鄉、家人所在之處，不知他們是死是活；那是安涅薄在山上長眠之所。他從未返回，從未如此靠近。已多少年了？十六年、十七年？無人認得他，無人記得少年河獺，只有河獺父母和姊姊還記得——如果他們還活著。而黑弗諾大港裡一定有結手之人，雖然年少時不認識，但他如今總該認得他們。

他沿著寬廣海峽航行，直到歐恩山隱藏在黑弗諾灣口岬角之後。得通過那狹窄通道，才會再看到歐恩山，之後，他就能看到那座高山的全貌，包括綿延山坡及攀高山頂，俯瞰十二歲時試圖招起巫風的平靜水域。繼續前行，他會看到高塔從水邊立起，先是模糊的點和線，而後抬起鮮豔旗幟，抬起在世界中心的白色之城。

如今避開黑弗諾只為膽怯，擔心自身安全、擔心發現家人已死、擔心太清晰憶起安涅薄。

因為他有好幾次都覺得，他召喚了生時的她，因此死去的她亦可能召喚他。所以連結兩人、讓她救了他的羈絆尚未斬斷。許多次，她都進入夢境，靜靜站著，就像他首次在薩摩里惡臭的塔上看到她時一樣。多年前，他透過泰立歐那名瀕死治療師之意象，看到她在暮色裡，在石牆旁邊。

他如今從伊蕾哈與別的柔克人那裡得知那道牆是什麼，那道牆立於生者與死者

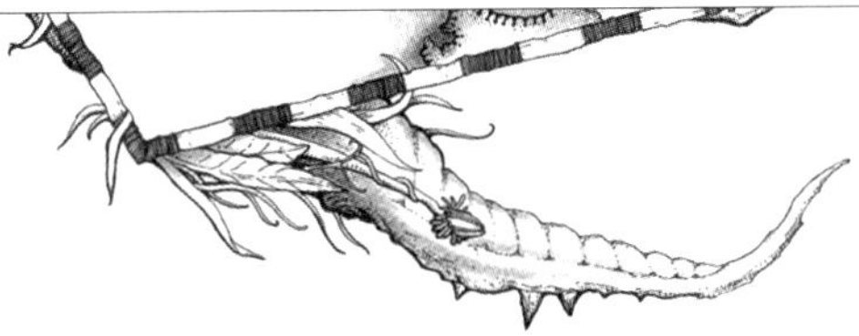

之間。那個意象中，安涅薄走在這半邊，而非朝向黑暗的那半邊。

他害怕曾經解放過自己的她嗎？

他搶過強勁的風，繞過南角，航入黑弗諾大灣。

旗幟依舊在黑弗諾城塔頂飄舞，王依舊統治當地，旗幟上畫著他侵占的城鎮島嶼。王就是藩王羅森，從未離開終日端坐、有奴隸服侍的大理石宮殿，看著厄瑞亞拜之劍的影子像大日晷影子般掠過下方屋頂。他下達命令，奴隸回答：「事已辦妥，吾王。」他舉行朝會，老人前來說：「遵命，陛下。」他召喚巫師，而法師早生前來，低身鞠躬。「讓我走路！」羅森大喊，以衰弱雙手擊打麻痺的雙腿。

法師道：「陛下，如您所知，我淺薄的技藝並無助益，但我已派人帶來全地海最偉大的治療師，他住在納維墩島，一旦抵達，陛下一定能再行走，還能在長舞節上歌舞。」

接著羅森又是詛咒，又是哭泣。奴隸為他端酒，法師鞠躬後離開，一面檢查確保麻痺咒依然有效。

對早生而言，讓羅森當王，比他自己公開統治黑弗諾方便得多。軍人不信任有法藝的人，也不喜歡服侍他們。無論法師有何力量，除非與莫瑞德之敵同樣法力強大，否則一旦士兵與水手選擇抗命，他便無法集結軍隊和艦隊。人民懼怕、服從羅森已是舊習，而且根深柢固。他們相信羅森曾擁有的力量，包括大膽的策略、堅定的領導，及全然的殘忍，也相信他從未擁有的力量，包括能掌控服侍他的巫師。

如今，除了早生及一、兩名卑微術士外，已沒有巫師服侍羅森。早生已一個接一個趕走或殺害跟他競爭羅森寵信的對手，因此多年來一直獨享統御黑弗諾的權力。

當他還是戈戮克的學徒及助手時，會鼓勵師傅修習威島的民間智識，他發現只要戈戮克耽溺於水銀，自己便完全自由。但戈戮克突來的厄運撼動了他。整件事之中，有某種迷團、某個缺失的部分或人物。他傳喚有用的獵犬來協助，自己亦仔細調查。戈戮克在哪裡自然不是祕密。獵犬直直追蹤到山壁中一道裂隙，說戈戮克深埋其中，早生完全不打算掘起他。獵犬卻追蹤不到原本跟戈戮克在一起的男孩，他說不出男孩是否跟戈戮克一起在山裡，或已逃逸無蹤。獵犬曾說，男孩不像巫師般留下咒法痕跡，且隔日下了一整晚大雨，獵犬以為已找到男孩蹤跡時，其實找到的是女人的蹤跡，而且她已經死了。

早生未因此懲罰獵犬，但牢記這次失敗。他不習慣失敗，也不喜歡；他不喜歡獵犬說的男孩河獺，但他還是記得。

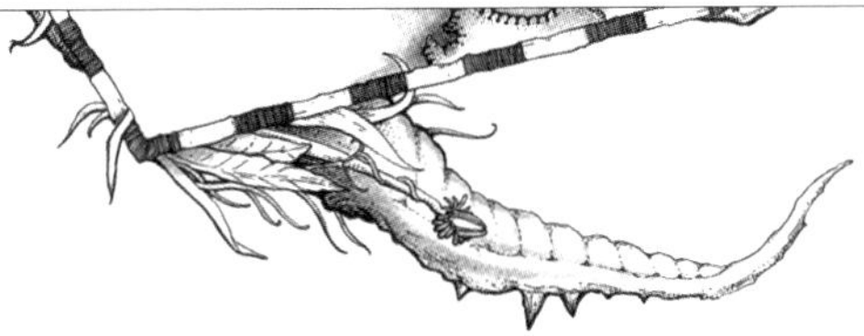

貪求權力的慾望會自我飽食，不斷在吞噬中增長。早生苦於飢餓。他餓壞了。統治黑弗諾這塊只有乞丐與貧農的土地，不得滿足。如果馬哈仁安的寶座上只坐著一個酒醉的殘廢，那擁有馬哈仁安寶座有何益處？城中宮殿只住著搖尾乞憐的奴隸時，宮殿又能為他增添什麼光彩？他想要的女人，他都能得到，但女人會耗竭法力、吸走力量。他不要女人靠近，他渴望擁有敵人，一個值得摧毀的對手。

一年多來，間諜陸續向他喃喃回報：有一宗祕密叛變橫跨整個領土；一群反叛的術士，自稱結手。他急切想找出敵人，因此偵察了類似的一群人，發現不過是一堆老女人、產婆、木匠、挖水溝的、鐵匠學徒，還有一、兩個小男孩。早生受辱又憤怒，將他們連同告密者一起處死，以羅森之名公開處決，罪名是祕密謀反。最近不乏這類威嚇行為，但這有違他的作風。他不喜歡將自己騙得團團轉的笨蛋公諸於世，寧願以自己的方法和自己的方式好好對付。想要獲得滋養，恐懼就必須立即呈現，他需要看到別人怕他，聽見他們的畏懼、聞到恐懼、嘗到害怕。但既然他以羅森之名統治，軍隊及人民害怕的必是羅森，自己須躲在幕後，只能靠奴隸及學徒勉強湊數。

不久前，他派獵犬負責某件工作，事成後老人對他說：「你有沒有聽過柔克島？」

「在柯梅瑞島西南。瓦梭海爺擁有那座島已經四、五十年了。」

早生鮮少離城，但熟知整個群島王國，甚至頗為自豪。他從水手報告及宮中保存的絕妙古航海圖認識群島，並在夜晚研讀地圖，沈思下一步該如何、往何處拓展帝國。

獵犬點點頭，彷彿對柔克的興趣就只限於位置。

「怎麼了？」

「那群人燒死之前，你曾嚴刑拷問一個老婦人，記得嗎？行刑那人告訴我了。她提到柔克的兒子，呼喚他過來，你知道嗎？叫得好像他有力量過來一樣。」

「那又如何？」

「有蹊蹺。內陸村莊的一名老婦連海都沒看過，卻叫得出那麼遠一座島的名字。」

「她兒子是漁夫，會談論旅途中見聞。」

早生揮揮手。獵犬嗅嗅鼻子，點點頭離開。

早生從未忽視獵犬提起的任何小事，因為許多小事都已證明不小，更因動不了獵犬，而不喜歡那老人。他從未稱讚獵犬，也儘少利用他，但獵犬太有用，不得不用。

巫師將柔克這名字留在腦海，他再度聽到這名字，且出現在相同的連接點時，他知道獵犬又追到真正蹤跡。

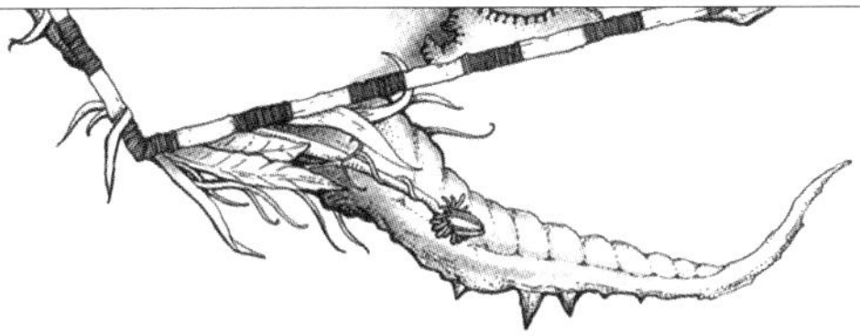

羅森在歐莫爾島南邊的巡邏隊抓到兩名十五、六歲男孩和一名十二歲女孩，三人正搭乘偷來的漁船順著法術風航行。所幸巡邏隊船上有天候師，喚起大浪淹沒贓船，才抓到三人。在押回歐莫爾島途中，一個男孩崩潰，哀嚎哭訴提到加入結手。聽到結手，押解的人便說，他們會先拷問後燒死，男孩一聽，哭求放過他，他願說出結手、柔克，以及柔克上偉大法師的事情。

「把他們帶進來。」早生對信差說道。

「女孩飛走了，大人。」那人很不情願地說。

「飛走了？」

「她變成鳥形。說是鶚。沒想到這麼小的女孩也會。在被發現以前，她就逃走了。」

「那就帶男孩過來吧。」早生極有耐性地說道。

他們帶來一個男孩。另一個男孩在跳船橫越黑弗諾灣時被弩箭射死。帶進來的男孩因恐懼而抽搐連連，連早生都感到鄙棄。他怎麼能恐嚇一隻早就懼怕得盲目崩碎的生物？他在男孩身上施了縛咒，讓他像石雕直立不動，站了一天一夜。偶爾，他會對雕像說話，說它是個聰明小夥子，說不定可以在皇宮裡當個好學徒，也許最後還去得了柔克呢，因為早生也正打算前往柔克，去會會那裡的法師。

他將男孩解縛時，男孩試圖假裝自己還是石頭，不肯說話。早生必須進入男孩的心智，用在很久之前戈戮克還是名副其實的技藝大師時，從他那兒學來的方法。他盡力挖掘。之後，男孩毫無用處，必須處理掉。他再次被這些人的愚蠢耍弄，深感恥辱，而且他對柔克的了解僅只於結手在哪裡，以及那兒有一所教導巫術的學院。然後，他得知一個男人的名字。

光想到巫師學院就讓他發笑。野豬學校，他想，烏龍學院！但是力之子正在柔克集結共謀似乎頗有可能，愈想到有任何巫師聯盟或同盟，他就愈驚駭。這不自然，除非存在於極大的力量之下、一個主宰意志的壓力……一個法師的意志，強盛到足以使強大巫師為之效勞。這正是他要的敵人！

獵犬在樓下門外等待。早生叫他上來。「燕鷗是誰？」他見到老頭劈頭就問。

獵犬年事已高，看起來愈發人如其名：皺紋滿布、鼻子長尖、眼神哀傷。他嗅嗅鼻子，似乎打算說不知道，但他知道最好別對早生說謊。他歎口氣。「是河獺，」他說：「就是殺了老白臉的人。」

「他躲在哪裡？」

「他根本沒躲起來。在城裡四處走動，跟人說話，到巷底村見他母親，就在那山附近。他現在就在那兒。」

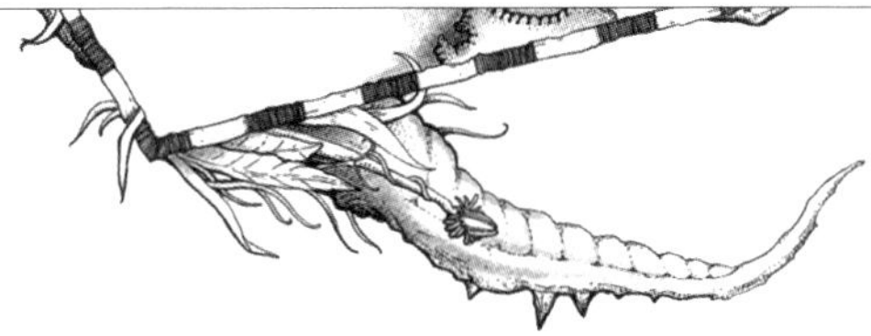

「你應該立刻告訴我！」早生說。

「我不知道你在追他。我已經追了他許久。他騙過我。」獵犬毫無怨懟地說。

「他詐騙、殺害一名偉大巫師，我師傅。他很危險，我要報復。他在這裡跟誰說過話？我要抓到他們，然後再來處理他。」

「港邊的一些老婦人、一個老術士、他姊姊。」

「把他們抓來這裡。帶我的手下去。」

獵犬抽抽鼻子，歎了口氣，點點頭。

從抓來的人身上得不到多少資訊。與先前一模一樣：他們屬於結手，而結手是一個強大術士的聯盟，位於莫瑞德之島，又稱為柔克。叫做河獺或燕鷗的人來自那裡，不過他原籍黑弗諾。雖然他只是尋查師，眾人卻很尊敬他。姊姊不見了，也許跟河獺一起去巷底村——他們母親住的地方。早生在他們迷茫愚笨的腦袋裡翻搜，下令對其中最年輕的一人施以酷刑，然後把他們燒死，羅森坐在窗邊就看得到。國王需要些消遣。

這些事只花了他兩天。這段期間，早生注視、刺探巷底村，他派獵犬先行前往，然後將自己的「呈象」送去一同觀察。一得知河獺行蹤，他就快速拍著老鷹翅膀全速前進。早生是非常傑出的變換師，無所畏懼，甚至敢化為龍形。

早生知道自己必須謹慎應付。河獺擊敗了提納拉，加上柔克，有某種力量存於他體內，或與他同行。但是早生很難懼怕一個跟產婆之輩相處甚歡的卑微尋查師，無法自貶身分，偷偷摸摸、躲躲藏藏前進。因此，他大白天便降落在巷底村房屋零星四散的廣場，將利爪摺回成人腿、巨翅揮為手臂。

一個小孩哭叫著跑向母親。四周無人，但早生轉過頭，依舊帶著一絲老鷹敏銳、僵硬的迴旋，盯視。巫師識得巫師，他知道獵物在哪間房舍。他走過去，將大門一推。

一名細瘦褐膚男子坐在桌前，抬頭看他。

早生舉手，要在男子身上施加縛咒。他的手定住，動彈不得地在身旁半舉。所以，這是一場競賽，有個值得對戰的敵人！早生往後退一步，微笑著將雙手外舉，向上舉，動作緩慢穩定。無論對方做什麼，都定不了他。

房子消失。沒有牆壁、沒有屋頂、沒有人影。晨光下，早生站在村莊廣場的塵土上，雙臂高舉在天。

這當然只是幻象，卻也稍微阻礙他的咒語，他必須解除幻象，帶回周圍門框、牆壁、屋梁、陶製餐具上的一閃、石壁爐與桌子。但無人坐在桌前。敵人消失了。

早生很生氣，非常生氣，如盤中食物被奪走的餓漢。他召喚燕鷗重新出現，但

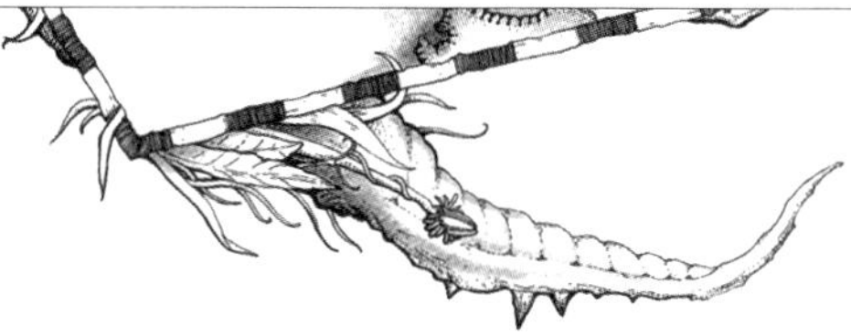

他不曉得燕鷗真名，無法掌控他的心或智。召喚無人應答。

他大步踏離房子，轉身施下火咒。火苗立刻迸出，屋頂、牆壁及每扇窗都竄出火舌，婦女尖叫逃出。她們方才一定躲在後面房間，他絲毫沒注意。「獵犬。」早生心唸獵犬真名使出召喚咒。老人不得不來，並且對此十分不快，說：「我就在下面那邊酒館裡，你只要說我的通名，我就會過來了。」

早生看了他一眼。獵犬立即閉嘴，不敢多言。

「我准了才能說話。」巫師說：「那人在哪裡？」

獵犬朝東北方點頭。

「那裡有什麼？」

早生打開獵犬嘴巴，給他足夠聲音，他以平板死枯的音調說：「薩摩里。」

「他是什麼形體？」

「河獺。」平板的聲音說道。

早生笑了：「我去等著抓他。」他的人腿變成黃色利爪，手臂變成寬廣羽翅，老鷹一飛沖天，越風而去。

獵犬嗅嗅，歎了口氣，不情願地拖著腳步尾隨在後，身後村落火焰熄滅，孩童哭泣，婦女在老鷹身後叫喊詛咒。

試圖行善的危險，在於內心會混淆善意與善行。

一隻河獺沿著葉納伐河快速下游，牠心裡想的不是這些。除了速度、方向、河水甜美的味道及游泳的甜美力量之外，牠其實想得不多。但彌卓坐在巷底村奶奶家桌前，跟母親、姊姊說話時，他想的正是跟這個差不多的念頭，之後屋門一推而開，那可怕的閃耀身形便站在門口。

彌卓來到黑弗諾時心想，無意害人便不會傷人。但他已造成無法彌補的傷害：孩童因為他身在那裡而死，他們在折磨中死去，被活活燒死；他讓姊姊、母親和自己陷入恐怖的危險，還危及柔克。如果被早生（他只知道此人的通名及惡名）抓到，被他利用一如他人，柔克眾人都將暴露在那巫師的力量及他所掌握的船艦軍隊之下。彌卓那時就會將柔克出賣給黑弗諾，如同不知名巫師將柔克出賣給瓦梭一般——也許那人也以為自己不會傷人。

巫師前來時，彌卓一直想著該如何立刻離開黑弗諾而不引人注意。但是他依然無解。

現在身為河獺，他只想永遠維持河獺形體，當隻河獺，待在甜美褐水、活動河流中。對河獺來說，沒有死亡，只有生命到達盡頭。但這隻滑順動物有人類的心

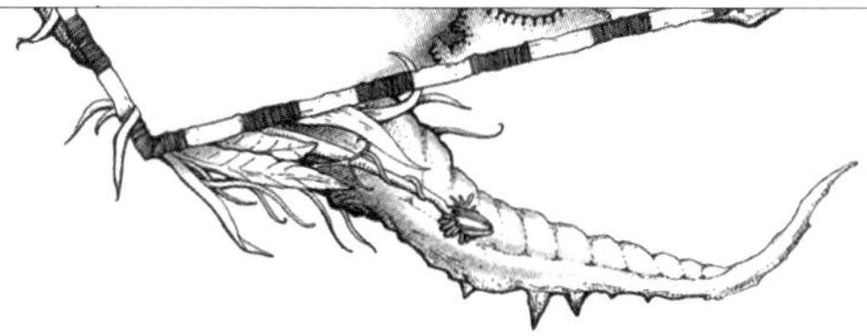

智，小河流經薩摩里西方山丘時，河獺爬上泥濘河岸，化回人形蹲在河邊顫抖。

現在要去哪兒？為何來到這裡？

他沒有想法。他選擇最方便的形體，照河獺習性跑到河邊，照河獺習性泅水，但他必須回到人類形體，才能像人類思考、躲藏、決定，以人類或巫師的方式行動，對抗獵捕他的巫師。

他知道自己不是早生的敵手。為了定住第一個縛咒，他已用盡力量抵抗。幻象及變換是他僅剩技法，若再次面對那巫師，他一定會被摧毀，柔克也跟他一起。柔克及其子民、他心愛的伊蕾哈，還有芙紗、鴉、多莉，所有人；白色中庭內的噴泉、噴泉邊的樹。只有大林挺得下去，只有碧綠、無言、屹立不搖的山陵。他聽見伊蕾哈說，「黑弗諾隔在我們之間」；他聽見她說，「所有真正的力量、所有的太古力，追本溯源，都是一體」。

他抬頭。凌駕河流之上的山邊，就是他與提納拉、還有在他腦中的安涅薄，曾一同來到的山邊。繞過後略走幾步就是那道裂隙，那道密縫在夏日碧草下依然清晰可見。

「母親，」他跪著說道：「母親，對我開啟。」

他將雙手覆蓋在大地密縫之上，手裡卻無力量。

「讓我進去，母親。」他以與山坡同樣古老的語言低聲道。地面略略顫抖後開啟。他聽見一隻老鷹尖鳴。他站起身，躍入黑暗。

老鷹飛來，在山谷、山坡、河邊柳樹上盤旋尖鳴。牠盤旋、搜尋又搜尋，後循原路飛回。

良久之後已是向晚，獵犬蹣跚走入山谷。他不時停停嗅嗅，在山坡旁大地裂隙邊坐下，歇息疲累雙腿。他研究翻起的新鮮土塊、草被壓扁的地方，輕撫彎扁草莖，讓它站直。他終於站起身，到柳樹下清澈水邊喝口水，走回山谷，朝礦坑前進。

彌卓疼痛著在黑暗中醒來。漫長時間裡，也只有這兩樣陪他。疼痛來來去去，黑暗隨侍在側。光線一度微亮近乎黃昏，他勉強看到四周。一道斜坡從他躺臥處往下伸向一面石牆，石牆對面又是黑暗，但他無法起身走到石牆，疼痛再次激烈回到手臂、大腿、頭顱。黑暗包圍他，一切消失無蹤。

口渴，伴隨而來的是疼痛。口渴，還有流洩的水聲。

他試圖記起該怎麼發出亮光。安涅薄嗚咽哀傷地對他說：「你不能製造光嗎？」但他不行。他在黑暗中匍匐前進，直到水聲愈來愈大、身下石頭盡濕，他盲目摸索直到發現水為止。他喝水，試圖再從濕潤石頭邊爬走，他非常冷，一隻手臂

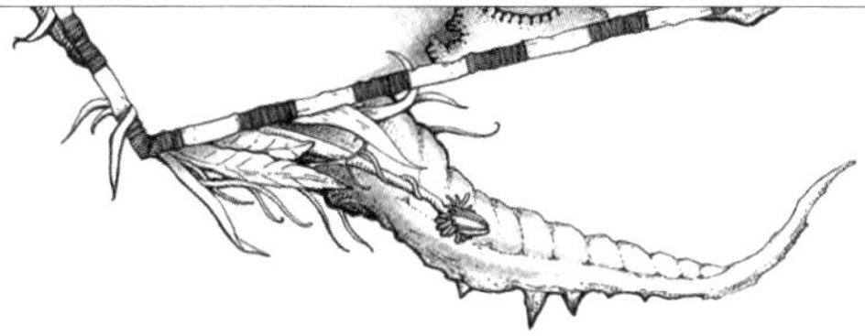

疼痛無力。頭又痛了，他抽噎顫抖，試著將自己縮成一團取暖。沒有溫暖，也沒有光線。

雖然四周依然一片漆黑，他卻坐在離他躺著不遠的地方看著自己。他全身蜷縮，癱散在地，附近有條雲母岩脈滲滴出的小水流，不遠處還縮著另一堆腐爛的紅絲綢、長髮、骨頭。在那之外，一串岩穴向深處延伸。他看到其中的岩室通道遠比所知延伸得遠。他以同樣事不關己的興味看著那串岩穴、提納拉與自己的身體。他感到一陣淡淡懊悔，今天會死在自己殺死的人身邊，也算公平。這樣也對。沒有什麼不對。但他體內有某種事物在痛，不是尖銳的肉體疼痛，而是漫長、一生的哀痛。

「安涅薄。」他說。

然後，他回到自己體內，手臂、大腿、頭上感到強烈痛楚，在盲然黑暗中噁心、暈眩。移動身體時，他痛得啜泣，但還是坐起身。我一定要活下去，他心想，我一定要記得如何活下去、如何發光。我一定要記得。我一定要記得樹葉的影子。

森林有多遠？

心有多遠，它就有多遠。

他在暗中抬起了頭，一會兒，他稍微移動完好的手，黯淡的光從手上流洩。石穴頂在遙遠上方，雲母岩脈滴下的孱弱水流在燐火中短促閃爍。

他再也看不見之前所見的石室與通道，視覺已無關乎己，游離體外。他只看得到一抹光在他四周與眼前。一如他與安涅薄穿過夜裡，走向她的死亡，一步步踏入黑暗。

他跪起身子，才想到輕聲說：「謝謝妳，母親。」他站起，又跌下，左腿一陣疼痛令他大喊出聲。一會兒他又試一次，站了起來開始前進。

他花了許多時間越過石穴。他將損傷的手臂放入襯衫，完好的手按在大腿關節，讓走路輕鬆些。兩側牆壁逐漸縮成一條通道，這裡的岩頂壓低許多，離頭頂不遠，清水從一面牆上滲出，在地下岩石間聚成小池。這不是提納拉幻覺中神妙的紅色宮殿，有高聳廊柱寫著神祕銀色符文；這裡只有泥土，只有乾土、岩石、水，空氣沁涼沈靜。除了小溪答答聲，一切靜默。法術光外黑暗一片。

彌卓低下頭，站在那兒。「安涅薄，妳能回這麼遠來嗎？我認不得路。」他稍待片刻。他看到黑暗，聽到寂靜。他緩慢而停歇地進入通道。

早生不清楚那人如何逃離他的法眼，但有兩件事很肯定：他比早生遇過的法師都強大，而且他會儘快回到柔克，因為那是他力量的泉源與中心。試圖比他早到一步也沒有用，他遙遙領先，但早生可以追隨在後；如果自己的力量不夠，還會有一

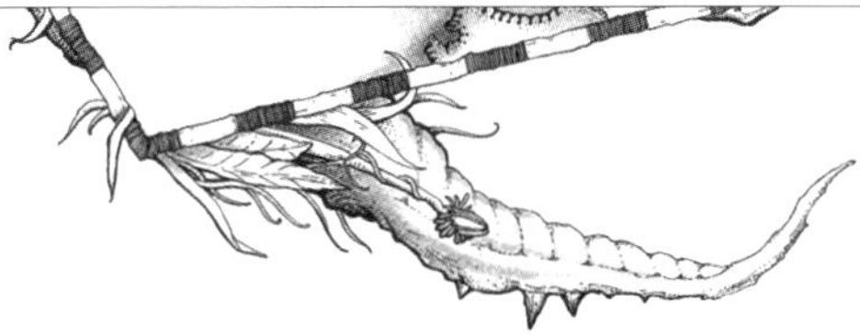

股力量，令所有法師莫之能禦。莫瑞德不也幾乎被擊倒嗎？且擊倒他的不是巫術，只是由敵方作法而叛變的軍力。

「陛下，您正派遣船艦，」早生在眾王之宮向坐在手扶椅上的瞠目老人說道，「內極海南方聚有強大的敵人要來攻擊您，我們將前往殲毀。百艘船艦將自大港、歐莫爾島、南港、及您的采邑厚斯克島出動，是世界上最壯大的海軍！我會親自領軍，而榮耀將歸屬於您。」他帶著公然的嘲笑說道，讓羅森以恐怖眼神盯著他，終於開始了解誰是主人、誰是奴隸。

早生對羅森手下全盤掌握，兩天內大批船艦已從黑弗諾出發，沿路蒐得貢品。八十艘船艦在正確穩定的法術風吹拂下，航經阿爾克島及伊里安島，直奔柔克。有時早生會穿著白絲袍，握著由極北海獸角雕成的白色長杖，站在領航戰艦的船首甲板，百支船槳如海鷗翅膀拍擊。有時他自己便是海鷗，或老鷹，或飛龍，在船艦前方或上方飛行，兵將看到他如此飛行，便叫喊：「龍主！龍主！」

船艦停靠伊里安島補給水與食物，如此快速出動數百名兵士，船艦少有時間裝載補給品。他們蹂躪伊里安島西岸城鎮，四處劫掠，在維斯提及柯梅瑞島也如法炮製，盡可能掠奪，燒毀遺留物件。然後，大批艦隊轉向西方，朝柔克唯一港口——綏爾灣——航行。早生從黑弗諾那些地圖上得知這海港，知道海港上有座高陵。船艦靠近時，他變身龍形由船隻上空騰越而起，引領船艦，目光朝西凝視，尋找山陵蹤影。

他看到模糊碧綠的山陵在迷霧海面上時放聲大喊——船上的人都聽到龍的尖嗚——並加速飛行，讓他們尾隨在後，前往征服。

柔克傳言當地受咒法保護、由誦咒隱藏，凡人眼睛無法看到。如果那山陵及他如今在山陵前看到的開展海灣有任何咒語，那麼之於他也僅是薄紗，透明可見。他飛越海灣、橫渡小鎮及山坡上半完成的建築，抵達高聳碧綠山頂，雙眼無可模糊，意志無可挑戰。他在山頂伸長龍爪，拍擊鏽紅雙翅，降落在地。

他以自己的形體站著，沒有變身。他警覺、忐忑地站著。

風起，長草在風中點頭。夏日正進入尾聲，長草已乾枯變黃，除了綴邊的小白點之外，沒有半朵鮮花：一名女子走上山，穿過長草朝他前來，她未沿任何小徑，從容不迫。

他以為他已舉手誦咒，阻止女子；但他沒舉起手，而她繼續前進，直到離他兩臂之遙略低處，方才停步。

「告訴我你的真名。」她說，而他答：「帖列爾。」

「帖列爾，你為什麼來這裡？」

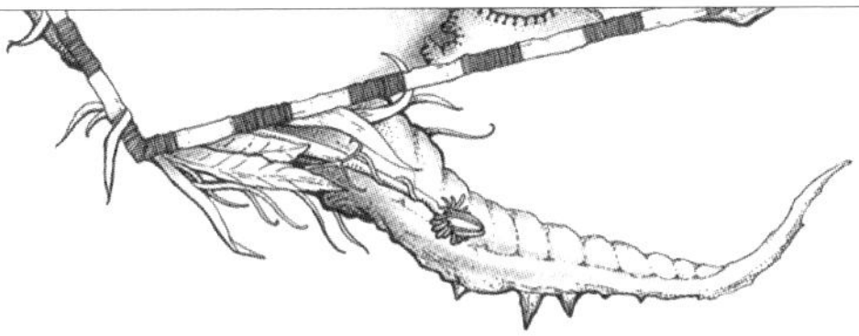

「來摧毀你們。」

他盯著她，看到一名圓臉中年婦女，身形矮小結實，髮中帶有灰絲，深色眼眸在深色眉下，雙眼擒住他的雙眼、擒住他的人，從他口中帶出實話。

「摧毀我們？摧毀這座山丘？那邊的樹木嗎？」她低頭朝離山不遠的樹林望去。「也許創造這一切的兮果乙可以毀壞一切；也許大地會自行摧毀，或在最後透過我們的手自行摧毀，但不是透過你的手摧毀。虛假的王、虛假的龍、虛假的人，等你明白自己站在何處，再來柔克圓丘。」她的手作勢朝土地一揮，轉身循著前來的方向，穿越長草下山。

如今，他看到山頂上還有人，許多人：男男女女、孩童、生者與死者的靈魂，許許多多。他極端恐懼，整個人縮成一團，試圖施咒隱藏自己，不讓所有人看到。

但他沒有施咒，身上不剩半點魔法。魔法盡失，自他體內流入這座可怕山丘，流入腳下這可怕土地，消失。他不是巫師，只是與旁人一樣的凡人，毫無力量。

他知道這點，徹底明瞭，卻仍試圖誦咒，在唸誦中舉起雙臂，怒擊空氣。然後他往東方看，竭力尋找戰艦船槳的閃擊，尋找前來懲罰這些人、前來拯救他的艦隊風帆。

他只見到水上一片霧氣，覆蓋海灣口外。在他的注視下，霧氣轉濃、轉暗，越過緩擊浪波，森森逼近。

大地自轉向陽，創造白晝與黑夜，大地內卻無白晝。彌卓徹夜行走。他的跛腳愈趨嚴重，也無法一直維持法術光閃亮。光熄滅時，他必須停步、坐下、睡覺。睡眠永遠不是他以為的死亡。他總是冰冷、總是疼痛、總是口渴地甦醒，而他能發出微弱的一點光芒後，便起身行走。他一直沒見到安涅薄，但知道她在彼處。他尾隨她身後。有時是寬敞房室，有時是一池池靜水，沈靜難以打破，但他仍從中喝了幾口水。他覺得自己漸行漸深，過了好長時間，最後抵達最長的水池，之後坡道再度攀升。現在，安涅薄有時跟在他身後。他可以說出她的真名，但她沒回答；他說不出其餘名字，但是他可以想著樹、想著樹根，這裡是樹根的王國。森林有多遠？樹走多遠，它就有多遠。與生命一樣遠，與樹根一樣深，與葉片投射的疏影一樣遠。這裡沒有影子，只有黑暗，但他繼續前行，繼續前行，直到看見安涅薄在他前面。他看到她眼中閃光、她鬈髮雲朵。她回頭看他片刻，然後轉身沿著一條長長陡坡，輕盈地往黑暗裡跑。

他站的地方並非完全漆黑。空氣在他臉上浮動。遙遠的前方微弱細小地出現一道不是假光的光芒。他向前行。他已匍匐前進許久，拖著撐不住身體重量的右腳。

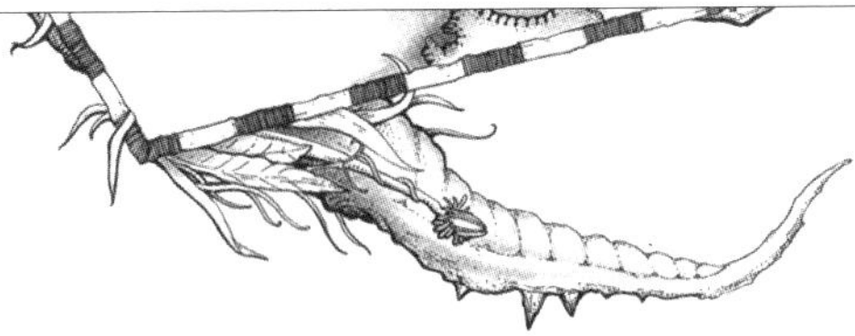

向前行。他聞到夜風氣息，透過樹枝及葉片看到夜空。一段彎曲橡木樹根形成洞穴開口，大約一人或一隻獾能爬過的大小。他爬過去。他便如此躺在大樹根下看著天光殞退，一、兩顆星辰從葉片間冒出。

獵犬就在那裡找到他，離山谷數哩外，薩摩里西邊，法力恩大森林邊緣。

「找到你了。」老人說，低頭看著那泥濘鬆弛的身體。他又惋惜地加上一句：「太遲了。」他彎下腰想知道是否能抱起或拖動他，卻感覺一絲生命的溫暖。「你命很硬嘛，」他說：「好了，醒醒。快點。河獺，醒醒。」

河獺雖然坐不起身，幾乎無法言語，但認得獵犬。老人將自己的外套圍在河獺肩頭，讓他從水壺裡喝兩口水，然後蹲在河獺身邊，背倚橡樹粗壯樹幹，望入森林片刻。大色近晚。氣候炎熱，夏日陽光透過樹葉，散成千種濃淡綠光。一隻松鼠在橡樹上遠遠叫罵，松鴉予以回應。獵犬抓抓脖子，歎了口氣。

「巫師照常追錯方向，」他終於開口，「說你已經去柔克島，他會在那裡逮到你。我什麼都沒說。」

他看著他只知道叫做河獺的人。

「你跑到裡面，那個關著老巫師的洞裡，對吧？你找著他了嗎？」

彌卓點點頭。

「嗯哼。」獵犬吐出一聲短促嘟噥的笑，「你找著你要找的東西了吧？我也是。」他發現同伴陷入一陣煩鬱，便說：「我會把你弄出去的。等我喘口氣，就去下面那村莊找個車夫過來。你好好聽我說，不要急。我這幾年來追你，不是為了把你交給早生，像我把你交給戈戮克一樣。這事我很愧疚。我一直在想，當初跟你說過，有法藝的人應該團結、為某人工作。那時我看不到有什麼選擇的餘地。害了你一次，我便想，如果再碰上你，我便要幫你一把。也算尋查師之間的情分，懂吧？」

河獺呼吸愈漸急促。獵犬將手覆蓋在他手上片刻，說：「不要擔心。」然後站起身，「好好休息。」

獵犬找到一名願意將兩人載往巷底村的車夫。河獺母親跟姊姊目前住在表親家，盡力重建焚毀的屋子。她們以不可置信的喜悅歡迎河獺回來。她們不知道獵犬與藩王及他手下巫師的關係，把他當自己人，認為他找到河獺半死不活地躺在森林裡，又帶他回家，真是個好人。「他是智者，」河獺母親玫瑰說道：「一定是智者。」這樣一個人值得她們盡心款待。

河獺復原得慢。接骨師盡力救治他骨折的手臂及受傷大腿，智婦在他手上、頭上、膝蓋上為岩石割破的傷口塗抹藥膏，母親為他找來菜園及莓叢間找得到的各式美味，但他依然與獵犬當初帶回來時一樣，虛弱衰竭地躺著。巷底村智婦說，他體

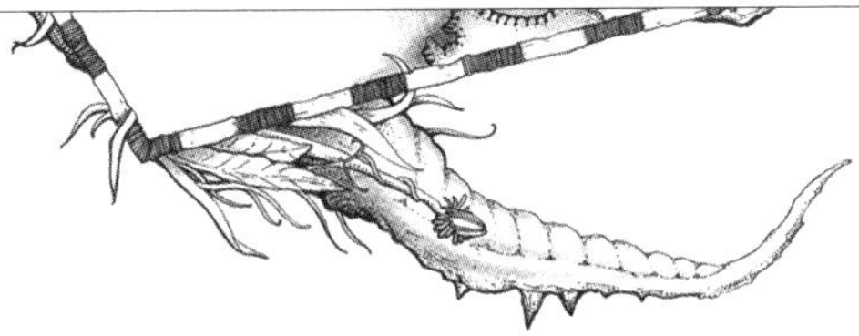

內沒有心。他的心在別處，被憂慮、恐懼或羞愧吞蝕。

「所以心在哪裡？」獵犬問。

河獺良久沈默後回答：「柔克島。」

「老早生帶船艦去的地方。我懂了。那裡有朋友。好吧，我知道其中一艘船回來了，我在下面那邊酒館裡看到其中一名船員。我去打聽打聽，問問他們有沒有到柔克、那裡發生了什麼事。我能告訴你的是，老早生好像晚回了。嗯哼，嗯哼。」他又吐道，覺得自己的笑話很有趣。「晚回了。」他重複，然後站起身。他看看形銷骨立的河獺。「好好休息。」他說，隨即離去。

獵犬去了幾天。他乘馬車返回時，神情讓河獺姊姊急急忙忙衝去告訴河獺：「獵犬要不是打勝仗，就是發了！他搭著光鮮馬車，前面一匹光鮮的馬拉著，像王子一樣！」

獵犬緊跟在後進了屋：「這個嘛，首先，我一到城裡就往皇宮跑，去打探消息。結果我看到什麼？我看到老海盜王雙腳站著，像過去一樣發號施令。站著！他已經好幾年沒站過了。發號施令！有些人聽令行事，有些人沒有。我離開那兒，在那種情況下，皇宮可危險著。我到朋友那裡走走，問問老早生跑去哪裡、艦隊是不是去了柔克又回來。他們說，沒人知道早生去了哪兒，他也沒送個信回來。他們開我的玩笑，說也許我找得著他，嗯哼，他們知道我有多愛戴他。至於那些船呢，有些船回來了，船上的人都說他們根本沒到柔克島，連看都沒看到，直直穿過航海圖上說有島的地方，結果卻沒有島。還有從其中一艘大戰艦下來的人，說靠近本來應該有島嶼的地方時，卻闖進一團跟濕布一樣厚重的霧裡，海也變得很厚重，船槳手連槳都差點划不動。他們說陷在裡面一天一夜，逃出時，海上看不到半艘艦隊的船隻，奴隸都快反叛了，船長便速速返航。另一艘船，那艘老『烏雲』，以前是羅森的船，那時也進港了。我跟船上下來的人聊了兩句，他們說那片柔克原本的所在地，除了濃霧跟暗礁外什麼也沒有，他們便跟其餘七艘船艦繼續往南航行，遇上瓦梭航來的艦隊。說不定那裡的藩王也聽說有大艦隊前來劫掠，因為他們沒停下來問問題，直接對我們的船艦發射巫火，靠到船邊想強行登船。跟我聊過的人都說，光是要從那些人手裡逃跑就已是苦戰，還有人沒逃出來。整段時間他們都沒有早生的訊息，而且除非船上有袋子師，否則也沒人操作天候。從『烏雲』下來的人說，他們沿著內極海海岸回來，像打敗的狗群一樣，一隻接一隻，亂七八糟。你喜歡我帶給你的消息嗎？」

河獺一直強忍著不掉淚，他藏起臉。「喜歡。多謝。」

「就想你會喜歡。至於羅森王，」獵犬說：「誰知道。」他抽抽鼻子，歎了口

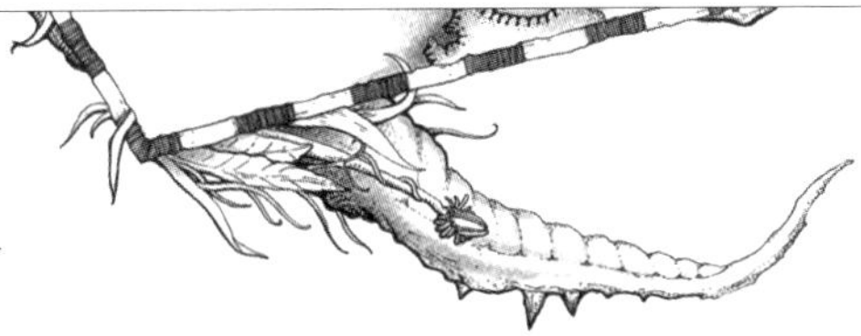

氣。「我要是他，早就退休了。我想我自己也該退休了。」

河獺終於控制住自己的表情與聲音。他擦擦眼睛鼻子，清了清喉嚨，說道：

「這主意可能不錯。來柔克好了。比較安全。」

「好像是個難找的地方。」獵犬說道。

「我找得到。」河獺說道。

四・彌卓

我們門邊有個老人，
無論貧富一律應門，
眾多高矮盡皆前來，
少能通過彌卓之門。
水就這樣流啊流，
水就這樣流。

獵犬留在巷底村。他可以在那裡靠尋查維生，又很喜歡那兒的酒館，河獺母親還殷勤款待。

初秋時分，羅森已被一條綁在腳上的繩子倒吊起來，掛在新皇宮窗邊腐爛。六名藩王正為他的國土爭執，大艦隊在海峽及飽受巫師騷擾的海面上相互追逐爭鬥。

由兩名黑弗諾結手年輕術士航行掌舵的「可望」，卻帶著彌卓安然渡過內極海，抵達柔克。

萸燼在碼頭迎接。跛腳又枯瘦的他來到萸燼面前，握起她的雙手，卻無法抬頭面對。他說：「我的心積壓太多死亡了，伊蕾哈。」

「跟我來大林。」她說。

兩人一起到大林待到冬季來臨。之後一年，他們在流出大林的綏爾波河邊建了一座小屋，夏天都住在那兒。

兩人在宏軒館工作教導，看著它一石一石蓋起，每塊石頭都浸滞在保護、延續、和平的咒語中；他們看到柔克律條制定，卻不如所希望地穩固，總是遇上反動，因為有來自別島以及從學生身分躍升而成的法師，都是擁有力量、知識、自傲的男女，對律條起誓，共同合作，共謀所有人的福祉，但每個人都看見不同的達成方法。

年歲漸長的伊蕾哈倦於學院的熱情與問題，而愈發受到樹林吸引，因此她獨自

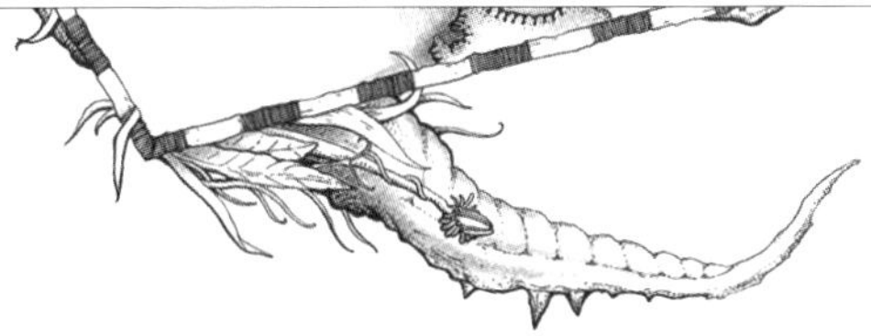

前往，到心能帶她最遠的地方。彌卓也在那裡行走，但走得不如她遠，因為他跛腳。

她過世後，他獨自在大林旁小屋住了一陣子。

秋季某日，他回到學院。從菜園邊門進入，一旁小徑可穿過田野至柔克圓丘。柔克宏軒館的特色便是完全沒有正門或宏偉入口，你可以從稱為後門的地方進入，這扇門雖以獸角做成、以龍牙為框、門上雕著千葉樹，但如果從牆外一條昏暗小路前來，門的外表便平淡無奇；或者也可以從菜園門進去，那扇門是普通橡木，有個鐵門。可是沒有前門。

彌卓穿過大廳及石廊來到屋子最深處，鋪滿大理石的噴泉中庭。伊蕾哈當初種的樹如今高高聳立，枝上漿果漸漸轉紅。

柔克眾師傅聽說他在那裡，群集前來，無論男女，均是各種法藝的大師。彌卓前往大林之前曾是尋查師傅，如今，由一名年輕女子教導這門技藝，如同曾受教於他一樣。

「我一直在想，」彌卓說：「你們有八人。但九是比較好的數字。你們願意的話，再把我當成師傅吧。」

「您要做什麼呢，燕鷗大爺？」召喚師傅問，他是伊里安島的灰髮法師。

「我來守門。」彌卓說：「我跛腳，所以不會遠離那扇門；我年紀大，知道該對來人說些什麼；我是尋查師，能知道來人是否屬於這裡。」

「那會替我們免除許多麻煩和部分危險。」年輕的尋查師傅說道。

「你會怎麼做？」召喚師傅問道。

「我會詢問他們的真名。」彌卓說，微笑，「如果他們願意告訴我，便可以進來，認為自己學成時，就可以再出去。只要他們能把我的真名告訴我。」

於是如此。終其一生，彌卓守著柔克宏軒館的雙門。即使世紀遷移，人事已非，面朝圓丘開的菜園門長久以來依舊稱為彌卓之門。第九位柔克師傅也依然是守門師傅。

在巷底村及黑弗諾歐恩山腳下的村莊，編線紡織的婦女唱著一首打謎歌，最後一句或許與身為彌卓、河獺、及燕鷗的人有關。

有三件事不可能
索利亞島浮上海
蟠龍游在大海中
海鳥飛入墳墓內

【第二章】

黑玫瑰與鑽石
Darkrose and Diamond

西黑弗諾船歌

我愛人去向何方
我亦跟隨
他船槳划往何方
我同往

我們將一同歡笑
亦將一同哭泣
他生我亦生
他死我亦死

我愛人去向何方
我亦跟隨
他船槳划往何方
我同往

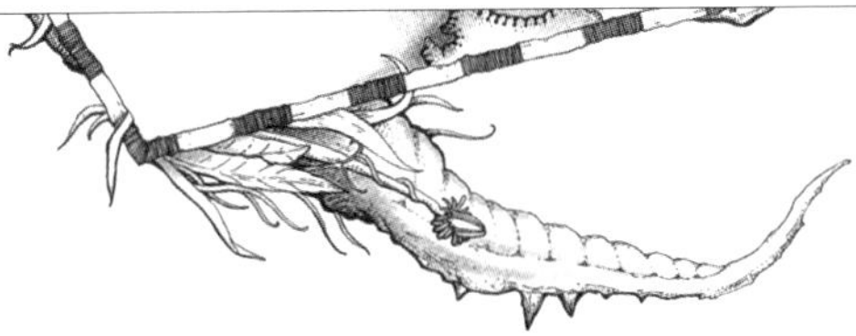

黑弗諾西方，橡樹及栗樹密生的山林間，是碧原鎮。從前，鎮上有個富人從商，名喚阿金。阿金有間工廠，專門為黑弗諾南港及黑弗諾大港所建的船隻切割橡木板。他擁有最廣的栗樹林，擁有許多拖車，僱用多位車夫，將木材和栗子載越山頭販售。阿金在木材生意上賺了大錢，因此兒子出生時，孩子母親問道：「我們就叫他阿栗或阿橡吧，如何？」但阿金說：「叫他鑽石。」在他的觀念中，唯有鑽石比黃金珍貴。

於是，小鑽石在碧原鎮最漂亮的房子中成長，先是目光炯炯的胖娃娃，後來成為紅潤開朗的男孩。他歌聲悅耳、聽力敏銳、熱愛音樂，因此母親托莉以「歌雀」、「雲雀」等親暱小名喚他。母親始終不喜歡「鑽石」這名字。鑽石在房子四處婉轉輕歌，曲子聽過就能哼唱，聽不到曲子便編作歌謠。他母親要智婦阿纏教導他《伊亞創世歌》與《少王行誼》；十一歲時，西陸王爺造訪碧原鎮上方山陵領地時，他還在日迴宴上為西陸王爺吟唱「冬頌」。西陸王爺及夫人讚美孩子的歌聲，送他一只小金盒，盒蓋上鑲顆鑽石。這對鑽石及母親而言似乎是份親切漂亮的禮物，但阿金對唱歌及小玩意兒毫無興趣。「兒子，你有更重要的事得做，」他說：「還有更大的獎賞要拿。」

鑽石以為父親指的是事業，那些伐木工、鋸木工、鋸木場、栗樹林、採果工、車夫、馬車，還有一大堆工作、討論、計畫等等複雜的大人事情。他從不覺得那些跟自己有多大關係，所以他該怎麼完成父親期許的大事？也許等長大後就明白了。

但阿金想的其實不只事業，他觀察到兒子有某種特質。他還不至於眼高於頂，設立些崇高目標，而是偶爾朝那目標瞄上兩眼，然後閉上眼。

初時，他以為鑽石像其他孩子般只有曇花一現的魔法，不久便會消退。阿金年幼時也能讓自己的影子發光閃爍，家人為此大為讚美，還要他表演給訪客看，但到了七、八歲，他便失去這項能力，從此不能施法。

阿金看到鑽石未沾階梯便能下樓，還以為自己眼花，但幾天後，他又看到孩子只用一指輕輕滑過橡木扶手，飄上階梯。「你能用這法子下樓嗎？」阿金問。鑽石答：「可以啊，就像這樣。」旋即像飄在南風上的雲朵，平穩滑行而下。

「你怎麼學會的？」

「不小心就發現了。」男孩說，顯然不確定父親是否贊成。

阿金未讚美孩子，不希望他因這可能只是孩提時期的短促天分而自覺、驕矜，已經有太多人對他甜美高亢的嗓音大驚小怪。

約莫一年後，阿金看到鑽石跟玩伴玫瑰在外頭後院裡。兩個孩子蹲踞著，頭相倚靠，大聲嘻笑。兩人間有種不知名的強烈神祕氣氛，令他在樓梯間窗前駐足觀

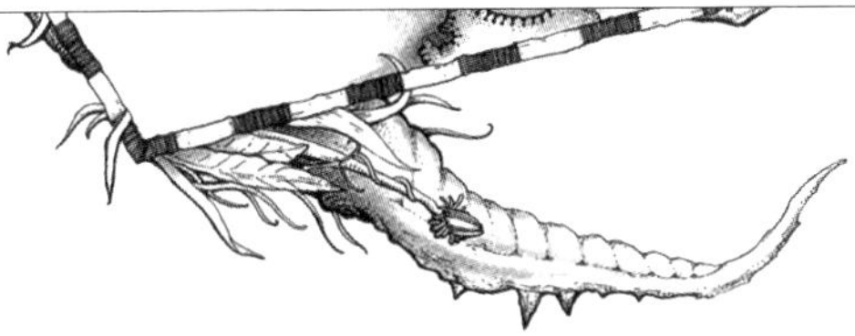

察：有種東西正上下跳躍。是青蛙？癩蛤蟆？大蟋蟀？他往外走入花園靠近兩人，雖然他個頭高大，但動作極其安靜，全神貫注的兩人都沒發覺。在兩人光裸腳趾間上下彈跳的是一塊石頭。鑽石抬起手，石頭便跳入空中；輕輕甩手，石頭在空中盤旋；手指往下一揮，石頭便掉回地面。

「輪到妳啦。」鑽石對玫瑰說。玫瑰開始依樣畫葫蘆，但石頭只是略微滾動。

「噢，」她悄聲道，「你爸爸來了。」

「滿厲害的嘛。」阿金說。

「小鑽想出來的。」玫瑰說。

阿金不喜歡玫瑰。她直率、防衛心重、衝動又膽怯。這女孩比鑽石小一歲，是女巫之女。他希望兒子能跟同年齡男孩、跟他的同類、跟碧原鎮上的望族子弟一起玩。托莉堅持喚女巫為「智婦」，但女巫就是女巫，女巫的女兒可不適合當鑽石的玩伴。不過，看到兒子教女巫孩子小技法，也不免稍微心動。

「鑽石，你還會什麼啊？」阿金問。

「吹笛子。」鑽石立刻回道，從口袋裡拿出十二歲生日時母親送的小橫笛。他將橫笛舉到口邊，飛舞手指，吹出一首在西岸耳熟能詳的甜美旋律〈愛人去向〉。

「很好嘛，」父親說：「但橫笛誰都會吹。」

鑽石瞥向玫瑰。女孩別過頭，看著地上。

「我一下子就學會了。」鑽石說。

阿金悶哼兩聲，不為所動。

「它自己會吹。」鑽石說，將橫笛舉離口邊。他的手指在音孔上飛舞，橫笛響起簡短的吉格舞曲。其間吹錯幾個音，最後一個高音還發出刺耳聲響。「我還沒學好。」鑽石說，又惱又羞。

「不錯，不錯，」阿金說：「繼續練習。」說著，他離開兩人。他不確定自己該說什麼。他不想鼓勵孩子多花時間在音樂或那女孩身上，已經浪費太多時間，音樂或女孩都無法幫忙出人頭地。但這天分，這毋庸置疑的天分——漂浮的石頭或無人吹奏的橫笛——也許過度鼓勵不對，但也不該遏止。

在阿金的觀念裡，財富就是力量，但不是唯一力量。還有兩種力量，其一與財富相當，另一種較財富更偉大。首先是身家：西陸王爺來到碧原鎮附近領地時，阿金很樂於表示忠誠。領主生來就為統治維安，如同阿金生來就該經商賺錢。兩者各有所長，無論貴族平民，只要各司其職、誠實做事，便應獲得榮耀與尊重；但也有些小領主，阿金可以收買或販售、出借或任其乞討，這些人雖出身貴族，卻不值得效忠或榮譽。身家來歷與財富皆屬偶然，必須努力賺取才不至失去。

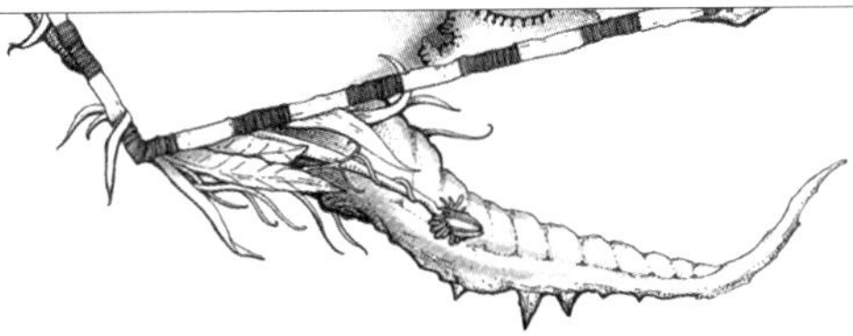

但在富人、貴族外，另有擁有力量的人，即巫師。他們的力量雖鮮少使用，卻絕對。巫師手中握有虛位已久群島王國的命運。

如果鑽石生來就有這種力量，如果這是天賦，那麼阿金一切夢想、計畫，包括訓練鑽石從商、要他協助拓展車隊路線、與南港固定交易、買下芮崎上方的栗樹林等，都將化為瑣事。鑽石會像他叔公一樣，去柔克島上的巫師學院嗎？也能為家族贏得榮耀，或凌駕貴族、平民，成為黑弗諾大港攝政王的御用法師嗎？阿金滿懷想望，飄飄然，只差沒能飄上樓梯。

但阿金對孩子和妻子隻字未提。他天性寡言，不相信想望，除非想望可化為行動。托莉雖是盡責溫柔的妻子、母親、主婦，卻已過度誇耀鑽石的能力與成就。而且，她和所有女人一樣，喜歡說長道短，交友也不慎。那個叫玫瑰的女孩會一天到晚待在鑽石身邊，正是因為托莉鼓勵玫瑰的母親——即女巫阿纏——來訪；每次鑽石的指甲長個倒刺，就要諮詢阿纏，還告訴她過多家務事，那些事無論阿纏或任何人都不應該知道，他的事跟女巫無關。但另一方面，阿纏或許能告訴他，兒子是否真有潛力，擁有法術天分……然而，光想到要問女巫意見，就讓他退避三舍，遑論評斷自己兒子。

阿金決定靜觀其變。耐心又堅毅的他等了四年，等到鑽石十六歲。鑽石長成高大健壯的青年，長於運動、課業，依然臉色紅潤、目光炯炯、性格開朗，變聲時則受到頗大打擊，因為甜美高亢歌喉變得荒腔走板且沙啞。阿金希望孩子能從此不再歌唱，他卻繼續跟雲遊樂師或民謠歌手之流閒晃，學習無用之事。這種生活不適合商賈之子，他就要繼承管理父親名下產業、鋸木坊與事業了。阿金據實以告：「兒子，唱歌時間結束了，你該想想成年人的事。」

鑽石在碧原鎮上方山中的阿米亞泉領受真名。巫師鐵杉認識他的曾叔公，特地從南港來為他命名。鐵杉亦受邀參加隔年的命名宴，宴會中場面盛大，供應啤酒、食物與新衣裳，每個孩子都有新襯衫、裙子或襯衣，這是西黑弗諾的古老傳統，最後，在溫暖的秋日傍晚，眾人在村莊綠地上跳舞。鑽石有許多朋友，包括鎮上所有同齡男孩和女孩。年輕人跳舞，有些人多喝了點啤酒，但無人逾矩太甚，是個快樂的夜晚，值得回味。隔天早上，阿金再度提醒兒子，該思考成年人的事。

「我想過一些。」男孩以沙啞聲音說道。

「然後呢？」

「嗯，我……」鑽石才啟齒，旋即啞口。

「我一直相信你會加入家族事業。」阿金說，口氣平靜，而鑽石一語不發。

「你想過要做什麼嗎？」

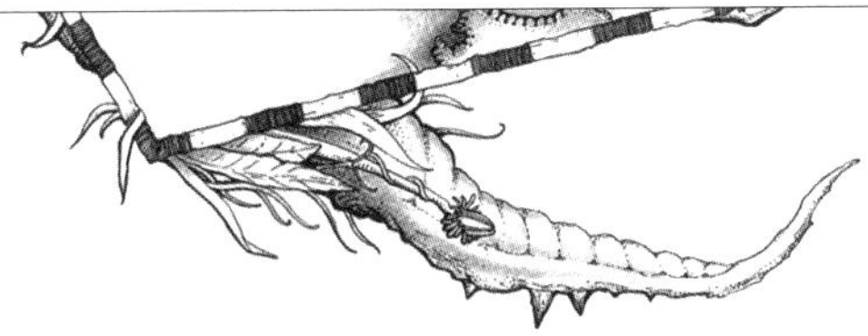

「有時候想過。」

「你跟鐵杉師傅談過嗎？」

鑽石稍加遲疑，說：「沒有。」他帶著疑問望向父親。

「我昨晚跟他談過，」阿金道，「他說，抑制某些天分不僅困難，實際更是錯誤、有害。」

光芒返回鑽石深黑的眼眸。

「師傅說，這些天分或能力若不經訓練，不僅浪費，可能還會造成危險。他說，技藝必須經過學習和練習。」

鑽石神色一亮。

「但是，他說，必須為技藝而學習、練習技藝。」

鑽石殷切點頭。

「如果是真正的天分、難得的能力，這點就更重要。使用愛情靈藥的女巫不會引發多少災難，但即使是鄉野術士，也必須當心……技藝倘用於卑鄙目的，就會衰滅、敗德……當然啦，術士也能得到酬庸。你也明白，巫師與貴族同住，要什麼有什麼。」

鑽石正專注聆聽，微微蹙眉。

「所以，說白一點。鑽石，你若有這種天分，對事業並無直接用處，這天分必須依本身條件加以培養、控制，得學習、精熟。鐵杉說，到那時你的老師才能開始告訴你這技藝怎麼用、會帶給你什麼好處。或帶給別人什麼好處。」阿金刻意補上一句。

一陣漫長的沈默。

「我告訴鐵杉，」阿金道，「我看過你手掌一翻，隨口一說，就把一隻木雕鳥兒化為飛翔歌唱的鳥；我看過你在空中製造一團亮光。你不知道我當時在看你。長久以來我一直觀察，卻什麼也沒說。我不想過分誇耀孩子的玩意兒。但是我相信你有天分，也許是偉大的天分。我把親眼看到的告訴鐵杉師傅，他也同意我的說法，他說你可以跟他去南港修習一年，甚至更久。」

「跟鐵杉師傅修習？」鑽石問，聲調高了半階。

「如果你願意。」

「我……我……我從沒想過這事。我可不可以考慮一下？想個……一天？」

「當然可以。」阿金對兒子的謹慎感到欣慰，原以為鑽石會迫不及待接受提議。這事或許想當然爾，但對於孵出老鷹的貓頭鷹父親來說，頗為痛苦。

阿金確實尊敬魔法技藝，認為那遠超出自己的能力，不只是類似音樂或說書的

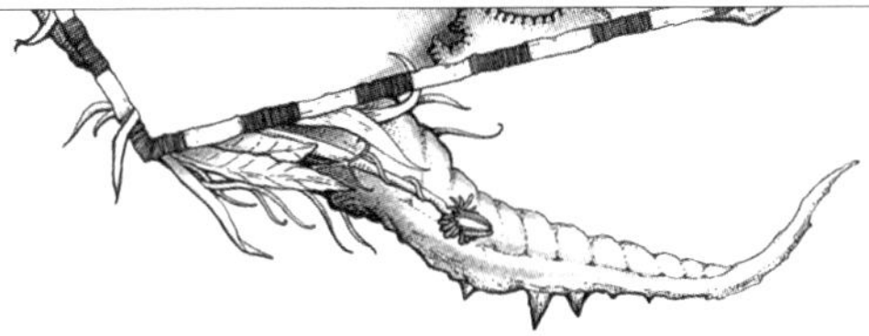

玩意兒，而是一門實際事業，具有無限潛力，自己的事業永遠無法相提並論。而且雖然口頭上不說，但阿金其實害怕巫師。他輕蔑耍弄雕蟲小技、幻象及胡言亂語的術士，卻害怕巫師。

「媽媽知道嗎？」鑽石問。

「時候到了她自然會知道。鑽石，她無權介入你的決定，女人不了解這些事，跟這些事也無關。你必須像個男人獨力決定。你懂嗎？」阿金十分認真，認為這是讓兒子斷奶的時機。托莉是女人，會緊攀不放；但他是男人，必須學會放手。鑽石雖神色猶帶深思，但篤定頷首已足使父親滿意。

「鐵杉師傅說，我……說他認為我有……我可能有天分、有才能……嗎？」

阿金保證，巫師的確這麼說過，但什麼樣的天分則有待觀察。孩子的謙遜讓他大大鬆了一口氣。他已半意識到自己害怕鑽石會凌駕於他，會立刻展示力量——神祕、危險、難以預估的力量，阿金的財富、統治權及尊嚴，相較之下黯然失色。

「謝謝爸爸。」男孩道。阿金擁抱他後離開，滿懷欣慰。

兩人約在流經鐵匠鋪下方的阿米亞河邊，一片灰黃柳樹叢。玫瑰才剛到，鑽石便說：「他要我去跟鐵杉師傅修習！我該怎麼辦？」

「跟巫師修習？」

「他認為我有偉大超凡的天賦，在魔法上！」

「誰這麼想？」

「爸爸。他看到我們在練習的一些東西，說鐵杉認為我該跟著去修習，因為不去可能會很危險。喔！」鑽石用雙手敲打頭。

「但你的確有天分。」

鑽石哀鳴一聲，用指節搔搔頭皮，坐在兩人舊時遊樂場的泥巴上，柳林深處遮蔭的小空間。兩人可清楚聽到河流躍過鄰近石頭，聽到遠方鐵匠鋪傳來的鏗鏘敲擊。女孩面對他坐下。

「你看看你會做的那些事，」她說：「如果你沒有天分，那你什麼都不可能會的。」

「小聰明，」鑽石模糊地說：「只夠耍些把戲。」

「你怎麼知道？」

玫瑰的皮膚十分黝黑，有雲霧般濃密鬈髮、薄薄嘴唇、專注認真的面孔。四肢裸露而骯髒，裙子及外套破舊不堪。她骯髒的腳趾及手指纖細優雅，一條紫水晶項鍊在釦子掉光的破爛外套下閃耀。她母親阿纏靠著治癒術、醫療、接骨接生或販賣

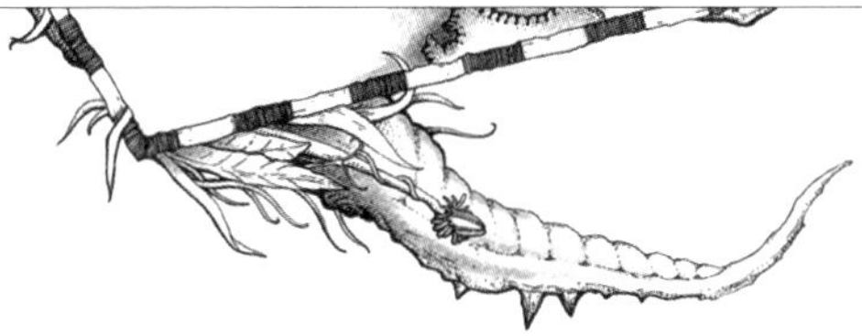

尋查咒、愛情靈藥、安眠藥漿等賺取豐厚的生活費。她有錢讓自己和女兒穿新衣、買新鞋、保持清潔，但她從未想要這麼做，家事也非她的興趣。她與玫瑰大多靠白煮雞及炒蛋度日，因為經常有人以家禽抵帳。兩房住屋的庭院裡雞貓橫行。她喜歡貓、癩蛤蟆、珠寶。紫水晶項鍊是她為阿金的伐木工頭成功接生兒子所獲的報償。阿纏不耐地比畫咒語時，手上一條條鏈子手環便閃爍著相互輝映。有時她會讓一隻小貓坐在肩膀上。她不是呵護孩子的那種母親。玫瑰七歲時便質問她：「妳如果不想要我，為什麼生下我？」

「沒生過孩子，怎能好好接生？」她母親說道。

「所以我只是練習品！」玫瑰咆哮。

「一切都是練習。」阿纏說。她個性並不乖戾，雖然極少想到要為女兒盡什麼心力，卻從未傷害她、責罵她，女兒要求吃晚餐、自己的癩蛤蟆、紫水晶項鍊、巫術課程等，有求必應。如果玫瑰要求，她也會提供新衣服，但玫瑰從未這般要求。她自幼年便開始照顧自己，這是鑽石愛她的原因之一。有了她，他懂得什麼是自由；沒有她，他只能透過聆聽音樂、歌唱、演奏音樂，獲得自由。

「我的確有天分。」他現在說道，又搓太陽穴，又扯頭髮。

「別再虐待你的頭了。」玫瑰告訴他。

「我知道泰瑞認為我有。」

「你當然有！泰瑞怎麼想又如何？你的豎琴已經彈得比他這輩子彈得要好九倍！」

這是鑽石愛她的另一個原因。

「有巫師樂手嗎？」他問，抬起了頭。

她沈思，「我不知道。」

「我也不知道。莫瑞德及葉芙阮會互相詠唱，而且他是法師。我想柔克有個誦唱師傅，教導歌謠、歷史。但是我從來沒聽過巫師當樂手。」

「我覺得沒什麼不可以。」她永遠覺得沒什麼是不可以的。又一個愛她的理由。

「我總覺得兩者似乎滿像。魔法和音樂、咒文和曲調。有一點是：你一定要把這兩樣做得完全正確。」

「練習，」玫瑰語氣頗酸地說：「我知道。」她向鑽石彈起一顆小石子，石子在半空變成蝴蝶；他向她回彈一顆石子，兩隻蝴蝶交互飛舞，翻騰片刻，才落回地上變為石頭。鑽石及玫瑰曾玩出幾種彈石子花招。

「你應該去，小鑽。」她說：「看看是怎麼回事也好。」

「我知道。」

「要是你能成為巫師該有多好！喔！想想你能教我的事情！變形……我們可以

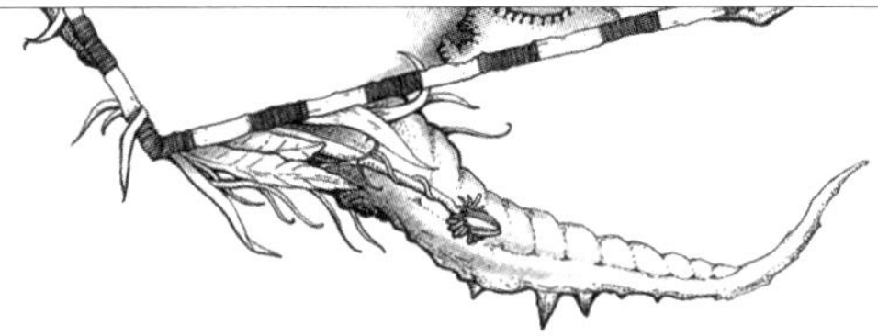

變成各種東西！變成馬！變成熊！」

「變成鼴鼠。」鑽石說：「說真的，我好想躲進地裡。我一直以為獲得真名後，爸爸會叫我學他那些東西。但這一整年來他一直拖延。我猜他老早就有這個念頭。但如果我去那裡，發現我當巫師的能力也不比我當記帳員好多少，那怎麼辦？為什麼我不能做我有把握的事？」

「嗯，你為什麼不能都做？至少魔法跟音樂一起？記帳員隨時都能請。」

她大笑，瘦削臉龐登時一亮，細薄的唇張開，雙眼瞇起。

「喔，黑玫瑰，」鑽石說：「我愛妳。」

「你當然愛我。你最好愛我。要是不愛，我就對你施法。」

兩人膝行靠前，臉對臉，雙臂垂下，雙手相連，吻遍彼此臉龐。在玫瑰唇下，鑽石的臉如梅子般光滑飽滿，唇上及下頷邊微微刺痛，那是他剛開始刮鬍子的地方；在鑽石唇下，玫瑰的臉龐光滑如絲，只有一邊臉頰微微粗糙，她剛才用髒手抹過。兩人更靠近些，胸腹相觸，但雙臂依然垂在兩側。他們繼續親吻。

「黑玫瑰。」他在她耳畔吐出，他為她取的祕密名字。

她一語不發，只是非常溫暖地朝他耳朵吐氣，他呻吟一聲。他的雙手緊握她的。他稍微後退，她也後退。

兩人跪坐在地。

「小鑽，」她說：「你走了，我會好難過。」

「我不會走，」他說：「哪裡都不去。永遠不去。」

但他依然下至黑弗諾南港，搭乘父親的一輛馬車，由父親的一名車夫駕駛，與鐵杉師傅同行。照例，人們依法師建議行事，或是受巫師之邀成為其門生或學徒，亦非等閒榮譽。鐵杉已於柔克贏得巫杖，慣於有男孩前來乞求測試有無天賦，或乞求受教於門下。他對這男孩有點好奇，在開朗良好的教養下，似乎隱藏某些勉強或自我懷疑。有天分一事是他父親的主意，不是男孩的，這倒不尋常。但相較平民，這種事在富人間或許沒那麼怪。無論如何，男孩帶著一筆以金幣、象牙預付的學費而來，為數十分可觀。如果他有資質可成為巫師，鐵杉便會訓練他；若他僅有鐵杉懷疑的曇花一現，那他會隨著剩餘費用遭遣返回家。鐵杉誠實、正直、不幽默，是學者型巫師，對感情或理念少有興趣。他的天分在於真名。「技藝始於真名，終於真名。」他說。的確如此，但起點與終點間，可能還有不少內容。

因此，鑽石沒有學習咒文、幻象、變換，或其餘鐵杉視之俗麗的伎倆，而是在舊城一條狹隘後巷，巫師狹隘房屋深處，一間窄室內，坐著背誦長長真名，創生語

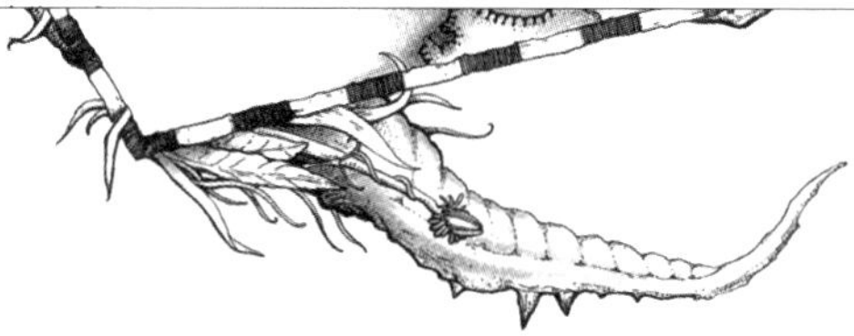

中的力量真字。植物與植物構造、動物與動物構造、島嶼與島嶼地理、船的部位、人體構造……這些真名一向毫無意義、毫無句法，只是列表。長長的列表。

他的思緒遊蕩。讀到「睫毛」的真名是希亞紗，就感覺睫毛如蝶吻般拂過臉頰，深黑的睫毛。他驚訝得抬起頭，不知是什麼碰觸了他。之後，他試圖複誦時，啞不成聲。

「記憶、記憶！」鐵杉道，「天分缺乏記憶也枉然！」他不嚴厲，但也不妥協。鑽石渾然不知鐵杉對自己有何評價，或許頗低。有時巫師要他隨同前往工作，大多是在船隻及房屋上施予安全咒文、淨化井水、參與議會，他們極少發言，但專注聆聽。另一位巫師不在柔克受訓，卻擁有治癒天分，照顧南港的疾患與老死，鐵杉樂於讓他善盡職責。鐵杉的喜悅在於研習，就鑽石所見，也在於全然不用魔法。「維持一體至衡，均在此。」鐵杉說。還有「知識、秩序、控制」。這些詞他頻繁複誦，在鑽石腦海中自成曲調，一遍又一遍唱著：知識、秩—序、控——制……

鑽石將真名列表配上自編曲調後，背誦起來快多了，但如此一來，曲調便成為真名一部分。他會放聲清唱，聲音已恢復為強勁沈厚的男高音，這讓鐵杉皺眉，因鐵杉家非常安靜。

大多數時間，學生應與師傅共處，或在擺放智典與真字書籍的房間內，研習真名列表或睡覺。鐵杉篤行早睡早起，但鑽石偶爾會有一時辰空檔。他總到港邊，坐在碼頭旁或港口邊臺階上想著黑玫瑰。他一走出房子，遠離鐵杉師傅，便開始想著黑玫瑰，一直想，幾乎不含雜念。此事讓他略感驚訝，他以為自己應該想家、想媽媽。他的確經常想著母親，也經常想家，尤其在吃過一頓寒傖的冷豆粥當晚餐，躺在空乏狹窄房中褥榻上時——鐵杉這位巫師過得不如阿金想像中奢華。鑽石從未在夜晚想著黑玫瑰。他想著母親，想著明亮房間及溫熱食物，一首曲子或許會進入腦海，他用心裡的豎琴練習演奏，漸入夢鄉。只有在碼頭邊，望著港口海洋、石碼頭、漁船時，只有在戶外，遠離鐵杉及屋子時，黑玫瑰才會進入思緒。

因此，他珍視自己的自由時光，彷彿真正與她會面。他一直愛著她，卻從未明白自己愛她勝過任何人、任何事物。在她身邊，即使只是在碼頭邊想著，他才活著。在鐵杉師傅屋子及身邊時，從未感到全然活著。他感到有一部分死去。不是死亡，只是有一部分死去。

幾次，坐在港口邊臺階上，聽著骯髒海水沖刷腳下臺階，海鳥與碼頭工人的喊叫交織成微弱、變調的音樂，他閉上眼，看到愛人在眼前如此清晰、如此貼近，不禁伸出手碰觸她。如果只是在想像裡伸手，如同演奏心中豎琴，他的確碰觸到她：他感覺她的手就在自己手裡，她的臉頰溫暖而沁涼、絲滑而粗糙，貼著自己的嘴。

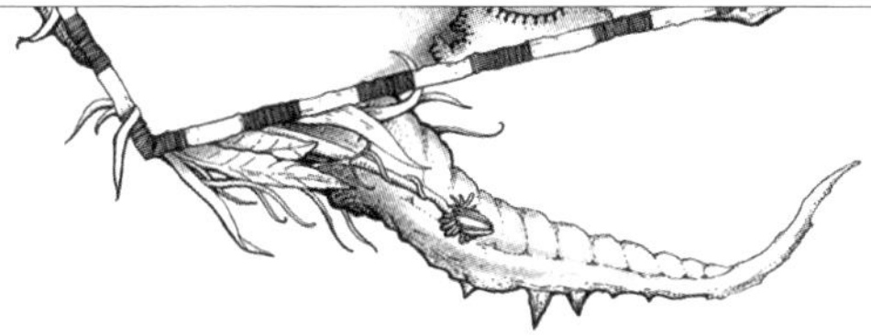

腦海裡，他對她說話；腦海裡，她回答。她的聲音，沙啞的聲音唸著他的名字：鑽石……

可是走在回南港的街上，他便失去她。他發誓要將她留在身邊、要想著她、當晚要想著她，但她悄然而逝。他一打開鐵杉師傅的家門，就背誦真名列表，或因時常感到飢餓而想著晚餐吃什麼。等到自己有一時半刻能再跑回港口，才能再想著她。

因此，鑽石開始感到這些時辰是與她真實的相會，為此而活，卻要到雙腳踏上石子路，眼睛看到港口及遠端海天一線，方知自己為何而活，接著，憶起值得回憶的事。

冬季過去，溫暖晚春接著寒冷早春來到，車夫帶來母親的信。鑽石讀後，將信拿給鐵杉師傅，說：「我母親在想，我今年夏天能否在家度過一個月。」

「可能不行。」巫師回道，然後似乎注意到鑽石，便放下筆，說：「年輕人，我必須問你願不願意繼續隨我修習。」

鑽石不知該說什麼。任憑自己選擇的念頭，未曾浮現心頭。「您認為我應該嗎？」鑽石終於問道。

「可能不該。」巫師道。

鑽石以為自己會感到放鬆、解脫，卻發現覺得挫折、羞愧。

「我很抱歉。」他說，帶著相當的自尊，讓鐵杉抬頭瞥了他一眼。

「你可以去柔克。」巫師道。

「去柔克？」

男孩張口瞠目，這模樣惹惱鐵杉，雖然鐵杉明白自己不該如此——巫師一向慣於年輕一輩驕矜自信，若有謙遜，必定是隨年紀而增。「我說，柔克。」鐵杉的語調說明自己不習慣必須重述。接著，因為這男孩，這個耳根子軟、受寵、愛做夢的男孩，以毫無怨尤的耐心贏得鐵杉喜愛，所以鐵杉大發慈悲，說道：「你應該去柔克，否則就找個巫師學習你所需要的智識。當然，你需要我能教你的事物，你需要真名。技藝始於真名，終於真名。但這不是你的天賦，你不擅長記憶真字，你必須奮力加以鍛鍊。但顯然你的確有能力，需要培養、管束，這點別人會比我適任。」可見，無論多麼不可能，有時謙遜也會衍生謙遜。「如果你想去柔克，我會寫封信讓你帶去，請召喚師傅特別照顧你。」

「啊。」鑽石歎道，大為震驚。召喚師傅的技藝可能是魔法技藝中最詭譎也最危險的。

「也許我錯了。」鐵杉以冷淡平板的嗓音說道，「你的天賦可能在形意。也可

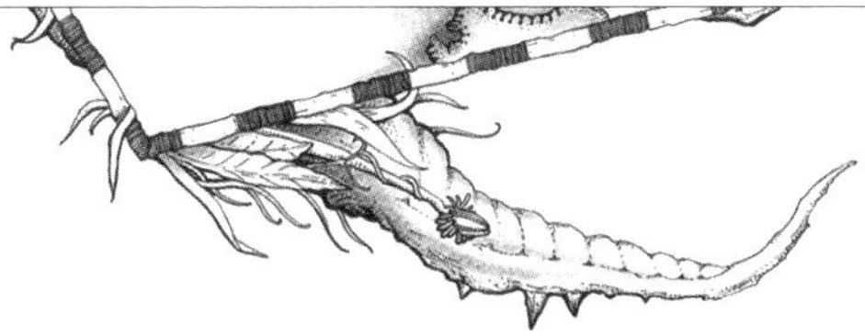

能在塑形及變身這種平凡技能。我不確定。」

「但您是……我真的……」

「當然。年輕人，你自知的能力，真是少見地遲鈍。」這話說得嚴厲，鑽石硬了點骨氣。

「我以為我的天分在音樂上。」他說。

鐵杉隨手一揮打散這念頭。「我說的是真正的技藝。現在，我要對你坦白。我建議你寫信給父母，我也會寫信給他們，告知你將前往柔克學院的決定。如果你決定去，或者去大港看看那裡的駐城法師願不願意收你，帶著我的推薦函應該可行。但我不建議你回家探望。家人、朋友，諸如此類的羈絆，正是你需要脫離的。從今，爾後。」

「巫師沒有家人嗎？」

鐵杉樂於看到男孩終於有點火氣。「巫師互為家人。」

「也沒有朋友嗎？」

「可能會成為朋友。我曾說過這是舒適的人生嗎？」鐵杉停頓，直視鑽石。「有個女孩。」鐵杉說。

鑽石迎向他的視線片刻，低下頭，一語不發。

「你父親告訴過我。女巫的女兒，兒時玩伴。他認為你教過她咒文。」

「是她教我。」

鐵杉點點頭。「在孩童間這可以理解，現在幾乎不可能了。你懂嗎？」

「不懂。」鑽石說道。

「坐下。」鐵杉說。一晌後，鑽石坐在硬實高背椅上面對他。

「我在這裡可以保護你，也確實保護了你。當然，你在柔克絕對安全，那裡的門牆……但如果你回家，你必須自願保護自己。對年輕人來說這是件難事，非常困難……這是一場試煉，試煉你那尚未化為鋼鐵的意志、尚未見曉真正標的之心靈。我敦促你，別冒這個險。寫信給你父母，去大港，或去柔克。我會退給你半年費用，足以支付你起先的花費。」

鑽石直挺挺靜坐。他近來漸像父親，身高體壯，雖然十分年輕，但看來已像個男子。

「鐵杉師傅，您說您在這裡保護了我，是什麼意思？」

「就像我保護自己一樣。」巫師說。片刻後又不耐煩地續道：「交換，孩子。我們為自己的力量而付出的力量，我們斷絕低下的存在。你一定知道，每個真正的力之子都獨身。」

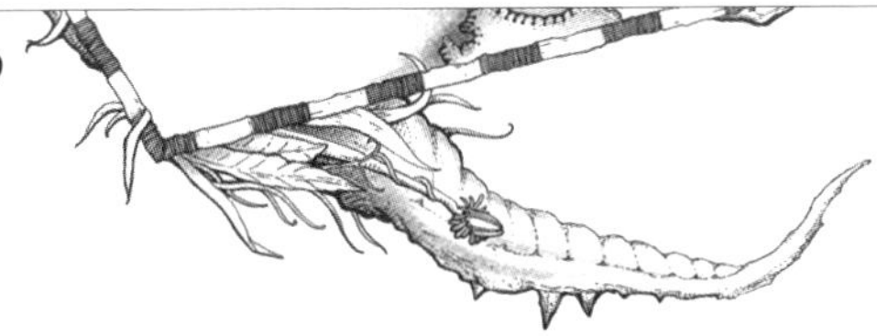

一陣沈默，接著鑽石問：「所以您負責……讓我……」

「當然。這是我身為老師的責任。」

鑽石點點頭，說：「謝謝您。」他隨即起身。「請容我告退，師傅，我必須思考。」

「你要去哪兒？」

「去碼頭邊。」

「最好留在這兒。」

「我在這裡無法思考。」

鐵杉或許已明瞭自己的敵手是誰，但他已表明不再是他師傅，便無法昧著良心命令他。「艾希里，你有真正的天賦。」鐵杉以在阿米亞泉賜與男孩的真名喚道，此名在太古語中意指柳樹。「我不完全了解你的天賦，我想你根本不了解。小心！錯用天賦或拒用天賦，可能會導致極大遺憾。極大的傷害。」

鑽石點點頭，滿心痛苦悔恨，柔順但意志堅定。

「去吧。」巫師說，鑽石離開。

之後，鐵杉方知不該讓孩子離開屋子，他低估了鑽石的意志力，或是那女孩在男孩身上施加的魔法效力。早上交談後，鐵杉繼續工作，注釋古老咒語，直到晚餐時分想起自己的學生，直到他獨自用畢晚餐，才承認鑽石已經逃走。

鐵杉不願使用任何低等魔法技藝，他不像其餘術士施尋查咒，也不以任何方法召喚鑽石。他很生氣，也許還很傷心。他對這孩子評價不錯，主動提議為他寫信給召喚師傅，然而，才第一次人格試煉，鑽石便碎了。「玻璃。」巫師喃喃道。至少這份軟弱證明他不危險——有些能力不可放縱，但這傢伙沒有危險、沒有敵意。沒有雄心。「沒有骨氣。」鐵杉對著屋內的靜默說道，「讓他爬回媽媽身邊吧。」

然而，想到鑽石令自己徹底失望，不帶一字謝意或歉意，他就怨恨難消。再怎麼有禮也不過如此，他心想。

女巫之女吹熄油燈上床就寢，聽見貓頭鷹呼喚，微小澄澈的「呼—呼—呼」聲，人稱笑梟。她帶著哀傷諦聽。過去，那曾是夏夜裡的暗號，趁所有人熟睡時，兩人溜到阿米亞河岸楊柳叢裡相會。她不願在夜裡想他。去年冬天，她夜夜對他傳息，她學會母親的傳訊咒文，知道那是真咒。她傳送她的碰觸，她的聲音複誦他的名字，一次又一次，卻只碰上一堵空氣與沈默的高牆。她什麼都觸不到。他把她擋在牆外。他不想聽。

好幾次，突如其來，在白天，她瞬間感覺他的心靈十分貼近，如果她伸出手，

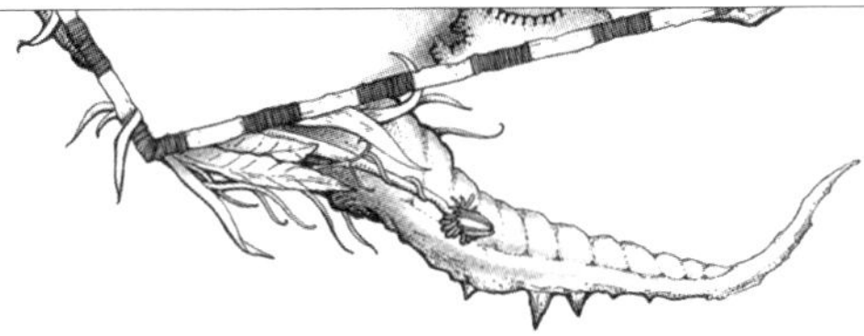

便能碰觸他。但夜裡，她只知道他空白的缺席、他對她的拒絕。她幾個月前便已放棄聯繫他，但心裡依然十分傷痛。

「呼─呼─呼─」貓頭鷹在窗下喚，然後說：「黑玫瑰！」她從哀愁中一驚，跳下床，打開木窗。

「出來吧。」鑽石悄喚，如星光下一抹暗影。

「媽媽不在家。進來！」她在門口迎接他。

兩人緊密、沈默地牢牢相擁良久。對鑽石而言，臂彎中擁抱的彷彿是自己的未來、生命，他的一生。

終於，她動了，輕吻他的臉頰，悄聲說：「我想你，我想你，我想你。你能待多久？」

「多久都可以。」

她握著他的手，領他入屋。他一向不太情願進女巫的房子，刺鼻、混亂的地方滿是女人及女巫術的神祕，與自己整潔舒適的家大相逕庭，與巫師冷漠儉樸的房子差距更遠。他站著，像馬一般顫抖，身材高過滿掛草藥的頂梁。他十分緊繃，疲累不堪，已十六小時未進食，徒步走了四十哩路。

「妳媽媽呢？」他悄聲問道。

「去為老蕨妮守夜。她今天下午去世了，媽媽整晚都會待在那裡。你怎麼來的？」

「走路。」

「巫師讓你回家了？」

「我逃走了。」

「逃走！為什麼？」

「想留住妳。」

他看著她，那張清晰、狂熱、黝黑的臉龐，環繞著雲般粗髮。她只著底衫，他看見那無盡細緻，纖柔隆起的胸脯。他再次將她拉近。雖然她抱了他，卻立刻抽身，皺起眉頭。

「留住我？」她複述，「你整個冬天好像都不擔心會失去我，現在為什麼會回來？」

「他要我去柔克。」

「去柔克？」她呆望著他，「去柔克嗎，小鑽？所以你真的有天賦……你可以當術士？」

發現她站在鐵杉那方，對他是個打擊。

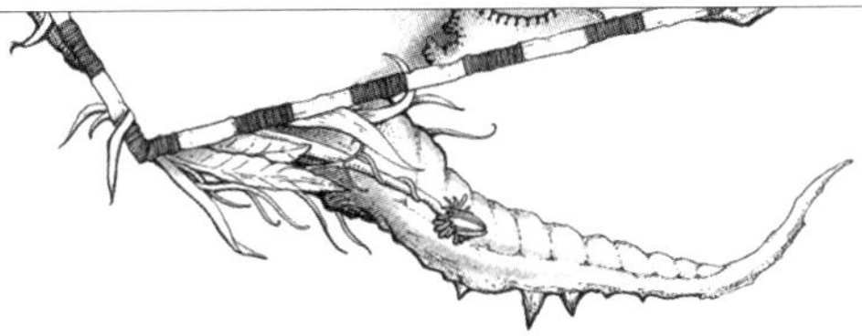

「術士對他來說不算什麼。他的意思是，我可以當巫師。用魔法。不只是女巫術。」

「喔，我懂了。」玫瑰半晌後說道，「但我不明白你為何逃跑。」

兩人放開彼此雙手。

「妳不了解嗎？」鑽石氣急敗壞，因為玫瑰不理解，而彼時的自己也不了解。「巫師不能跟女人、女巫或那一切有任何關係。」

「喔，我知道。配不上。」

「這不只是配不上的問題……」

「喔，就是配不上！我打賭你必須忘掉我教給你的每個咒文。對不對？」

「這不能混為一談。」

「沒錯。這不是高等技藝。這不是真言。巫師不能讓普通言詞玷污雙唇。『無能得好像女人家的魔法，惡毒到有如女人家的魔法』，你以為我不知道他們是怎麼說的嗎？那你為什麼回來這裡？」

「來看妳！」

「為什麼？」

「妳想為什麼？」

「你離開的這段時間從沒傳息給我，也不讓我傳息給你。我就該在這裡等到你厭倦扮巫師為止？那好，我等不下去了。」她近乎蚊鳴般粗啞低語。

「有人來找過妳了？」他問，不敢相信她居然背棄他。「是誰在追妳？」

「就算有也跟你無關！是你先變心，你先不理我。巫師不能跟我或我媽媽的作為有任何關連，好吧，那我也不想跟你有任何關連，永遠！你走吧！」

鑽石飢腸轆轆、灰心洩氣、遭受誤解，他伸出雙手再度擁抱她，讓她的軀體理解他的軀體，重現那初次深沈的擁抱，那傾注彼此人生這些歲月的擁抱。但他發覺自己向後退了數步，雙手刺痛、雙耳鳴響、雙眼迷眩。閃電在玫瑰眼中跳動，她緊握雙手時，火花竄躍。「再也不要碰我。」她低聲道。

「不用怕。」鑽石說，原地轉身踏步出門。一串乾燥鼠尾草纏上頭頂，垂在身後。

鑽石在土堆旁的舊時小窩過夜。也許他曾希望她前來，但她沒來。他很快便因疲憊而沈睡，在冷冽曙光中甦醒，坐起思索，在寒光下檢視人生，發現與自己先前認定的是兩回事。他朝著領受真名的河流走去，喝口水，洗把臉，清洗雙手，盡力讓自己看來體面，然後穿過城鎮，朝高地一間大宅走去，那是他父親的宅邸。

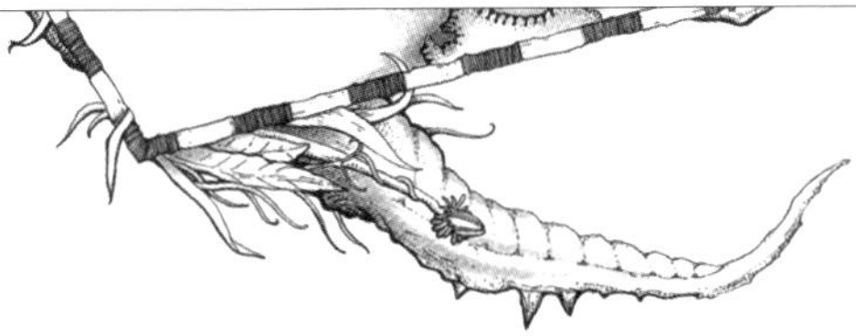

一陣驚歎與擁抱後，僕人及母親立刻將他迎到早餐桌旁坐下。於是，肚子裝滿溫熱食物，心中滿盛某種冰冷勇氣，他前去面對父親。父親在早餐前便出門，監看一輛輛運送木材的馬車駛向大港。

「啊，兒子！」兩人互碰臉頰。「鐵杉師傅讓你放假了嗎？」

「不，我離開了。」

阿金盯著他，裝了一盤子食物後坐下。「離開了。」

「是，先生，我決定我不想當巫師。」

「嗯。」阿金一面咀嚼，一面問，「你自願離開的？完全自願？師傅首肯了嗎？」

「完全是我自願離開，沒有師傅的首肯。」

阿金緩慢咀嚼，眼神落在桌面。鑽石上次看到父親這種神情，是一名林場管理人報告栗樹林發生感染，還有他發現被一名騾商欺騙時。

「他要我去柔克學院，隨召喚師傅修習。他要把我送到那裡。我決定不去。」

一會兒，阿金問道，依然看著桌子：「為什麼？」

「那不是我想要的人生。」

又一陣靜默。阿金瞥了妻子一眼，她就站在窗邊安靜聆聽。然後，他看著兒子。慢慢地，他臉上由怒氣、失望、迷惘、尊重交織而成的神色，被某種單純表情取代，一種共謀的神情，近乎促狹地眨眼。「我懂了。」他說：「那你決定你想要什麼？」

一陣靜默。「這裡。」鑽石說，聲音平穩，沒看著父親，也沒看著母親。

「哈！」阿金說：「這樣啊！我會說我很高興，兒子。」他一口吞下嫩豬肉餡餅。「我總覺得當巫師、跑去柔克，那些事啊，不太踏實，不太真實。而且你一到那裡，說實話，我便不知道這一切為了什麼，我這些事業。如果你留在這裡，就很合算了，懂嗎。真的很合算。這下好了！但是你聽好，你是不是就從巫師那裡逃走了？他知道你要離開嗎？」

「不知道。我會寫信給他。」鑽石以嶄新平穩的聲音說。

「他不會生氣嗎？人家都說巫師脾氣不好。驕傲得很。」

「他是生氣，」鑽石道，「但他不會做什麼。」

的確如此。阿金十分驚訝，鐵杉師傅分毫不差地送回五分之二的學費。包裹由阿金手下載運圓材到南港的車夫帶回，隨包附上一張給鑽石的字條，上寫：「真正技藝須心無旁騖。」外頭指示是以赫語符文寫成的柳樹，字條底有鐵杉簽寫的符文：鐵杉樹、受苦。

鑽石坐在樓上自己明亮房間內的舒適床鋪上，聽母親一面歌唱，一面在屋內走

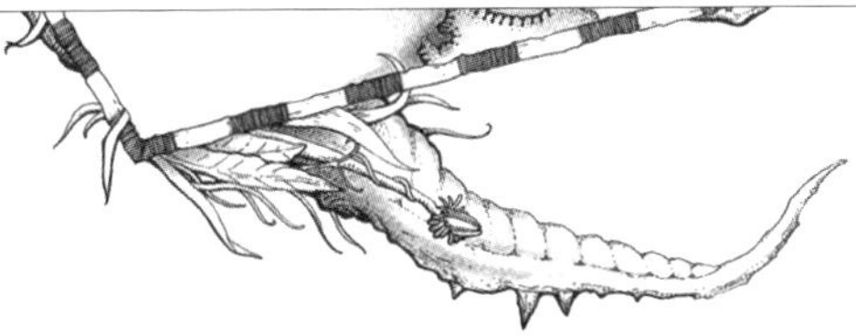

動。他手握巫師的信，一再重讀其中短句與兩個符文。那日清晨他在土堆上誕生的冰冷呆滯心靈，接受了教訓。不用魔法。再也不用。他從未對魔法用心，這對他來說一向只是遊戲，與黑玫瑰玩的遊戲。即使他在巫師家中學到真言之名，即便明瞭其中蘊藏的美麗與力量，他也可以放開，任其滑落、遺忘。那不是他的語言。

他只能對玫瑰訴說自己的語言，而他已失去她，任其離去。旁騖之心無法擁有真言。從現在起，他只能訴說責任的語言：賺取與花費、支出與收入、獲利與虧損。

除此之外，空無一物。過去曾經有幻象、小咒語、化為蝴蝶的碎石、以活生生翅膀短暫飛行的木頭鳥。其實，從來沒有選擇。他只有一條路可走。

阿金非常快樂，雖然自己並未意識這點。「老頭兒得回寶貝了，」車夫對林場管理人說，「他現在可跟新鮮奶油一樣甜。」阿金不知道自己有多甜，只想著人生多甜美。他買下芮崎樹園，所費不貲，但至少沒讓東丘的老洛伯買去，他與鑽石如今可將樹園潛力完全發揮。栗樹間長著許多松樹，應該砍除，當船桅、圓材、小木段賣，再重新種滿小栗樹，而後長成大林般的純栗樹林——大林是他栗樹王國的核心。當然，那要很久以後。橡樹或栗樹不像赤楊及柳樹在隔夜就可竄高生長，但他還有時間。現在有時間了，孩子不到十七，自己只有四十五歲，正值壯年。前陣子他才感覺人有點老，不過那都是胡說，他正值壯年。最老的樹、無法結果的，都應該跟松樹一起砍下，可以從中搶救一些適合做家具的好木材。

「好，好，好。」他經常對妻子說道，「瞧妳，臉色又紅起來了，嗯？心肝寶貝又回到家了，嗯？不再哭哭啼啼了？」

托莉便微笑輕撫他的手。

一次，她沒微笑同意，卻說：「他回來是很好，可是……」然後阿金便不聽了。母親生來就擔心孩子，女人生來就不滿足。他何必聽托莉憂心這、憂心那，成天說個不停。她當然會覺得商賈生活配不上這孩子，甚至覺得連黑弗諾王位也配不上他。

「一旦他幫自己找到一個女孩，他立刻就沒事了。」阿金隨意答話，好敷衍托莉。「妳知道，像巫師那樣，跟巫師一起住，讓他有點退縮了。別擔心鑽石。等他看到就知道自己想要什麼了！」

「希望如此。」托莉說道。

「至少他沒再跟女巫的女兒見面。」阿金說：「這檔事倒解決了。」之後他才想到，妻子也不再拜訪女巫。幾年來，她們鬼祟地密切往來，不聽他的警告，如今

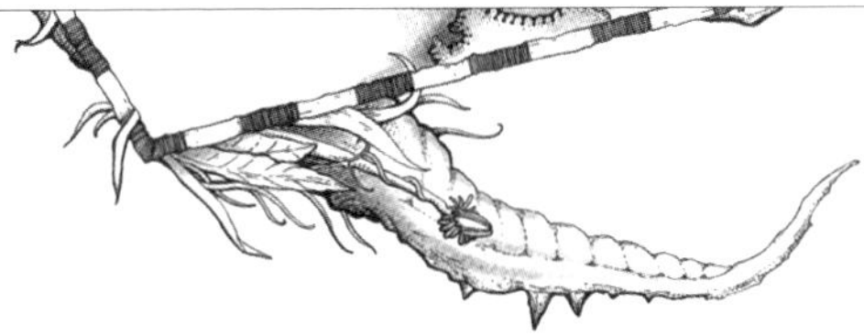

阿纏再也不靠近房子一步。女人的友情絕不長久，他以此揶揄。他發現她在箱子及衣櫃中灑下防蛾侵襲的薄荷與剋蟲粉，便說：「我還以為妳會找那個智婦朋友來把蛾詛咒走。妳們已經不是朋友了？」

「不了。」妻子以溫軟平穩的聲音說道，「我們不是朋友了。」

「這也是好事！」阿金坦承，「她那女兒怎樣了？聽說跟雜耍的跑了？」

「是樂師，」托莉說：「去年夏天。」

「命名宴，」阿金說：「孩子，應該稍微玩玩，聽聽音樂、跳跳舞。十九歲啦，是該慶祝慶祝！」

「我那天得跟蘇兒的騾子去東丘。」

「別，別，用不著。蘇兒可以處理，你留在家好好享受宴會。你一直很賣力工作。我們來僱個樂團。這一帶最好的是誰？泰瑞跟他那夥人嗎？」

「父親，我不想要宴會。」鑽石邊說邊站起身，肌肉劇烈顫抖。他如今比阿金高大，突然移動時會驚到人。「我要去東丘。」他說完便離開房間。

「他是怎麼了？」阿金對妻子說，但其實是自問自答。她看看他，一語不發，沒回答。

阿金出門後，她在帳房找到對帳的兒子。她看了看帳簿內頁，一張張、一串串的姓名、數字，帳務和額度、利潤與損失。

「鑽兒。」她喚，他抬頭。他的臉龐依然圓潤泛紅，然而骨架漸壯，眼神憂鬱。

「我不是故意要傷父親的心。」他說道。

「如果他想舉行宴會，他自己會去辦。」她說。兩人嗓音相像，都較高亢，但音澤渾厚，帶有平穩的安靜、自制、內斂。她在他身邊桌旁板凳上坐下。

「我不能，」他說完、稍歇，又繼續說，「我真的不想跳舞。」

「他是在作媒。」托莉一本正經，但語氣寵溺。

「我才不管那種事。」

「我知道你不管。」

「問題是……」

「問題是音樂。」母親終於說道。

鑽石點點頭。

「兒子，你不須如此，」她突然激動地喊道，「沒有理由放棄你所愛的一切！」

兩人並肩坐著，他端起她的手輕吻。

「不該一概而論，」他說：「也許本當可以，卻不能。我離開巫師後發現了。

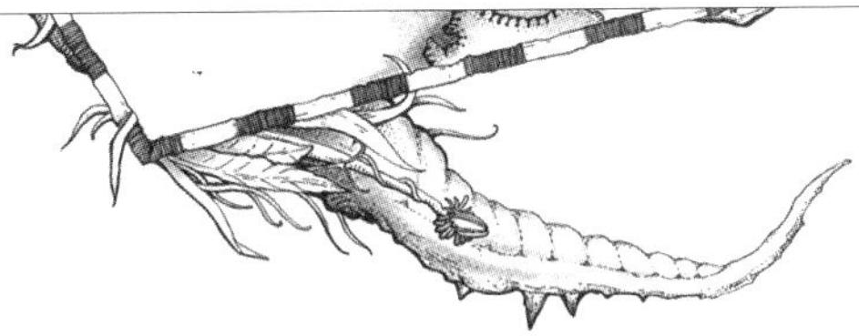

我以為自己什麼都可以做，妳知道的，魔法、音樂、父親的兒子、愛玫瑰……但事實卻非如此。不能一概而論。」

「可以，可以！」托莉說：「每件事都相互連結，相互交纏！」

「也許對女人來說可以。但是我……我不能心有旁騖。」

「心有旁騖？你？你放棄巫術，是因你明白若不放棄，總有一天會背叛它！」

看得出來，他聽到這字眼受了震驚，卻未反駁。

「但你為什麼，」她逼問，「為什麼放棄音樂？」

「我必須心無旁騖。我不能在和養驢人家議價時彈豎琴；我不能一面思考該付採果工人多少錢好讓他們不被洛伯僱用，一面編寫歌謠！」此刻他聲音微微震顫；眼神不再哀傷，而是憤怒。

「所以你對自己施咒，」她說：「就像那巫師對你施咒一樣。保平安的咒語。好讓你留在養驢人家、採果工人這些東西身邊。」她隨手輕蔑一拍滿載名稱及數字的帳簿，「靜默的咒語。」她道。

良久，年輕人問：「我還能怎麼辦？」

「我不知道，親愛的。我的確希望你平安；我樂於看到你父親快樂、以你為榮。但我無法忍受看你不快樂、毫無自尊！我不知道。也許你是對的，也許男人永遠只能擁有一件事。但我想念你的歌聲。」

她已淚流滿面。兩人相擁，她輕撫他濃密閃亮的頭髮，為她的殘酷道歉，而他再次緊擁她，說她是全世界最慈愛的母親。然後，她離去。中途，她轉身說道：「讓他享受宴會吧，鑽兒。也讓你自己享受宴會。」

「我會的。」他說道，好安慰她。

阿金訂購啤酒、食物、煙火，但鑽石負責聘僱樂師。

「我當然會把樂團帶來，」泰瑞說：「我才不會錯失良機！西半邊世界所有會哼唱的三腳貓，都會出現在你老爸的宴會上。」

「你可以告訴他們，只有你們才能拿錢。」

「喔，他們會因為想沾光而來。」豎琴師接道，他身形細瘦、下巴碩長、眼睛斜視，約四十餘歲。「也許你會跟我們來一曲，嗯？你開始賺錢之前，這方面挺行的，而且你如果下工夫，嗓音也不錯哪。」

「我想沒有吧。」鑽石說。

「你喜歡的那個女孩，女巫的玫瑰，我聽說跟拉必走在一起。不用說，他們一定會來。」

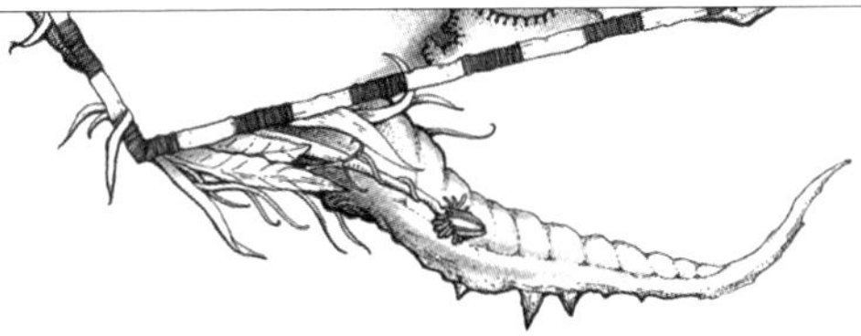

「那到時候見了。」看來高大、英挺、冷漠的鑽石說道，離開。

「現在連停下來說個話都高不可攀了。」泰瑞說：「雖然他會的豎琴都是我教的，不過對有錢人來說，那又算什麼？」

泰瑞的敵意讓鑽石更加神經敏感，一想到宴會，便惹得他失去食慾。他一度以為自己生病，希望藉此躲掉宴會，但那天來臨，他也到場了。不像父親那般引人注目、顯赫誇張，但他在場，微笑、跳舞。所有童年玩伴都在場，看來全都配對成婚，但打情罵俏仍滿天飛，還有幾個漂亮女孩老是在他身邊。他喝了很多釀酒師嘎其的上等啤酒，發現自己只有一邊隨樂起舞一邊說笑，才能忍受音樂。於是他輪流與所有漂亮女孩跳舞，再與二度出現的人繼續共舞——當然，每個女孩都再度出現。

這是阿金家有史以來最盛大的宴會，舞池從阿金家一路鋪設到鎮上綠地，一頂帳棚供老鎮民吃吃喝喝、說長道短，還有新衣服給孩子；更有雜耍、木偶戲團，有些應聘而來，有些自行上場，趁機想多撈些錢，享用免費啤酒。慶典總吸引巡迴表演者與樂師，這是他們賴以維生的場合，即使不請自來也受到歡迎。敘事歌者嗓音深沈，嗡鳴風笛，對著山頂大橡樹下一群人唱《龍主行誼》。泰瑞樂團的豎琴、橫笛、六弦提琴、小鼓等樂手下台休息、喘口氣、喝杯酒時，新樂團跳上舞池。「嘿，拉必的樂團來了！」最靠近鑽石的漂亮女孩喊道，「快來，他們最棒！」

拉必膚色淺淡，外貌俗氣，吹著雙簧木號角。和他在一起的，還有六弦提琴手、小鼓手，與吹橫笛的玫瑰。第一曲是踏步舞，節奏明快，對某些舞者來說簡直太快。鑽石和舞伴留在舞池中，兩人汗流浹背，氣喘吁吁舞畢，大夥兒歡呼鼓掌。「啤酒！」鑽石大喊，被一團年輕男女又笑又鬧地簇擁而去。

他聽到身後下一首曲子響起，六弦提琴獨奏，男高音般渾厚哀傷的嗓音：〈愛人去向〉。

他一口氣吞飲下整杯啤酒，身邊所有女孩看著他咽喉上健壯的肌肉，她們又笑又鬧，他則像受蒼蠅騷擾的馱馬般全身顫抖。他說：「喔！我不能……」穿過滿掛燈籠的釀酒攤，朝暮色飛奔。「他要去哪兒啊？」一人問道。另一人接口：「他會回來的。」然後她們又笑又鬧。

曲子結束。「黑玫瑰。」鑽石在她身後黑暗裡喚著。她轉頭，看著他。兩人同高，她盤腿坐在舞台上，他跪在草叢間。

「來土堆這裡。」他說。

她一語不發。拉必瞥向她，將木號角舉到唇邊。鼓手在小鼓上擊出三拍子，奏

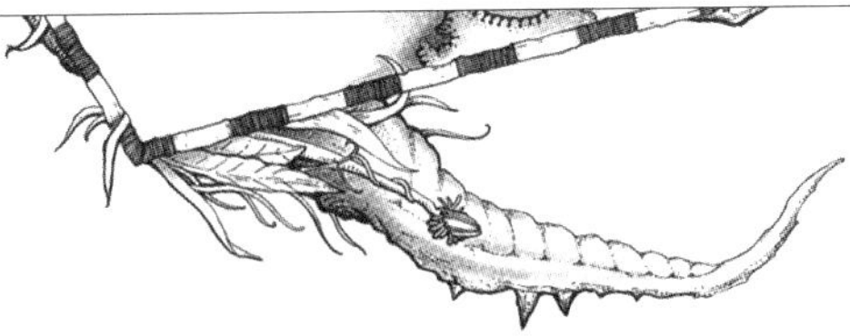

起水手的吉格舞曲。

她再度轉頭張望，鑽石已經消失。

泰瑞約一小時後帶著樂團返回，不感謝有喘息的機會，還因啤酒益發脾氣惡劣。他打斷演奏及舞蹈，大聲叫拉必滾開。

「彈豎琴的，去彈鼻屎！」拉必說，泰瑞聽了大怒，圍觀群眾紛紛選邊支持，趁著短暫的爭吵高潮，玫瑰將橫笛放入口袋，偷偷溜走。

遠離了宴會燈籠，四周一片黑暗，但她在黑暗中認得路。他在那裡。這兩年，柳樹都長起來了，綠色垂條及細長墜掛的葉片間，僅容方寸之地席坐。

音樂重新奏起，遠遠傳來，夜風與河流流洩的呢喃，模糊了樂音。

「你要做什麼，鑽石？」

「說話。」

他們在對方眼裡，只是聲音與陰影。

「說。」她道。

「我想請妳跟我一起離開。」他說。

「什麼時候？」

「那時候。我們吵架的時候。我說錯了，我那時以為……」靜默漫長。「我以為可以繼續逃跑，和妳。然後演奏音樂，以此維生。我倆一起。我本來想說這些。」

「你沒說。」

「我知道。我說錯了、做錯了。我背叛了一切。魔法、音樂，還有妳。」

「我還好。」她說。

「是嗎？」

「我不擅於吹橫笛，但也還過得去。你沒教我的，必要時，我用咒文搪塞。樂團的人也都不錯。拉必不像外表那麼討厭，沒人欺負我，收入也不錯。冬天，我跟媽媽一起住，幫她點忙。所以我還好。你呢，小鑽？」

「一塌糊塗。」

她開口想說些什麼，但沒說出口。

「我想我們當時是孩子，」他說：「如今……」

「什麼改變了？」

「我下了錯誤決定。」

「一次嗎？」她問：「還是兩次？」

「兩次。」

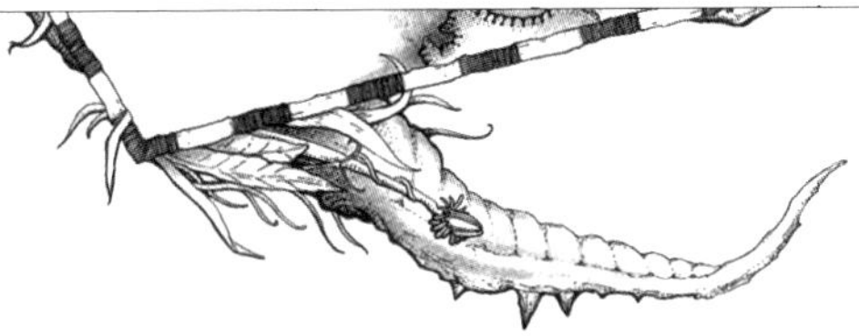

「事不過三。」

兩人一段時間都沒說話。她可在扶疏葉影間隱約辨出他的身影。「你比以前高大了。你還會點起光嗎，小鑽？我想看你。」

他搖頭。

「那是你會，而我一直不會的事。而且你始終不能教我。」

「我那時也不知道在做什麼。」他說：「有時靈，有時不靈。」

「南港的巫師沒有教你怎樣才靈嗎？」

「他只教我真名。」

「你現在為什麼辦不到？」

「我放棄了，黑玫瑰。我必須選擇它，放棄別的，否則就不做。必須心無旁騖。」

「我看不出有這必要。」她說：「我媽媽會治高燒、讓生產順利、找尋丟掉的戒指——也許這跟巫師或龍主會的事情相比，算不了什麼，但也不能說她完全沒有作為，而且她從沒為此放棄任何事物。生下我沒有妨礙她繼續當女巫，她懷了我好學習怎麼接生！就因為我從你那裡學會演奏音樂，我就必須放棄唸咒嗎？我也可以降高燒。你為什麼非得停下一件事，好做另一件事？」

「我父親，」他答道，停頓了一會兒，才彷彿笑著說，「錢和音樂，這兩樣配不起來。」

「父親，和女巫的女兒。」黑玫瑰說。

兩人之間再度沈默。柳葉輕拂。

「黑玫瑰，妳願意回到我身邊嗎？」他問，「妳願意跟我走、跟我住、嫁給我嗎？」

「我不要住你爸爸家。」

「哪裡都好。我們私奔。」

「但你不能擁有沒有音樂的我。」

「或沒有妳的音樂。」

「我願意。」

「拉必缺豎琴手嗎？」

她遲疑，笑道：「除非他不想留住橫笛手。」

「自從離開後，我再沒練習過了，」他說：「但音樂一直徘徊在我腦海裡，而妳……」她向他伸出雙手。兩人面對面跪著，柳葉撥弄髮絲。兩人接吻，小心翼翼開始。

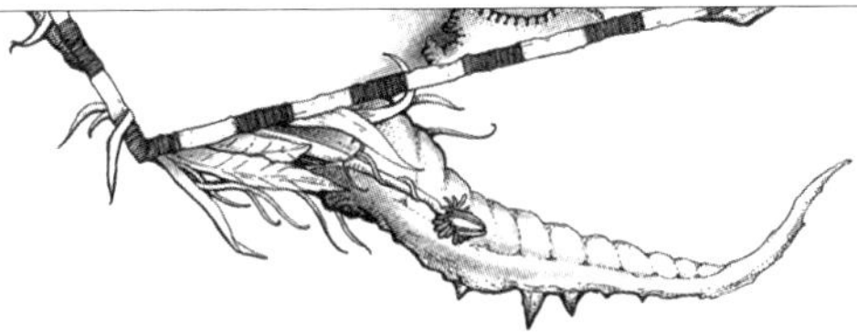

鑽石離家後那些年，阿金賺的錢比以往更多。所有交易都有利可獲，彷彿好運黏著他，甩也甩不掉。他變得非常富有。

他沒原諒兒子。此事原可歡喜收場，但他不願意。他的兒子在命名日晚上和女巫的女兒跑了，隻字未留，丟下未完成的正事，成了流浪樂師、豎琴手，為了幾分錢又唱又彈又賣笑……對阿金來說，整件事只有恥辱、痛苦及憤怒。於是，他有了自己的悲劇。

托莉長期與他共享這悲劇，唯有對丈夫說謊，才能見到鑽石，她發現這不容易。她一想鑽石可能挨餓或睡不暖就傷心落淚，寒冷秋夜格外哀戚。時光推移，她聽人提起他已成為西黑弗諾的美聲歌手鑽石、在劍塔中為勳爵演奏獻唱的鑽石，心才逐漸輕鬆。一次，趁阿金下南港，她與阿纏駕著驢車至東丘，聽鑽石唱〈消失女王的敘事詩〉，玫瑰坐在她倆身旁，小托莉坐在托莉膝上。縱然不是皆大歡喜，卻是真實的喜悅，畢竟，除此已別無所求。

愛人去向

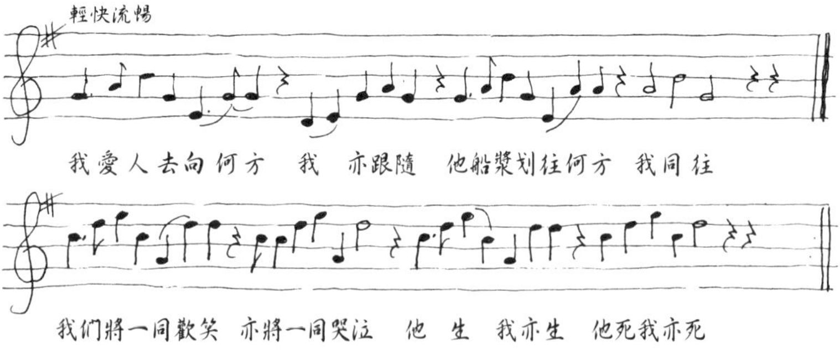
輕快流暢
我愛人去向何方 我 亦跟隨 他船槳划往何方 我同往
我们將一同歡笑 亦將一同哭泣 他 生 我亦生 他死我亦死

【第三章】

大地之骨
The Bones of the Earth

又下起雨。銳亞白的巫師蠢蠢欲動，想唸個氣候咒，只是個輕微細小的咒語，把雨送到山的另一面。他骨頭痠疼，痠疼地渴望太陽露個臉，照遍皮肉、將他徹底烘乾。他當然可以唸個解痛咒，但那頂多只能暫時隱藏痠疼，這病症無藥可治。老骨頭需要太陽。巫師動也不動地站在家門口，介於黝暗房間及雨絲穿梭的開闊天空間，妨礙自己唸咒，氣自己妨礙自己，氣自己必須受妨礙。

杜藻從不咒罵——力之子不咒罵，因為不安全——但他以咳嗽般的咆哮清清喉嚨，像熊一樣。須臾，一聲雷響自雲霧迷藏的弓忒山坡向下滾去，自北往南迴響一陣後，消逝在雲霧瀰漫的林裡。

杜藻心想，這陣雷是個好兆頭，雨很快就會停了。他拉起兜帽走入雨中餵雞。

他查看雞舍，找到三顆蛋。紅布卡正在孵蛋，不久便可孵化。牠患蝨蟲病，變得蓬頭垢面、精疲力竭。杜藻說了幾個防蝨的字，並提醒自己，小雞一孵出來就要清理巢窩。他走到雞圈，褐布卡、小灰、長腿、純白和國王正擠在屋簷下，對雨發表寬厚、潑辣的議論。

巫師對雞群說：「中午雨就會停了。」他餵飽雞群，濕答答地踏回屋裡，握著三顆溫暖雞蛋。他兒時喜歡在稀泥裡行走，猶記得當時喜愛泥濘在趾縫間的沁涼；如今他仍愛光著腳到處走，但已不再喜歡稀泥。那玩意兒黏黏的，而且他討厭每

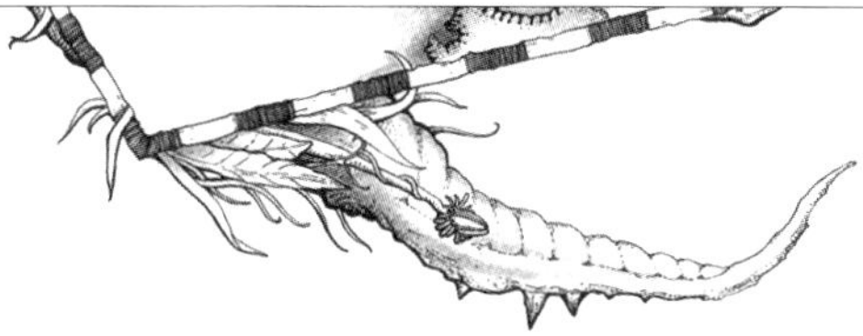

次進屋前，還得彎腰把腳清乾淨。以前是泥巴地還不打緊，如今為了避免濕寒滲入他的骨頭，家裡可有了片木板地，像領主、商人、大法師一樣。不是巫師自己的主意，是去年春天「緘默」從弓忒港上來，為老屋鋪了一層地板。兩人為此又起了爭執。都這麼久了，他早該知道，跟緘默辯論沒有用。

「我踩了七十五年的泥巴地，」杜藻當時說道，「再踩幾年也死不了我！」

緘默自然沒有回應，讓杜藻從頭到尾聽入自己的詞句，感受其中的愚蠢。

「泥巴地比較容易保持乾淨。」杜藻說著也明白掙扎無用。的確，一塊填壓妥當的陶土地只需偶爾清掃，再灑點水避免塵土飛起就好，但聽起來還是一樣蠢。

「誰來鋪地板？」他問，如今只能發發牢騷。

緘默點頭，意指自己。

這孩子其實還真是一流的工人、木匠、組櫃工、鋪石工、屋頂工。這點在他還受教於杜藻，住在山上時，就已表露無遺。他在弓忒港那些有錢人家中的生活，也未讓他變得手拙。他驅著老太婆的牛車隊，從銳亞白老六磨坊買來木板鋪成地板，隔天再趁老法師去泥沼湖採集草藥時打亮磨光。杜藻回到家時，地板已完工，如深黑湖泊般閃閃發光。「現在每次進屋都得洗腳了。」他嘟囔抱怨，小心翼翼走入。木材如此光滑，光腳踩著彷彿是柔軟的。「真像絲緞。你不可能沒施一、兩個咒法就在一天內完成。看看這有宮殿地板的村野茅屋！好吧，等冬天來，火光照在上面時可好看了！還是我現在得弄條地毯來？金線織的細羊毛地毯如何？」

緘默微笑，很滿意自己的手工。

幾年前，緘默出現在杜藻家門。嗯，不對，一定有二十年、二十五年了吧。離現在好一陣子了。他當年真是個孩子，長腿、粗髮、細臉，堅毅的嘴、清澄的眼。

「你想做啥？」巫師問道，很清楚這孩子想要什麼、其他人想要什麼，所以不讓眼睛對上那清澈雙眸。他是個好老師，弓忒最好的老師，他自己也清楚這點，但他已厭倦教學，不想再收學徒在身邊礙手礙腳。況且，他感到危險。

「學習。」男孩輕道。

「去柔克。」巫師說。男孩穿著鞋和一件不錯的皮背心，可以付船費，或賺錢去學院。

「我去過了。」

聽到這句，杜藻又上下打量。沒有斗篷、沒有巫杖。

「失敗了？被驅離？還是逃跑？」

男孩對每個問題都搖頭，閉起眼睛。嘴巴早已閉上。他站在那兒專心致志忍受痛苦，深吸一口氣，然後直視巫師雙眼。

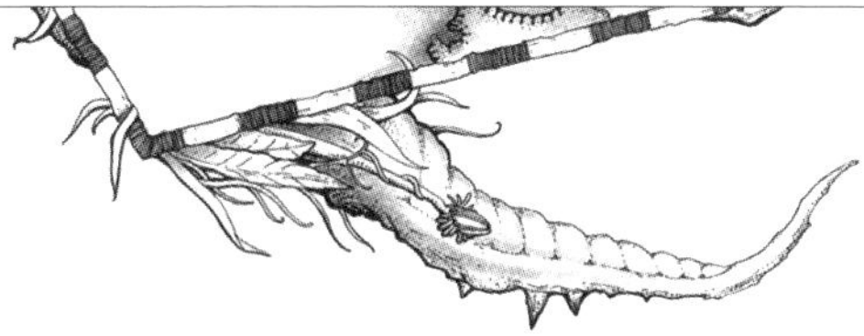

「我精擅的事物在此，在弓忒。」他說，依然似耳語。「我師傅是赫雷。」

一聽這話，真名為赫雷的巫師像男孩一般靜立、回望，直到男孩垂下目光。

杜藻於靜默中尋求男孩真名，看到兩樣東西：一顆松果與緘口符文。他再繼續深尋，於腦中聽到一個真名，但他未說出口。

「我已經厭煩教導、說話，」杜藻說：「我需要靜默。對你來說，這樣行嗎？」

男孩點頭。

「那我就稱你『緘默』。」巫師說：「你可以睡在西窗下的角落。木屋裡有個舊床墊，拿去曬曬，可別把老鼠也帶進來。」接著他朝高陵憤步走去，氣這孩子前來、氣自己屈服。但讓他心悸的不是怒氣。他大步向前——當年他還能大步行走——海風不斷從左向他吹襲推擠，海面上清晨陽光照過巨碩山影，他想到柔克眾法師，那些魔法技藝師傅、神祕與力量的專家。「那孩子超出他們能力所及，是吧？而且還會超過我。」他微笑心想。杜藻是個平和的人，但不介意生命中有點危險。

他駐足感受腳下的泥土，一如往常赤腳。他在柔克學藝時都穿鞋，但後來回了家，回到弓忒，回到銳亞白，他便握著自己的巫杖、踢開鞋履。他靜立，感覺腳下懸崖小徑的塵土與岩石，感覺其下懸崖，與更深層、埋於黑暗的島嶼根源。黑暗中、水面下，所有島嶼一一相連，合而為一。他師傅阿珥德如是說、柔克的老師如是說，但這是他的島、他的岩、他的土，他的巫術自此而來。「我精擅的事物在此。」男孩方才說道，但這已超越精擅的範疇。或許杜藻可以教導男孩比精擅更深層的事物，這是他在這裡，在弓忒，在去柔克之前便學到的。

而且那孩子得有枝巫杖。倪摩爾為什麼讓他手無巫杖便離開柔克，像學徒或女巫般兩手空空？這樣的力量不該恣意散遊、不經疏導或示意。

業師就沒有巫杖，杜藻想，同時也想到，**這孩子想從我手上取得巫杖**。弓忒的橡木，出自弓忒巫師之手。好吧，如果他有所成就，我就幫他做一枝；如果他閉上嘴巴，我還會把智典留給他——如果他會清理雞舍、理解《丹尼莫注釋》，而且一直閉嘴的話。

新學生清理了雞舍、翻挖豆圃、學習《丹尼莫注釋》及《英拉德群嶼祕籍》的意義，也閉上嘴。他懂得聆聽；他聽到杜藻說的，有時還聽到杜藻所想的；他完成杜藻的願望，也完成杜藻不自覺的願望。他的天賦遠超越杜藻能引導的範圍，但他來銳亞白是正確的，兩人都明白。

那些年裡，杜藻有時會想到父與子。他選擇阿珥德為師，為此與身為探礦術士的父親大吵一架。父親大喊阿珥德的學生不是他兒子，一直懷著憤怒，至死也無法

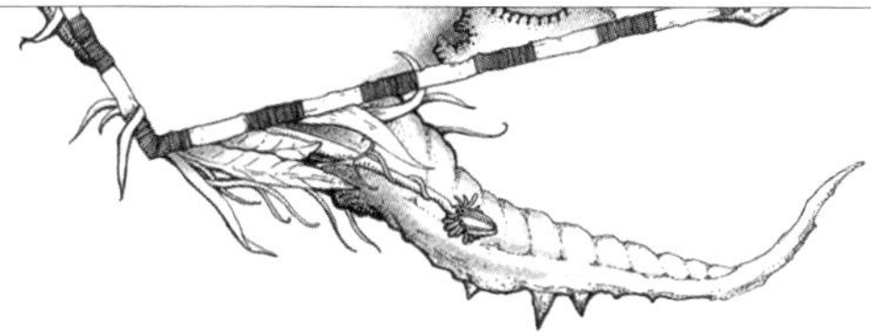

諒解。

杜藻看過年輕人因長子出生，喜極而泣；看過窮人付女巫一年薪資，以確保有健康男孩；還看過富人輕觸穿金戴銀的嬰孩臉龐，愛憐低語：「我的永恆！」他看過男人揍打兒子、威嚇羞辱、刁難阻礙，怨恨在兒子身上看到的死亡；他看過兒子眼中回應的憤恨、威脅、無情鄙夷。看過一切，杜藻明白自己為何從未與父親尋求和解。

他見過父子共同自拂曉勞動至日落，老人牽引盲眼黃牛，中年人推動鐵犁，雖未交換隻字，但返家時，老人曾將手暫放在兒子肩頭。

他一直記得那一幕。冬夜裡，他隔著爐火看著緘默黝黑的臉龐俯於一本智典或一件需要修補的襯衫上，雙眼低垂、嘴巴閉合、靈魂傾聽，便又想起那景象。

「幸運的話，巫師在一生中會找到可交談的對象。」杜藻離開柔克前一、兩晚，倪摩爾對他說道。倪摩爾曾任形意師傅，在一、兩年後獲選為大法師，是杜藻在學院眾師傅中最慈善的一位。「赫雷，我想，如果你留下，我們可以交談。」

杜藻片刻間完全無法回應。終於，他結結巴巴說道：「師傅，我很願意留下，但是我的志業在弓忒。我但願是這裡，與您同在……」一面為自己的忘恩與固執感到自責和不解。

「知道自己需要待在何處，而不必四處奔走茫然探尋，是一種難得的天賦。好吧，偶爾送一名學生給我。柔克需要弓忒巫術，我想我們在這裡錯失了一些事物，一些值得通曉的事物……」

杜藻曾送學生至學院，大約三、四名，都是不錯的小夥子，各有天賦；倪摩爾等待的人卻自行來去，柔克對他的評價，杜藻一無所知。緘默當然沒有說。顯然，他在柔克那兩、三年，學會了某些男孩在六、七年，甚至一輩子都沒學到的事物。對他而言，那僅是基礎工夫。

「你為什麼不先來找我，再去柔克求精進？」杜藻質問。

「我不想浪費您的時間。」

「倪摩爾知道你要來跟隨我嗎？」

緘默搖頭。

「如果你肯開金口，告訴他你的意向，他可能會送個訊息給我。」

緘默看來震驚懊悔。「倪摩爾是您朋友嗎？」

杜藻停頓。「他曾是我師傅。若我留在柔克，或許吧，他會是我朋友。巫師有朋友嗎？或許跟有妻有子一樣不可能吧……有一次他跟我說，在我們這一行若能找到可交談的對象，便是幸運的人……你記住這點。你要是運氣好，有一天你就得開

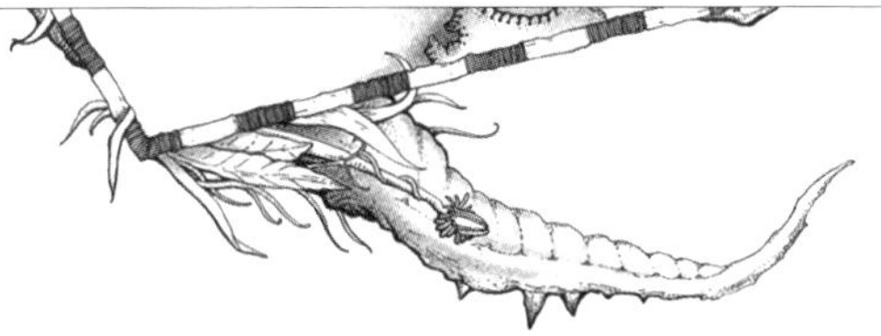

口。」

緘默俯首，不修邊幅的腦袋若有所思。

「如果還沒生鏽到開不了口。」杜藻加上一句。

「若您要求，我會開口。」年輕人認真說道，甘願違逆天性，遵從杜藻要求。

巫師不得不放聲而笑。

「是我要求你別開口，而且，我不是在談我的需求。我說的話可抵兩人份。沒關係，時候一到就知道該說什麼了。這就是技藝吧，嗯？說話合情合時，其餘皆緘默。」

年輕人在杜藻家小西窗下的床墊上睡了三年。他學習巫術、餵雞、擠奶。他一度建議杜藻養羊，在此前已約莫一週沒開口，那是在寒冷潮濕的秋季。他說：「您可以養幾隻山羊。」

杜藻已把大智典攤開在桌上，正設法重新編織「方鐸散力」在數百年前損毀的一則阿卡斯坦咒文。他才剛開始感受到某些字詞或許可以填補其中一處空缺，解答呼之欲出，然後，緘默說：「您可以養幾隻山羊。」

杜藻自認多話、煩躁、易怒。年輕時，他認為不得咒罵是一種沈重負擔；三十年來，學徒、顧客、牛隻、雞群的愚蠢嚴厲考驗著他。學徒和顧客懼怕他的快嘴利舌，牛群與雞群當他的喝罵如馬耳東風。他之前從沒對緘默發過脾氣。一陣漫長沈默。

「做什麼？」

緘默顯然沒注意到那段沈默，或是杜藻極端輕柔的聲調。「羊奶、乳酪、烤小羊、作伴。」

「你養過山羊嗎？」杜藻以同樣輕柔禮貌的聲音問。

緘默搖頭。

緘默其實是城市小孩，在弓忒港出生。他從未提及自己的事，但杜藻四處打聽到一些。他父親是碼頭搬運工，約在他七、八歲時死於一場大地震，母親是港邊一間旅社的廚娘。十二歲時，這孩子惹了某種麻煩，可能與亂施魔法有關，母親好不容易才讓他與谷河口鎮頗有聲望的術士伊拉森學藝。男孩好歹在那裡取得真名，和一些木工農務方面的技能，伊拉森也甚為慷慨，三年後為他支付前往柔克的船資。杜藻所知僅只於此。

「我討厭羊乳酪。」杜藻說。

緘默點頭，一如往常接受。

此後幾年，每隔一陣子，杜藻都會想起緘默請求養山羊時，自己是如何克制情

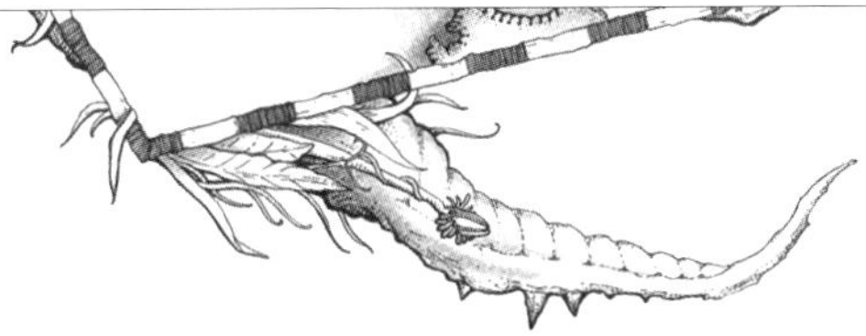

緒，這段記憶每次都帶給他一股默默的滿足感，彷彿吃下最後一口熟得完美的桃子。

在耗費數年想找回遺失的真字後，他讓緘默研習阿卡斯坦咒文。兩人終於合力完成了一份漫長的苦差事。「如盲牛耕田。」杜藻說。

不久他把巫杖交給緘默，那是他以弓忒橡木為緘默做成的。

這時，弓忒港領主再次試圖請杜藻下山，完成弓忒港所需的工作。杜藻反而派遣緘默前往，此後緘默便留在那裡。

於是杜藻站在自家門前，手中拿著三顆雞蛋，雨水冷冷地沿背脊流下。

他在這兒站了多久？他為什麼站在這兒？他剛正想著稀泥、地板、緘默的事。他曾走到高陵上的小徑嗎？不對，那是好多年、好多年前在陽光下的事了，而現在下著雨。他餵好雞，帶著三顆雞蛋回到屋裡，絲滑黃褐微溫的雞蛋，還暖烘烘在掌心，雷聲還在腦海中，雷聲震動在他骨子裡、在他腳底。雷聲？

不對。之前才打過雷。這不是雷聲。他有過這種奇特感覺，而且沒辨認出來，那是在……何時？很久以前，比他方才回憶的日月年歲更久以前。何時？何時發生？……就在大地震前。就在艾薩里海岸半哩陷入海底、人們被村莊傾倒的房舍壓死、大浪淹沒弓忒港碼頭之前。

他走下門階，踩上泥巴地，好以腳跟神經感受大地，但泥濘濕滑，混淆土地傳達給他的訊息。他將雞蛋放在臺階上，自己坐在一旁，以臺階旁小瓦罐積儲的雨水清洗雙腳，用掛在瓦罐把手上的破布把腳擦乾，清洗扭乾破布，掛回瓦罐把手，撿起雞蛋，緩緩站起身走進屋裡。

他敏銳地瞥一眼巫杖，那巫杖就倚在門後角落。他將雞蛋放入櫥櫃，因飢餓而速速吞下一顆蘋果，接著拾起巫杖。巫杖以紫杉做成，以銅封底，握柄處已磨得光滑。倪摩爾賜給他的。

「立起。」他以它的語言對它說道，然後放手。巫杖彷彿插入凹槽般屹立。

「到根部去。」他以創生語不耐地說道，「到根部去！」

他看著閃亮地板上直立的巫杖，隨即，巫杖非常輕微地顫抖，一陣抖縮，一陣顫動。

「啊，啊，啊。」老巫師說道。

「我該怎麼辦？」須臾，他大聲問道。

巫杖搖擺，靜止，再度顫抖。

「可以了，親愛的。」杜藻說，以手撫杖。「好了。難怪我一直想著緘默。我該找他來……應該傳訊給他……不對。阿珥德是怎麼說的？找到中心，找到中心。這

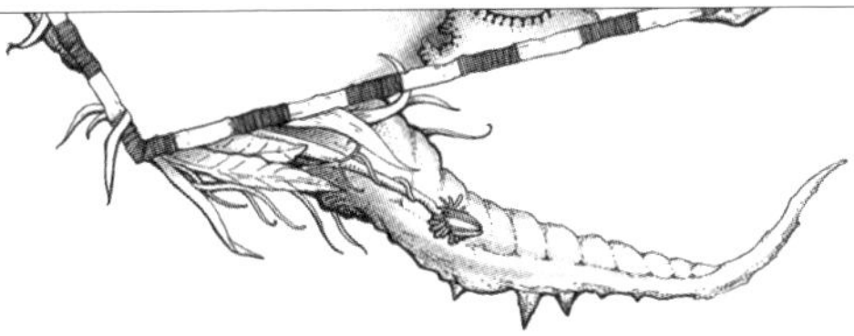

才是問題癥結，這才是解決方法……」他一邊喃喃自語，翻出厚重斗篷，在之前點起的小火上燒開水，一邊思索自己是否一向自言自語；與緘默同住時，自己有沒有不停說話？不對，他想，**這是緘默離開後才養成的習慣，用一點腦筋思考日常生活，其餘都用在預防恐怖與毀滅上。**

他將三顆新蛋與櫥櫃裡的一顆舊蛋煮熟，與四顆蘋果、一囊浸過樹脂的酒一起放入腰袋，以防必須整晚在外。他帶著關節痛，披上厚重斗篷，拾起巫杖，命爐火熄滅，離開。

他早已不養母牛。他站定，望著雞圈思索。狐狸近來常造訪果園，但如果他不回來，雞群就得自行覓食，牠們也得像別人一樣冒險。他微微打開柵欄。雖然只剩迷濛細雨，雞群仍在雞舍屋頂下緊縮成一團，鬱鬱寡歡。國王整個早晨都還未啼叫。

「你們有什麼要跟我說嗎？」杜藻問。

他最愛的褐布卡晃晃身子，說了幾次自己的真名。別的雞都沒說話。

「好吧，保重。我在滿月夜裡看到過狐狸。」杜藻語畢，繼續上路。

他一面走一面思索，努力思索、細細回想。他盡力回想師傅在很久以前說過的事。奇事，奇異到他無法分辨是否為真正的巫術，或是如柔克人所說，僅是女巫把戲。所有的一切都是他在柔克沒聽過的事，也從未在柔克論及——也許害怕師傅會鄙視他認真看待這類事物，也許是知道他們無法了解；因為這些是弓忒的事物、弓忒的真相，這些事甚至沒寫入阿珥德手中的智典，此書由佩若高島的偉大法師安納司開始流傳，句句口耳相傳，是家傳實學。

「如果你需要詳讀大山，」師傅告訴他，「就去賽梅爾牧場頂端的黑池。從那裡可以看到路。你得找到中心，看要從哪裡進去。」

「進去？」男孩杜藻悄聲問。

「你在外面能做什麼？」

杜藻沈默了好一陣子才問：「怎麼進去？」

「像這樣。」阿珥德修長手臂伸直高舉，開始唸誦杜藻日後才明白的變換宏深大法。阿珥德扭曲咒文讀音——所有巫術導師都必須如此，否則咒文會開始運行，杜藻知道正確聆聽與記憶的訣竅。阿珥德說完後，杜藻在腦海中默誦這些文字，半比畫著隨同而來的奇特笨拙手勢。突然，他的手停下。

「但是這不能解除！」他說出聲。

阿珥德點點頭：「這無法撤回。」

杜藻明白沒有不能撤回的變換、沒有不能解除的咒文——鬆綁咒詞例外，那只能說一次。

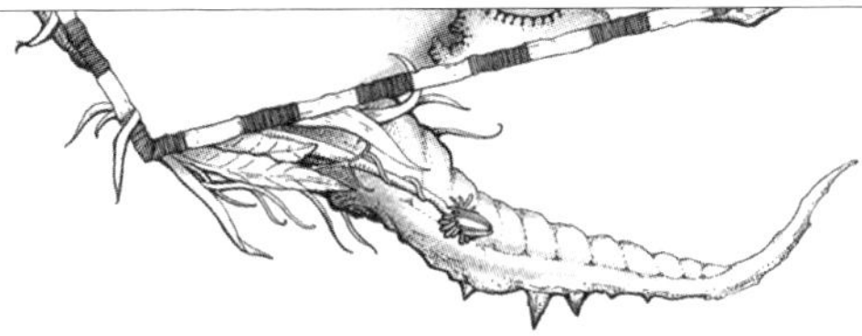

「但為什麼……」

「因為必要。」阿珥德說。

杜藻知道這時要求解釋只是白費功夫。這咒文不可能經常需要唸誦，非得使用的機率也十分低微。他讓這可怖的咒文深陷腦海，埋藏在千百個有用、美麗或啟迪的魔法及誦咒下，在所有柔克智識、律條，在所有阿珥德傳承的書本智慧之下。粗陋、畸形、無用的咒語在他腦海深暗處潛躺了六十年，彷如在燈火通明、充滿珍寶與子孫的大宅下，地窖底一塊早遭人遺忘的基石。

大雨停歇，但白霧依然隱藏山峰，片片白雲在高聳林間穿梭漂浮。雖然杜藻不似緘默是個不知疲累的健行者，他情願畢生在弓忒山林間漫遊，但依然是銳亞白子弟，對附近路徑了然於胸。他在利希之井走捷徑，午前便來到賽梅爾高山牧地的山邊平臺。山下一哩外，沐浴陽光下的農莊立於山的背風面，羊群如雲影移行。弓忒港與海灣隱藏於陡峭糾結的山巒後，山巒下是城中內陸。

杜藻在四周漫步一會兒，才發現了他認定是黑池的地點。那裡十分狹小，半是稀泥與蘆葦，有條模糊小徑通往水邊，已為沼澤所覆，除了羊蹄杳無人跡。池水雖然蕩漾於晴空下，遠離泥煤土層，卻非常深暗。他沿羊蹄小道前行，腳在泥濘中打滑，他想避免跌跤，卻扭傷了腳踝。他咆哮出聲，靜立水邊，彎腰按摩腳踝，傾聽。

萬籟俱寂。

無風聲。無鳥鳴。無遠處傳來的牛、羊和人聲。整座島彷彿都寂靜下來，甚至沒有蒼蠅嗡嗡作響。

他看著暗黑池水。毫無倒影。

他不情不願地向前一步，赤腳光腿。一個時辰前，太陽露面，他便已將斗篷捲好收入背包。蘆葦撥搔他的腿，腳下濕泥鬆軟深陷，蘆葦根脈交纏遍布。他半聲不響，緩緩朝池中移動，僅激起輕緩細小的漣漪。池水一直很淺，他直到謹慎的腳步探不到底之後才停住。

水面哆嗦。他先在大腿上感到一陣毛皮搔觸般拍打，然後看到遍布池面的顫抖。那不是他引起的圓形漣漪，那早已消逝；而是一片皺摺、一種崎嶇、一陣顫動，一次，又一次。

「哪裡？」他悄聲問，繼而以沒有其他語言的萬物均能了解的語言，說出那詞。只有沉默。接著一條魚從黑暗晃動的水裡躍出，體色白灰，長如巴掌，跳起時以微小清晰的聲音，用同樣語言喊出：「亞夫德！」

老巫師站立。他回想自己所知的弓忒真名，將每片山坡、懸崖、幽谷收入腦海，一瞬間就看到亞夫德在何方。那是山脊分裂之處，就在離弓忒港不遠的內陸，

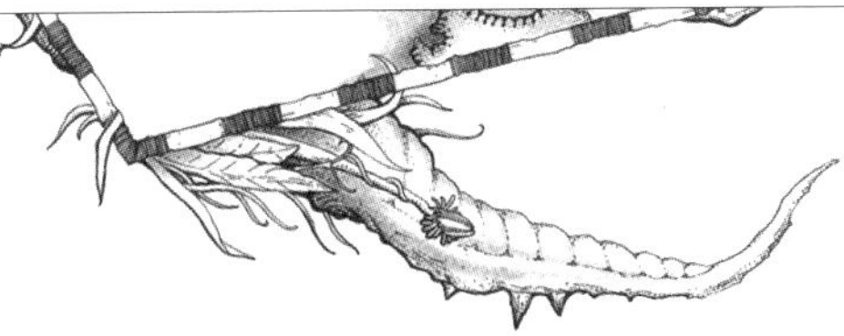

深埋在城上扎結山巒內。那正是斷層。一場以那裡為震央的地震可以搖散整座城市，引來山崩和浪嘯，將海灣兩側懸崖像拍手般閉合。杜藻如池水般全身哆嗦、戰慄不已。

他急急忙忙轉身往岸邊走去，不在意足落何處，也不在乎嘩啦聲與沈重呼吸是否打破沉默。他步履蹣跚走回小徑，穿過蘆葦叢，直到踏上乾燥陸地與粗硬短草，聽見蚊蚋蟋蟀的嗡鳴，才重重坐倒在地，雙腿發抖。

「不行。」他說，以赫語自言自語，「我做不來。」又接著說，「我一個人做不來。」

他心情紛亂，決心呼喚緘默時，竟想不起咒語開頭，那咒語他記了六十年！待他以為想起時，反而唸出召喚咒，等咒語生效才發現自己做了什麼好事，趕緊停下，一字一字解除咒語。

他拔起一把草，抹在雙腳雙腿的爛泥上。泥巴還沒乾，反而抹得皮膚到處都是。「我痛恨泥巴。」他悄聲道。然後咬緊牙關，不再設法把腿擦乾淨。「泥土啊，泥土。」他說，溫柔拍撫自己坐的地面。然後，以非常緩慢、非常仔細的方式，開始唸誦呼喚咒。

通往弓忒港繁忙碼頭的街道上，巫師歐吉安突然停下步伐。他身旁的船長繼續向前幾步，才轉身看到歐吉安正對著空氣說話。

「師傅，我當然會去！」歐吉安說著，稍停頓後又問：「多快？」他隨即以某種船長聽不懂的語言對空氣說了幾句話，比出一個手勢，令周圍天色突然轉暗片刻。

「船長，很抱歉，我必須稍後再為你的船帆施咒。即將發生地震，我必須警告全城。請告訴那邊所有能航行的船隻立刻朝外海航行，遠離雄武雙崖！祝你好運。」歐吉安轉身跑向街道，頭髮粗灰的高壯男子如今像牡鹿般奔跑。

弓忒港位於陡峭海岸間一條狹長海灣的最底端，面海入口在兩塊大岬角間，作為海港之門，號稱雄武雙崖，雙崖相距不及百呎。弓忒港百姓免受海盜侵擾，但安全之處亦是危險所在：狹長海灣沿著地底一道斷層，大張的顎口也可能閉合。

歐吉安盡力警告城內百姓，確認城門與港口的守衛皆盡力維持幾條對外道路秩序，以防驚慌失措的人民因壅塞而出事。之後他將自己反鎖在港口信號塔裡，因為人人都想立刻找到他。他送出傳像到山上賽梅爾牧地的黑池。

老師傅正坐在池畔草地上啃蘋果，蛋殼碎片灑綴在腿邊地上，腿上裹著漸乾泥巴。他抬頭看到歐吉安的傳像，露出一道開懷甜美微笑。但他看起來老邁。他看起

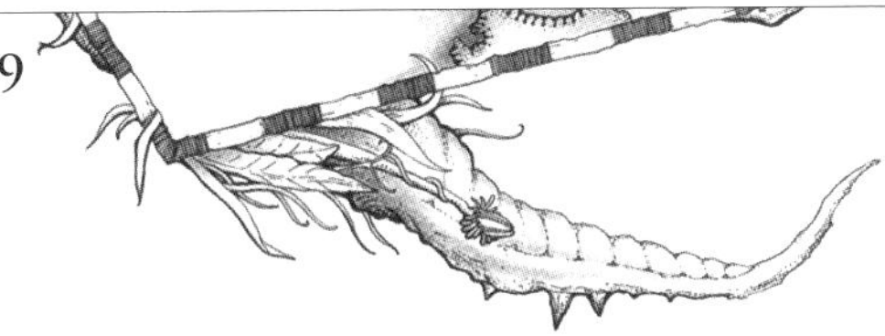

來從未如此老邁。歐吉安因忙碌，已一年多沒見到他，歐吉安在弓忒港一向忙碌，忙著為領主和百姓工作，無暇到山邊森林走走，或到銳亞白小屋中與赫雷同坐、傾聽、沈澱。赫雷是個老人，如今近八十歲，他很害怕。他看見歐吉安而喜悅微笑，但他很害怕。

「我想我們要做的，」赫雷直截了當說道，「是設法不讓斷層過度滑落。你在海港之門，我在底端、在山裡。你懂嗎？兩人合作。我們說不定辦得到。我感覺它蓄勢待發，你感覺到了嗎？」

歐吉安搖頭，讓傳像在赫雷附近草地上坐下，傳像並未彎折它踏過或坐上的草莖。「我除了讓城裡驚慌失措、遣送船隻出海灣之外，什麼事都沒做。」他說：「您感覺到什麼？怎麼感覺到的？」

這些是法師對法師的技術問題。赫雷遲疑著回答。

「這是我是跟阿珥德學的。」他說道，再次停頓。

赫雷從未向歐吉安談起他首位師傅，一個連在弓忒都毫無名氣、可能還有惡名的術士。歐吉安只知道阿珥德從未去過柔克，是在佩若高島接受訓練，而某種迷團或恥辱污衊了這名字。雖然以巫師而言，赫雷頗為健談，但在某些事上，他與頑石一樣沈默。因此，尊重緘默的歐吉安從未探問老師。

「這不是柔克魔法，」老人說，聲音有點刻意平淡。「不過並不違反平衡。不會黏手。」

他一向用這個詞——「黏手的東西」來形容邪惡行為、利己咒法、詛咒、黑魔法。

一會兒，他遍尋詞彙繼續說道：「泥土。石頭。這是土魔法。古老，非常古老。與弓忒島一樣古老。」

「太古力嗎？」歐吉安喃喃道。

赫雷說：「我不確定。」

「它會控制大地嗎？」

「我想，比較像是進入大地，裡面。」老人將蘋果核和大片蛋殼埋入鬆軟土中，再整整齊齊拍平。「我當然知道那些詞，但我得邊做邊學。這就是大咒文麻煩的地方，不是嗎？你只能邊做邊學，沒機會練習。」他抬起頭，「啊……來了！你感覺到了嗎？」

歐吉安搖頭。

「正在使勁兒。」赫雷說，手依舊不自覺輕拍地面，宛如輕拍一頭受驚母牛。

「我想快來了。孩子，你能維持海門大開嗎？」

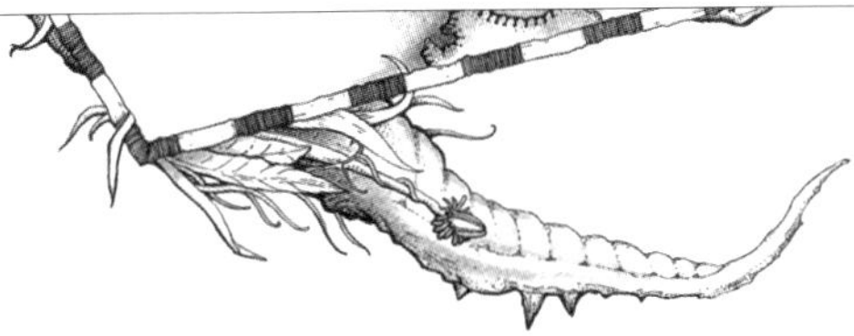

「告訴我您要做什麼……」

但赫雷搖頭。「不行。」他說：「沒時間。你做不來。」無論他從大地或空中感受到什麼，他愈來愈受其干擾。透過他，歐吉安也感受到那股聚集難忍的緊繃。

兩人坐著互不交談。危機過去，赫雷略微放鬆，甚至微笑：「我等會兒要做的是非常古老的東西。真希望我以前好好想過，把它傳給你。可是似乎有點粗陋，不夠靈活……她沒說她從哪兒學來的。當然是從這裡……畢竟，知識有很多種。」

「她？」

「阿珥德。我師傅。」赫雷抬起頭，臉上神情難解，或許有點促狹。「你不知道吧？沒錯，我想我沒提過。我常想，她身為女人，對她的巫術有什麼影響；或我身為男人，對我的巫術有什麼影響……我覺得，重要的是，我們住在誰的屋子裡、我們讓誰進屋裡來，這類事情……來了！又來了……」

赫雷突來的緊張僵直、緊繃臉孔及收束的表情，近似產婦子宮收縮時的容貌，歐吉安如此想，甚至開口問道：「您說『在山裡』是什麼意思？」

痙攣過了，赫雷答：「在裡面。在亞夫德。」他指向兩人下方的群結山巒。「我會進去，想辦法不讓東西到處亂滑，嗯？我邊做就邊知道該怎麼做，一定的。我想你也該回到自己體內了，情勢愈來愈緊繃。」他再度停口，看來彷彿處於極大痛苦而蜷曲、緊縮。他掙扎想站起。歐吉安不加思索，伸出手想幫他。

「沒有用。」老巫師咧嘴笑，「你只是風和陽光。現在我要成為泥土石塊。你最好去吧。別了，艾哈耳。嘴巴……嘴巴張開，一次就好，嗯？」

歐吉安順從師命，返回弓忒港悶熱、織錦的房間，進入自身。他聽不懂老人的玩笑，直到轉向窗戶看到長灣末端雄武雙崖顎口正準備咬合，他才明白。「我會的。」他說，開始進行。

「你看，我得做的，」老巫師說，還在和緘默說話，即使緘默不在身邊，跟他說話也令人安心。「是到山裡面，最裡面，但不是像探礦術士那樣，不只是滑進事物之間觀察、品嚐。要更深，完全進入。不是進入血管，而是骨頭。好。」於是，赫雷在正午光亮下獨自站在高山牧地，攤開雙臂，擺出開啟所有宏大咒語的祝禱手勢，開始唸誦。

他唸著阿珥德教他的詞時毫無動靜。他那舊時的女巫導師有著苦澀嘴唇，手臂削長細瘦，當時扭曲唸出的字詞，如今依真貌唸誦。

毫無動靜。他還有時間痛惜陽光及海風，懷疑咒文、懷疑自己，之後，大地才在周圍隆起，乾燥、溫暖、深暗。

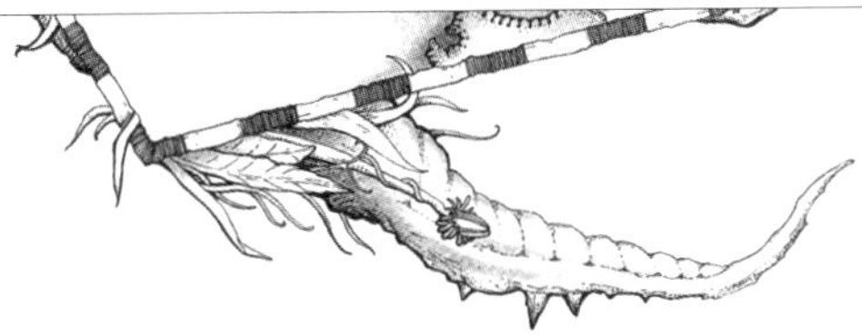

在裡面。他知道自己應加緊進行。大地之骨痠疼地渴望移動，他必須成為骨骼才能引導，但急不得。他正遭遇變換後的迷惘。他在全盛時期曾變過狐狸、公牛、蜻蜓，了解變換生命是何種感覺，但這次不同，這種緩慢正在擴長。我在擴大，他想。

他伸向亞夫德，伸向痠疼、痛楚。他逐漸靠近，感到西方傳進一陣強大力量，彷彿緘默最後還是握住了他的手。透過這聯繫，他可以傳送自己的力量、山的力量，加以協助。**我沒跟他說我不回去了**，赫雷心想。這是他的赫語遺言、他最後的哀傷，因為他目前在山脈之骨。他知道火焰的動脈、碩大心臟的跳動。他知道該怎麼辦。他說的不是人類語言：「安靜，放鬆。好了，好了。撐穩。對，好了。我們可以放鬆了。」

而他放鬆，他靜止，他撐穩。石中石、土中土，在山中火熱暗處。

島民看到的是，他們的法師歐吉安獨自站在碼頭邊信號塔頂，街道在波浪中上下奔騰，石板路塊崩裂而出，黏土磚牆仆成粉末，雄武雙崖互倚呻吟。他們看到的是歐吉安雙手前伸、使勁、分離，懸崖也隨之分離、直挺站立、不動如山。全城顫抖靜立。遏止地震的是歐吉安。他們親眼看見、親口說出。

「當時師傅與我同在、他師傅與他同在。」眾人稱讚歐吉安時，他說道，「我能維持海門大開，是因為他定住大山。」眾人稱讚他謙遜，沒有聆聽他的話。聆聽是難得的天賦，人會自行塑造英雄。

城市再度恢復秩序，船艦盡皆返回，牆壁重新修建，歐吉安從讚美中逃離，進入弓忒港上方山陵。他找到那座怪異小山谷——人稱修剪工之谷，創生語真名為亞夫德，一如歐吉安的真名是艾哈耳。他在那裡鎮日四處行走，似乎在尋找什麼。夜晚來臨，他臥地對地面說話：「您應該告訴我的。我還可以說再見。」接著他哭泣，眼淚滴在草莖間的乾燥塵土形成點點稀泥，小小黏黏的泥點。

他就地而寢，與大地間不隔半張床墊或毯子。日出時分，他起身走上大路前往銳亞白。他沒進村莊，只經過，繼續前行至孤立於其餘屋舍之北，位於高陵起始點的屋子。房門開著。

最後一批豆子在藤蔓上長得碩大粗劣，包心菜日漸茁壯。三隻母雞繞過塵灰前院，咯咯啄食前來：一紅、一褐、一白，灰色母雞正在雞舍孵蛋。沒有小雞，也不見公雞的影子——赫雷都叫公雞「國王」。國王死了，歐吉安想。也許此刻便有一隻小雞孵化，好取代牠的地位。他認為他嗅到一絲狐狸氣味，從屋後小果園裡傳來。

灰塵與落葉從敞開門口吹入，落在光滑的木質地板上。他掃出灰塵與落葉，將

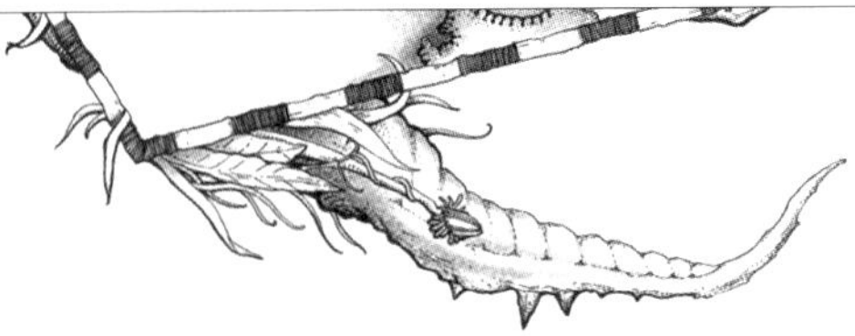

赫雷的床墊及毯子放在太陽下透風。「我要在這裡住一陣子。」他想：「這是間好屋子。」半晌，他又想：「我可能會養幾隻山羊。」

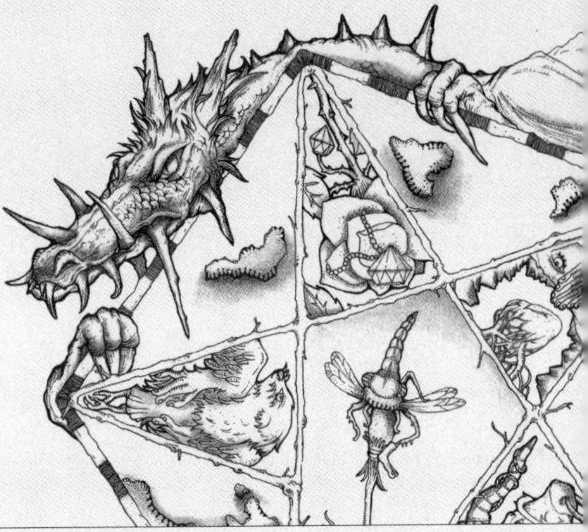

【第四章】

高澤上
On the High Marsh

偕梅島位於黑弗諾西北、英拉德群嶼西南，以帕恩海相隔。偕梅島雖是地海群島王國的大島之一，故事卻不多。英拉德島有光輝歷史、黑弗諾坐擁財富、帕恩島惡名昭彰，而偕梅島只有牛隻、綿羊、森林、小鎮，還有一座籠罩全島的無言火山，名叫安丹登。

安丹登山南面，是上次火山爆發時灰燼堆積百呎深而形成的土地。江波河流切過那片高聳平原朝大海流去，一路上蜿蜒聚池，布散漫遊，將整片平原化為沼澤，成了一片廣幅荒寂的水鄉澤國，有遼闊天際、稀少樹木、些許居民。土壤灰燼密雜，孕育沃饒碧翠的草地，當地居民便以此飼養牛群，為南方人口密集的海岸都市增肥牛隻，讓牲畜在數哩寬的平原上恣意行走，仰賴河流作天然柵欄。

安丹登如其他高山般決定了天氣變化，身旁聚集雲朵。高澤之上，夏日短、冬日長。

某個冬日的早暗天色中，一名旅人站在狂風呼嘯的小徑交會口，兩條路都僅是牛群在蘆葦間踏出的小徑，不太可靠。旅人尋找下一條路的指引。

之前走下最後一段山路時，旅人看到沼澤地零星散布人家，不遠處有座村莊。他以為他正朝村莊走，卻不知不覺轉錯方向。高大蘆葦在小徑兩旁密密竄長，即便何處有燈火亮起，他也看不見。水流在他腳邊不遠處輕聲咯笑。他先前繞行安丹登

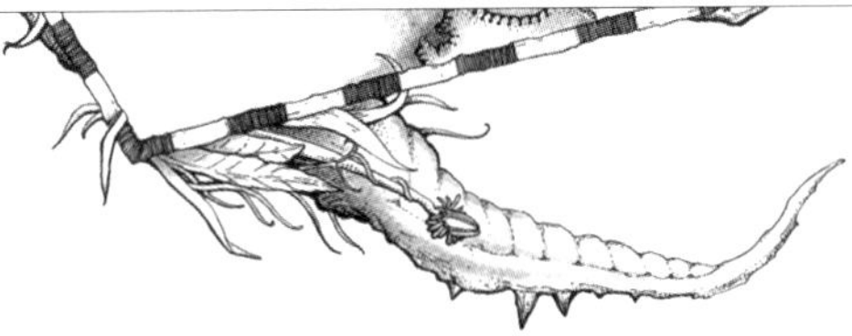

山周嚴酷的黑熔岩道，已賠上了鞋。兩隻鞋跟磨透，雙腳也因沼澤小徑的冰冷濕氣而痠痛。

天色迅速轉暗。一陣迷霧從南邊升起遮蔽了天空，只餘巨碩幽暗山形上方灼亮星辰。風窸窣穿過蘆葦叢，輕柔、憂傷。

旅人站在路口，回應蘆葦吹哨。

有東西在小徑上移動，黑暗中一個巨大陰影。

「妳在那裡嗎，親愛的？」旅人說，他說的是太古語，創生語。「那就來吧，烏拉。」小母牛朝他走了一、兩步，走向牠的真名，他也向前迎接。他憑觸覺辨認出巨碩頭顱，撫摸雙眼間絲滑凹陷，輕搔新角根部的前額。「很美，妳很美。」他說著吸入牠滿是草香的氣息，倚向龐大的溫暖。「妳願意帶領我嗎，親愛的烏拉？妳願意帶領我到我要去的地方嗎？」

他很幸運地遇上農場小母牛，而非四處放牧的牛隻，那些牛只會領他到沼澤更深處。他的烏拉很喜歡跳柵欄，但四處閒走一會兒後，便開始眷戀牛棚，以及偶爾仍讓她偷喝一、兩口奶的母親。如今，牠心甘情願領旅人返家。烏拉緩慢果決地走上一條小徑，他尾隨其後。路夠寬時，他一隻手放在母牛後臀；牠蹚入及膝河川，他便拉住牠的尾巴。烏拉左晃右擺，爬上低矮泥濘河岸，拍鬆尾巴，等著他在身後更笨拙地爬上岸。牠繼續溫吞前行。他緊靠烏拉身側攀抓，因為河川冰冷透骨，他全身顫抖。

「哞。」嚮導輕聲說道。他在左前方不遠處看見一點昏暗的方形燈火。

「謝謝。」他說，同時為小母牛打開柵欄。牠上前迎向母親，他則步履蹣跚，跨越黑暗前院，來到門前。

門口一定是阿瑞，真不知道他為什麼要敲門。她喊：「進來啊，你這個笨蛋！」他又敲了一次門。她放下手中修補的衣物走到門前。「你難道喝醉了嗎？」她說，接著看見來人。

她首先想到的是王、貴族、歌謠中的馬哈仁安，高大、挺拔、俊美；下一刻想到的卻是乞丐、迷途的人，衣著骯髒，以顫抖手臂環抱自己。

「我迷路了。我來到村莊了嗎？」他的聲音既啞且粗，是乞丐的聲音，但不是乞丐的口音。

「還有半哩。」阿賜回道。

「那裡有旅舍嗎？」

「那你得走到歐拉比鎮，大概在南邊十到十二哩。」她只思索片刻，「如果你

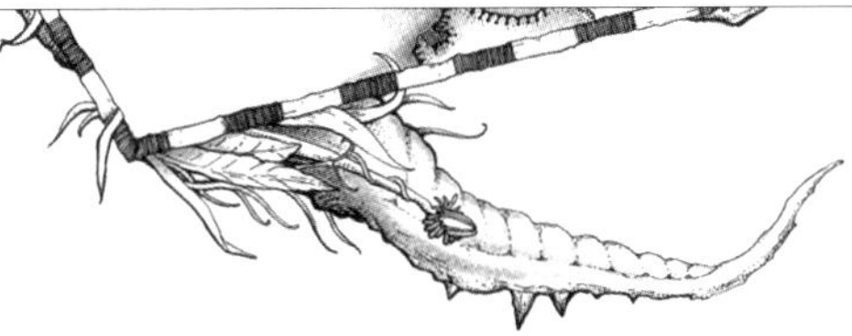

需要房間過夜，我有個空房。如果你要進村子，阿三那兒可能有一間。」

「如果可以，我希望在此留宿。」他用高貴的語法、打顫的牙齒說，一邊緊握門把強撐。

「把鞋子脫掉，都濕透了。進來吧，」她往旁邊一站，說：「到火邊來。」讓他坐到爐火旁阿帚的高背長椅上。「撥一下柴火。要不要來點湯？還熱著。」

「好，謝謝妳，夫人。」他低喃，在火邊蹲著。她端來一碗肉湯，他飢渴而謹慎吞嚥，彷彿久不習慣喝熱湯。

「你越過山頭來的？」

他點點頭。

「何苦呢？」

「來這裡。」他說，顫抖逐漸減緩。赤裸雙腳令人不忍卒睹，一整片淤青、腫脹。她想叫他把腳伸到火邊取暖，卻不願冒昧。無論他是誰，絕非自願成為乞丐。

「除了小販這類人，沒有多少人會來高澤，」她說：「也不在冬天來。」

他喝完湯，她接過碗，在自己的位子，火爐右邊油燈旁的小板凳上坐下，繼續修補衣物。「先把身子暖透了，我再帶你去床邊。那房間沒爐火。」她說道：「你是不是在山上碰到惡劣天氣啦？聽說下雪了。」

「有點飄雪。」他說。在油燈及火光下，她得以細細檢視他。他不年輕，身材消瘦，不如她起先想得高大。臉生得很俊挺，卻有什麼地方不對勁、某處出了差池。他看來受過摧殘，她想，殘毀的人。

「你為什麼到沼澤來？」她問。她有權發問，因為她收留他，但如此追問卻讓她不安。

「有人告訴我，這裡的牛群患了牛瘟。」如今他不再因寒冷而全身僵直，嗓音也美妙起來。他說話像說書人扮演英雄與龍主時的語氣，也許他是說書人或誦唱人？可是不對，他說了牛瘟。

「是有。」

「我或許可以幫助這些牲畜。」

「你是治療師嗎？」

他點點頭。

「那就更加歡迎。這次牛瘟實在太可怕了，而且愈來愈嚴重。」

他一語未發。她看得出暖意正滲入他全身，令他舒展。

「把腳放到火邊。」她驟然說道，「我有雙我丈夫的舊鞋子。」她起先有點為難，但一說出口就覺得解放舒坦。她到底還留著阿帚的鞋子做什麼？給阿瑞穿太

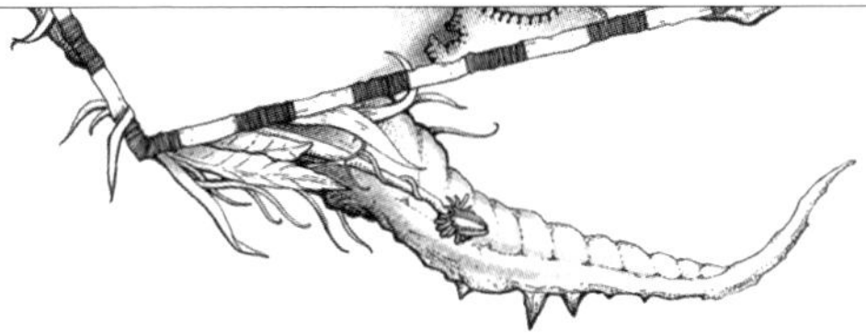

小，自己穿又太大。她送掉他的衣服，卻留下他的鞋子，自己都不明白為什麼。看來是給這傢伙穿的。只要有點耐心，終究等得著，她心想。「我把鞋子拿來給你。你的鞋已經完蛋了。」

他瞥了她一眼，黑暗的眼大而深邃，像馬眼般晦暗而不可解。

「他死了，」她說：「兩年了。沼澤熱。你在這裡可得當心那病。那水。我跟弟弟一起住，他在村裡酒館。我們有座奶酪坊，我做乳酪。我們的牛群沒事。」她比出消災手勢。「我把牠們都關起來。山上那邊牛瘟很嚴重。也許天冷會遏止這場瘟疫。」

「比較可能殺死受感染的牲畜。」男子說。他聽起來有點睏了。

「我叫阿賜，我弟弟叫阿瑞。」

「阿溝。」片刻停頓後，他為自己命名，她想這是他取的假名，不適合他。他的事都拼湊不起來，不完整。但她對他卻不抱懷疑。和他在一起很自在，他無意傷害她。她覺得他談起動物的方式有種善意，他一定很懂得照顧牠們，她心想。他自己就像動物，沈默、受過傷的動物，需要保護，卻無法乞求。

「來吧，」她說：「免得你在這裡睡著了。」他順從地跟隨她到阿瑞房間，這房間其實不比房子一角的櫥櫃大多少。她的房間在煙囪後頭。阿瑞一會兒便會醉醺醺地進門，她會在煙囪角落為他鋪一塊床榻。讓這名旅人今晚睡個好床，也許他啟程時會留一、兩個銅子兒給她。近日來，她家的銅子兒可缺得凶。

他一如往常，在大屋房間中甦醒。他不明白屋頂為何低矮、空氣為何聞起來清新卻有酸味、牛隻為何在外嚷吵。他必須靜躺，回到這個「別處」、「別人」身邊——雖然這人昨晚對一隻小母牛或一個女人說過自己的通名，但他想不起來。他知道他的真名，但在這裡沒有用，無論這是哪裡。其實無論在哪裡都沒用。黑色道路、直墜陡坡和寬廣綠原在他面前開展，綠地上河流縱橫，水光粼粼。一陣冷風吹送引得蘆葦吹哨，小母牛領他穿過河流，艾沫兒打開大門。他一見到她便知道她的真名，但他得用別的名字。他必不能以真名稱呼她，必得記起他對她說的自稱。雖然他是伊里歐斯，但他一定不是伊里歐斯。也許他終究會成為另一個人。不行，那就錯了，他得是這人，這人腿痠腳疼。但這是張好床，羽毛床，很溫暖，他還毋須下床。他打了一會兒盹，自伊里歐斯飄離。

他終於起床時，納悶自己幾歲，望著雙手與手臂，看自己是否年屆七十。他看來還像四十，雖然感覺自己七十歲、動起來也像，這令他略略瑟縮。衣服因連日旅程而髒污不堪，但他仍舊穿上。椅子下有一雙鞋，陳舊卻耐用結實，還有一雙搭配

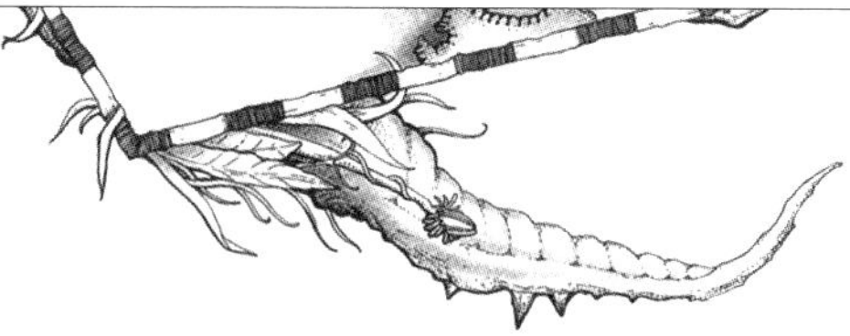

的手織毛線襪。他將襪子套上飽受凌虐的雙腳，一拐一拐走入廚房。艾沫兒站在大水槽前扭擰某個包在布中的沈重物。

「謝謝妳給的這些，還有鞋子，」他感謝她的禮物，記起她的通名，卻只稱：「夫人。」

「不客氣。」她說著將不知名物品提入巨大陶碗，雙手在圍裙上擦乾。他對女人一無所知。從十歲起他便住在沒有女人的地方，好久以前他曾懼怕她們，在另一間寬敞廚房裡，那些對他大聲咆哮，要他別擋路的女人。但自從開始在地海旅行後，他碰到一些女人，發現她們很好相處，像動物一樣自顧自的，除非被嚇到，否則不太注意他。他設法不要嚇到她們。他無意、也無由去嚇她們。她們不是男人。

「你要不要來點新鮮凝乳？拿這當早餐不錯。」她打量他，但為時不久，也沒正視他雙眼。她像動物、像貓，端詳他卻不帶挑釁。有隻貓，又大又灰，四腳伏地趴在壁爐邊，凝視炭火。伊里歐斯接下她給的碗和湯匙，坐在高背長椅上。貓跳到他身旁呼嚕作響。

「你看，」婦人說：「牠對多數人都不大友善。」

「是因為凝乳。」

「也許牠認得治療師。」

此處有婦人及貓，十分平靜。他來到一間好房子。

「外面很冷，」她說：「早上飲水槽裡還有浮冰。你今天要繼續趕路嗎？」

一陣停頓。他忘記必須用話回答。「如果可以，我想留下。」他說：「我想留在這兒。」

她微笑起來，但也略微遲疑，好半晌才道：「當然歡迎，先生，但我得請問，你能不能付點錢呢？」

「喔，可以。」他有點迷惘，起身拐回臥室去拿錢袋。他拿來一枚錢幣，一小枚英拉德金幣。

「只是請你付食物和柴火。你知道，現在泥煤可貴了。」她繼續說著，然後看到他的手中物。

「喔，先生。」她說。他知道自己犯了錯。

「村子裡沒人能兌換這個。」她抬頭看他半晌。「整個村子加起來都沒辦法兌換！」她笑了。那應該沒事了，但「換」字卻在腦海裡不斷迴響。

「這錢沒換過。」他說，但他知道她不是這個意思。「對不起。如果我住一個月，如果我住一整個冬天，能不能把它用掉呢？我在治療牲畜時，總該有地方住。」

「收起來。」她又笑了，雙手慌亂揮動，「如果你能治癒牛隻，牧場主人就會

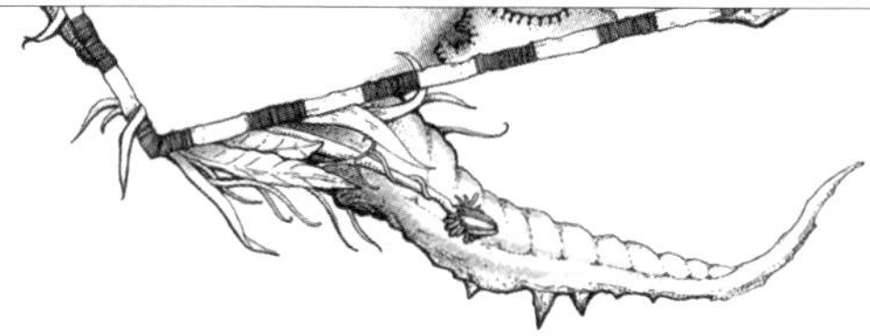

付你錢，你到時就能付我錢了。你可以把這視為擔保，但是快收起來吧，先生！我看得頭都暈了……阿瑞！」她喚道，隨著一陣冷風進來一名彎腰駝背、皮膚乾縮的男子，「這位先生醫治牛群時會跟我們一起住。願他工作順勢！他給我們保證金了。所以你就睡煙囪角落，他睡房間。先生，這是我弟弟阿瑞。」

阿瑞猛點一下頭，嘟噥兩句。他眼神呆滯。在伊里歐斯看來，這男人像中了毒。阿瑞又走出去，婦人靠近，語氣堅定地低聲說道：「他除了愛喝酒，沒什麼壞處。但除了愛喝酒，他也沒剩下多少腦子了，酒吃壞了他大半個腦袋，也吃壞我們大半財產。所以你懂吧，先生，如果你不介意，就把錢藏在他看不見的地方。他不會去找，但如果他看到就會拿，他常常不知道自己在幹嘛，你懂嗎？」

「懂。」伊里歐斯說：「我懂。妳是好心的婦人。」她在講他，講他不知道自己做的事，她在原諒他。「好心的姊姊。」他說。這些話對他而言如此新穎，他從未說過或想過，他還以為自己是以不能說的真言說出。但她僅聳聳肩，帶著一抹莫可奈何的微笑。

「好幾次我都能把他的笨腦袋搖掉。」她說著又繼續工作。

來到這庇護所，他才知道自己多麼疲累。他整天都在爐火前與灰貓一起打盹，阿賜則忙進忙出，請他進食了好些次——都是貧乏粗糙的食物，但他全都緩慢珍惜地吃完。當天夜裡，弟弟出了門，她歎口氣說道：「他仗著我們有房客，又會在酒店賒下一大串帳了。這倒不是你的錯。」

「是。」伊里歐斯說道，「是我的錯。」但她原諒了。灰貓緊靠在他大腿邊做夢，夢境進入他腦海，在他與動物說話的低矮田野，那些暗鬱的地方。貓在那裡跳躍，有牛奶，還有深沈輕柔的興奮。沒有錯誤，只有偉大的純真。不需要言詞。他們不會在這裡找到他，他不在這裡，不須報任何真名。除了她、做夢的貓、閃動的火焰之外，沒有別人。他走在漆黑道路，攀越死寂高山，但這兒的河流在牧地間緩緩流淌。

他瘋了，而她不知道自己失了什麼魂，才讓他留下來，但她就是不怕他，也不懷疑他。就算他瘋了又如何？他很溫和，而且他出事前可能還很睿智。他也沒那麼瘋，只有一部分、暫時的瘋。他的一切都不完整，即便瘋狂的部分亦然。他記不起自己告訴過她的名字，要村人稱他「甌塔客」。他可能也記不得她的名字，因他總是稱呼她夫人——但這可能是出於禮貌。她也以禮稱他「先生」，「阿溝」或「甌塔客」似乎都不像適合他的名字。她聽人說過甌塔客是一種小動物，有銳利牙齒，沒有聲音，但高澤上沒有這種動物。

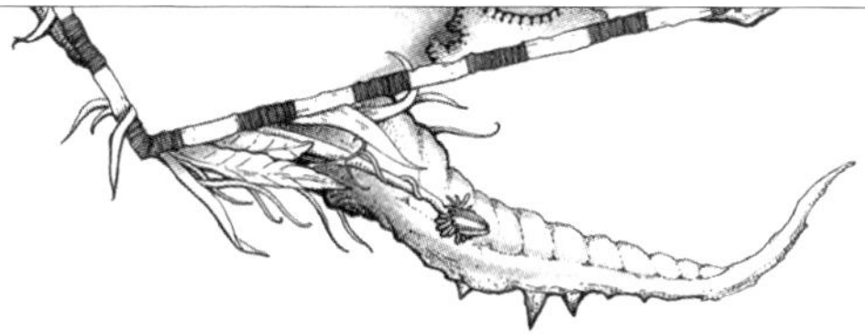

她也想過，也許他說要來這裡醫治牛隻疾病也是瘋病使然。他看來不像別的治療師，帶著動物用的療方、咒文與乳膏而來，但他在休息一、兩天後，便詢問村裡有哪些牧場主人，隨即出發，踩著阿帚舊鞋，拐著依舊痠疼的雙腳。看到這一幕，她心頭一酸。

他傍晚返回，腳步更為疲跛，阿三自然帶他大老遠走到長野，那是阿三大多數肉牛的所在地。只有阿楊養馬，養來讓他的牛仔騎。她給房客一盆熱水和乾淨毛巾照顧他可憐的腳，然後想到問他是否要洗個澡。他的確想。兩人將水煮熱，注滿舊澡盆，她進房去，讓他在壁爐前洗澡。她出來時，一切已清畢抹淨，毛巾掛在爐火前。她從不認識這麼會照料事情的男人，又有誰料到一個有錢人會做這些？他待的地方沒有傭人嗎？他比貓還不麻煩。他自己洗衣服，連床單也洗。她還沒發現他在做什麼，他就已在一個晴天裡把東西都洗清晾畢。「先生，你不用做這些，我會把你的衣物和我的一併洗。」她說。

「不用了。」他以那恍惚的方式說道，彷彿不甚明白她所言何指，但又續道，「妳工作十分辛苦。」

「誰不辛苦？我喜歡做乳酪，這工作挺好玩。而且我很強壯。我只擔心老了以後抬不起桶子和模子。」她把渾圓結實的手臂露給他看，握緊拳頭笑道：「五十歲了，還不賴！」如此炫耀有點蠢，但她以強健的手臂、經歷與技巧為榮。

「工作順勢。」他莊重說道。

他對她的牛很有一套。當他在家，而她也需要幫助時，他便取代阿瑞。她邊笑邊告訴朋友阿黃，說他比阿帚的老狗還會對付這些牛。「他跟牛說話，我發誓那些牛真的在考慮他說的，那小母牛還像小狗一樣到處跟著他。」無論他在山間如何對待牛群，牧場主人都漸有好評。他們當然會牢牢抓住有益的希望。阿三的牛群死了一半，阿楊不肯透露失去多少牛。牛屍橫遍野，要不是天氣冷，沼澤早就屍臭熏天。水得煮沸一個時辰才能飲用，只有她這口井和與村莊同名的井例外。

一天早上，阿楊的一名牛仔騎著馬，牽著上鞍的騾子在前院出現。「阿楊大爺說，甌塔客師傅可以騎馬，到東野有十至十二哩路。」年輕人說道。

她的房客從屋裡出來。那是明亮多霧的清晨，晶亮水氣隱藏沼澤，安丹登山在迷霧上飄浮，在北方天空映照下成了龐大破碎的輪廓。

治療師二話不說直接走向騾子，其實該說是馬騾[注]，因為是阿楊的白馬和阿三的大母驢所生。牠皮色雜中偏白，年幼，有張漂亮的臉。他走上前對著牠的細緻大耳說了些悄悄話，搓搓牠的頂毛。

「他都會這樣，」牛仔對阿賜說：「對牠們說話。」神情頗樂，但語氣輕蔑。

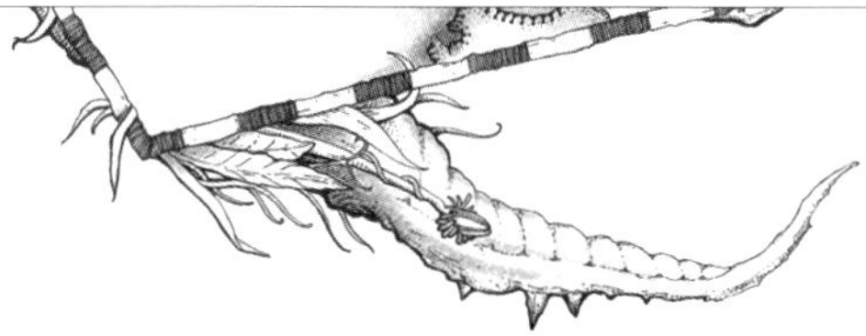

他是阿瑞在酒館的酒友之一，以牛仔而言，還算是正派的年輕小夥子。

「他有醫好牛隻嗎？」她問。

「這個嘛，他是沒辦法立刻治癒牛瘟，但如果他在牲畜癲癇發作前趕到，好像就能治；還沒感染的，他說可以不讓牠們染上，主人便派他在山裡四處走動，讓他盡力而為。但很多還是等不及就死了。」

治療師檢查肚帶、放鬆皮帶、爬上馬鞍，技術並不嫻熟，但馬騾沒有抱怨。牠轉過乳白色長鼻和美麗眼睛來看騎士，他微笑。阿賜從未看過他微笑。

「可以走了嗎？」他對牛仔說。牛仔對阿賜一揮手，他的小牝馬一噴氣立刻上路。治療師隨後跟上。馬騾步伐大且流暢，白色皮毛在朝陽下閃閃發光。阿賜覺得彷彿目送一位王子啟程，像故事般，馬背上身形越過光亮迷霧，穿過朦朧褐黃冬原，在光芒中漸漸淡逝，消失無蹤。

牧地工作很辛苦。「誰工作不辛苦？」艾沫兒曾問，一邊露出渾圓強壯的手臂，堅實紅通的雙手。牧場主人阿楊寄望他待在草原上，把當地大牛群的每一頭活

• 【編注】騾（mule）為雄驢與雌馬交配而生；馬騾（hinny）則為雄馬與雌驢的後代。

牛都摸完。阿楊派兩名牛仔隨行，他們以布匹及半頂帳棚約略紮了個營。沼澤上沒東西可燒，只有細小斷枝與枯死蘆葦，營火僅勉強能煮水，更別說供人取暖。牛仔騎馬在外，試圖圍聚牲畜，好讓他一次處理一整群，不必在乾燥多霜的牧草地上奔波，追蹤四散覓食的牛隻。牛仔無法讓牛群長時間聚集時，便對牠們發怒，也對他無法加快動作而生氣。他覺得奇怪，牛仔竟然對動物沒耐性，待之如物品，宛如綁筏工在河裡處理木材，只憑蠻力對付。

牛仔對他也沒耐性，總是催他加快速度，交差了事。他們對自己、對人生，也沒有耐性。交談內容不外乎拿到薪水後要到歐拉比鎮做什麼，他聽說不少歐拉比鎮的妓女，如小菊、小金，還有「火熱小叢」，他們這麼稱呼。他必須與年輕人同坐，因為三人都需要自火堆取暖，但牛仔不想讓他在那兒，他也不想和他們共處。他明白他們對他這個術士有種莫名害怕，與一份嫉妒，但最嚴重的是輕蔑。他年老、是外人，不屬於他們。畏懼與嫉妒他都知道，且退避三舍，至於輕蔑，他也記得。他很高興自己不屬於他們，也高興他們不想對他說話。他害怕對他們犯下惡行。

他在冰冷清晨起身，另兩人還在被窩蜷縮沈睡。他知道附近牛群何在，便自行出發。如今他已十分熟悉這種牛瘟，雙手察覺病症時會感到一陣灼熱，若病情嚴重，他還會反胃暈眩。他走近一隻躺下的閹牛，已感昏眩噁心。他不再靠近，只說

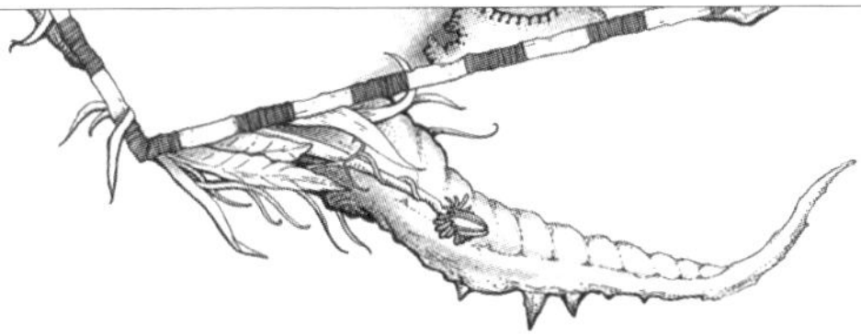

些祝願安然往生的話，便繼續前行。

雖然牛群野性難馴，從人類手中僅得閹割與殺戮，牠們卻任他穿行其中。他樂於感受牠們的信任，帶著一種自豪。他不該自滿，但他的確自豪。如果他想碰觸其中一隻大牲畜，只要站在牠身旁，稍微以牠們不懂的語言說話即可。「烏拉。」他說，唸出牠們的真名。「伊魯。伊魯亞。」牠們站立，巨碩而無謂，有時一隻牛會久久凝視他，有時一隻牛會邁著悠閒、鬆緩、尊貴的步伐來到他面前，對他攤開的掌心噴氣。所有前來尋他的牛，他都可以治癒。他將手放在牛身上，放在硬毛、熱軀及頸上，將治癒的力量傳到手中，一遍遍複誦力之詞。一會兒，巨獸便搖搖身軀、略微甩頭或踏步離開。他則垂下雙手呆立片刻，耗竭而空白。接著另一隻上前，巨大、好奇、羞怯、皮毛泥濘，帶著體中流竄的病症，在他手中像一陣刺痛、麻痺、熱流，一陣暈眩。「伊魯。」他會說，再走向牲畜，雙手放在牠身上，直到感覺一股清涼宛如山泉流洩而下。

牛仔正在討論食用死於牛瘟的閹牛肉是否安全。帶來的存糧原本就不多，如今更所剩無幾，他們不想上馬奔走二、三十哩補充糧食，想切下當天早上死在附近的閹牛舌。

他已強迫他們煮沸所有用水，現下他說：「你們要是吃那塊肉，一年內就會開始頭暈，最後就會像牠們一樣，盲眼癲癇而死。」

他們咒罵譏笑，卻仍然相信他。他不知道自己所言是否屬實——說時似乎是真的。也許他想刁難他們，也許想趕走他們。

「你們回去吧。」他說道，「留我一人在這。這裡的食物夠一個人再待個三、四天。馬騾會帶我回去。」

他們聽完，二話不說立刻上馬離去，留下所有東西：棉被、帳棚、鐵鍋。「我們該怎麼把這些都帶回村裡？」他詢問馬騾，牠望著兩隻離去的小馬，說了馬騾的話。「啊嗚！」牠說，牠會想念那些小馬。

「我們必須完成這裡的工作。」他說，牠和善地看他。動物都很有耐性，但馬類的耐性最好，因為牠們不求回報。狗很忠誠，但多為服從。狗是階級動物，將世界分為貴族與平民，而馬都是貴族，牠們同意合作。他記得自己曾走在粗壯厚毛的輓馬腳邊無所畏懼，頭上是牠們溫暖的氣息，舒適安詳。很久以前。他走到漂亮的馬騾邊對牠說話，喚牠親愛的，安慰牠不讓牠寂寞。

他又花了六天才診完東方沼澤的大牛群。最後兩天，他前往探視漫遊至山腳下的零散牛群，其中許多尚未受感染，因此他得以保護牠們。馬騾未上馬鞍馱他，讓路程更輕鬆。但食糧已告罄，他騎回村子時頭暈目眩，手腳發軟。他將馬騾留在阿

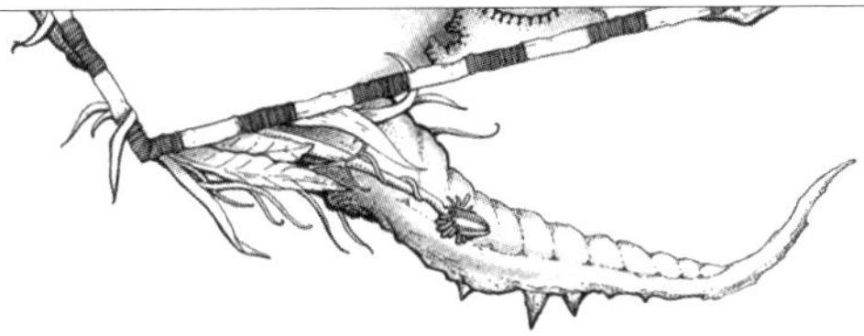

楊的馬廄，又花了很久才回到家。艾沫兒迎接他，責罵他一頓，試圖讓他進食，但他解釋自己還不能吃東西。「我待在疾病的田野，身陷疾病時，覺得反胃。一會兒我就能吃東西了。」他解釋。

「你瘋了。」她非常生氣，這是甜蜜的怒氣。為什麼不能有更多怒氣是甜蜜的？

「至少洗個澡！」她說。

他知道自己聞起來是什麼味道，於是謝謝她。

「你這一趟，阿楊要付你多少錢？」燒熱水時她質問。她依然十分憤慨，因此說話比平常還直。

「我不知道。」他道。

她停下來瞪著他。

「你沒定價碼？」

「定價碼？」他暴喝，接著想起他不是原來的自己，謙卑說道：「沒有，我沒定。」

「這麼天真，」阿賜氣呼呼地說：「他會剝你的皮。」她將一壺滾燙熱水澆入澡盆。「他有象牙幣，」她說：「叫他一定要付象牙幣。在外面挨餓受凍十天，為了醫治他的牲畜！阿三只有銅錢，但阿楊付得起象牙幣，先生。如果我干涉了你，很抱歉。」她提著兩只水桶衝出門外，朝幫浦走去，近來她決計不用河水。她睿智又和藹。他為什麼和那些不和藹的人住了那麼久？

「這得看我的牲畜是不是都醫好了。」阿楊隔天說道，「這樣吧，要是牠們撐過這個冬天，我們就知道你的治療管用，牲畜都很健康。不是我不相信你，只是講公平嘛，對吧？如果治療不管用，牲畜還是死了，那你也不會拿我現在想付你的錢，可不是？消災！但我也不會要你等這麼久都沒領到錢。所以，這是預付款，這樣一來，我們現下扯平了，是吧？」

幾個銅錢甚至沒好好裝在袋子裡。伊里歐斯必須伸出手，牧場主人將六枚銅板一個個放在他掌心。「好啦！那就扯平了！」阿楊說，語氣慷慨。「或許過兩天，你能去長池牧場看看我那些滿週歲的小牛。」

「不行，」伊里歐斯說：「等我離開時，阿三的牛群就挨不下去了。那裡需要我。」

「甌塔客師傅，那裡不需要你。你還在東邊山脈時來了個治療術士，他以前來過，是南岸人，阿三僱用他了。你為我工作，我會好好付你薪水。如果牲畜情況良好，說不定給得比銅幣還好！」

伊里歐斯沒說好、沒說不好、沒道謝，一語不發離去。牧場主人看著他的背

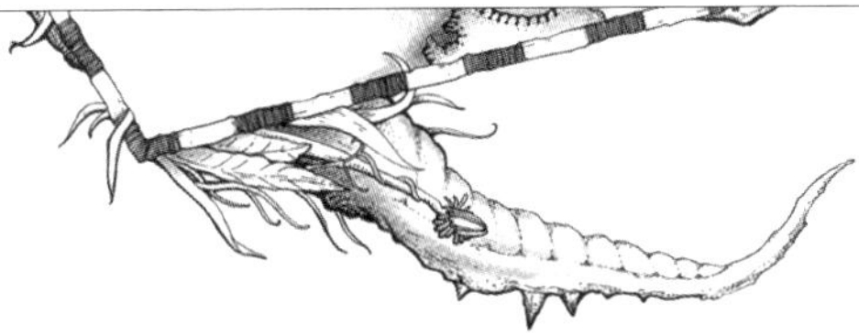

影，一啐：「消災。」

麻煩自伊里歐斯的腦海升起，自從來到高澤，他還沒碰上麻煩事。他努力抗拒。有個力之子前來醫治牛隻，另一個力之子。只是術士，阿楊說。不是巫師，不是法師，只是治療師，牛隻治療師。我毋須怕他。我毋須怕他的力量。我不需要他的力量。我得見他，要確認、要確定。如果他做我在這裡做的事，便沒有害處，我們可以合作。如果我做他在這裡做的事。如果他只用術，沒有惡意，像我一樣。

他沿著純井鎮雜亂街道走到阿三家，大概位於半路上，在酒館對面。阿三是個三十開外的男子，飽受風霜，正在門口與一個陌生人說話。兩人一看到伊里歐斯就顯得心神不寧。阿三走進屋內，陌生人亦尾隨而入。

伊里歐斯走上臺階。他沒進去，只從敞開門口向內說：「阿三大爺，你在兩條河間養的牛隻，我今天可以去看診。」他不知道自己為什麼這麼說，他原本不打算說這事。

「啊。」阿三說著來到門口，遲疑地哼了哼。「不用了，甌塔客師傅。這位是參白師傅，上山來治療牛瘟的。他以前幫我醫好牲畜、爛蹄症之類的。您看，您光是阿楊的牛群就忙不過來了……」

術士現身於阿三身後，真名是阿耶司。他力量微小，受無知、誤用及謊言玷污腐化，但心中妒火熊熊。「我十年來都在這兒行醫，」他說道，上下打量伊里歐斯。「有個人不知從北邊哪裡過來，搶了我的生意。有些人會因此吵起來。術士爭吵不是好事。也就是說，如果你是術士，是力之子，我也是。這裡的鄉親都很清楚。」

伊里歐斯試圖說明他不想吵架。他試圖說明有兩人份的工作，試圖說明自己不會奪走此人的工作。但這些話都被此人嫉妒的酸液腐蝕，聽不進去，話未出口便讓嫉妒腐蝕了。

阿耶司看著伊里歐斯結結巴巴，眼神更加傲慢無禮。他開口想對阿三說什麼，但伊里歐斯說話了。

「你……你得走。回去。」他說「回去」時，左手像刀一般在空中劃下，阿耶司向後跌落椅上，瞪視。

他只是小術士，一個騙子，有幾個差勁的咒語，或者狀似如此。但如果他只是欺瞞或是隱藏力量，其實是個強大敵手，那該怎麼辦？心存嫉妒的對手。一定要阻止他，一定要束縛他、為他命名、召喚他。伊里歐斯開始說出束縛咒詞，那驚懼的男子瑟縮躲開，畏縮在地，束手無策，發出微弱尖銳的哀鳴。錯了，錯了，我在做錯事，我才是邪惡，伊里歐斯心想。他止住口中咒文，加以抗拒，最後喊出另一個

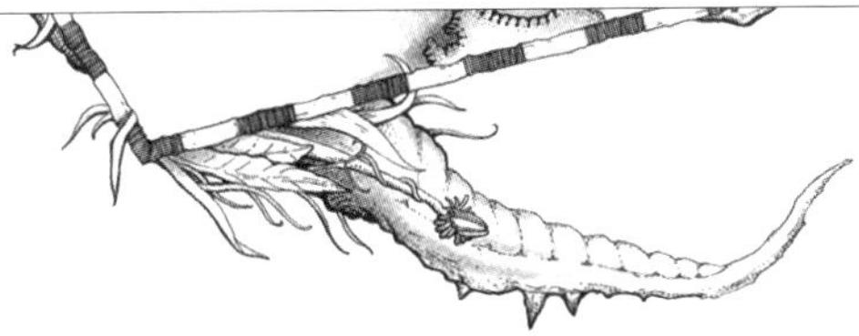

字。接著阿耶司蹲踞在地，嘔吐哆縮。阿三瞪大了眼，想說：「消災！消災！」無傷無害，但火焰在伊里歐斯的雙手燃燒，他試著將雙眼藏入手中，火焰在他眼中燃燒；他試圖說話時，口舌燃燒。

很長一段時間沒人敢碰他。他一陣痙攣倒在阿三門口，如今像死人般動也不動了。南方來的治療師說他沒死，而且像毒蛇一樣危險。阿三告訴大家，甌塔客在參白身上下了詛咒，說了些可怕的話，讓他愈縮愈小，像火裡木柴般哀嚎，又倏然變回原樣，但吐得滿地都是。這也難怪，整個過程中，光芒都圍繞另一人，甌塔客像波動火焰及跳躍影子，聲音也不像人類的聲音。駭人的事件。

參白叫大家趕走那傢伙，卻沒留下來看著。他在酒館灌了一品脫啤酒後立即上路返回南方，還告訴村人，一村不容二巫，等那人或不管那什麼東西離開後，他也許會再回來。

沒人敢碰他。他們遠遠盯著那團軀體癱在阿三門口，阿三妻子在街上來回放聲泣訴。「晦氣！晦氣！」她哭喊，「喔，我的寶寶一定會死胎，一定！」

阿瑞在酒館聽了參白的故事、阿三的版本，及種種四處流傳的版本後，回家找姊姊。在最生動的版本中，甌塔客身形暴長十呎，以閃電將參白打成焦炭，參白才口吐白沫，全身發青癱倒在地。

阿賜連忙趕到村裡。她直直走到門口彎腰俯視那團東西，伸手碰觸。人人都倒抽一口氣，喃喃說：「消災！消災！」只有阿黃的小女兒看錯手勢，尖聲說道：「工作順勢！」

那團東西動了動，緩緩坐起。他們看到是那治療師，和原來一樣沒火沒影，卻病懨懨。「來吧。」阿賜說，扶他起身，陪他緩緩走上街。

村民搖搖頭。阿賜是勇敢的婦人，但也勇敢過頭了。要不，就像他們在酒桌旁說的，勇氣用錯方法、用錯地點，你懂吧。天生不會法術的人就不該窮攪和，也別跟術士扯在一起。你看著吧。術士似乎和平常人一樣，但他們不像平常人；治療師似乎沒有害處，治好爛蹄症、暢通堵塞乳房，這些都還好，但招惹了一個，你看看，又是火又是影，又是詛咒又是痙攣倒地。詭異。那人一向詭異。他究竟打哪兒來的？你倒說說看。

她把他拖上他的床，脫下他腳上的鞋，讓他睡覺。阿瑞晚歸，醉得比平常厲害，結果他一跌，額頭被壁爐柴架割傷。他流血又憤怒，命令阿賜「把那喔師趕出黃子」，現在就把他趕出去。說完，他在灰燼裡嘔吐，睡倒在壁爐邊。她把阿瑞拖

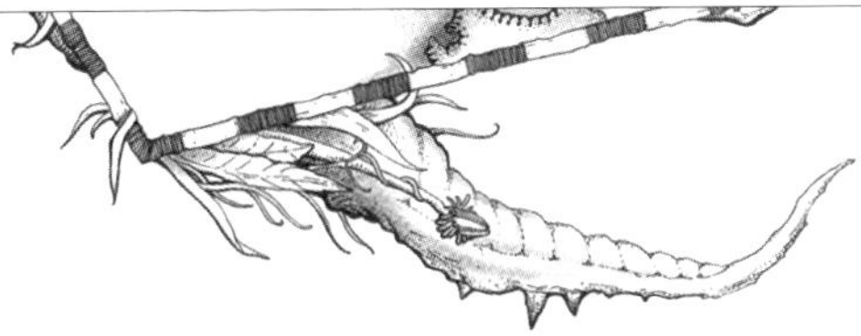

上床墊，脫下腳上的鞋，讓他睡覺。她去看另一人。他看來微微發燒，她把手放在他額頭上。他張開眼，面無表情，直視入她雙眸：「艾沫兒。」又閉上眼睛。

她自他身邊倒退幾步，嚇壞了。

黑暗中她躺在床上，想道：他認識賜與我真名的巫師；還是我說了真名？也許我在睡夢中說出來了。難道有誰告訴他？沒人知道我的真名。從來沒人知道，只有那巫師還有母親知道。而他們都死了，都死了……我在睡夢中說的……

她心知肚明。

她手裡提著小油燈佇立，油燈光芒在她指間泛紅，使她臉龐泛金。他說出她的真名。她賜與他睡眠。

他睡到很晚才醒，彷彿大病初癒，衰弱無力。她無法怕他。她發現他完全不記得村裡發生的一切、那另一個巫師，連她在床罩上發現的六枚散幣也不記得，想必當時一直緊握掌心。

「那一定是阿楊給你的。」她說：「那個吝嗇鬼！」

「我說我會去……去河流間牧地看他的牲口，是吧？」他問，心中焦慮，再度露出獵物的神情，從長椅上起身。

「坐下。」她說。他坐下，卻侷促不安。

「你自己都病了，怎麼治療牲口？」她問。

「還能怎麼辦？」他答。

但他隨即靜下來，輕撫灰貓。

阿瑞進來。他一看到治療師在長椅上打盹，便對她說：「妳出來。」她與弟弟踏出屋外。

「現在我這裡不會再收留他。」阿瑞說，對她擺出一家之主的架子，額前一道明顯的黑色傷口，眼睛像牡蠣，雙手顫個不停。

「那你上哪去？」她問。

「該走的是他。」

「這是我的房子，阿帚的房子。他留下來。要走要留隨你。」

「他要走要留也隨我。我要他走。妳不能什麼都說了就算，大家都說他該走。他不正常。」

「哦，是啊，既然他醫好一半牛群、拿到六個銅幣，他就該走了，是吧！他在這兒能留多久由我決定，我話就說到此。」

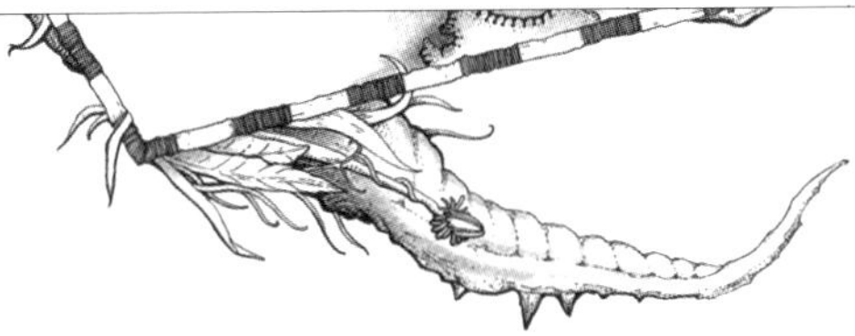

「她們不買我們的牛奶和乳酪了。」阿瑞哀叫。

「誰說的？」

「阿三的太太。所有女人。」

「那我就把乳酪扛去歐拉比鎮，在那裡賣。」她說道，「老弟，你顧顧自己的體面，去把傷口清洗清洗、換件襯衫，你臭得像酒館一樣。」說完，她回屋內。

「天哪。」她頓時痛哭出聲。

「怎麼了，艾沫兒？」治療師說，清瘦臉龐與奇特雙眼轉向她。

「沒有用，我就知道沒有用。跟醉漢說什麼都沒用。」她說。她用圍裙揩揩眼淚。「毀了你的，是酒嗎？」

「不是。」他說道，絲毫未受冒犯。或許聽不懂。

「當然不是。請你原諒。」她說。

「也許他喝酒是想成為別人，」他說：「想改變、想變化……」

「他是為喝酒而喝酒。」她說：「有些人就是這樣。我會待在奶酪坊。我會鎖上房門。附近……附近有陌生人。你好好休息。外頭很惡劣。」她想確定他會留在室內避開危險，讓別人無法騷擾。稍後她會去村裡，跟一些通情達理的人談談，看能否遏止這些無稽之談。

她進村時，阿楊妻子阿黃等幾人都同意，術士為工作爭吵沒什麼新鮮，也沒什麼好激動。但阿三夫婦和酒館那幫人卻不願就此平息，因為這後半個冬天，除了牛隻瀕死，就只剩這件事有得磕牙。「況且，」阿黃說：「我那口子可樂得付銅錢呢，他以為他可能得付象牙幣。」

「所以，他碰過的牛都站得好好的？」

「目前來看，都好好的，而且沒有新發病的。」

「他是正統的術士，阿黃。」阿賜說，語氣非常懇切。「我就知道。」

「親愛的，麻煩就出在這裡，」阿黃說：「妳也明白！這地方不適合他那種人。他是誰都跟我們無關，但他為什麼來這裡，妳就得問問了。」

「來治療牲口。」阿賜說。

參白離開不到三天，鎮上又出現陌生人：一名男子騎著好馬北上，在酒館請求下榻。村人叫他去阿三家，但阿三妻子一聽門前又有陌生人便放聲尖叫，哭嚎著如果阿三再放一個巫人進屋，她的寶寶就得先死兩次才能出生。街邊上下幾棟房舍都聽得到她的尖叫聲，引來眾人——也不過是十、十一人——在阿三屋子及酒館間圍觀。

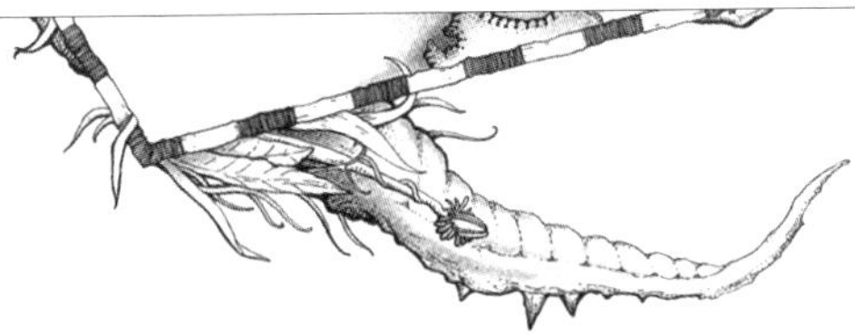

「哎，這可不行，」陌生人和善道，「我可不能讓孩子早產。酒館樓上會不會有空房間？」

「叫他去奶酪坊。」阿楊的一名牛仔說：「阿賜來者不拒。」這話引出些許竊笑和噓聲。

「往反方向去。」酒館主人說道。

「多謝。」旅人說著將馬牽往眾人指引的方向。

「讓外人物以類聚。」酒店主人說道。這句話當晚在酒店中複誦幾十次，讓所有人敬佩不絕，自發生牛瘟後，這句話說得最好。

阿賜在奶酪坊裡剛擠完奶，她擺出平底鍋過濾牛奶。「夫人。」門口有個聲音說道。她以為是治療師，便說：「等一下，我把這裡弄完。」她轉身看到陌生人，差點鬆手掉了鐵鍋。「你嚇到我了！」她說：「需要幫忙嗎？」

「我想借住一宿。」

「不行，很抱歉，我已經有個房客，還有我弟弟跟我。也許村裡阿三……」

「村人叫我來這裡。他們說：『讓外人物以類聚。』」陌生人三十來歲，五官平實、神情和善、衣著樸素，不過他身後的短腳馬倒是好馬。「夫人，妳讓我睡牛棚就可以了。我的馬才需要好床，牠累壞了。我睡棚裡，明早就啟程。天冷的晚上，跟乳牛睡正好。我很樂意付妳錢，夫人，希望妳接受兩枚銅幣，我的名字是阿鷹。」

「我是阿賜。」她說，有點手足無措，但她喜歡這傢伙。「那好吧，阿鷹大爺。你把馬拴好，照料一下。幫浦在那裡，還有很多稻草。你好了就進屋裡來，我給你喝點牛奶湯。一枚硬幣就很夠了，謝謝。」她不想像對治療師一般稱他為先生。這人沒有那種尊貴氣質。她第一眼見到他時，沒看到國王，另一個就讓她看到了。

她結束奶酪坊的工作回到屋裡，新來的傢伙阿鷹正蹲在壁爐前，熟練地搭起爐火。治療師在房中熟睡，她向內望，關上房門。

「他不太舒服。」她低聲說：「一連好幾天在冰冷天氣裡，到沼澤東邊很遠的地方去治療牛群，把自己累壞了。」

她在廚房裡忙東忙西時，阿鷹不時以最自然的方式幫她一把，讓她開始揣想，是否外地男人都比高澤男人善於家務。和他交談很輕鬆，她把治療師的事告訴他，因為她自己沒什麼好說的。

「他們會利用術士，再對他的好處說長道短，這不公平。」

「但他還是嚇到他們了，對不對？」

「我想是吧。另一個治療師跑到這兒，是以前就來過的傢伙。我覺得他沒什麼

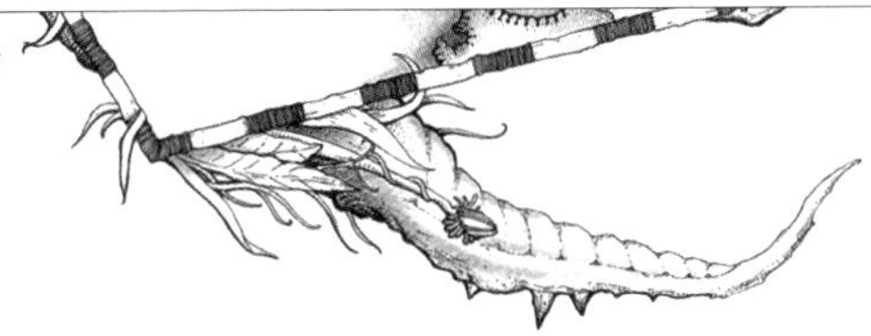

作用，兩年前，他也沒治好我那頭乳房堵塞的母牛。我敢發誓，他的乳膏根本只是豬油。所以呢，他對甌塔客說，你在搶我的生意，也許甌塔客也對他說了同樣的話，兩人就發脾氣，也許施了點黑咒語。我想甌塔客有施咒，但他根本沒傷到那人，自己反倒暈了過去。他現在一點都記不起來；另外那人倒是毫髮無傷，走了。而且他們說，甌塔客碰過的每隻牲口到現在都還站得好好的，身強體壯。他在風雨中度過十天，碰觸那些牲畜，治療牠們，結果你知道那牧場主人付他多少錢？六枚銅幣！他生點氣也沒什麼奇怪吧？但我不是說……」她突然不作聲，然後繼續，「我不是說他沒有怪樣子。我想就像女巫跟術士一樣吧。也許他們因為要跟這種力量和邪術打交道，所以一定要奇怪，但他真誠，又善良。」

「夫人，」阿鷹說：「我能說個故事給妳聽嗎？」

「喔，你是說書的啊？怎麼不早說嘛！所以你是幹這行的？我剛還在想，已經冬天了，你還四處旅行。但是看你那匹馬，我就想你一定是商人。你能說個故事給我聽嗎？這會是我一生的樂事，故事愈長愈好！不過你先喝湯，讓我坐下來好好聽……」

「夫人，我不算真正的說書人，」他帶著和善微笑說道：「但我是有故事要說給妳聽。」他喝完湯，她準備好縫補活兒，他開始說故事。

「在內極海，在智者之島柔克，有九位師傅，傳授所有魔法。」他開始說。

她幸福地閉眼傾聽。

他列述各個師傅：手師傅、藥草師傅、召喚師傅、形意師傅、風鑰師傅、誦唱師傅，還有名字師傅與變換師傅。「變換師傅與召喚師傅的技藝危機四伏，」他說：「變換，也叫變身，夫人，妳可能聽過。連普通術士都可能通曉如何塑造幻象變換，將一個東西暫時變成另一個東西，或是覆上不屬於自己的外貌。妳看過嗎？」

「聽過。」她悄悄道。

「有時女巫術士會說，他們召喚死者，透過他們說話。也許是父母哀悼的孩子。在女巫茅屋裡，在黑暗中，他們聽到孩子哭、笑……」

她點點頭。

「這些都只是幻象，形似之術，但的確有真正的變換，真正的召喚術。這些可能是巫師真正的誘惑！以獵鷹雙翼遨翔、以鷹眼俯瞰大地，夫人，那是了不起的經驗；而召喚術，其實就是命名術，是偉大的力量。夫人，妳也知道，知曉真名就是擁有力量。召喚師傅的技藝便深植於此。能召喚出久遠亡者的外貌及靈魂是了不起的事，在索利亞的果園目睹葉芙阮美貌，一如世界尚且年輕時，莫瑞德之所見……」

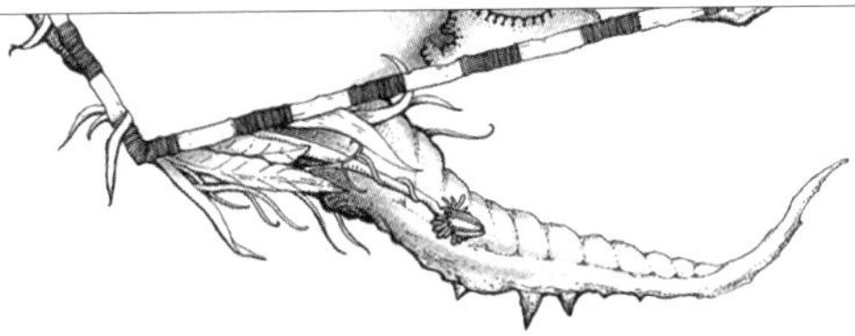

他的語音變得十分輕柔，十分深沈。

「好，言歸正傳。四十多年前，有個孩子在阿爾克島誕生，阿爾克位於偕梅島東南方，是內極海上一處富饒島嶼。這孩子生在阿爾克領主家中，是一名低階管家的兒子——不是窮人之後，但也不是多麼了不得的子嗣。父母早年雙亡，他沒受到多少關照，後來因為他的所作所為，他們才不得不注意他。他們說，他是個詭異的小鬼。他擁有力量；他可以用一個字點燃或熄滅一團火焰；他可以讓鍋盤在空中飛舞；他將老鼠變成鴿子，讓牠在阿爾克領主的大廚房四處飛翔。如果他受到妨礙或驚嚇，就為非作歹。他在一名虐待他的廚娘身上倒了一壺滾燙的開水。」

「可憐哪！」阿賜悄聲道，從他開始說故事起，她就未動過一針一線。

「他只是個孩子，宅子裡的巫師也不是什麼智者，因為他們很少用智慧及仁慈對待他。也許他們怕他。他們綁住他的手、堵住他的嘴，避免他誦咒。他們把他關在地窖一個房間，一間石室裡，關到他們以為他已經馴服為止。然後，他們將他驅逐到大農場馬廄裡居住，因他擅於照料牲畜，跟馬在一起也比較平靜。但他與馬廄小廝吵了起來，把那可憐的小子變成一團馬屎。巫師把馬廄小廝變回原形後，又把那孩子綁起來，堵住他的嘴，將他丟上前往柔克的船。他們想，或許那裡的師傅可以制服他。」

「可憐的孩子。」她呢喃。

「的確，因為水手也怕他，整趟航程都將他照樣綁著。柔克宏軒館的守門師傅看到他，便為他鬆手解舌。他們說，那孩子在宏軒館的第一件事，便是將食堂的長桌上下翻倒、弄酸啤酒，一名試圖阻止他的學生也暫時變成豬……但那孩子終究敵不過師傅。

「他們沒有懲罰他，只是用咒文束縛他狂野的力量，直到可以使他講理、開始學習。這花了很長一段時間，他體內有股好鬥精神，令他將自己沒有的力量、自己不理解的事物都當成威脅、挑戰，或是一種必須戰鬥到足以擊潰的對象。很多孩子都如此，我就是。但我很幸運，及早學到教訓。

「最後，那孩子終究學會馴服怒氣，控制自身力量。那是非常龐大的力量，讓他無論修習何種技藝都輕而易舉，輕易得使他鄙視幻術、天候術，甚至治癒術，因為這些對他不含恐懼、不具挑戰。他雖精通這些技藝，卻不覺有所成就，因此，大法師倪摩爾賜與他真名後，那孩子便專注修習偉大而危險的召喚技藝。他隨該技藝的師傅修習了很長一段時間。

「他一直住在柔克，因為所有魔法知識都會到那裡、在那裡保存。他也絲毫不渴望旅行、接觸各色人等、見見世面，他說他可以把全世界召喚到面前。這也是事

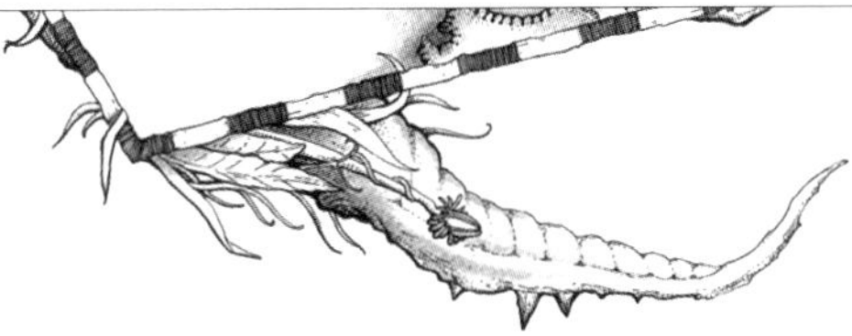

實，但那技藝的危險便潛伏於此。

「好了，召喚師傅或任何巫師都有一項禁忌，便是不得召喚生靈。我們可以呼喚他們，這可行。我們可以傳送聲音或顯像、表象，但無論肉體或靈魂，我們都不得召喚他們到跟前。我們只能召喚亡者、只能召喚魅影。妳能了解為什麼必須如此：召喚生者，意指能完全控制生者，無論軀體或心靈。一個人無論多麼強壯、睿智、偉大，都不能正當擁有或利用另一人。

「但隨著男孩長大成人，這份好鬥精神也影響著他。這在柔克是一股強勁的精神：永遠要比別人強、永遠要領先……技藝變成一種競賽、一種遊戲，最後變成一種手段，以期達到比目的更無價值的目的……他的天賦高於那兒所有人，但如果有人在任一領域比他更為出色，他就難以忍受。這會嚇著他，會激怒他。

「他並未擔任法術師傅，因為新任召喚師傅才剛獲選，正值壯年，身強體健，不太可能退休或過世。他在學者與眾師傅中享有崇高地位，但他不是九尊之一。他沒獲選。也許對他來說留在那裡並非好事，隨時處於巫師及法師間、處於學習巫術的男孩之間——這些人都渴望擁有力量、更多力量，努力超越。總之，隨著年歲增長，他愈漸離群索居，待在自己塔房中，遠離眾人致力修習，教導少數學生，沈默寡言。召喚師傅會派給他天賦異稟的學生，但那兒許多男孩對他幾乎一無所知。獨居中，他開始修行一些不該修行，也不得正果的技藝。

「召喚師傅慣於對魂魄及魅影呼之即來，揮之即去。也許這人開始想，誰能阻止我對活人做同樣的事？如果我不可用這股力量，怎麼會擁有這股力量？於是，他開始召喚活人，他在柔克畏懼的人、他視為敵手的人、力量讓他嫉妒的人。他們來到他跟前，他奪走他們的力量，以為己用，讓他們啞然沈默。這些人說不出發生什麼事、他們的力量怎麼了。他們不知其然。

「終於，他趁其不備召喚自己的師傅，柔克的召喚師傅。

「但召喚師傅以肉體和魂魄抗拒，他呼喚我，我便前去。我們兩人一同抵抗可能會摧毀我們的意志。」

夜已來臨。阿賜的油燈閃爍熄滅，只剩紅色火光照映在阿鷹臉上。那不是她起先以為的臉，那張臉看來憔悴、堅韌、有一邊滿布疤痕。隼鷹般的男子，她心想。她端坐不動地聆聽。

「夫人，這不是說書人的故事。這故事妳再也不會聽到別人敘述。

「我那時剛擔起大法師的職務，也比我們抵抗的人年輕。也許是不夠怕他。靜默中，我們兩人在塔中小室竭盡全力，也只能勉強撐持。沒有旁人知道發生什麼事。我們戰鬥良久，然後戰鬥結束，他有如樹枝般被折斷，他垮了。但他逃逸無

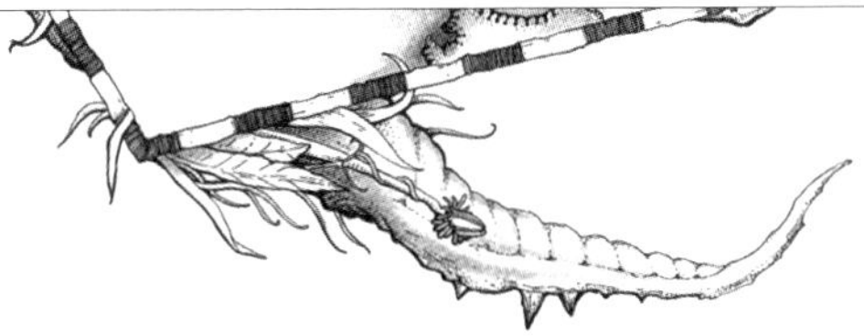

蹤。召喚師傅永久耗散部分精力，以戰勝那盲目意志，而我當時沒有體力阻擋他逃逸，也沒想到派人追趕。而我體內不留半點力量能跟蹤他。因此他從柔克逃走，逃得乾乾淨淨。

「伴隨這種纏鬥而來的是魂魄傷殘——妳可能會這麼形容吧——及心神嚴重呆滯，但召喚師傅和我克服了。之後我們開始覺得，讓力量這麼強大的人，一名法師，在地海遊蕩、神智不清，或許還滿懷恥辱、怒氣、報復，並非好事。

「我們找不到他的蹤跡。他離開柔克時一定將自己變成鳥或魚，來到某座島嶼。而且，巫師可以隱藏自己，躲開尋查咒。我們以特有的方法四處打聽，但毫無音訊，也無人回應。所以我們出發尋找，召喚師傅往東邊島嶼，我往西邊，因為一想到這人，心裡便浮現一座大山、破碎的火山錐，下面有一長片綠土延伸向南。我回想起年輕時在柔克上過的地理課，偕梅島的地貌，和名為安丹登的高山。於是我來到高澤。我想我來對了地方。」

一陣靜默。火焰竊竊呢喃。

「我應該跟他說嗎？」阿賜以平穩聲音問道。

「不用，」男子像隼鷹般說道，「我來。伊里歐斯。」

她望向臥室的門。門開了，他站在那兒，憔悴疲累，深黝的眼滿是睡意、迷惘與痛苦。

「格得。」他說著俯低下頭，好半晌後才抬頭問：「你會從我身上奪走真名嗎？」

「我為什麼要奪你的真名？」

「它只代表傷害。憎恨、驕傲、貪婪。」

「伊里歐斯，我會從你身上取走這些名字，但不會拿走你的名字。」

「我當時不了解，」伊里歐斯說：「他人的事。他們是他人。我們都是他人。我們必須是他人。我錯了。」

名為格得的人走向他，握住他半伸、乞求的雙手。

「你誤入歧途，你已回頭是岸。但是你累了，伊里歐斯，你獨自前行，路途艱辛。跟我回家吧。」

伊里歐斯垂下頭，彷彿疲累不堪。一切緊張與激情均自體內消逝，但他抬起頭，沒看向格得，而是望向默默坐在壁爐一角的阿賜。

「我在這裡還有工作。」他說。

格得也望著她。

「他有。」她說：「他得醫治牛群。」

「牠們讓我看到我該做什麼，」伊里歐斯說道，「還有我是誰。牠們知道我的

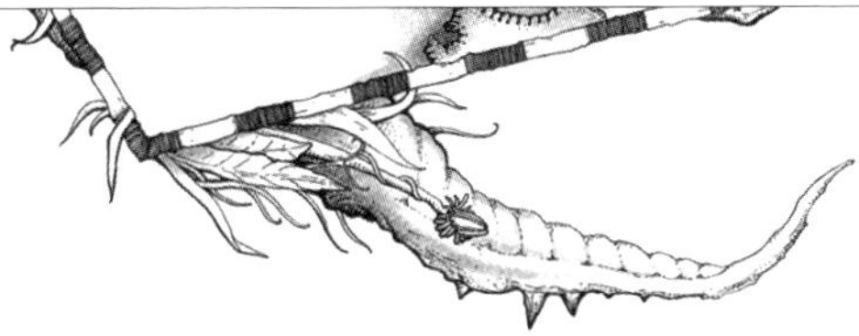

真名，但是牠們從來不說。」

片刻，格得溫柔地拉近年長男子，以雙臂環繞。他輕輕說了什麼，然後放開。

伊里歐斯深吸一口氣。

「你看，我在那裡沒有用，格得。」他說：「我在這裡，就有用。如果他們肯讓我工作。」他再次望向阿賜，格得亦然。阿賜回望兩人。

「艾沫兒，妳怎麼說？」宛如獵鷹的人問道。

「我會說，」她對治療師說，聲音微弱高亢如簧音，「如果阿楊的牛群整個冬天都站得穩穩的，雖然那些牧人可能不會喜愛你，但是他們會懇求你留下來。」

「沒人喜愛術士。」大法師說：「好吧，伊里歐斯！難道我在嚴冬前來尋你，卻必須獨自返回嗎？」

「告訴他們……告訴他們我錯了，」伊里歐斯說：「告訴他們我做錯了。告訴索理安……」他遲疑了，心下發慌。

「我會告訴他，人一生中的改變可能超越我們所知的技藝，以及我們所有的智慧。」大法師說道。並再度望向艾沫兒。「夫人，他能留在這裡嗎？這是他的願望，但是否也為妳所願？」

「論用處和作伴，他都比我弟弟強十倍。」她說：「而且他善良、真誠。我告訴過您了，先生。」

「那好吧。伊里歐斯，我親愛的伴侶、老師、對手、朋友，永別了。艾沫兒，勇敢的婦人，我向妳致上崇敬與謝意。願妳內心及爐火知曉寧靜。」他比個手勢，在壁爐石地上的空氣中留下短暫的閃爍微光。「現在我要去牛棚了。」他說，並隨即轉身。

門扉閉上。除了爐火呢喃，一切靜寂。

「到火邊來。」她說。伊里歐斯上前坐在高背長椅上。

「那就是大法師嗎？真的嗎？」

他點點頭。

「全世界的大法師。」她說：「睡在我的牛棚裡。他應該睡在我床上……」

「他不會接受。」伊里歐斯說道。

她知道他說得對。

「你的真名很美，伊里歐斯。」一會兒後，她說：「我從來不知道我丈夫的真名。他也不知道我的。我再也不說你的真名了。但是我喜歡知道你的真名，因為你也知道我的。」

「妳的真名很美，艾沫兒。」他說：「妳要我說，我就會說。」

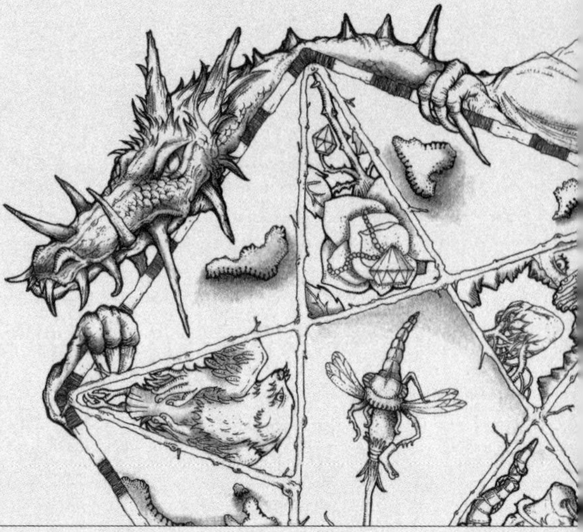

【第五章】

蜻蜓
Dragonfly

一・伊芮亞

她父親的祖先在廣大富饒的威島上有片廣大富饒的領地。在王治年代裡，這家族並無頭銜，也未享有宮廷賜予的特權；馬哈仁安死後的黑暗時期，他們以堅毅手腕掌控自己的土地與人民，將盈餘回饋領地，維持某種程度的公義，抵禦土霸侵擾。在柔克智者影響下，秩序與和平重臨群島王國，該家族及其農場村莊興盛了一段時期。這裡的草原、高地牧場、橡木密生的山林繁盛而美麗，使當地成了俗諺，人們會說「和伊芮亞牛一樣胖」或「和伊芮亞人一樣走運」。當地領主與佃農將土地名字冠在自己名字之前，自稱伊芮亞人。然而，儘管農夫與牧人一季季、一年年、一代代傳承，如橡樹般持續不斷盛興，但擁有這片土地的家族卻隨著歲月與機運，漸漸改變凋零。

兩兄弟為爭取遺產而分家，一名繼承人貪婪，另一名愚蠢，因而敗壞產業。一人之女嫁給商人，試圖自城市經營領地。另一人的孫輩再度爭吵，分割已然破裂的領土。這名叫「蜻蜓」的女孩出生時，伊芮亞領土雖仍是地海中最美麗的山林、田野、草原之一，卻已成家族宿怨與訴訟的戰場。農場中雜草叢生、農莊屋不見瓦、牛奶棚廢棄不用，牧羊人跟隨羊群翻到山的另一頭，尋求更豐美的牧地。曾位於領

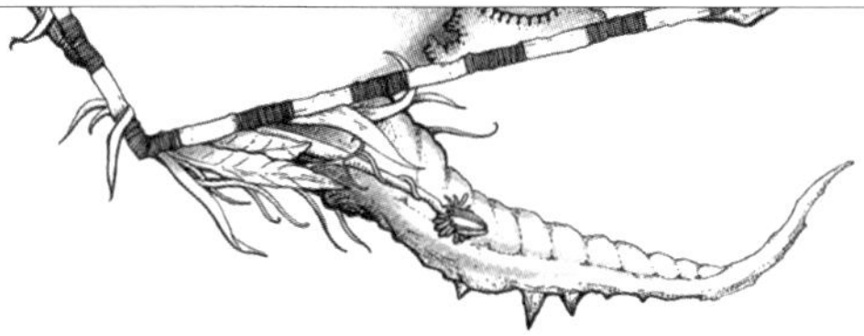

地中心的老宅，在山頭橡木林間逐漸崩壞頹圮。

老宅主人是自稱伊芮亞之主的四人之一，另三人稱他為舊伊芮亞之主。他將青春及僅剩遺產都傾注在法庭與虛里絲的威島領主接待廳，試圖證明他有權繼承整片領土，一如過去百年。他帶著失敗與苦澀回家，畢生消磨在最後一片葡萄園的硬澀紅酒中，帶著一群飽受虐待、瘦骨嶙峋的狗巡邏領土邊界，以防宵小侵入。

他在虛里絲結過婚，娶了一名在伊芮亞沒沒無聞的女子，據說她來自西方某處某島嶼。她從未踏上伊芮亞，因為她在城裡死於難產。

他帶著三歲女兒返家，將女兒交給管家，隨即將她遺忘。酒醉時，他偶爾會想起她。如果他找得到她，便強迫她站在椅旁或坐在他腿上，聆聽他及伊芮亞家族遭受的一切冤屈。他詛咒、哭泣、喝酒，也逼她喝酒、逼她誓言彰顯家族、效忠伊芮亞。她吞下滿口酒，卻痛恨那些詛咒、誓言、淚水，以及隨之而來一把眼淚一把鼻涕的慈愛。她一有機會便逃開，奔向犬、馬及牛群。她對牠們發誓忠於自己的母親，忠於一個除了她以外無人知曉、尊崇或效忠的女子。

她十三歲時，宅裡僅存的老葡萄園丁與管家告訴老爺，女兒的命名日將屆。他們詢問是否該請西池村的術士，或是本地村巫即可。伊芮亞之主登時尖聲怒罵：「村巫？老巫婆要賜予伊芮亞之女真名？偷走我爺爺的西池村那個暴發戶手下？那個卑劣邪門的叛徒？那王八要膽敢踏上我的領土，我就放狗扯出他的心肝！你們要就跟他這麼說！」諸如此類。老阿菊回到廚房，老阿兔回到葡萄園，十三歲的蜻蜓奔出家門，下山跑向村莊，學父親咒罵那群因他的暴喊而激動不已、緊跟她身後咆嘯狂吠的狗。

「退後！你這隻黑心的賤狗！」她大喊，「回家，你這隻搖尾乞憐的叛徒！」狗兒旋即安靜，尾巴低垂，乖乖回到屋內。

蜻蜓找到女巫，她正從綿羊臀上一處感染的割裂傷口取出蛆蟲。女巫的通名是玫瑰，與威島及赫族群島王國的許多婦女同名。人若擁有含蘊力量的祕密真名，如鑽石含蘊光芒般，通常希望自己的通名愈平凡愈好，和他人一樣。

玫瑰喃喃唸誦一串制式咒文，出力最多的卻是她的雙手與那把鋒利短刀。母羊耐心忍受鑽挖的刀鋒，渾沌的琥珀色狹長雙眼凝視、靜默，只偶爾頓著小小的左前足，歎口氣。

蜻蜓趨近窺視玫瑰工作。玫瑰刺出一條蛆蟲，丟在地上，吐口口水，再繼續深挖。女孩側身靠向母羊，母羊也側身靠近，互相撫慰。玫瑰取出、丟落、啐向最後一條蛆蟲，說道：「把那桶子給我。」她用鹽水洗淨傷口。母羊深深歎息，突然走出院子邁步回家，牠受夠了醫療。「小鹿！」玫瑰喊。一個髒兮兮的小孩從灌木叢

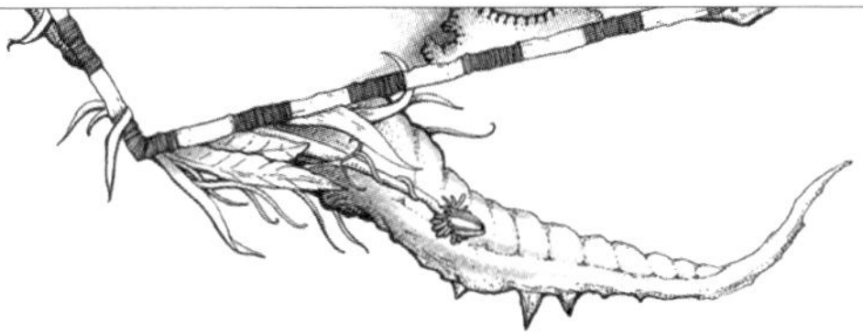

中出現，他方才在叢裡睡覺，這時他追隨母羊步伐，美其名是照顧母羊，但牠比他年長、壯碩、飽足，可能也更為睿智。

「他們說妳應該給我真名，」蜻蜓說：「父親發了一頓脾氣，結果就算了。」

女巫一言不發，明白女孩說得沒錯。一旦伊芮亞之主出言允許或反對一件事，絕不更改決定，且自豪於自己不妥協的態度，因為在他眼裡，只有軟弱的人才會出爾反爾。

玫瑰用鹽清洗雙手及刀刃，蜻蜓問：「為什麼我不能賜予自己真名？」

「辦不到。」

「為什麼不行？為什麼一定要是女巫或術士？你們到底做什麼？」

「這個嘛……」玫瑰說，將鹽水灑在自家小前院的乾土地上。她的房子和多數女巫住處一樣，離村莊有段距離。「這個嘛……」她說，起身約略環顧，彷彿尋找答案，或母羊，或毛巾。「妳必須對力量有點了解，妳懂吧。」她終於開口說，一眼看著蜻蜓，另一眼微斜向一側。有時蜻蜓以為玫瑰左眼斜視，有時又彷彿是右眼，但總有一隻眼直視，另一隻眼看著視線外某種事物，近轉角處或別處。

「哪種力量？」

「那一種。」玫瑰答。她如同母羊離開般突然走進屋內。蜻蜓跟在她身後，但只到門前。沒人會不請自入女巫屋中。

「妳說我有。」女孩朝惡臭幽暗的單房小屋說。

「我說妳擁有力量，偉大的力量。」女巫自黑暗中說道：「這妳也知道。妳會去做什麼我不知道，妳也不知道。那要去找。但沒有任何力量能為自己命名。」

「為什麼？有什麼比自己的真名更是自己？」

漫長沈默。

女巫拿著皂石紡錘和一團油膩羊毛走出屋外，在門邊長凳上坐下，旋轉紡錘，紡出一碼灰褐色毛線之後才答道：

「我的真名是我，沒錯。但名字又是什麼？是別人稱呼我的方法。如果沒有別人，只有我，那我要名字何用？」

「可是……」蜻蜓旋即住口，恍悟玫瑰的論證。她隨後問：「所以，真名必須是賜予的？」

玫瑰點頭。

「玫瑰，把我的真名給我。」女孩說。

「妳爹說不行。」

「我說可以。」

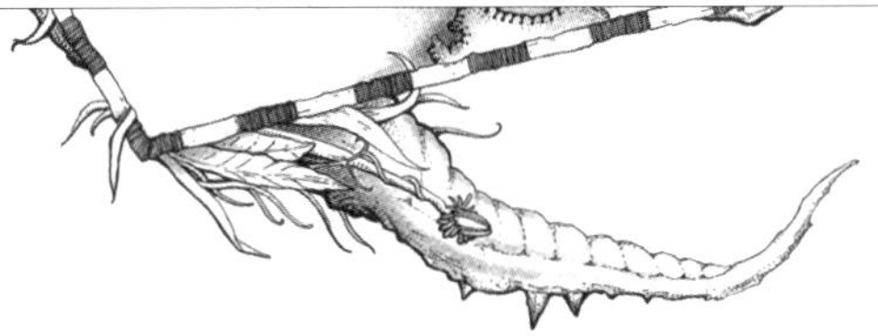

「他才是這裡的主人。」

「他可以讓我又窮又笨、一無是處，但他不能讓我沒有真名！」

女巫像母羊般歎息，不安而勉強。

「今晚，」蜻蜓說：「在我們溪邊，伊芮亞山下。他不知道的事害不了他。」她的聲音半哄勸，半蠻橫。

「妳應該有真正的命名日，盛大宴會，跳舞慶祝，像別的少年人一樣。」女巫說：「真名應該在破曉時分賜予。而且應該有音樂、盛宴等等，宴會。不是在半夜鬼鬼祟祟，沒人知道……」

「我會知道。玫瑰，妳怎麼知道該說什麼名字？是水告訴妳嗎？」

女巫搖了一下鐵灰色的頭。「我不能告訴妳。」她的「不能」不是「不願」。蜻蜓等待。「我說過，那是力量，就這麼來了。」玫瑰停止紡織，抬起一眼望向西方一朵雲，另一眼看著北方天空。「妳們在水裡，一起，妳和那孩子。妳拿走孩子的名字。大家可能繼續用那名字當通名，但這不是她的名字，向來不是。所以她現在不是孩子，也沒有名字，然後，妳等。站在那水裡。妳像是打開自己的心靈，像打開房門一樣，讓風吹進。它就這樣降臨。妳的舌頭吐露名字，妳的氣息創造名字，妳將名字、氣息賜給那孩子，無法經由思索，妳只能任由它來。名字必須經由妳和水，傳達給屬於這個名字的她。這就是力量，力量運作的方法，都是這樣。這不是妳做的事。妳要知道方法，讓它自行完成。訣竅在此。」

「法師可以做得更多。」片刻後，女孩說道。

「沒人能做得更多。」玫瑰說。

蜻蜓轉頸，仰頭向後，直到頸椎喀喀作響，然後焦躁地伸展長手長腿。「妳願意嗎？」她問。

一會兒，玫瑰點了點頭。

兩人在暗夜中於伊芮亞山下小巷會合，此時離日落已久，距黎明還遠。玫瑰弄出一點燐火，發出微弱光芒，好讓兩人在泉邊沼泥遍布的路上行走，不至落入蘆葦間灰岩坑。在些許星辰與山丘黑色陵弧之下，冰冷暗夜中，兩人脫衣涉入淺水，雙足深陷絲絨般泥壤。女巫碰觸女孩的手，說：「孩子，我拿走妳的名字。妳不是孩子。妳沒有名字。」

萬籟俱寂。

女巫悄聲說：「女人，命名於妳。妳是伊芮安[注]。」

兩人靜止須臾，夜風吹過兩人裸露肩頭，接著她們顫抖著離開水中，盡力擦乾身子，赤腳狼狽地掙扎走出銳利蘆葦叢與糾結根枝，找回通往小巷的路。一到小

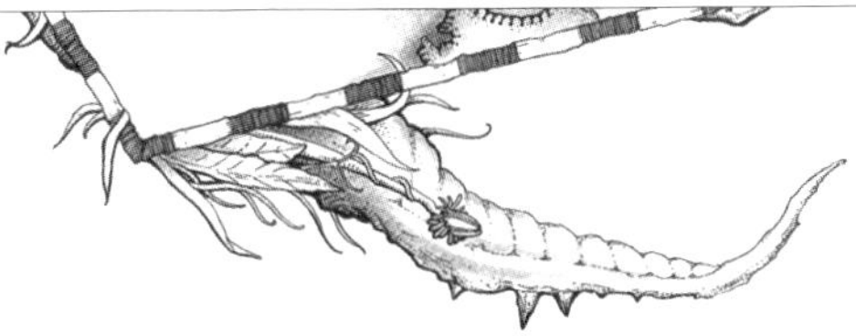

巷，蜻蜓便以嘶啞、憤怒的低語問：「妳怎麼能幫我取這個名字？」

女巫一語不發。

「不對，這不是我的真名！我以為我的真名會讓我成為我，但這更糟糕！妳弄錯了，妳只是女巫。妳錯了。這是他的名字，他要就拿去。他這麼引以為傲，這麼以他的笨領土、笨爺爺為傲。我不要，我不接受。這不是我。我還是不知道我是誰。我不是伊芮安！」說出真名後，她驟然安靜。

女巫依然一語不發。兩人在暗中並肩行走。終於，玫瑰以安撫、害怕的聲音說：「它就這麼來了……」

「妳要是告訴別人，我就殺了妳。」蜻蜓說。

一聽此言，女巫停下腳步。她喉間像貓般嘶吼：「告訴別人？」

蜻蜓也停步。須臾她說：「對不起。可是我覺得好像……我覺得妳好像背叛了我。」

「我說出妳的真名。跟我原先想的不同。我感到不安，彷彿事情還沒完成。但這是妳的真名，如果它背叛妳，那就是這個真名的事實。」玫瑰略為遲疑，接著以

•【譯注】伊芮安（Irian），即「伊芮亞人」之意。

較為平靜卻更冰冷的語調說：「伊芮安，如果妳要力量來背叛我，我會給妳。我的真名是艾陶荻絲。」

風又起。兩人都在顫抖，牙齒喀喀作響。她們在暗巷中面對面站著，幾乎看不見對方何在。蜻蜓伸出一隻探索的手，碰觸到女巫的。兩人手臂圍繞對方，激烈長擁。爾後急忙趕路，女巫走向村莊附近她的小屋，伊芮亞女繼承人上山走向她的頹圮屋宅。那些未加刁難便讓她離去的狗以一陣狂吠猛叫迎接她歸來，吵醒方圓半哩內所有人，只有老爺爛醉如泥，倒在冰冷爐火旁。

二・象牙

西池村的伊芮亞之主為樺爺，雖無老宅，卻擁有舊領土中最富饒的中央區。他父親對葡萄園及果園的興趣高於與親戚間的爭執，也留給他一份欣欣向榮的產業。樺爺僱用人手管理農莊、酒莊、製桶坊、車馬房等，自己坐享其成。他娶了威富斯領主弟弟那位羞怯女兒，想到閨女擁有貴族血統，便滿意無比。

當時貴族間流行僱用在智者之島受過訓練、擁有巫杖與灰斗篷的正統巫師，因此西池村的伊芮亞之主便從柔克找來一名巫師。他很驚訝，只要出得起價碼，弄個

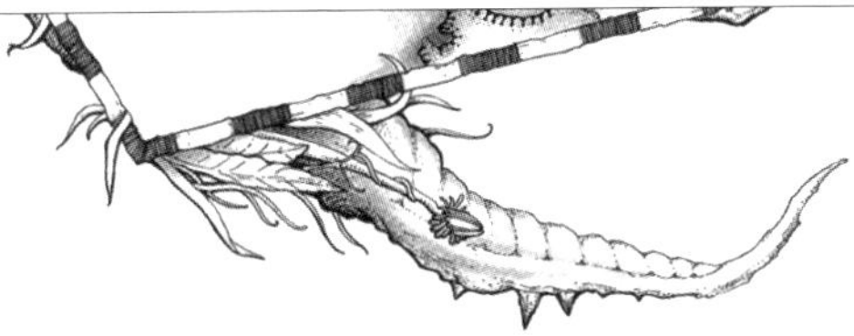

巫師竟如此輕易。

這名叫象牙的年輕人其實尚未取得巫杖與斗篷，他解釋道，他即將在返回柔克時成為巫師，師傅命他遊歷四方、增廣見識，因為學院課程無法給予成為巫師所需的經驗。樺爺一聽略顯懷疑，但象牙保證他在柔克所受的訓練，足以使他具備威島上西池村伊芮亞所需之各類魔法。為了證明，他變出一群馴鹿穿過餐宴大廳，之後一群天鵝曼妙地從南牆飛越而入，從北牆穿越而出，最後在桌子中間突然出現一個銀盆，盆中彈躍出噴泉。領主及家人小心翼翼學著巫師用杯子盛滿泉水輕嚐，發現竟是甜美的金色酒漿。「安卓群嶼的酒。」年輕人帶著一抹謙遜和順的笑容說道。此時他已贏得領主妻女的歡心，樺爺則認為這年輕人物值其價，不過內心仍偏好自己葡萄園出產的乾法尼紅酒，只要喝得夠多，便足以讓人醉倒，這黃液只是蜂蜜水罷了。

如果年輕術士尋求經驗，那他在西池村的收穫真算乏善可陳。每當樺爺有來自肯伯口港或鄰界領土的賓客時，馴鹿、天鵝、金色酒泉便會出場，溫暖春夜時也增添一些非常漂亮的煙火。但若是果園及葡萄園管理人來到老爺面前，探詢巫師是否可以在今年的洋梨樹上施個增產咒，或為南山的法尼葡萄藤誦咒，唱走黑斑病，樺爺便說：「柔克巫師不會自貶身價處理這些事，去叫村裡術士來幹活兒！」么女感染慢性咳嗽時，樺爺夫人便未打擾那睿智年輕人，只謙卑地找了舊伊芮亞的玫瑰，請她從後門進來，拌個糊劑，唱個咒文，讓女兒恢復健康。

象牙從未注意到女孩患病，也沒注意洋梨樹或葡萄藤。他離群索居。飽學博藝之士自當如此。他不諱言從柔克來到此處，不是為了在鄉間小路泥塵間蹣跚行走，僱主贈他一匹漂亮黑牝馬，他便在鄉林田野間騎乘度日。

旅行時，他有時會經過山頭上一棟位於巨碩橡木間的老房子。一次，他離開小村路往山坡上騎，卻有一群齜牙咧嘴的瘦犬對他狂奔咆嘯而來。牝馬怕狗，結果猛然跳起亂跑，從此之後他對那房子退避三舍。但他性好美景，喜歡眺望那棟老宅，在初夏午後的光影間醺然入夢。

他向樺爺問起那地方。「那是伊芮亞，」樺爺說：「我是說，舊伊芮亞。那房子理應歸我，但為它宿怨爭吵幾百年後，我爺爺放棄那棟房子以平息紛爭。要不是那裡的主人已醉得說不出話，他還會繼續來跟我爭吵。好幾年沒見到那老頭兒了。我想他有個女兒。」

「她名叫蜻蜓，負責照管一切，我想我去年見過她一次。她很高，美得像盛開的花樹一般。」么女玫瑰說道，忙著將一生的敏銳觀察填入僅有的十四年歲月。然後她陡然住口，一陣咳嗽。母親對巫師投以哀淒、渴望的目光。這次他總會聽到

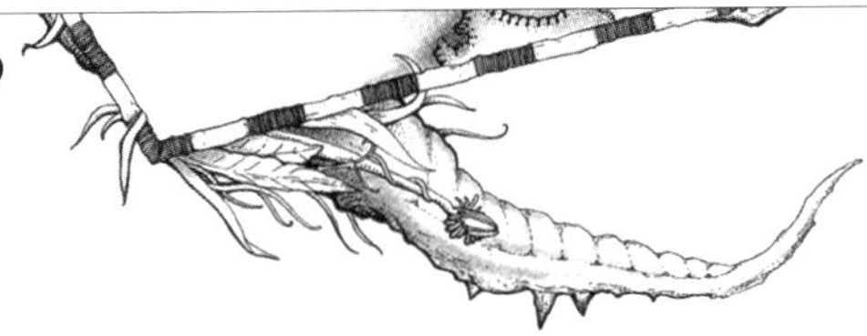

這聲咳嗽了吧？他向小玫瑰微笑，母親的心因而舒暢。如果玫瑰的咳嗽意謂嚴重病症，他一定不會這般對她微笑，不是嗎？

「那群老家的人跟我們毫無瓜葛。」樺爺不悅地說。機靈的象牙再沒追問，但想見見那名宛如盛開花樹的女孩。他一再騎過舊伊芮亞邊界，意欲停在山腳下村莊詢問，卻無停留之處，亦乏人可問。一名眼白外凸的女巫看了他一眼，匆匆躲回小屋。如果他騎到老屋前，就得面對一群瘋狗，可能還有一個醉老頭兒。但值得一試，他想。西池村無趣的生活讓他閒得發慌，而且他一向不怯於冒險犯難。他往山上騎，直到所有犬隻都在他四周吼叫，在牝馬腿間狂咬。牠俯低身子，以蹄奮力回踢，而他只能靠安定咒和使盡雙臂全力，才不讓牠立即竄逃。狗兒轉而以他的腿為目標騰躍猛咬。他正準備讓牝馬逃跑時，有人來到狗群中大聲斥罵，甩著皮帶將牠們擊退。他終於讓口吐白沫、喘息連連的牝馬止步後，看到那美如盛開花樹的女孩。她非常高挑，汗流浹背，有大手、大腳、大嘴、大鼻、大眼，還有一頭狂野髒髮。她對嗚嗚哀鳴的犬隻大罵：「退下！回屋裡去，你們這些廢物，狗娘養的！」

象牙的手緊按右腿。狗牙撕裂了小腿肚，血流汩汩滲出。

「牠受傷了嗎？」女子問：「那些狼心狗肺的東西！」她輕撫母馬右前腿，雙手沾滿馬兒身上染有血絲的汗水。「好了，好了。勇敢的女孩兒，勇敢的心肝。」

牝馬垂下頭，全身因放心而顫抖。「你幹嘛一直讓牠站在狗群裡？」女子憤怒質問。她跪在馬腿邊抬頭望著象牙，他從馬背俯視，卻感覺自己低矮、渺小。

她不等他回應。「我牽牠走上山。」她說著起身，伸手欲接過韁繩。象牙知道自己該下馬了，他下馬問道：「很嚴重嗎？」然後低身看看馬腿，只看到赤紅、血染的細沫。

「來吧，心愛的。」女子說，對象不是他。牝馬放心跟隨。他們走在崎嶇小路，繞過山邊來到一間古老磚砌馬廄，該處毫無馬蹤，只有築巢燕子棲住，在屋頂上穿越飛梭，吱喳議論。

「讓牠保持安靜。」年輕女子說著將他留在這荒涼地方，手握韁繩。一會兒，她拖著一只沉重水桶回來，用海綿清洗母馬的傷腿。「把馬鞍拿下來。」她說，語氣不耐，言外暗指：「你這個笨蛋！」象牙服從她的指示，對這個粗魯女巨人半是煩躁，半是好奇。他絲毫不覺得她像一棵盛開的花樹，但她的確美麗，一種健壯、激烈的美。牝馬毫無遲疑地順服。她說「把腳移過去」，牝馬便移動腳。女子將牠全身上下擦乾，將軟被鋪在馬背上，確認牠就站在陽光下。「牠會沒事的。」她說：「有道割傷，但如果你每天用溫鹽水清洗傷口四、五次，傷口就會完全癒合。對不起。」她最後一句說得雖不情願，卻很真誠，彷彿她仍不解他怎麼會讓牝馬站

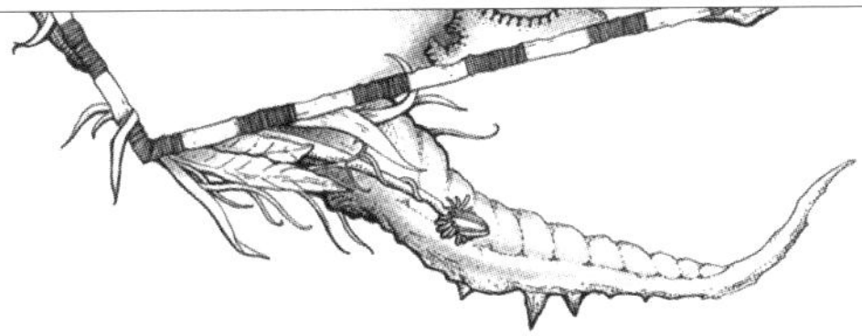

在那裡遭受攻擊，她首度正眼瞧他，雙眼是澄澈的褐橘色，宛若深色黃晶或琥珀。奇異的雙眼，與他完全平視。

「我也很抱歉。」他說道，試圖輕鬆回話。

「牠是西池村伊芮亞的牝馬。你就是那巫師嘍？」

他躬身：「黑弗諾大港的象牙拜見。我能否……」

她打岔：「我以為你從柔克來。」

「我是。」他說，恢復了原本的鎮定。

她雙眼直盯視他，像綿羊眼般深晦難辨，他心想。然後她脫口而出：「你在那裡住過？在那裡研習過？你認識大法師嗎？」

「是的。」他微說道。然後皺眉彎腰，手按腳踝片刻。

「你也受傷了嗎？」

「沒什麼大礙。」他說。事實上他頗為惱怒，傷口的血流已經止住。

女子的目光回到他臉上。

「那裡……那裡……柔克，是什麼樣子？」

象牙略略歪跛，就近走向上馬用的墊腳石坐下。他伸長腿，小心檢視撕裂處，又抬頭看看女子。「要告訴妳柔克是什麼樣子得花不少時間。但我非常樂意。」

「那人是巫師。至少快是了。」女巫玫瑰說道：「柔克的巫師！妳不能問他問題！」她已不只是憤慨，更是恐懼。

「他不介意。」蜻蜓向她保證，「只是他很少正面回答。」

「他當然不會！」

「為什麼當然不會？」

「因為他是巫師！因為妳是女人，沒有技藝、沒有知識、沒有學問！」

「妳原本可以教我！妳就是不肯！」

玫瑰將她所有教過或是能夠教導的，以手指一揮帶過，棄如敝屣。

「好吧，所以我得跟他學。」蜻蜓說。

「巫師不教女人。妳沖昏了頭。」

「妳還不是跟布魯交換魔咒！」

「布魯是村野術士，這人是智者，他在柔克宏軒館學習高等技藝！」

「他告訴我那是什麼樣子，」蜻蜓說：「妳先要穿過鎮上，綏爾鎮。有扇門開在面街處，但是門關著，看起來像普通的門。」

女巫傾聽，無法抗拒祕密披露的誘惑與熱切慾望的感染。

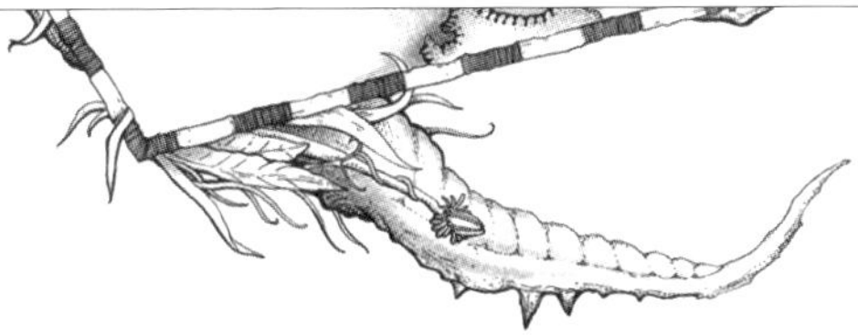

「敲門後會有個男人應門，看來平凡無奇。他會測試。妳必須說一個詞，一句通關密語，他才會放妳進門。如果妳不知道，就絕對進不去，但如果他讓妳進門，妳便會看到，從內看，那扇門長得完全不一樣，由角雕成，上面刻了一棵樹，門框由一顆龍牙雕成，是在厄瑞亞拜之前、莫瑞德之前、在地海出現人類之前很久很久，便存在的龍。最初天地間只有龍，他們在世界中心黑弗諾的歐恩山上發現這顆牙齒。樹葉雕刻得非常輕薄，連光芒都可穿透，但那道門非常堅固，一旦守門人把門閉上，就沒有咒語打得開。然後，守門人會帶妳走過一間間大廳，直到妳迷了路，一片茫然，接著會突然來到天空下，那是湧泉庭，宏軒館裡最深最深的地方。如果大法師在，那就是他所在之處……」

「繼續說啊。」女巫喃喃道。

「他目前只告訴我這些。」蜻蜓說，又回到溫和多雲的春日早晨，無比熟稔的村莊小路，玫瑰家前院。她自己的七頭產乳母羊在伊芮亞山上嚼著碧草與橡樹花。

「他在談到那些師傅時，非常謹慎。」

玫瑰點頭。

「但他告訴我一些學生的事。」

「我想，這沒什麼害處吧。」

「我不知道。」蜻蜓說：「能聽到宏軒館的事真美妙，但我以為那裡的人應該……我不知道。當然，他們去的時候多半只是孩子，但我以為他們會……」她目光移向山上羊群，表情困惑。「有些人真是又壞又笨，」她低聲說，「他們有錢，所以進了學院。而他們在那裡修習是為了更有錢，或有力量。」

「這是當然，」玫瑰說：「這是他們去那裡的目的！」

「可是力量——妳告訴我的那種——跟要別人照妳的意思行動或付妳錢不一樣……」

「不一樣嗎？」

「不一樣！」

「一個詞可以治癒，也就能傷害；一隻手能殺害，也就能醫治。只朝單方向走的是蹩腳推車。」女巫說。

「但是在柔克，他們學著正當使用力量，不是為了傷害別人，也不是為了私慾。」

「我倒覺得，每件事就某方面來說都是為了私慾，人總得活下去。但我知道什麼？我靠我能做的活兒維生，但我不攪和那些偉大技藝、危險技能，例如召喚亡者。」玫瑰比出手勢，驅退言談中提及的危險。

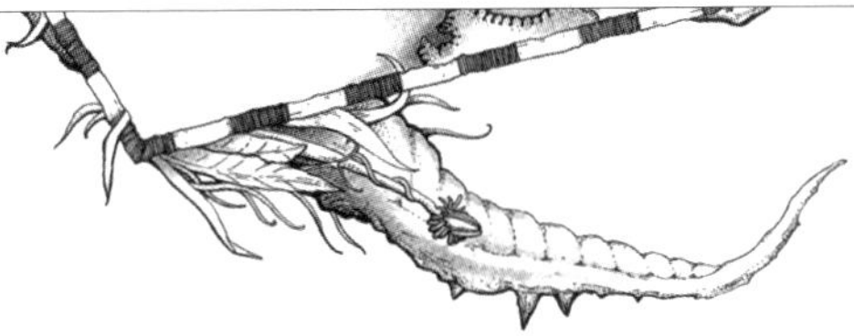

「每件事都危險。」蜻蜓說，眼神穿越羊群、山陵、樹木，直望入靜止深處，一片無色遼闊的空無，宛如日出前澄澈天空。

玫瑰看著她，明白自己不知道伊芮安是誰、將來會是誰。一個高大、強壯、彆扭、無知、純真、憤怒的女子，沒錯。但打從伊芮安還是孩子起，玫瑰便看到她更為豐富的內在，超越自己的存在。伊芮安如此將目光自世界移開時，似乎進入超越自己的地點，或時間，或存在，完全超越玫瑰所知領域。此時玫瑰怕她，也為她擔憂。

「妳小心。」女巫嚴酷說道，「每件事都危險，的確沒錯，跟巫師攪和尤其危險。」

蜻蜓出於愛、尊敬和信任，絕不忽視玫瑰的警告，但她無法把象牙當作危險人物。她不了解他，但懼怕他的念頭在她腦子裡老是留不久。她認為他很聰明也頗英挺，但除了他能告訴她的知識外，她不常想到這人。象牙清楚她想知道什麼，因此一點一滴告訴她，雖不是她真正想了解的事，但她想知道更多。他很有耐性，而她感激這點，知道他的腦筋比她靈敏許多。有時他因為她的無知而微笑，卻從未因此譏諷或責怪。他像那女巫般會以問題回答問題，但玫瑰問題的答案總是她已知的事，而他問題的答案，卻是她從未想像、吃驚、不喜，甚至痛苦的事物，會改變她的信念。

一天一天過去，兩人逐漸習慣在伊芮亞老馬廄會面談話，她問他問題，他多加告知，卻不太情願，總是遮遮藏藏。她認為他在護衛師傅，試圖守護柔克的光明形象，直到有一天，他終於屈服於她的堅持，毫無顧忌說道：

「那裡有好人，偉大睿智的大法師自然是，但他走了。那些師傅……有的離群索居，追隨晦澀知識，尋求更多形意、更多真名，卻將知識用在子虛烏有之處。其他人則將野心隱藏在智慧灰袍下。柔克不再是地海的力量所在，如今黑弗諾宮廷才是。柔克憑靠輝煌過去存活，靠一千個魔咒抵禦現世，但在那魔咒牆裡還有什麼？爭執的野心，恐懼新事物、恐懼挑戰老年人力量的年輕人。而中心只餘空無。空盪盪的中庭。大法師永遠不會回來了。」

「你怎麼知道？」她悄聲道。

他神情嚴峻，「龍把他載走了。」

「你看到了？你看到那一幕了？」她緊握雙手想像飛行的景象，甚至沒聽到他回答。

好半晌，她才回到陽光、馬廄、問題及迷團上。「但即便他走了，」她說道，「總有些師傅是真正睿智的吧？」

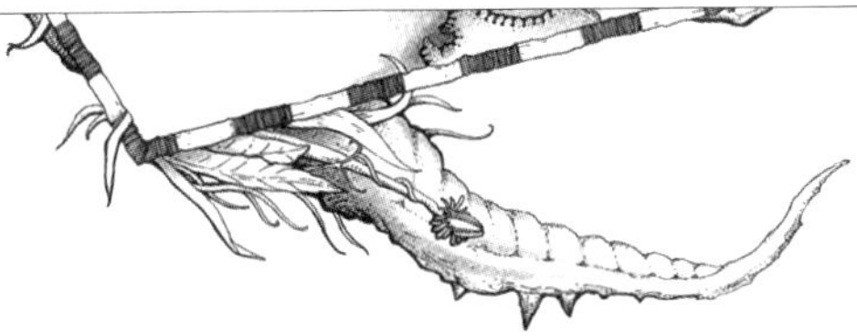

他抬頭說話，語帶遲疑，還有一絲憂鬱微笑。「妳知道嗎？那些師傅的神祕及智慧盡數攤在陽光下，就所剩無幾了。都是這行的戲法，神奇幻象，但大家不想知道這點。他們想要這些幻象、這份神祕。誰能怪罪他們？生命中美麗或值得的事物已經太少了。」

彷彿為了闡明他說的話，他從破碎地面拾起一小塊磚頭拋入空中，他說話時，它拍著纖細藍翅在兩人頭頂飛舞，是隻蝴蝶。他手指一伸，蝴蝶降落；手指一甩，蝴蝶墜落於地，成了一塊破磚。

「我的人生裡沒多少是值得的。」她說，低頭凝視路面。「我只會管理農場，想辦法站出來說實話，但如果我認為連柔克島上都盡是伎倆與謊言，我會憎恨那些戲弄我、戲弄大家的人。不可能是謊言。不可能全都是。大法師的確進入白髮番的迷宮，帶回和平之環。他的確與少王進入死域，打敗蜘蛛法師，回到人間。這件事，王親自對我們保證過。即使是這裡，也有樂手前來唱誦這首歌謠，有說書人前來訴說這故事。」

象牙點頭。「但大法師在死亡之地法力盡失。也許一切魔法都在那時給削減了。」

「玫瑰的法咒還是運作如常。」她頑固說道。

象牙微笑。他一語未發，但她看到村巫所作所為在他眼中如何微渺，因為他見識過偉大的行誼與力量。她歎口氣，打從心底說道：「我若不是女人該多好！」

他再度微笑。「妳是美麗的女人。」他說，但口氣平實，而非最初的奉承語氣，她之後也表露自己厭惡奉承。「妳為什麼想當男人？」

「好去柔克！去見識、學習！為什麼？為什麼只有男人能去？」

「幾百年前，首任大法師便如此諭示。」象牙說：「但是……我自己也不解。」

「你也不？」

「經常如此，因為在宏軒館及所有校區，日復一日都只看到男孩與男人；因為知道所有鎮民都法術纏身，連踏上柔克圓丘周圍的田野都不可能。每隔好幾年，或許有位尊貴仕女能夠暫時踏入外庭……為何如此？難道女人都沒有能力理解嗎？還是師傅怕她們、怕因此墮落……不對，是怕承認女人可能會改變他們緊抓不放的規矩，讓他們無法維持規矩的純淨……」

「女人可以活得跟男人一樣貞潔。」蜻蜓魯直說道。她知道自己魯直粗野，而他宛轉微妙，但她只能做這樣的自己。

「這是當然。」他說，笑容更為燦爛。「但女巫不一定貞潔，對不對？也許那些師傅怕的就是這點。也許禁慾不如柔克律條教導的那般必要。也許這並非維持力量純淨的方法，而是獨占力量的方法。排除女子，排除所有不願成為太監以獲得那

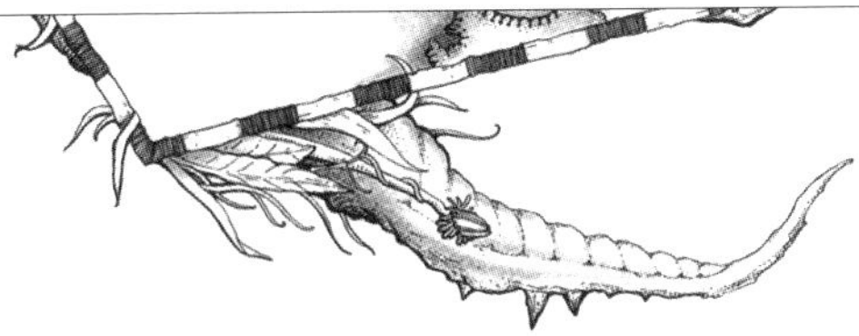

種力量的人……誰知道？女法師！那會改變一切，改變所有規範！」

她可以看見他的思緒已在她之前飛舞，拾弄許多念頭，像將磚頭轉變成蝴蝶般轉變。她無法與之共舞，不能與之共戲，但她以不可思議的心情看他。

「妳可以去柔克。」他說，雙眸因興奮、淘氣、冒險而明亮。面對她那乞求、不可置信的沈默，他堅稱，「妳辦得到。妳雖是女人，但有很多方法可以改變外貌。妳有男人的心意、勇氣、意志。妳可以進入宏軒館。我知道妳可以。」

「那我要在那兒做什麼？」

「跟其餘學生一樣。獨自住在石室，學習讓自己睿智！這可能跟妳朝思暮想的不同，但那也是妳要學的。」

「我辦不到。他們會發現。我連進都進不去。你說有守門師傅，我不知道該對他說什麼詞。」

「對了，有通關密語。但是我可以教妳。」

「你可以嗎？他們准嗎？」

「我不管准不准。」他說道，皺眉，她從未見過。「大法師自己也說過，『規矩是讓人打破的』。不公平締造這些規矩，勇氣則能加以打破。如果妳有這份勇氣，我也有！」

她看著他說不出話。她站起身隨即走出馬廄，穿越山丘，半路踏上環山丘爬升的小徑。她最愛的一隻狗，巨大、醜陋、大頭的獵犬跟隨在後。沼澤密布的泉水上方有道斜坡，她終於在那兒停下。十年前，玫瑰便是在這道泉水中為她命名。狗兒坐在她身後，抬頭看著她的臉。她腦中一片混亂，只是不斷重複：我可以去柔克，發掘我是誰。

她朝西望去，視線越過蘆葦叢、垂柳、更遠的山丘。整片西方天色都空曠澄淨。她靜立，靈魂彷彿飄升到那片天空，飛離，飛離她的身軀。

有個小聲響沿小徑而來，是牝馬輕柔的噠噠蹄音。蜻蜓一回神，對象牙高聲喚叫，跑下山到他面前。「我要去。」

他並未刻意計畫這類冒險，但此事雖荒誕不經，他卻愈發喜歡這個主意。一想到要在西池渡過漫長灰沈的冬天，他就心如沈石。此處一無所有，只有蜻蜓這女孩逐漸填滿思緒。迄今，他已全然拜倒於她強大純真的力量，但他行事投其所好，好在最後能讓她投他所好，他想，這場競賽值得一搏，且若她真隨他一道遠走，他也算贏了。至於整件事的趣味，讓她假扮男人潛入柔克學院，雖然沒多少把握，但思及師傅與那群馬屁精的道貌岸然與浮誇，這種冒瀆的主意已令他得意洋洋。若碰巧

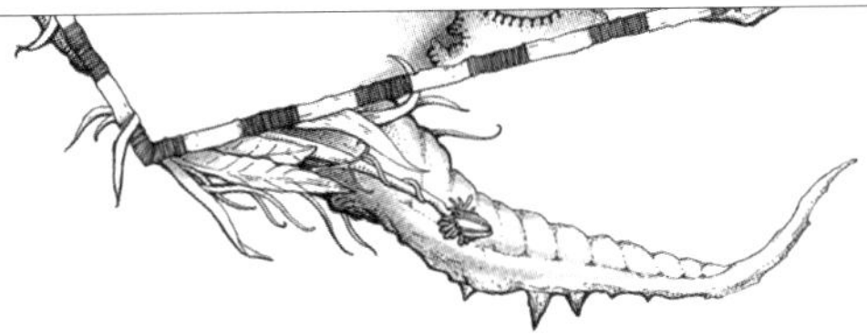

成功，他真能讓一名女子穿過那扇門，即使只是片刻，都會是多甜美的復仇啊！

錢是個問題。當然，那女孩會認為，既然他是偉大巫師，一彈指就可讓兩人坐上魔法船，乘著法術風飄然渡海，但他告訴她必須訂船位時，她僅說：「跑路費我有。」

他珍視她那些鄉俚俗語。有時她會嚇著他，教他憤恨。有她的夢境從來不是她屈服於他，而是他讓自己屈服於某種激烈、毀滅性的甜美，陷入滅絕擁抱，夢中的她超越理解的極限，他則微不足道。他震驚羞愧地從夢中清醒。日光下，他看到她巨大、骯髒的雙手，聽她像鄉巴佬、呆瓜般說話，取回了優越感，只希望有人能聽到他複述她的俗俚，如果是他以前在大港的朋友，絕對捧腹叫絕。「跑路費我有。」他喃喃重複，騎回西池，笑道：「可不是嘛！」他說出聲。黑牝馬甩甩耳朵。

他告訴樺爺，他收到柔克手師傅的傳像要他立即出發，所為何事自然說不得，但人一到那兒，應該要不了太多時間，半個月去，半個月回，最晚會在休月前回來。他必須請求樺爺讓他預領薪水，給付船資與住宿，畢竟柔克巫師不能利用別人的善意補給所需，而該像平凡人一般支付旅費。樺爺同意這點，所以必須給象牙一個錢包，那是象牙多年來口袋中第一筆真錢：十枚象牙幣，一面刻著虛里絲之河獺，另一面刻著和平符文，向黎白南王致敬。

「各位同名的小老弟，你們好啊。」他與貨幣獨處時說道，「你們跟跑路錢會處得來的。」

他對蜻蜓透露的計畫不多，因為他沒盤算多少，而想依賴機運與小聰明。以往他只要有機會施展小聰明，鮮少失望。女孩幾乎隻字不問。「我去的一路上都要當男人嗎？」是一問。

「對，」他說：「但只是偽裝。等上了柔克島，我才會在妳身上施加易容咒。」

「我以為會是變換咒。」她說道。

「那就不明智了。」他說，維妙維肖地模仿變換師傅扼要的嚴肅神情。「如有需要，我自然會操用，但妳會發現巫師吝用宏深咒法，自有深意。」

「一體至衡。」她說，以最單純的意涵接受他說的一切，一如往常。

「或許這種技藝的力量已不若過往。」他說，不明白自己為何試圖削弱她對巫術的信念，也許只要削弱她的力量、她的完整，都於他有增益。起初，他僅試圖引誘她上床，這是他喜愛的遊戲，但遊戲已變成他未曾預料也無力終止的競賽。如今，他決心不在贏得她，而是擊敗她。他必須向她和自己證明，他過往的夢想毫無意義。

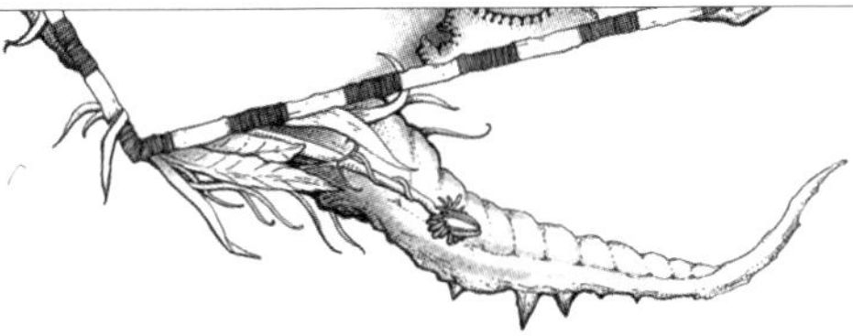

早先，他不耐於對她外在的巨大冷漠獻殷勤，準備了術士用的誘惑咒——他雖知有效，卻鄙夷此道。她修補牛籠頭時（一如她會做的事），他對她施咒，卻未引發如黑弗諾與綏爾鎮女孩般迫切的熱情。蜻蜓逐漸沈默陰鬱，不再連連問起柔克，也不再回應他的言語。他極端試探地接近，握起她的手，她卻一拳擊向他的頭，打得他頭暈目眩。他看著她站起身，一語不發踏步走出馬廄，寵愛的醜狗輕快跟隨在後，還回頭對他咧嘴而笑。

她走向老宅。他在耳邊的嗡嗡聲停止後賊兮兮地尾隨，希望咒語生效，認為這只是她特別的粗野方式，終究會引領他至床邊。接近宅子時，他聽到器皿破碎聲。酒醉父親搖搖晃晃走出屋子，狀似恐懼迷惘，身後傳來蜻蜓高聲嚴厲斥罵：「出去，你這個醉醺醺、爛趴趴的叛徒！你這個下流無恥的色鬼！」

「她把我的杯子拿走了。」伊芮亞之主像小狗般對陌生人嘀咕，其餘的狗圍繞著他喧鬧不休。「她把它打破了。」

象牙離去，兩天內沒再來。第三天，他試探地騎經舊伊芮亞，她從山上大步前來迎接。「象牙，對不起，」她說，煙霏橘色雙眸看著他。「我那天不知怎麼了，我很生氣，但不是對你。我向你道歉。」

他胸懷大度地原諒她，也不再對她施加情愛咒法。

他如今思索，不久他將毋須誦咒，便會取得控制她的力量。他終於發現該如何得到這種力量，是她自願交到他手中。她的力量與意志驚人，但幸運的是，她笨，而他不笨。

樺爺要派遣一名車夫載運酒商訂購的六桶十年法尼酒到肯伯口港。他很樂意派遣手下巫師同行擔任保鏢，因為這種酒釀十分珍貴，即使少王已儘快導正世風，但道上仍有賊匪。所以，象牙乘著由四匹大馬拖曳的大馬車顛簸緩行，兩腿搖搖晃晃。在驢蛋山下，一個外貌粗野的身形從路邊出現，要求車夫載他一程。「我不認識你。」車夫說著甩起鞭子要嚇阻陌生人，但象牙從馬車那端繞過來，說道：「好人，讓那小子搭車吧。有我在你身邊，他做不了什麼壞事。」

「那就請您看著他吧，大爺。」車夫說。

「會的。」象牙說，對蜻蜓一眨眼。她在滿身泥土、佃農舊罩衣、綁腿、髒兮兮軟帽的巧裝下沒有回應。即便兩人並肩而坐，雙腿垂晃在馬車尾端，六大桶酒漿在他們和昏昏欲睡的車夫之間顛簸搖晃，她依然扮演她的角色。慵懶的夏日山丘田野緩緩、緩緩而過，象牙試圖逗她，她只是搖頭。也許如今啟程，她便畏懼這瘋狂計謀了。無從得知。她靜得出奇、嚴肅。這女人一旦屈服於我，可能會讓我十分乏味，象牙心想。這念頭幾乎攪得他難以自持，但他望向她時，慾望在她巨碩、實際

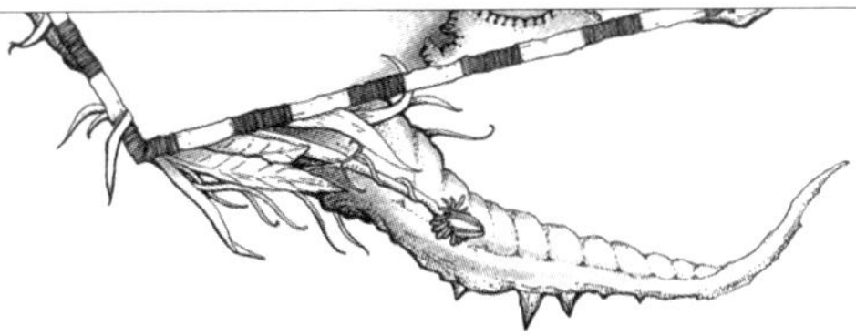

的存在前消弭無形。

這條路穿越一度完整的伊芮亞領土，卻無半間旅店。太陽貼近西方平原時，他們在一間農莊停歇，那裡提供馬廄給馬匹，提供車房給馬車，馬廄頂樓還有供車夫使用的稻草堆。廄樓既暗且悶，稻草霉臭。雖然蜻蜓躺在三呎不到之處，象牙卻無半點慾念。她一整天徹底扮演男人，令他也半信半疑。或許她真騙得過那老頭！他想。這念頭令他咧嘴笑著入睡。

翌日，他們顛簸穿過一、兩場夏日雷暴，於黃昏時分來到肯伯口港，一座城牆圍繞的繁榮港都。兩人放車夫去處理主人的事務，自行在港口邊找旅舍下榻。蜻蜓靜靜看著城市風貌，可能是敬畏，或非難，或只是無動於衷。「這小鎮不錯，」象牙說：「但世上唯一的都市是黑弗諾。」

她不為所動，只說：「船隻不常與柔克交易，對不對？你看，要不要花很多時間才找得到船來載我們？」

「只要我拿巫杖就不用。」他說道。

她停止四處張望，若有所思地跨步行走片刻。她移動時美麗、大膽又優雅，頭高高抬起。

「你是說他們會買巫師的帳嗎？但你不是巫師。」

「那只是形式。資深術士處理柔克事務時，可以帶巫杖。我現在就算是。」

「帶我去算嗎？」

「帶學生給他們，算。還是天賦優異的學生！」

她不再追問。她從不爭論，這是她的美德之一。

當晚在碼頭旅店用膳時，她語帶難得的羞怯問道：「我有優異的天賦嗎？」

「根據我的判斷，妳有。」

她默想——跟她對話經常十分緩慢——然後說：「玫瑰說我有力量，但她不知道是哪種力量，而我……我知道我有，但我不知道是什麼。」

「妳就要去柔克發掘了。」他說，向她舉杯致意。片刻，她舉起杯子，對他微笑，笑得如此溫柔燦爛，令他不由自主說道：「願妳所尋皆得！」

「如果找得到，也都是因為你。」她說。那一刻，他愛上她真摯的心靈，願意放棄所有想法，將她視為一項大膽冒險、偉大玩笑中的伴侶。

旅店十分擁擠，他們必須與另兩名旅客共用一房。象牙這晚思慮純潔，還因此稍稍取笑自己。

隔天，他從旅舍菜園摘下一枝草藥，變成極好的巫杖，頭尾包銅，與身同高。

「這是什麼木？」蜻蜓看到時著迷問道，他笑答「迷迭香」時，她也笑了。

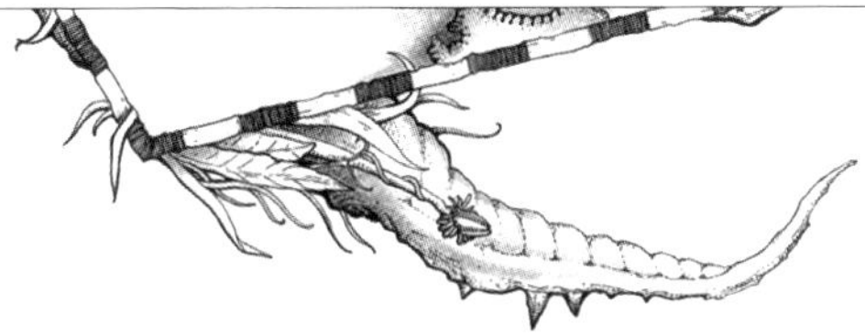

兩人沿碼頭前進，詢問是否有船南行，願意載一名巫師及其學徒到智者之島。果不多久就找到一艘重型商船要前往瓦梭，船長願意免費載送巫師，學徒半價。即使半價也要花費一半跑路錢，但他們可享有一間艙房，因為「海獺」號是有甲板的雙桅大船。

與船長說話時，一輛馬車駛到碼頭，開始卸載六大桶眼熟的酒桶。「那是我們的酒。」象牙說。船長說道：「要送往霍特鎮。」蜻蜓輕聲說道：「伊芮亞出產。」

她回頭瞥向陸地。這是他唯一看到她回顧的一次。

啟程前不久，這艘船的天候師上了船，他並非柔克巫師，而是飽受風霜的男子，穿著襤褸航海斗篷。象牙稍稍賣弄巫杖來會見他。術士對他上下打量說道：「這艘船只容一人操縱天候。若不是我，我就下船。」

「風袋大爺，我只是個乘客，我很樂意將風事託付給你。」

術士看著一旁像樹般挺直站立、一言未發的蜻蜓。

「好。」他說。這是他對象牙說的最後一言。

然而，旅途中天候師與蜻蜓談過幾次話，讓象牙有點不安。她的無知不疑可能會令她遭致危險，並且牽連到他。她跟那風袋師到底談些什麼？他問。她答道：「談我們的未來。」

他瞠目而視。

「我們所有人，包括威島、飛克威島，還有黑弗諾、瓦梭，以及柔克。群嶼上所有人。他說，去年秋天黎白南王要加冕時，派人去弓忒，想請前任大法師為他加冕，但大法師不肯，又沒有新的大法師，所以王自己將王冠戴上。有人說那樣不對，他並非王位正統，但也有人說王自己就是新的大法師。但他不是巫師，只是王，因此又有人說黑暗年代將再度降臨，那時沒有正義統治，巫術用於邪惡。」

一陣沈默後，象牙問：「那個老天候師說了這些？」

「我想是民間流言。」蜻蜓以認真的單純說道。

天候師至少長於技藝。「河獺」往南急航，中途遇上夏季狂風與洶湧海浪，但從未碰上暴風雨或詭譎風向。他們在偶島北岸、伊里安、雷島、柯梅瑞與偶港上貨卸貨，接著西行，將乘客載往柔克。象牙面向西方惴惴不安，他太明白柔克的防護有多完備。如果柔克風逆向吹拂，他明白無論自己或天候師都一籌莫展，若真如此，蜻蜓一定會問，為什麼？為什麼風會逆向而吹？

他很高興看到那術士也心懷忐忑，他站在舵手身邊直盯著桅頂，只要風向略微偏西，便準備立刻收帆，但風穩穩自北吹來。那陣風夾著雷聲急吹，象牙下至艙房，但蜻蜓留在甲板上。她怕水，她告訴過他。她不會游泳。她說過：「溺死一定

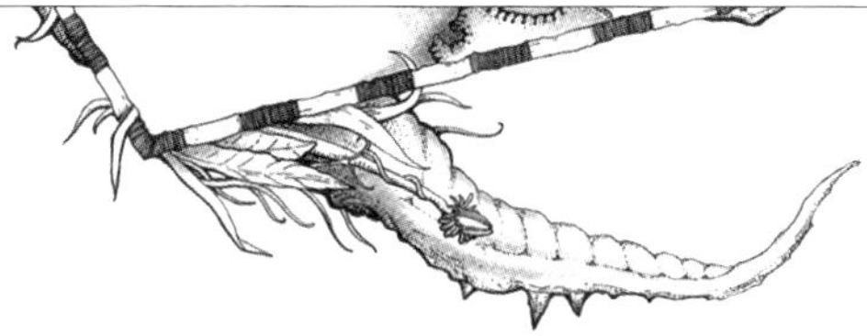

很可怕……無法呼吸空氣……」這念頭令她打了個哆嗦。這是她唯一顯露過對某樣事物的懼怕。但她不喜歡低矮侷促的艙房，因此白天都待在甲板上，溫暖的夜晚也睡在那兒。象牙未試圖勸她入船艙，如今他知道誘勸毫無用處，要擁有她就必須征服她，只要能來到柔克，他就會成功。

他再度爬上甲板。天氣逐漸放晴，隨著太陽漸落，西方雲堆撥散，高聳深黑的山陵後顯露金色天際。

象牙帶著一種渴望的恨意望著那座山丘。

「小夥子，那是柔克圓丘。」天候師對一旁站在欄杆邊的蜻蜓說道。「我們現在要駛入綏爾灣。那裡只有他們要的風向。」

船深入海灣下錨時，天色已黑，象牙對船長說道：「我天亮時上岸。」

在兩人狹小船艙中，蜻蜓坐著等他，神情嚴肅如昔，但眼中散發興奮光芒。

「我們天亮時上岸。」他對她重複，她點頭，毫無異議。

她說：「我看起來還好嗎？」

他坐在自己狹窄鋪位，看著她坐在她狹窄的鋪位。兩人不能面對面，因為膝蓋無處可放。在偶港時，她依照他的建議為自己買件體面襯衫與長褲，好看起來更像學院新生。她的臉因風傷脫皮，脂粉未施，頭髮編成棍棒狀，和象牙的髮式一樣。

她也把手洗個乾淨，那雙手平躺在她大腿上，長而強勁的雙手，像男人的手。

「妳看起來不像男人。」他說，她臉沈了下來。「我看來不像。妳在我眼中永遠不像男人。不過別擔心。他們看妳會像的。」

她點點頭，一臉憂心。

「蜻蜓，第一樁考試是很大的試煉。」他說道。他每晚獨自躺在船艙時，都在盤算這段對話。「通過後方能進入宏軒館，方能通過那扇門。」

「我想過這件事。」她說，語氣急切誠懇。「我難道不能直接告訴他們我是誰嗎？有你在那裡為我擔保，說我即使是女子也有某些天賦，我答應會發誓，設下守貞咒，如果他們希望，我也可以離群獨居……」

他不停搖頭。「不行，不行，不行，不行。無望。無用。死路一條！」

「即使你……」

「即使我為妳抗辯。他們不會聽的。柔克律條禁止教導女性任何高深技藝、任一創生真語，從古至今一向如此。他們不會聽的，所以要讓他們親眼看到！我們會讓他們看到，妳跟我。我們會教訓他們。妳必須勇敢，蜻蜓，妳不能軟弱，不能想：『如果我懇求他們，他們一定無法拒絕我。』他們可以拒絕妳，也一定會拒絕妳。如果妳暴露自己的身分，他們就會懲罰妳。還有我。」他最後一字以沈重語氣

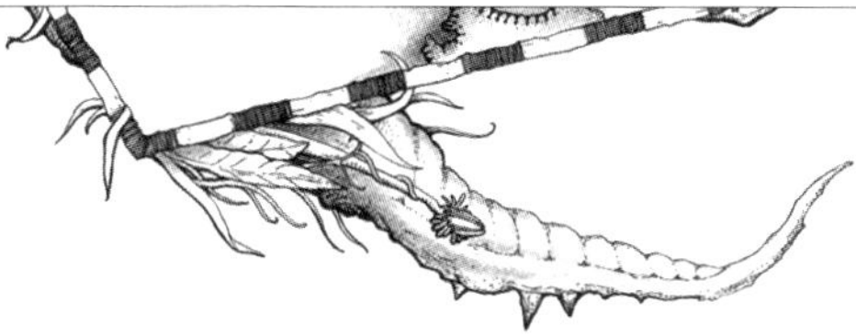

加強，且內心暗道：「消災。」

她凝視他，眼神難解，終於問道：「我該怎麼辦？」

「妳相信我嗎，蜻蜓？」

「相信。」

「妳是否完全、全然信任我，明白我為妳冒的險比妳冒的險更嚴重？」

「是。」

「那妳必須告訴我，妳會對守門師傅說的詞。」

她瞪目而視：「但我以為你要告訴我……密語。」

「他向妳要求的密語，就是妳的真名。」

他讓這句話沈澱片刻，然後柔聲續道：「為了在妳身上施加易容咒，讓咒語完整深刻到柔克師傅只會看到男身的妳，我也必須知道妳的真名。」他再度停頓。他說，似乎覺得自己句句實言，因此話音溫柔，令人動容：「我很久以前就能得知妳的真名，但我不用那些技藝。我要妳信任我，能夠親口說出。」

她正低頭看雙手，緊抱膝頭。在船艙燈籠投射的暗淡紅光下，睫毛在她雙頰投射出纖細秀長的影子。她抬起頭直視他，「我的真名是伊芮安。」她說。

他微笑。她沒有微笑。

他一語不發。其實他無話可說。如果他早知會如此輕易，數天前、數週前就能獲得她的真名，獲得隨心所欲操控她的力量，只要假裝進行這瘋狂計策——不用放棄薪俸與岌岌可危的聲望、不用經歷這段航程、不用老遠跑來柔克以達目的！如今他覺得整個計畫愚蠢無比。他絕無法將她偽裝到能夠騙過守門師傅。他想如師傅羞辱他般羞辱他們的計畫，盡是鏡花水月。他執迷於欺瞞這女孩，才會掉入為她鋪設的陷阱。他苦澀地了悟，他總是相信自己的謊言，纏入自己辛苦織就的罘網。他一度在柔克丟人現眼，如今又回到此處，走回頭路。一陣強大淒涼的憤怒洶湧而上。沒有用，什麼都沒有用。

「怎麼了？」她問。她深沈沙啞的溫柔嗓音瓦解了他的男性自尊，他將臉埋在手裡，抗拒恥辱的淚水。

她將手放在他膝頭，這是她首次碰觸他。他已浪費太多光陰渴求她的碰觸，而今他承受這碰觸的溫暖及重量。

他想傷害她，把她從可怖無知的善良中撞擊出來，但他終於開口時，說的卻是：「我原本只想和妳做愛。」

「你想嗎？」

「妳以為我是他們那些太監嗎？我會用咒法將自己閹割成聖人嗎？妳以為我為

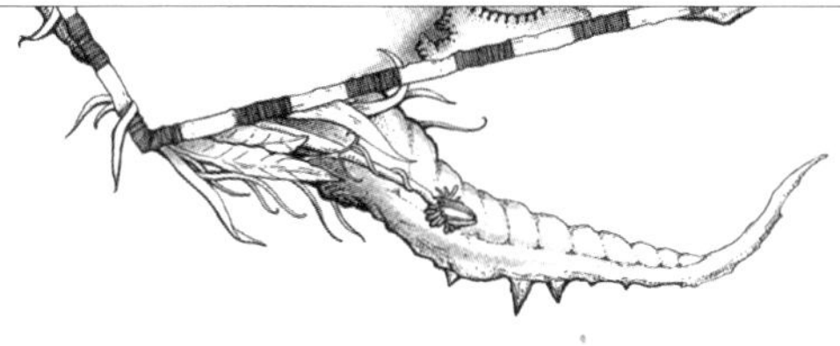

什麼沒有巫杖？妳以為我為什麼不在學院？妳相信我說的一切嗎？」

「相信。」她說：「對不起。」她的手依然放在他膝上。她說：「你要的話，我們可以做愛。」

他直起身，靜靜端坐。

「妳到底是什麼？」他終於對她說道。

「我不知道。這就是我想來柔克的理由。來發掘。」

他擺脫她站起來，弓著身，兩人在低矮船艙中無法站直。他的拳頭一緊一放，盡可能站遠離她，背對她。

「妳什麼都發掘不到。那都是謊言、騙局。老頭子玩弄文字遊戲。我不願意玩他們的遊戲，所以我離開。妳知道我做了什麼嗎？」他轉身，擺出齜牙咧嘴的勝利嘴臉。「我找個女孩，鎮上的女孩，到我房間，我的石室。我的小禁慾石室。那裡有扇窗面對一條暗巷。沒有咒語——四周環繞的魔法讓人不能用咒語。但她想來，也來了，我從窗戶垂下一道繩梯，她爬了上來。那些老頭子進來時，我們正在辦事！我可讓他們好看了！如果我能把妳弄進去，我可以再讓他們好看，我可以給他們一次教訓！」

「我會試試。」她說道。

他瞠目而視。

「我跟你的理由不同，」她說道：「但我還是想試。我們都大老遠來了。你也知道我的真名。」

這是事實。他知道她的真名：伊芮安。它像一塊炭火，像腦海中燃燒的餘燼。他的思維盛不下，他的智識用不動，口舌說不出。

她抬頭看他，銳利剛毅的臉龐，在朦朧燈籠光下顯得柔和。「象牙，如果你帶我來這裡只是為了做愛，我們可以做。如果你還想要。」

起先他為之語塞，只是搖頭，一晌後他才能笑道：「我想，那種可能……我們已經討論完畢……」

她看著他，不帶一絲遺憾、責怪或羞愧。

「伊芮安，」他說，此時她的名字脫口而出，在他乾燥口中，如泉水般甜美沁涼。「伊芮安，要進宏軒館，妳就必須這麼做……」

三・阿茲弗

他把她留在街道轉角。那條狹窄、無趣、看似狡獪的街道往平凡無奇的牆上

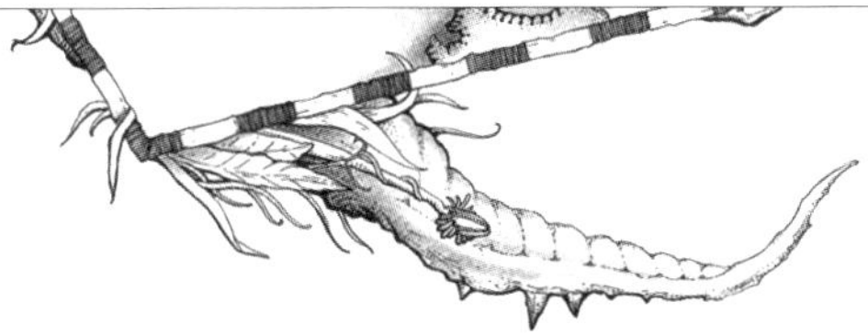

斜，通往更高一道牆中的木門。他在她身上施加魔法，因此她看起來像男子，雖然她自己感覺不像。她與象牙互擁，畢竟兩人曾是朋友、同伴，他也為她做了這一切。「勇氣！」他說著放開她。她走上街道，站在門前。她終於回頭一望，但他已離去。

她敲門。

一會兒後，她聽到門閂喀喀作響。門打開，一名中年男子站在門口。「我能為你效勞嗎？」他說，沒微笑，但聲音和善。

「先生，你能讓我進宏軒館？」

「你曉得進來的路嗎？」他的杏形眼十分專注，卻彷彿從數哩或數年外看著她。

「這就是進去的路，先生。」

「你知道在我讓你進來之前，你必須告訴我誰的真名嗎？」

「我的，先生。我的真名是伊芮安。」

「是嗎？」他問。

這句話讓她停頓。她默默站著。「這是威島上，我村裡女巫玫瑰在伊芮亞山下泉水中，賜予我的真名。」她終於說道，頂天立地，據實以告。

守門師傅彷彿看了她很久。「那這就是妳的真名，」他說：「但或許不是妳完全的真名。我想妳還有一個。」

「先生，我不知道。」

又過良久，她說：「先生，也許我能在這裡學到。」

守門師傅微微低頭。淺極的微笑在他雙頰上凹出新月般雙弧。他站到一旁。

「進來吧，女兒。」他說。

她踏入宏軒館門檻。

象牙的易容咒如蛛網般散落。她回復自己與容貌。

她跟隨守門師傅走過一條石廊。直到盡頭才想到要轉身，看光芒穿透那千百片樹葉，那樹葉就雕刻在骨白門框的高聳大門上。

一名披著灰斗篷的年輕男子在走廊上急行，靠近二人時突然停步。他盯著伊芮安，簡短招呼後繼續前行。她回頭看他，他也正往回望。

一球迷濛綠火與眼睛同高，急速飄過走廊，顯然在追逐那年輕人。守門師傅對它揮手，它避開他，伊芮安手忙腳亂急轉彎身，但球體掠過時，髮絲間還是感到冰涼一麻。守門師傅轉頭看看，笑容更明顯。雖然他一字未說，但她覺得他注意她、關心她。她起身跟隨。

他停在一道橡木門前，沒敲門，反而舉起輕巧的灰色巫杖，用頂端在門上畫出

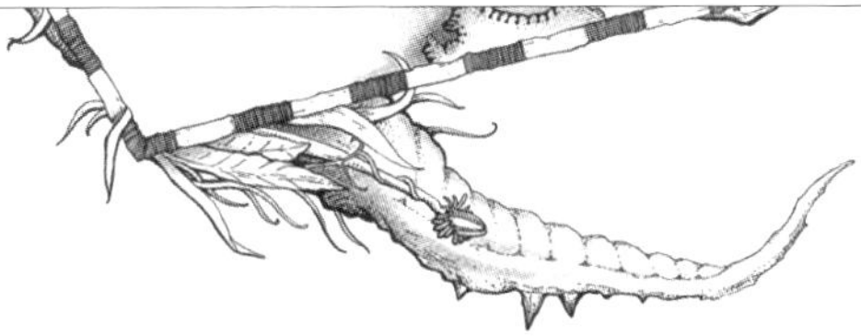

一個小記號或符文。門隨著後方一聲響亮開啟：「請進！」

「伊芮安，請在這裡稍候。」守門師傅說道，走進房間，身後的門也沒有關。她可以看到書櫃、書本、堆著更多書及墨水瓶與寫滿字紙的書桌，兩、三個男孩坐在桌前，還有一名灰髮矮壯男子，正與守門師傅談話。她看到那男子表情轉變，看到他眼光轉而短暫、訝異地凝視她，看到他低聲、熱切地質問守門師傅。

兩人一同走向她。「這位是柔克的變換師傅，這位是威島的伊芮安。」守門師傅說道。

變換師傅坦然盯視她。他不比她高。他盯著守門師傅，又轉向她。

「原諒我必須在妳面前談論妳，小姐，但我必須如此。守門師傅，你知道我從未質疑你的判斷，但律條說得很明白。我必須請問，是什麼讓你動搖，才違背律條讓她進來。」

「她要求進門。」

「可是……」變換師傅停語。

「上次女性要求入學院是什麼時候？」

「她們知道律條不許。」

「伊芮安，妳知道這件事嗎？」守門師傅問她，她答道：「知道，先生。」

「所以妳為什麼還來？」變換師傅問道，他表情嚴厲，卻不隱瞞好奇。

「象牙師傅說我可以裝成男人過關，但我覺得我應該說出我是誰。先生，我會跟別人一樣禁慾的。」

兩道長弧在守門師傅臉上顯露，圍著他緩緩展現的微笑。變換師傅表情依然嚴厲，但他眼一眨，思索片刻後說：「我相信……的確……誠實絕對是上策。妳剛說是哪位師傅？」

「象牙。」守門師傅說：「黑弗諾大港的一個小夥子，我三年前讓他進門，去年讓他出去，你可能還記得。」

「象牙！跟手師傅修習的傢伙！他在這裡嗎？」變換師傅憤怒質問伊芮安。她站直，什麼都沒說。

「不在學院裡。」守門師傅微笑說道。

「他愚弄妳，小姐，他想讓我們出醜，就讓妳也出醜。」

「我利用他帶我來這裡，告訴我要跟守門師傅說什麼。」伊芮安說：「我不是來這裡讓誰出醜，而是來學習我需要知道的事物。」

「我常在想，我為何讓那孩子進門，」守門師傅說：「現在我開始了解了。」

聽到此話，變換師傅望向他，沈思後冷靜道：「守門師傅，你想到什麼？」

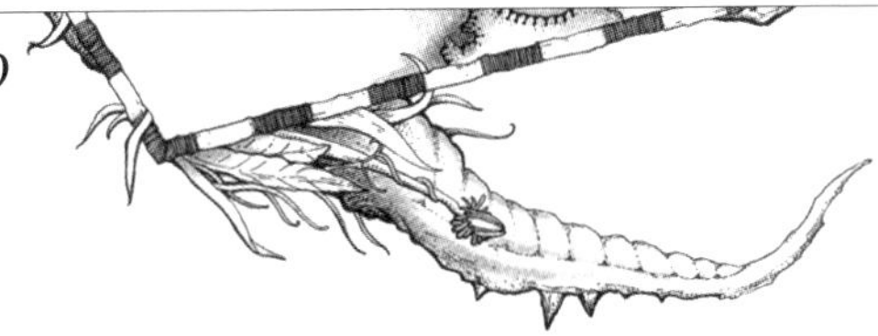

「我想，威島的伊芮安來到此處，不只是尋求她需要知道的事物，也是我們需要知道的事物。」守門師傅語氣同樣冷靜，微笑已不復存。「我想這可能是我們九人該討論的事。」

變換師傅聆聽後顯露出全然的驚異神情，但沒問守門師傅，僅道：「但不是學生該討論的。」

守門師傅點頭表示同意。

「她可以在鎮上下榻。」變換師傅略鬆了一口氣說道。

「然後我們在她背後議論紛紛？」

「你不會把她帶入諮議室吧？」變換師傅一臉不可置信。

「大法師就把亞刃那男孩帶去了。」

「可是……亞刃是黎白南王……」

「那伊芮安又是誰？」

變換師傅沈默而立，帶著敬意悄聲說道：「吾友，你想要做什麼、學什麼？她是什麼，讓你這樣為她要求？」

「我們是何許人，」守門師傅說：「不知她是什麼，便拒絕她？」

「一名女子。」召喚師傅說道。

伊芮安在守門師傅的房間裡等了幾個時辰。那房間低矮、明亮、空曠，一扇小窗旁有個靠窗座位，窗戶面對宏軒館的菜園——美觀、細心照料的菜圃，成排蔬菜、植物、草藥苗床，更遠處還有莓子藤架與果樹。她看到一名魁武黝黑的男子與兩個男孩出來，為其中一塊菜圃除草。看著他們細心工作，讓她放鬆心情。她但願自己能幫忙。等待與奇特感讓她格外難捱。守門師傅曾進來一次，帶了一杯水、一盤冷肉、麵包與青蔥給她。她應他的要求進食，但咀嚼與吞嚥都是苦差事。園丁離去，窗外可看的只有成長中的高麗菜與跳躍的燕子、偶爾在高空中出現的老鷹，還有菜園彼方，在高大樹頂間輕搖的風。

守門師傅回來，說：「來吧，伊芮安，見見柔克師傅。」她的心臟開始以馬車奔馳之速狂跳。她跟隨他走過迷宮般的走廊來到深色牆壁的房間，內有一排尖頂高窗。一群男子站在那裡。她進入時，每人都轉頭望她。

「各位大人，威島的伊芮安帶到。」守門師傅說。眾皆沈默。他示意她更進入室內。「妳見過變換師傅。」他對她說。他引介其他人，但她記不住他們的名字與專職，只記得藥草師傅是她誤以為園丁的人，而其中最年輕的人身材高大，嚴峻美麗的臉似乎以黑石雕塑而成，那是召喚師傅。守門師傅語畢，召喚師傅首先發話：

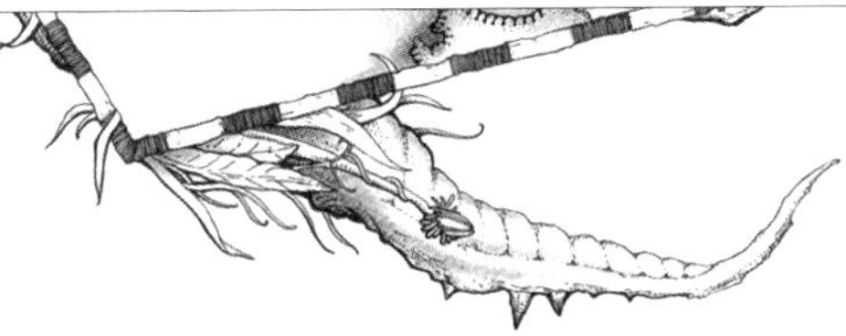

「一名女子。」

守門師傅點了一下頭，溫和如昔。

「這就是你召集九人的目的？僅此無他？」

「僅此無他。」守門師傅說道。

「曾見群龍在內極海上飛騰；柔克沒有大法師；群嶼沒有真正加冕的國王。有正事要辦。」召喚師傅說道，聲音冷硬如石，「我們何時才要辦正事？」

守門師傅並未開口，室內一片沈默不安。終於，一名眼神明亮的瘦小男子，穿著紅色束腰外衣，上披灰色巫師斗篷，說道：「守門師傅，你是將這名女子以學生之名帶入宏軒館嗎？」

「如果是，也全賴各位的贊同或反對。」他說道。

「你是嗎？」穿著紅色束腰外衣的男子微微笑道。

「手師傅，」守門師傅說：「她請求以學生之名進來，我看不出有理由拒絕。」

「理由比比皆是。」召喚師傅說道。

一名嗓音渾厚嘹亮的男子發言：「加以主宰的不是我們的判斷力，而是我們矢言遵守的柔克律條。」

「我不相信守門師傅會輕易犯律。」一人說道。雖然他身形高大，白髮、削瘦、臉部凹凸不平，但他說話前，伊芮安未曾注意到他。他與旁人不同，說話時就看著她。「我是坷瑞卡墨瑞坷，」他對她說道，「此處的名字師傅，因此我可隨意使用真名，包括我自己的。伊芮安，誰賜予妳真名伊芮安？」

「大人，是我村裡的女巫玫瑰。」她答，聲音雖然尖銳粗糙，但挺直而立。

「她誤賜了真名嗎？」守門師傅詢問名字師傅。

坷瑞卡墨瑞坷搖搖頭：「沒有。但是……」

一直面對無火壁爐、背對眾人站立的召喚師傅轉身：「女巫互賜的真名在此與我們無關。守門師傅，如果你對這名女子有興趣，你應該在這些牆外，在你發誓守護的門外進行。她在此永無立足之地。她只能在我們之間帶來混亂、紛爭，與更深層的弱點。我言盡於此，也不願在她面前多說。面對刻意的錯誤，沈默是唯一答案。」

「沈默是不夠的，大人。」之前未發話的一人說道。在伊芮安眼中，他長得十分奇特，淺紅色皮膚、淺色長髮，冰色細眼。他的言談也十分奇特、僵硬，似乎有點扭曲。「沈默是萬物的答案，也是空泛的答案。」

召喚師傅抬起高貴黝黑的臉龐，眼光越過房間看著那蒼白男子，但未開口。他不帶隻字片語，再度轉身離開房間。他緩緩經過伊芮安時，她向後瑟縮。彷彿一座

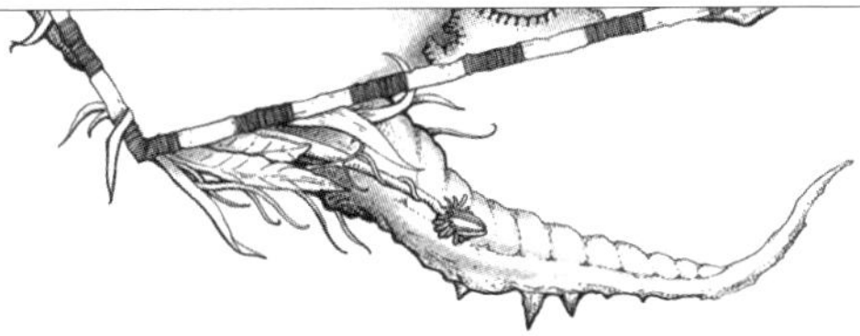

敞開墳墓，冬天的墳墓，又冷、又濕、又暗。她的氣息卡在咽喉。她輕輕喘息吸取空氣。她恢復時，看到變換師傅與蒼白男子正專注看她。

聲如洪鐘的男子也望向她，以平實善良的嚴格口吻對她說：「就我所見，帶妳來的男子心有惡念，但妳沒有。然而，伊芮安，妳身在此處會危害我們及妳自己。物無所適必招毀。樂音無論唱得多美妙，都會摧毀它不所屬的樂曲。女子教導女子。女巫向別的女巫或術士習藝，而不向巫師學習。我們此處教導的語言不適於女子之口。這位少年反抗這些律條，稱之為不公、武斷，然而這是真律條，不是基於想望，而是基於現實。公及不公、愚人及智者都必須遵從，否則必浪費生命，不得善終。」

變換師傅與一旁站立的銳臉細瘦老人點頭同意。手師傅說道：「伊芮安，我很抱歉。象牙以前是我的學生。若我教導不周，那驅離他更是錯誤。我以為他無足輕重，毫無害處，但他對妳撒謊，欺瞞妳。妳切莫感到羞愧。錯在他、在我。」

「我不羞愧。」伊芮安說道。她看著所有人，覺得應該感謝他們以禮相待，但她說不出話來。她僵硬地對眾人點頭，轉身大步踏出房間。

她來到一處叉口，不知該往何處，守門師傅趕上了她。「這邊。」他說道，不覺走在她身旁，一會兒後，「這邊。」不消須臾便來到一扇門前。這扇門並非以獸角及象牙雕成，而是未雕刻的橡木，烏黑巨碩，上有年久磨損的鐵閂。「這是園門，」守門師傅說著卸下門閂，「過去人稱彌卓之門。我守護兩道門。」他開門。明亮天光照眩伊芮安雙眼，她一會兒才看清，發現一條小徑自門邊延伸，直穿花園以及更遠處田野。田野彼方是高聳樹木，柔克圓丘在右方隆起。站在門外小徑上，彷彿正等待兩人的，是那名細眼淡髮男子。

「形意師傅。」守門師傅說，毫無驚訝之色。

「你送這位小姐去？」形意師傅以奇特語言說道。

「無名之處。」守門師傅說，「我放她出去，一如放她進來，全憑她心意。」

「妳願意跟我來嗎？」形意師傅對伊芮安說。

她看看他，再看看守門師傅，未說一字。

「我不住在這館裡，不住在任何館裡。」形意師傅說道，「我住在那裡。大林……啊……」他說，突然轉身。高大的白髮男子，名字師傅坷瑞卡墨瑞坷，正站在小徑上。形意師傅說了「啊」，他才站在該處。伊芮安迷惘茫然，輪流望向兩人。

「這只是我的傳像、派差。」老人對她說道，「我也不住在這裡，在好幾哩外。」他指北方，「妳在此與形意師傅完成修習後，可以到我那裡。我想多了解妳

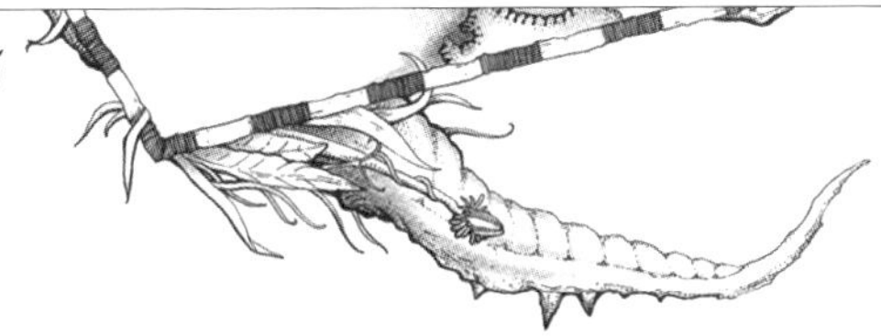

的真名。」他對另兩名法師點頭，瞬時不見。一隻大黃蜂在他方才所在處隆隆嗡鳴。

伊芮安垂首看著地面。良久，她清清喉嚨，仍未抬頭地說道：「我在此會為害，是真的嗎？」

「我不知道。」守門師傅說道。

「林中無害。」形意師傅說：「來吧。有舊屋子，茅屋。又舊、又髒。妳不介意吧，嗯？住一會兒。妳就知道。」語畢，他往穿過蘿蔔及矮菜豆的小徑走去。她看看守門師傅，他微微一笑。她跟隨淺髮男子而去。

兩人走了約半哩路。圓頂的圓丘在他們右方，在西方陽光下隆起。身後，學院在較低的山丘上鋪陳，望之灰暗，屋瓦片片。樹蔭在面前戛雲而立。她認出橡木、柳樹、栗樹與梣樹，還有高大的冬青樹。林蔭間沈密、日光交錯的暗處，流出一條小溪，兩旁碧草如茵，還有許多土褐色的踐踏遺跡，是牛羊前來飲水跨越後留下的。兩人走過牧地，五、六十隻綿羊在鮮綠短草坪上大快朵頤。穿過籬笆後，兩人站在小溪邊。「那屋子。」法師說，指向一片長滿苔蘚的低矮屋頂，半隱於樹叢的午後斜影。「今晚留下，好嗎？」

他請她留下，而非叫她留下。她只能點頭。

「我去拿食物。」他說，大踏步加快腳步，片刻便消失在樹底光影中，只是不若名字師傅迅速。伊芮安看著他的身影，確定他已離開，才穿過長草雜葉，來到小屋前。

小屋看來非常老舊，重建多次，但也已久未修建。從它寧靜、寂寞的氛圍看來，此地亦久乏人居。然而，這裡有種愉悅氣息，彷彿過往住客都得以安眠。至於頹圮的牆壁、老鼠、灰塵、蜘蛛網，及稀少家具，對伊芮安都相當有家的味道。她找到一把光禿掃帚，掃出老鼠屎，將毯子攤開在木板床上，在櫃門歪斜的櫥櫃找到龜裂水壺，盛滿水，水源是離門邊十步遠的那條澄澈寧靜溪流。她在一陣恍惚中完成工作，隨後坐在草地上，背倚承載陽光溫暖的屋牆沈沈入睡。

她甦醒時，形意師傅坐在附近，一只籃子放在兩人間的草地上。

「餓嗎？吃。」他說。

「我待會吃，先生，謝謝。」伊芮安說道。

「我現在餓了。」法師說。他從籃中拿出一顆水煮蛋，敲裂，撥殼，吃下。

「大家稱這裡為河獺之屋。很古老，跟宏軒館一樣古老。這裡什麼都古老。我們也古老……這些師傅。」

「你不太老。」伊芮安說道。她認為他介於三十與四十歲間，不過很難斷言。

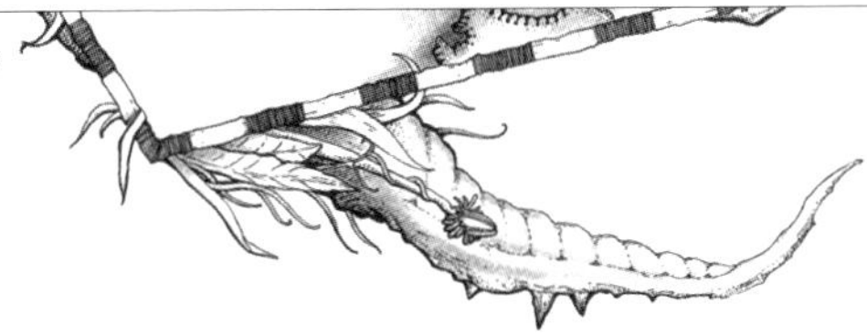

她一直覺得他的頭髮是白的，因為那不是黑的。

「可是我從遠處來。距離可以是年歲。我是卡耳格人，從卡瑞構來。妳知道嗎？」

「白髮番！」伊芮安說，坦然盯視。阿菊所有的歌謠，唱著航自東方的白髮番掠盡大地，將無辜嬰孩穿刺在長槍上，以及厄瑞亞拜如何失去和平之環，還有新歌與王的故事，講述雀鷹大法師如何前往白髮番的土地，帶回該環……

「白髮？」形意師傅說道。

「冰霜。白色。」她說，避開視線，感到難堪。

「啊。」不久他又說：「召喚師傅不老。」那雙冰色細眼斜瞥她一眼。

她一語未發。

「我想妳怕他。」

她點頭。

她不語，時光已然流逝。他說：「這些樹的陰影沒有害。只有真。」

「他經過我時，」她低聲說：「我看到一座墳墓。」

「啊。」形意師傅說道。

他在膝蓋邊的地上搓起一小堆蛋殼碎片，以白色碎片排成一道彎弧，封閉成一個環。「對。」他說，研究蛋殼，然後挖起一小抔土，將蛋殼整齊細膩埋好。他撣掉手上塵土，眼神再次瞥向伊芮安，爾後轉開。

「妳曾是女巫嗎，伊芮安？」

「不是。」

「但妳有一些知識。」

「沒有，我沒有，玫瑰不肯教我。她說她不敢。因為我有力量，但她不知道是什麼力量。」

「妳的玫瑰是睿智的花。」法師說道，不帶笑意。

「但我知道我有事要辦、要成為什麼事物。所以我想來這裡，來發掘。在智者之島。」

如今她漸漸習慣他奇特臉龐，也能讀取其中意涵。她覺得他看來哀傷。他說話的方式嚴厲、快速、平淡、祥和。「島上的人不一定睿智，嗯？」他說：「也許守門師傅是吧。」如今他看著她，並非一瞥，而是直視，他的雙眼捕捉、擒住她的眼眸。「但那裡，林中，樹下，有古老的智慧，永遠不老。我不能教妳，但我能帶妳進入大林。」一會兒後他站起身。「好嗎？」

「好。」她略微遲疑地說。

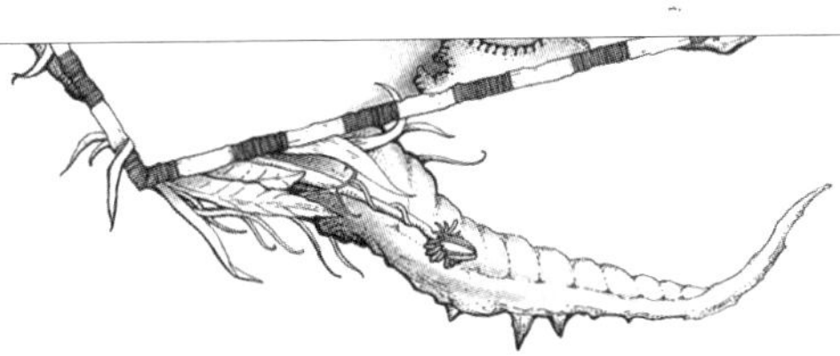

「那屋子還好嗎？」

「好……」

「明天。」他說，踏步離開。

於是，半個多月的炎炎夏日，伊芮安都睡在河獺之屋，那是間平靜屋子。她吃著形意師傅以籃子帶給她的食物——蛋、乳酪、蔬菜、水果、燻羊肉——每天下午隨他走入高聳樹林。林間路徑似乎總與記憶略有出入，經常帶他們走向看似超出樹林範圍的地方。兩人在沈默中走進大林，休息時亦少言談。法師是安靜的人。他雖然帶有一絲悍氣，卻從未在她面前顯露，他的存在有如大林中的樹木、稀有鳥類、四肢生物一樣恬然。如他所言，他未曾嘗試教導她。她問及大林時，他告訴她，大林與柔克圓丘一樣，自兮果乙創造世界諸島以來便已存在。所有魔法都含蘊於這些樹根，這些樹根與過去及未來可能的森林交錯纏繞。「有時大林在此，」他說道，「有時在他處。但大林永存。」

她從未見過他住的地方。她想像他在這溫暖的夏夜可擇地而寢。她問眾人食物從何而來，他說，學院無法自給自足的部分，鄰近農家會提供，因為他們認為眾師傅在牲畜、農田、果園上施加的保護，早足以相抵。她覺得有理。威島上，「無粥巫師」一詞代表前所未有、從未聽聞的事物。但她不是巫師，又希望能掙得自己的粥食，於是盡己所能修補河獺之屋。她向農夫借工具，在綏爾鎮買了釘子與灰泥，用剩下的那一半跑路錢。

形意師傅從未在一大早來訪，因此她早晨十分空閒。她已慣於獨處，卻仍想念玫瑰、阿菊和阿兔，想念雞群、母牛、母羊，和那群嘈雜愚蠢的狗，與她在家中所有工作——設法維繫舊伊芮亞、讓餐桌上有食物。因此，她每天早晨閒適地工作，直到看見法師從樹林間走出，日光色的頭髮在陽光下閃耀。

一旦進入大林，她便不再產生掙得、應得，甚至學習的念頭。身在該地足矣，一應俱全。

她問到是否有學生從宏軒館來此，他說：「有時候。」又有一次他說：「我言不足道。聽葉。」他可稱之為教導的話語僅只於此。正當她行走，傾聽風吹過的沙沙葉聲，或風在樹頂的暴襲時，她看著影子閃爍嬉戲，想著深埋土壤暗處的樹根。她在那兒全然滿足。然而，她縱無不滿或急切，也總覺自己在等待。每當她走出樹林蔭庇看到遼闊天際，這份沈默的期待最為深沈，也最為清晰。

一回，兩人走了很遠，四周高聳入雲的深色常青木，她已均不識。她聽到一聲召喚……是號角吹鳴，還是呼喊？遙遠，隱約難聞。她凝立不動朝西傾聽。法師繼續前行，發現她已然停步才轉身。

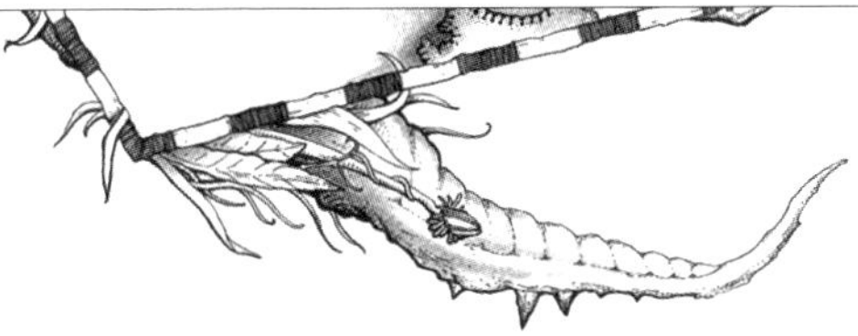

「我聽到……」她說，說不出她聽到什麼。

他聆聽。兩人終於再度上路，走過藉那遙遠呼喚而展闊、深潛的寂靜。

她從未獨自進入大林，多日後，他才將她獨自留在林間。但一日炎熱午後，兩人走進一片橡木圈繞的草地，他說：「我會回來這裡，嗯？」接著快速無聲離去，幾乎立刻消失在林中光影斑斑、稀影浮動的深處。

她無意探險。此地的平和需要安靜、觀察、傾聽，她明白這些小徑多麼難以捉摸，而大林則如形意師傅所述，「裡比外大」。她在一片陽光點點的樹蔭底坐下，看著葉影在地上嬉動。地上厚積橡實，雖然她從未在林中看過野豬，也在此處見過牠們覓食的足跡[注]。有一瞬間，她聞到狐狸的氣味。思緒如暖光中輕移微風，安靜恬適游移。

她在此地，心中經常空無思緒，滿是森林，但這天，回憶清晰襲來。她想到象牙，想著她再也見不到他，不知他是否找到船載他回黑弗諾。他告訴她，他絕不回西池，唯一適合他的地方是大港、王城，威島就算像索利亞般沈入深海都與他無關。但她以摯愛心情想著威島的道路田野，她想著舊伊芮亞村、伊芮亞山下沼澤

•【譯注】林間地上堆積的橡實通常用來餵養豬隻。

填塞的小河，還有山上老宅。她想著冬夜裡阿菊在廚房唱歌謠，用木屐擊出節拍，還有老阿兔在葡萄園手持鋒利小刀，告訴她如何將藤蔓修剪「到它的精氣」；以及玫瑰，她的艾陶荻絲，悄聲誦唸咒文舒緩孩童斷臂的疼痛。我已認識一些智者，她想。她的思緒瑟縮避開父親，但葉片及樹影的律動牽引出這段回憶。她看到他醉醺醺、大呼小叫；她感覺他刺探、怯顫的手在她身上；她看到他哭泣、嘔吐、羞愧，哀傷自她體內升起、消散，宛如將手臂長長伸展後消退的疼痛。對她而言，他比素未謀面的母親更無足輕重。

她伸展四肢，感覺身體在溫暖中的適意，思緒飄回到象牙。她生命中沒有渴望的對象。年輕巫師如此纖細、自負地初次策馬前來時，她但願自己想要他，但她不想也不能，於是她以為他受咒法保護。玫瑰對她解釋過，巫師的咒法如何運作，「才不會進入妳和他們心中，妳看，因為這會拿走他們的力量，他們說的」。但象牙，可憐的象牙，也一向毫無保護。如果有人受到守貞咒的影響，那一定是她，因為他雖然迷人又英俊，但她除了喜歡之外，從未能對他產生熱情，她唯一慾念只是學習他能教導她的事物。

她坐在大林深沈的寂靜中探討自己。鳥無啼囀，微風不起，樹葉靜垂。我中了咒法嗎？我無性別、不完整、不是女性嗎？她自問，看著自己赤裸強健的雙臂，和

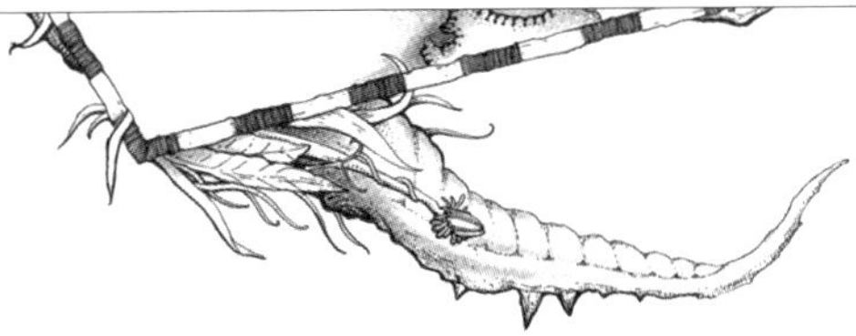

襯衫領口下胸部柔軟隆起的陰影。

她抬起頭，看到白髮番從一排深暗巨橡木中走出，穿過草地向她走來。

他在她面前駐足。她感覺自己臉紅，臉龐及咽喉燃燒、暈眩，耳邊嗡嗡作響。她尋求字句，什麼話都好，好讓他的注意力自她身上轉移，但她一無所獲。他在她附近坐下。她往下看，彷彿研究手邊一片去年落葉的殘梗。

我要什麼？她自問，答案不以言語出現，而是穿透她身體與靈魂：火焰，更烈於此的火焰；飛翔，燃燒的飛翔……

她回過神，進入樹下寧靜空氣。白髮番坐在她身邊，臉龐低垂。她想，他看起來多麼瘦小輕盈，多麼安靜憂傷。無可恐懼。無害。

他轉頭看她。

「伊芮安，」他說：「妳聽到葉聲了嗎？」

微風再度拂動，她可以聽到橡樹間細小悄語。「一點點。」她說道。

「妳聽到字句了嗎？」

「沒有。」

她沒有問，他也沒有多說。他起身，她隨他走上那條小徑，早晚總會引領他們走出樹林，來到綏爾波河與河獺之屋旁的空地。兩人抵達時已是午後近晚，他走到溪邊，在溪流流出樹林而尚未與支流匯集的河段跪下飲水。她依樣照做。接著，他坐在河岸涼爽的長草間，開口說話。

「我的卡耳格族人崇拜神祇。雙生神、兄弟。那裡的王也是神。但神之前或神之後，總是河流。山洞、石頭、丘陵。樹木。大地。大地暗處。」

「太古力。」伊芮安說道。

他點頭。「那裡，女子知曉太古力。這裡也是，女巫。這知識不好……嗯？」

每當他說完聽似陳述的句子後，在句尾加上那小小的詢問語氣「嗯？」或「哪？」時，都教她意外。她一語不發。

「黑暗不好，」形意師說：「嗯？」

伊芮安深吸一口氣。兩人坐在河邊，她直視他雙眼：「惟黑暗，成光明。」

「啊。」他說，別過頭，不讓她看到表情。

「我該走了。」她說：「我可以在大林行走，卻不能住在那裡。這不是我的……立足地。而且誦唱師傅說，我在這裡就有危害。」

「我們皆因存在而危害。」形意師傅說道。

他如同平常般就地取材排出一個小圖案：他在面前河岸的一小片沙地上，放下一枝葉梗、一片草葉、幾顆小石子。他加以研究，重新排列。「現在我必須談到

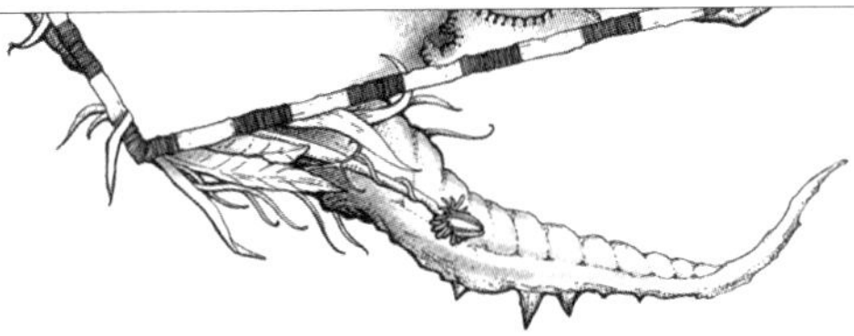

害。」他說。

停頓良久後，他繼續說道：「妳知道一條龍將我們的雀鷹大人和少王從死亡之岸帶回。然後，龍將雀鷹帶回家，因為他力量已失，不再是法師。柔克師傅立刻齊聚一堂推選新任大法師，就在此地，大林中，一如往昔。但不如往昔了。

「龍未到之前，召喚師傅也從死域返回，他可達死域，技藝能引領他。他在那兒，在越過石牆的那片國土，見到大人與少王。他說他們不會回來了。他說雀鷹大人要他回到我們身邊，回到生界，告訴我們這消息。因此我們為大人哀悼。

「但那龍凱拉辛來了，載著活生生的他。

「我們站在柔克圓丘，看到大法師對黎白南王屈膝，召喚師傅也在場。然後，龍將我們的朋友載走時，召喚師傅頹倒。

「他宛如死人躺著，冰冷，心臟不跳，但他在呼吸。藥草師傅用盡所有技藝也無法喚醒他。『他死了，』他說，『氣息永存，但他死了。』我們為他哀悼。然後，因為我們一陣驚慌，我的萬物形意都訴說改變與危險，因此我們齊聚推選新任柔克護持，大法師，來引導我們。會議中，我們讓少王取代召喚師傅的位置。對我們來說，他處於我們之間似乎正確。只有變換師傅起先反對，而後同意。

「但我們聚集，我們坐下，我們選不出來。我們這也說，那也說，但沒有人提到名字。然後我……」他停頓片刻，「我族人稱為『艾度伐奴』的『他息』，在我身上降臨。語句降臨，我便說出口。我說：『哈瑪．弓登！』……坷瑞卡墨瑞坷告訴他們，這句話在赫語便是『弓忒女子』。但我回神後，卻無法告訴他們這是什麼意思。因此我們解散，卻未選出大法師。

「王隨即離開，風鑰師傅與他同行。在王舉行加冕前，他們前往弓忒尋找雀鷹大人，想知道那是什麼意思，『弓忒女子』。嗯？但他們沒見著他，只見到我的同胞，環之恬娜。她說，她不是他們要找的女子。他們誰都沒找到，一無所獲。黎白南判斷此為尚未實現的預言。他在黑弗諾，將王冠置於自己頭上。

「藥草師傅，還有我，都斷定召喚師傅已死。我們以為他吸吐氣息是他技藝中的咒語殘留下來的，是某種我們不了解的咒語，就像蛇知道如何在死後多時依然維持心跳的咒語。雖然埋葬仍在呼吸的屍體很可怕，但他身體冰冷，血液停止流動，魂魄也已出竅。那更可怕。所以我們準備將他下葬。然後，正當他躺在墳墓旁，他眼睛張開，移動，說話。他說：『我將自己再度召喚回生，以完成必成之事。』」

形意師嗓音漸粗，突然以手掌撫散石子組成的小圖案。

「所以，風鑰師傅自加冕典禮返回時，我們又是九人。但是分歧。因為召喚師傳說我們必須再次聚會選出大法師。王在我們之間沒有立足地，他說。還有『弓忒

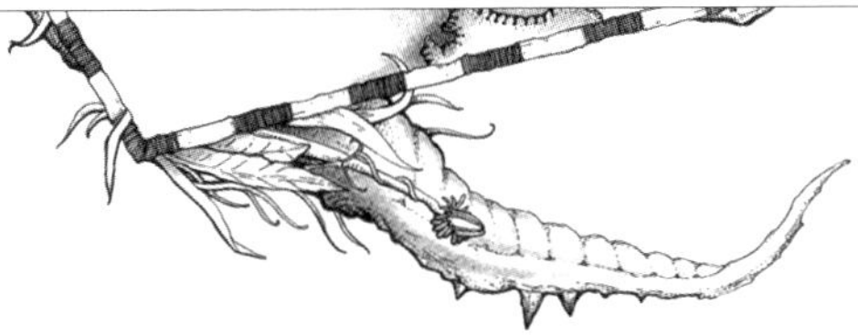

女子』，無論她是誰，在柔克男子間也沒有立足地。嗯？風鑰師傅、誦唱師傅、變換師傅、手師傅都說他說得對。而因為黎白南王是自死域返回的人，應驗了預言，所以他們說，大法師也將是自死域返回的人。」

「可是……」伊芮安說，又住口不語。

片刻後，形意師傅說：「召喚，那種技藝，妳知道，很可怕。一向危險。這裡。」他抬頭望向樹木碧金色暗處，「這裡沒有召喚。沒有越過牆帶回東西。沒有牆。」

他的臉是戰士的臉，但望入樹林時，臉卻軟化、渴望。

「所以，」他說：「他把妳作為我們聚會的理由。但我不會去宏軒館。我不願受人召喚。」

「他不會來這裡嗎？」

「我想他不會在大林間行走。也不會在柔克圓丘。圓丘上，萬物且如原形。」

她不明白他的意思，卻沒有問，一心想著：「你說，他把我作為你們聚會的理由。」

「是啊。需要九位法師來遣散一名女子。」他鮮少微笑，微笑時卻快速猛悍。「我們要聚會以維護柔克律條。也藉以推選大法師。」

「如果我走了……」她看到他搖頭，「我可以去找名字師傅……」

「妳在這裡比較安全。」

為害的念頭困擾她，但危險的念頭未曾進入她思緒，她無法理解。「我不會有事。」她說：「所以名字師傅，還有你……還有守門師傅……」

「……不希望索理安成為大法師。藥草師傅也是，雖然他多挖掘、少發言。」

他看到伊芮安神情驚訝地望著他。「召喚師傅索理安說出自己的真名。」他說：「他死過，嗯？」

她知道黎白南王公開使用真名，他也是從死域返回。但召喚師傅繼續如此，卻讓她愈想愈震驚不安。

「那……學生呢？」

「也分歧。」

她想著學院，那是她曾極其短暫造訪之地。從這裡，大林垂簷下，她將學院視為以石牆圈住一種生物，阻礙其他族類進入的建築，像獸欄、牢籠一樣。怎麼有人能在那種地方維持平衡？

形意師傅在沙地上將四顆小石推成一道小弧，說：「我但願雀鷹沒離去。我但願我能看懂陰影撰寫的字句。但我能聽見葉子說的，也只是改變，改變……除了葉子，一切都將改變。」他再度以渴望神情望入樹頂。太陽西下，他站起身，溫和向

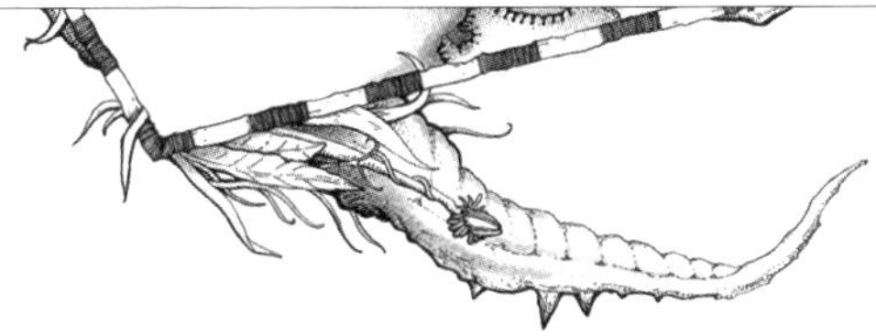

她道晚安，然後離去，進入樹林。

她在綏爾波河畔稍坐片刻。他剛告訴她的種種，以及她在大林中的想法與感覺都讓她困擾，在那裡有任何想法或感覺能困擾她，這點也令她困擾。她走向屋子，擺出燻肉、麵包與夏日萵苣作晚餐，食不知味。她不得安寧地漫步回到河岸，來到水邊。晚昏仍十分寧靜溫暖，只有最大的星辰照穿奶白色的積雲。她脫下涼鞋，雙腳放入水中，水溫雖然沁涼，但仍有日光餘溫流過。她脫下僅有的男裝長褲及襯衫外衣，裸身潛入水中，周身感覺水流推曳騷動。她從未在伊芮亞河流中游泳，而且痛恨海，洶湧的灰與冷，但這急速的水流今晚讓她愉悅。她隨波漂流，雙手掠過水底絲滑石塊和她自己絲滑胴體，雙腿穿梭水草間。一切煩擾不寧均由陣陣水流沖走，她快樂地在溪流撫觸間漂浮，抬頭望著雪白柔和的星光。

一陣寒意流竄過她，水流轉冷。她強迫自己鎮定，四肢也依然柔軟放鬆，她抬頭一看，發現在她上面岸邊有個黑色人影。

她在水中裸身直立而起。

「走開！」她大喊，「走開，你這叛徒！下流的淫棍！否則我把你的肝都挖出來！」她跳上河岸，拉住堅韌叢草以為支撐，連滾帶爬而起。毫無人影。她站立發火，憤怒發抖。她跳離河岸，找回衣服，一面大聲咒罵，一面快速著裝。「你這個巫師儒夫！你這個狗娘養的孽種！」

「伊芮安？」

「他在這裡！」她大喊，「那個下流胚子，那個索理安！」她大步迎向形意師傅，他也來到屋邊星光下。「我在溪裡洗澡，他就站在那裡看我！」

「是派差……只是他的傳象，傷不了妳的，伊芮安。」

「有眼睛的派差，看得到的表象！願他……」她戛然而止，突然不知如何接續。她覺得反胃。她顫抖，吞下口中湧起的冰冷唾液。

形意師傅上前握住她的手。他的雙手溫暖，而她感到入骨寒澈，於是她上前緊靠，求取他的體溫。他們如此站立片刻，她別開臉，但兩人雙手交握，身體緊貼。她終於退開一步，站直身體，將濕透直髮往後撥。「謝謝，我剛很冷。」

「我知道。」

「我從來不冷。」她說：「是他。」

「我說了，伊芮安，他不能來這裡，他不能在這裡傷害妳。」

「他在哪裡都不能傷害我。」她說，火焰再次奔流於血管，「如果他敢試，我就毀了他。」

「啊。」形意師傅說。

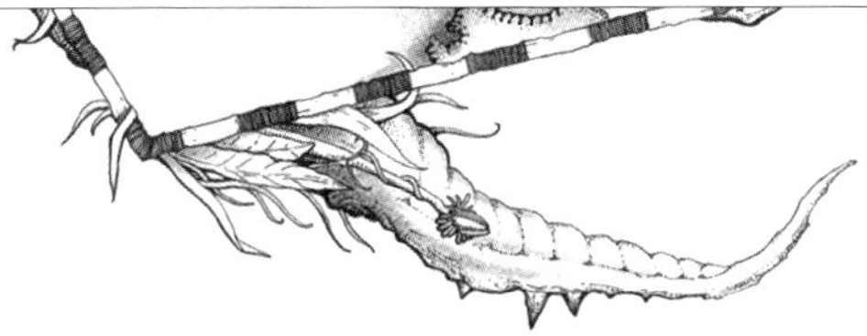

她在星光中看著他，說：「告訴我你的名字……不是你的真名……只是一個我想到你時，可以稱呼你的名字。」

他默默站立一會兒，說道：「在卡瑞構島，我還是蠻人時，叫阿茲弗。在赫語，代表『旌旗』。」

「阿茲弗。」她說：「謝謝你。」

她清醒地躺在小屋中，覺得空氣悶滯，屋頂往下壓迫，而後突然深沈睡去。東方露出魚肚白時，她也同樣突然甦醒。她走到門口觀看最愛的日出前天空。低頭一看，形意師傅阿茲弗裹在灰斗篷裡，在她臺階前的地上熟睡。她一聲不發退回屋內。半晌，她見他走回樹林，步伐略顯僵硬，邊走邊搔著頭，半夢半醒。

她開始工作，刮下屋子內牆，準備塗上灰泥。正當第一道陽光穿過窗戶，敞開門上響起敲門聲。外面是她原先誤認為園丁的藥草師傅，他看來像黃牛般堅實冷靜，身旁是骨瘦如柴、神情嚴厲的老名字師傅。

她走到門前，喃喃道出類似歡迎的字句。這些柔克師傅令她畏懼，他們出現也意謂與形意師傅在寂靜夏日森林中同行的平靜時日已然結束。昨夜便已結束。她知道，卻不想知道。

「形意師傅請我們來。」藥草師傅說，看來很不自在。他注意到窗下一簇雜草，說：「那是絨草。某位黑弗諾人把它種在這裡。我不知島上居然還有。」他專注檢視，將幾顆種子莢放入腰袋。

伊芮安祕密且同樣專注地研究名字師傅，想看看自己能否辨別他是所謂的派差，還是血肉之軀。他看來毫不虛空，但她覺得他不在場。不過當他踏入斜陽卻未投射影子時，她確定了。

「先生，從您住的地方過來很遠嗎？」她問道。

他點頭，「把我自己留在半路上了。」他說。他抬起頭，形意師傅正走來，已完全清醒。

他打招呼，問道：「守門師傅會來嗎？」

「說他覺得最好還是守門。」藥草師傅說，仔細關上多口袋的腰袋，環顧旁人。

「但不知道他能否鎮住這蟻丘。」

「怎麼了？」坷瑞卡墨瑞坷問：「我最近一直在研讀龍，沒注意螞蟻。但在我塔中研習的男孩全都離開了。」

「受召喚。」藥草師傅淡然說道。

「所以呢？」名字師傅說道，更為淡然。

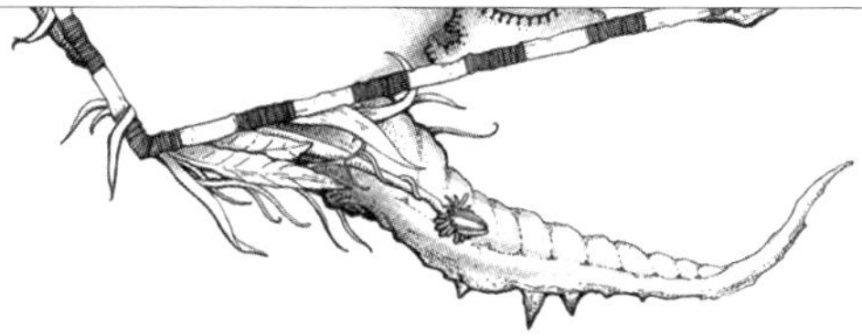

「我只能告訴你，在我看來是什麼樣子。」藥草師傅遲疑不安地說。

「說吧。」老法師說道。

藥草師傅依然遲疑。「這位小姐不屬於我們的諮議。」他終於說道。

「她屬於我的。」阿茲弗說道。

「她此刻來到此地，」名字師傅說：「而在此刻，到此地，皆無人意外前來。我們每人知道的，都是我們看來的模樣。治療師大人，名字背後還有名字。」

深眼法師一聽頷首說道：「那好。」顯然寬心接受他人裁決。「索理安最近經常與其他師傅和青年人相會。祕密會談、小圈圈。流言、耳語。較年幼的學生很害怕，有幾人問我或守門師傅，他們可否離去……離開柔克。我們願意讓他們走，但港裡沒有船，自從帶小姐妳來、隔天又航向瓦梭的船之後，就沒有船隻進入綏爾灣。風鑰師傅命柔克風阻逆一切。即便王親自前來，也無法在柔克登岸。」

「要等風向改變，嗯？」形意師傅說。

「索理安說，黎白南不是真王，因為沒有大法師為他加冕。」

「胡說！不符史實！」老名字師傅說：「首任大法師晚於末代君王好幾百年。柔克是代王攝政。」

「啊。」形意師傅說：「屋主回家時，管家很難交還鑰匙。嗯？」

「和平之環已然癒合，」藥草師傅說道，聲音耐心、憂慮，「預言也已應驗，莫瑞德之子已經加冕，但我們不得和平。哪裡出了差池？為何我們尋不著平衡？」

「索理安是何意圖？」名字師傅問。

「將黎白南帶至此處。」藥草師傅說：「年輕人談論『正統君王』。在這裡，二度加冕。藉大法師索理安之手。」

「消災！」伊芮安脫口而出，比出符號，以防一語成讖。沒人微笑，藥草師傅接續比出同樣手勢。

「他如何掌控所有人？」名字師傅說：「藥草師傅，雀鷹與索理安接受伊里歐斯的挑戰時，你也在此。我想，伊里歐斯的天賦與索理安一樣優異。他運用天賦利用眾人，加以全面控制。索理安是這麼進行嗎？」

「我不知道。」藥草師傅說：「我只能告訴你們，我跟他在一起時，我在宏軒館時，我都覺得人事已盡。萬事如常。萬物不長。無論我用何種療方，疾病都將以死收場。」他像受傷牛隻，環顧所有人。「而我認為這是事實。唯有靜止不動，才是恢復一體至衡的正道。我們已無法回頭。大法師和黎白南以肉身進入死域，然後返回，這樣不對。他們打破不能破格的律條。索理安返回，是為了重整律條。」

「什麼？將他們送回死域？」名字師傅說。形意師傅道：「誰能言律條為何？」

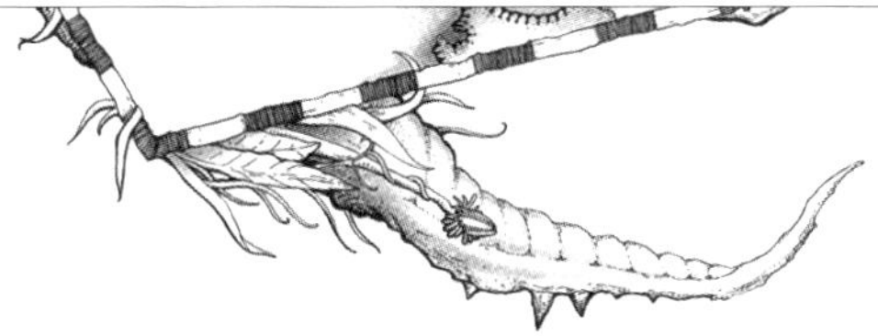

「有道牆。」藥草師傅說。

「牆不如我的樹根深。」形意師傅道。

「但你說得對，藥草師傅，我們失去平衡，」坷瑞卡墨瑞坷說道，聲音堅硬嚴峻。「我們何時何地開始過了頭？我們遺忘、背棄、忽略了什麼？」

伊芮安輪流看著每個人。

「平衡出錯時，靜止不動不好。必定每下愈錯。」形意師傅說：「要等到……」

他以攤開雙手，快速比出反轉手勢，下往上，而上往下。

「有什麼比從死域召回自身更為錯誤？」名字師傅問。

「索理安是我們之中翹楚……勇敢的心胸、高貴的理智。」藥草師傅幾乎含著怒氣說道，「雀鷹愛他。我們也都是。」

「良心逮住了他。」名字師傅說：「良心告訴他，他才能導正一切。為了導正一切，他拒絕死亡，因而拒絕生命。」

「那誰來抵抗他呢？」形意師傅說：「我只能躲在我的樹林裡。」

「我躲在我的塔裡。」名字師傅說：「而你，藥草師傅，還有守門師傅，就在陷阱裡，在宏軒館裡，我們建來抵禦邪惡的圍牆。依此看來，也可能封入邪惡。」

「我們四對一。」形意師傅說。

「他們五對我們。」藥草師傅說。

「難道事已至此？」名字師傅說：「我們竟站在兮果乙栽種的森林邊緣，討論如何互相摧毀？」

「對。」形意師傅說：「太久不變會自我毀滅。森林是永恆的，因為它死了又死，因而生存。我不會讓那隻死手碰我，或碰觸帶給我們希望的王。諾言已許下，由我所許。我說了……『弓忒女子』。我不會讓這句話遭遺忘。」

「那我們該去弓忒嗎？」藥草師傅說，受阿茲弗的激情感染。「雀鷹在那兒。」

「環之恬娜在那兒。」阿茲弗說。

「或許我們的希望在那兒。」名字師傅說。

他們默立，不確定，試圖珍惜希望。

伊芮安也默默站著，但她的希望陷落，被一陣羞愧與全然的渺小取代。這些是勇敢睿智的人，試圖拯救摯愛事物，但他們不知如何達成。她對他們的智慧無可貢獻，對他們的決定無可置喙。她遠離他們，他們並未發現。她繼續前行，朝綏爾河走去，流出森林的綏爾河在此流洩一小堆石塊。早晨陽光下水光明亮，發出快樂聲響。她想哭，卻從不擅於哭泣。她站著觀看水流，羞愧慢慢轉為怒氣。

她走回三名男子身邊，說道：「阿茲弗。」

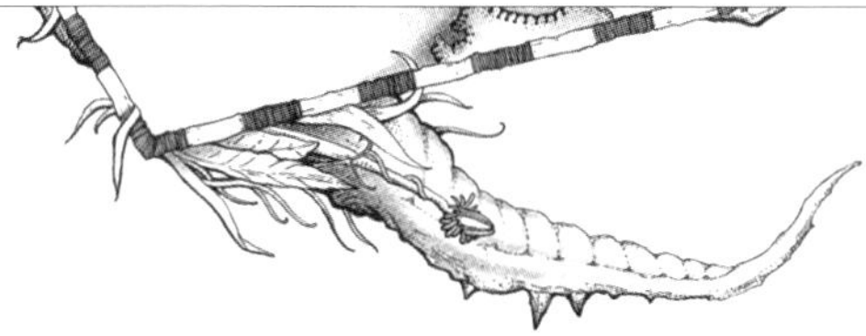

他轉向她，一時驚嚇，又稍微向前。

「你為什麼要為我打破律條？我永遠不能變成你的樣子，這對我來說公平嗎？」

阿茲弗蹙眉：「守門師傅准許妳進來，因為妳要求。我把妳帶來大林，因為妳到此之前，樹葉便對我講述妳的真名。『伊芮安』，樹葉說著，『伊芮安』。妳為何而來我不知道，但不是意外。召喚師傅也知道這點。」

「也許我是來毀掉他的。」

他看著她，一語不發。

「也許我是來毀掉柔克的。」

他淺色眼眸熾然生光：「試試看！」

她站著面對他時，一陣漫長戰慄穿透全身。她感覺自己比他巨大，比自己巨大，無比巨大。她伸出一根指頭便能摧毀他。他站在那裡，帶著渺小、勇敢、短促的人道、有限天年，毫無抵禦之力。她吸了一口長氣，退離他一步。

強力的感覺由她體內緩緩流出。她略略轉頭俯視，訝於見到自己褐色手臂、捲起袖子，清涼碧綠的草葉在穿著涼鞋的腳邊冒起。她回頭望著形意師傅，他似乎仍是脆弱的生物。她憐憫又尊崇他。她想警告他身處的危險，但無語。她轉身走回小瀑布邊的河岸，在那裡癱陷跌坐，將臉藏入雙臂，隔離他，隔離這世界。

法師的話語聲如溪流奔洩。溪流說著自己的話，他們也說著自己的話，但都不是正確的話。

四・伊芮安

阿茲弗歸返時，臉上有某種神情，藥草師傅不禁問：「怎麼了？」

「我不知道。或許我們不該離開柔克。」

「我們可能也離不開，」藥草師傅說：「如果風鑰師傅將風鎖向我們……」

「我要回到我現在所在處，」坷瑞卡墨瑞坷突然說道：「我不喜歡把自己像舊鞋般留在外面。我今晚會在這裡與你們會合。」他消失不見。

「阿茲弗，我想到你的樹下走走。」藥草師傅帶著漫長歎息說道。

「去吧，迪亞拉。我留在這兒。」藥草師傅離去。伊芮安製作的簡陋長椅靠在屋前牆上，阿茲弗在長椅上坐下。他望著上游的她動也不動地蹲踞岸邊。原野上的綿羊群在他們與宏軒館間輕聲咩叫，早晨的太陽轉熱。

父親將他命名為「旌旗」。他來到西方，將所知盡拋腦後。他從心成林木得知自己真名，成為柔克的形意師傅。這一整年，陰影與樹木枝根的萬物形意，森林中

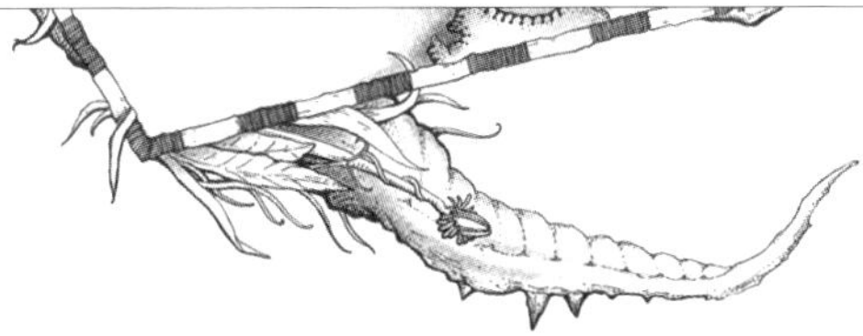

一切無聲語言均在講述毀滅、破戒、改變的一切。他知道，現在輪到他們了。隨她同來。

她受他掌管、受他照顧，他看到她時便知曉。雖然如她所言，她前來摧毀柔克，但他必須服侍她。他心甘情願。她與他在林中行走，高大、笨拙、無懼。她以小心的大手推開多刺藤蔓；她的眼睛如陰影下的綏爾河水，琥珀褐色，一切盡收眼底；她聆聽，沈靜。他想保護她，卻知道自己辦不到。他在她寒冷時給她一點溫暖，他沒有別的能給。她必去之處，她就會去；她不明白危險。她沒有智慧，只有純真；沒有盔甲，只有怒氣。伊芮安，妳是誰？他對她說，看著她像鎖在無聲中的動物般蹲踞在那兒。

藥草師傅從林間返回，與他共坐片刻，未開口。中午，他回到宏軒館，同意在早上偕同守門師傅返回。他們會請求所有師傅與他們在大林相會。「但他不會來。」迪亞拉說，阿茲弗點頭。

一整天，他都待在河獺之屋附近，繼續觀察伊芮安，要她與他共進一點食物。她來到屋子，但他們吃完後，她又回到岸邊，文風不動坐著。他身心也感到一股無力、一種呆滯，他抗拒卻無法擺脫。他想到召喚師傅的眼睛，然後，是他感到冰冷，渾身冰冷，即使坐在夏日盛暑下也枉然。死人宰制我們，他想。念頭盤旋不去。

他心懷感激，看到坷瑞卡墨瑞坷緩緩從北方沿綏爾河岸而來。老人赤腳涉溪，一手拎著鞋子，一手提著巫杖，在石頭上滑跤時咆哮了兩聲。他在不遠的河岸邊坐下，將腳擦乾，穿回鞋子。「我回塔裡時，要坐車。僱個車夫、買頭騾子。我老了，阿茲弗。」

「進屋裡來吧。」形意師傅說，為名字師傅擺好水與食物。

「那女孩兒呢？」

「睡著了。」阿茲弗朝她躺的地方點頭，她蜷縮在小瀑布上方的草地上。

白日熱力逐漸減弱，大林陰影迤邐過草地，但河獺之屋依然立於陽光下。坷瑞卡墨瑞坷坐在長椅上，背靠屋牆，阿茲弗坐在臺階上。

「我們來到終點了。」老人打破沈默道。

阿茲弗默默點頭。

「阿茲弗，是什麼把你帶來這裡？」名字師傅問道，「我常想問你。一段長長路途。而且，你們卡耳格大陸沒有巫師。」

「對。但我們有形成巫術的東西。水、石頭、樹木、語言……」

「但不是創生語。」

「不是。也沒有龍。」

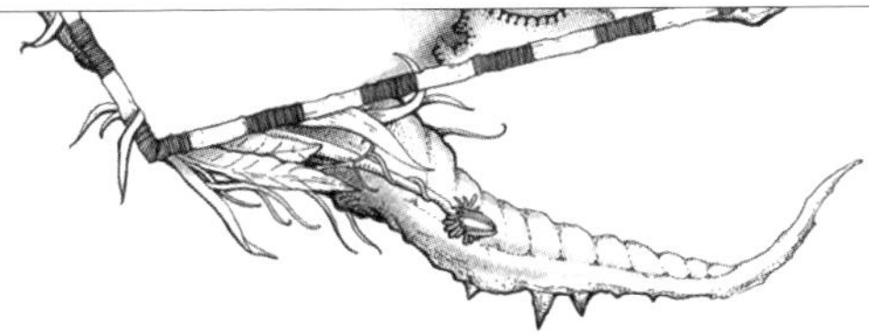

「從來沒有嗎？」

「只有在極東，胡珥胡沙漠中的老故事才有。早於神祇，早於人類，人在成為人之前，是龍。」

「那就有趣了。」老學者說，坐直身子。「我跟你說過，我最近一直在研讀龍。你知道，傳言牠們飛越內極海，最東遠至弓忒。毫無疑問，凱拉辛把格得帶回家，又讓水手加油添醋，讓故事更動聽。但是這裡一個男孩對我發誓，他們全村今年春天都看到龍在飛，在歐恩山以西。所以我才閱讀古書，了解牠們何時不再越過蟠多向東而來。在一卷古老帕恩捲軸中，我看到你的故事，或類似內容。說人龍本一族，但他們爭吵。有的往西，有的往東，成了兩個種族，忘了曾是一族。」

「我們往極東去。」阿茲弗說，「但你知道在我的母語中，軍隊將領是什麼嗎？」

「艾德嵐，」名字師傅立刻答道，然後大笑，「鱗蟲之長[注]、龍……」

半晌，他說：「我會追逐字源，追到末日邊緣……但阿茲弗，我想我們已在末日邊緣。我們擊不倒他。」

•【譯注】原文為「Drake」，為中古世紀英文，意指「龍」（dragon），故此處中譯取《說文解字》定義代之。

「他占優勢。」阿茲弗非常平淡地說道。

「的確。我承認沒有希望，我承認毫無可能……但如果我們真的擊敗他……如果他回到死域，把我們活活留在這裡……那我們該怎麼辦？接下來又是什麼？」

良久，阿茲弗說：「我不知道。」

「你的樹葉疏影什麼都沒告訴你嗎？」

「改變，改變。」形意師傅說：「變化。」

他突然抬頭。原本群聚欄圈附近的羊群紛頭亂竄，有人從宏軒館前的小徑走來。

「一群年輕人。」藥草師傅來到兩人面前，上氣不接下氣說：「索理安的軍隊。往這裡來，來把女孩帶走，把她驅逐出去。」他站著吸了一口氣，「我離開時，守門師傅在和他們說話。我想……」

「他來了。」阿茲弗說。守門師傅到場，光滑、黃褐色的臉龐寧靜如昔。

「我告訴他們，」他說道：「如果他們今天走出彌卓之門，就再也無法穿越，返回到他們熟悉的館。有人當時就贊成折回，但風鑰師傅與誦唱師傅驅策他們前進。他們很快就會到了。」

他們在大林以東的田野聽到男人聲音。

阿茲弗快步走到河邊伊芮安躺臥處，其餘人尾隨。她驚醒地站起身，一臉呆滯

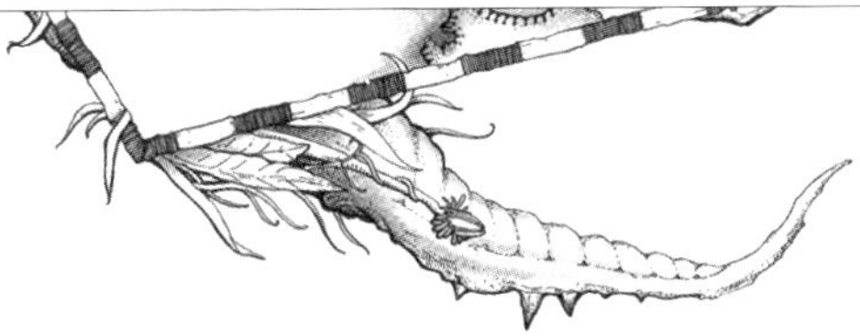

茫然。約莫三十人經過小屋，趨近他們時，他們站在她周圍，宛如護衛。來人多為年紀較長的學生，人群中還有五、六枝巫師巫杖，由風鑰師傅領軍。他消瘦銳利的老臉看來緊繃疲累，但他以頭銜相稱，禮貌問候四位法師。

他們也問候他，接著阿茲弗首先發言：「風鑰師傅，請進入大林，我們會在那裡等待其他人。」

「首先，我們必須解決分裂我們之事。」風鑰師傅說道。

「這是堅若磐石的事。」名字師傅說。

「你們身邊的女子違背柔克律條。」風鑰師傅說：「她必須離開。有艘船在碼頭等著接她，我也能告訴各位，風會穩穩吹往威島。」

「大人，這點我毫不懷疑，」阿茲弗說道：「但我懷疑她是否會去。」

「形意大人，你會違背我們的律條與社群，這長久以來用以維繫秩序、抵抗毀滅的力量嗎？難道天下人之中，打破萬物形意的會是你？」

「萬物形意不是玻璃，不會破。」阿茲弗說：「它是氣息、是火焰。」

他費了好大的勁才能說話。

「它不知曉死亡。」他說，但以母語，而他們聽不懂。他更貼近伊芮安，感覺她身體溫暖。她在那動物般的沈默中站立呆視，彷彿任何人的話她都不懂。

「索理安大人從死域返回，拯救我們全體。」風鑰師傅猛悍清晰地說：「他會成為大法師。在他統治下，柔克會回復往日榮光。王會從他手上接受正統冠冕，在他指引下統治，如同莫瑞德之治。沒有女巫會玷污神聖土地、沒有龍會威脅內極海。秩序、安全、和平即將來臨。」

伊芮安身邊四位法師皆未答話。沈默中，風鑰師傅身邊的人喃喃低語，其中一個聲音說道：「把女巫交給我們。」

「不。」阿茲弗說，卻無法多說。他握著柳木巫杖，但巫杖在他手中只是木頭。四人中，只有守門師傅移動說話。他向前一步，一個接一個審視群聚的年輕人。「你們信任我，將真名交給我。你們現在願意信任我嗎？」

「大人，」其中一名臉龐細緻、黝黑，手握橡木巫杖的人說：「我們的確信任您，因此才請您讓女巫離開，讓和平重臨。」

伊芮安在守門師傅回話前上前一步。

「我不是女巫。」她說。她的聲音在男人低沈嗓音之後顯得高亢、刺耳。「我沒有技藝，沒有智識，我來學習。」

「我們在這裡不教導女人。」風鑰師傅說：「妳知道這點。」

「我什麼都不知道。」伊芮安說。她又向前一步，直接面對法師。「告訴我我

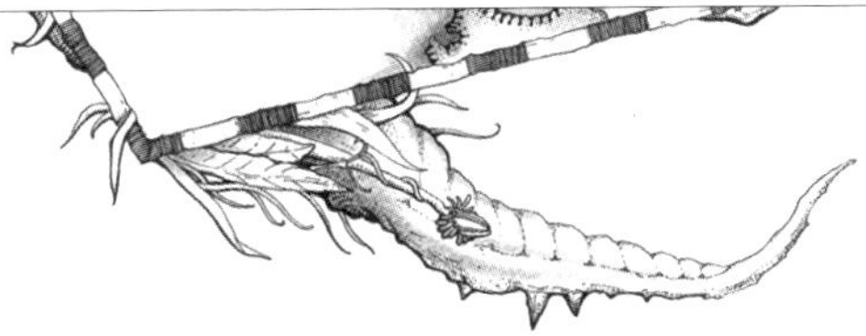

是誰。」

「女人，認清妳的地位。」法師冰冷而激切說道。

「我的地位。」她緩慢說道，語音拖曳每個字，「我的地位在山上。那裡一切都是原本的樣子。告訴那死人，我會在那裡等他。」

風鑰師傅站立無言。一群人耳語、憤怒，其中一些人往前移動。阿茲弗站到她與他們之間，她的話將他從身心束縛的麻痺中解放。「告訴索理安，我們會在柔克圓丘上等他。他來時，我們會在那裡。現在妳跟我來。」他對伊芮安說。

名字師傅、守門師傅、藥草師傅跟隨兩人進入大林。他們有條小徑可走。但等某些年輕人開始跟隨在後時，小徑已然消失。

「回來。」風鑰師傅對那些年輕人說。

他們轉回，心懷遲疑。低垂落日在田野與宏軒館屋頂上依然明亮，但林中盡是陰影。

「女巫術。」他們說道：「褻瀆、玷污。」

「我們最好離開。」風鑰師傅說，他的臉強硬嚴肅，銳利眼神煩憂。他動身返回學院，其餘眾人四散在後，在挫折與怒氣中爭執辯論。

他們剛進大林不遠，仍在河邊時伊芮安便停步，轉向一邊，蹲踞在巨碩豐厚的樹根旁，那是斜倚水面上的柳樹。四位法師站在小徑上。

「她以他息說話。」阿茲弗說道。

名字師傅點頭。

「所以我們得跟隨她嘍？」藥草師傅問。

這次守門師傅點點頭，淡淡一笑，說：「看來如此。」

「很好。」藥草師傅說，面帶耐心、憂慮，走到一旁不遠處，跪下注視某種森林地上的小植物或蕈類。

時間一如往常在大林中流逝，似乎毫無流逝，卻已消失，白晝在幾次長氣息間、在樹葉的一顫間、在遠處的一聲鳥啼，及更遠處的鳥囀應答間，靜靜消失。伊芮安緩緩站起。她沒說話，只是低頭看著小徑，沿路前行。四名男子跟隨在後。

一行人走出來，進入寧靜寬廣的日暮空氣。他們涉過綏爾河，穿越田野，走到柔克圓丘，天際仍有亮光，柔克圓丘映照天空，在他們面前聳立成高大暗弧。

「他們來了。」守門師傅說。有人穿越菜園，爬上宏軒館小徑。五名法師、許多學生。引導他們的是召喚師傅索理安，他身形高挺，穿著灰斗篷，手握骨白長木巫杖，一點黯淡巫光在頂端漂浮。

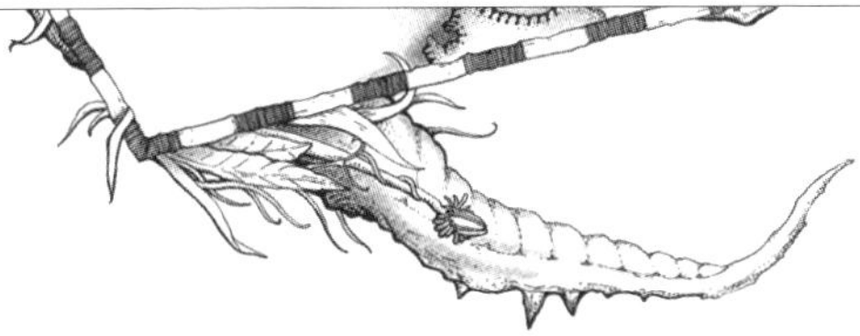

兩條小徑相遇合一，蜿蜒通往圓丘頂，索理安在交會處停步等待。伊芮安踏步向前面對他。

「威島的伊芮安，」召喚師傅以渾厚清澈的嗓音說道，「為求和平與秩序，念及大化平衡，我要求妳此刻離開本島。我們無法給予妳所求，為此我們請求妳原諒，但如果妳執意留在此地，妳便喪失歉意，必須嘗到破戒的後果。」

她挺身上前，幾乎與他一般高、一般挺。她靜默片刻，然後以高亢刺耳的聲音說：「索里安，到山上來。」

她留下他站在路口，站在平地，她大跨幾步就走上一小段山路。她轉身，回頭低望他：「你為何不上山？」

天空在他們身旁逐漸轉暗。西方只剩一條昏沈紅線，東方天際是海上陰影。召喚師傅抬頭看伊芮安。他緩緩舉起雙手及白色巫杖開始唸誦咒文，以全柔克巫師及法師都學習過的語言，也是他們技藝的語言，創生語，說道：「伊芮安，以妳的真名，我召喚妳，束縛妳服從我！」

她稍加遲疑，剎那間似乎即將屈從，即將歸向他，然後大喊：「我不只是伊芮安！」

召喚師傅一聽，朝她跑去，雙手前伸撲向她，彷彿要逮住她。兩人如今都站在山上。她不可思議地凌駕於他，火焰在兩人之間爆出，暮色中一簇烈紅赤炎、一閃金紅鱗片、巨大翅膀，然後消失無蹤，只剩站在山徑上的女子，和在她面前俯低的男子，緩緩朝地面躬倒，躺下。

最先移動的是藥草師傅，治療師。他走上小徑，跪在索理安身旁。「大人，」他喚道，「吾友。」

癱縮的灰斗篷下，他雙手只觸到一團衣物、乾枯骨骸、斷裂巫杖。

「這樣比較好，索理安。」他說，但哭泣。

老名字師傅向前，對山丘上的女子問：「妳是誰？」

「我不知道我另一個真名。」她說。她和他說一樣的語言，即是她對召喚師傅說的語言——創生語，龍語。

她轉身離去，開始走上山丘。

「伊芮安，」形意師傅阿茲弗說：「妳會回來找我們嗎？」

她停步，讓他走向她。「如果你呼喚我，我會。」她說。

她伸出手碰他的手。他急忙倒吸一口氣。

「妳要去哪裡？」他問。

「找那些會賜予我真名的人。在火中，不在水中。我的族人。」

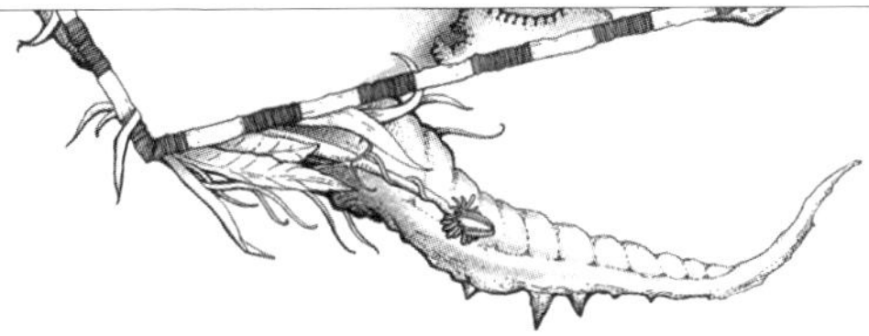

「在西方。」他說。

她說：「比西方更西。」

她轉身背向他和其他人，在逐漸籠罩的黑暗中走上山丘。她漸行漸遠，他們看到她，所有人都看到她，壯碩的金鱗身軀、多棘捲曲的尾巴、利爪、映著火光的氣息。她在圓丘頂端稍停，旋轉頎長頭頸，慢慢看遍柔克島。她凝視大林最久，那兒如今只是黑暗中一團迷濛。然後，龍隨著彷彿銅片晃動的咯咯聲開展寬廣羽翅，躍入空中，環繞柔克圓丘一周，飛離。

一捲火，一縷煙，在黑暗夜空中飄下。

形意師傅阿茲弗站著，左手握著經她碰觸而燃燒的右手。他低頭看著默默站在山腳下的人群，盯著龍的背影。「那麼，朋友們，」他說道，「現在呢？」

只有守門師傅回答。他說：「我想我們應該回館，開門。」

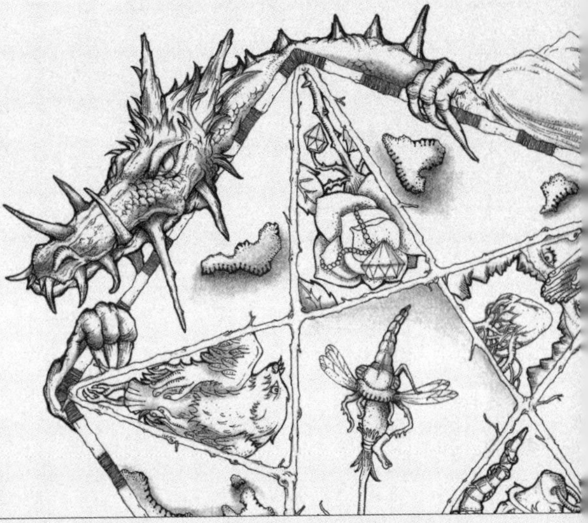

【地海故事集】

地海風土誌
The Finder

民族及語言

民族

赫族大陸

群島王國的赫族以農業、畜牧、漁業、商業，及非工業社會中常見的手藝、技藝維生。人口十分穩定，適合人居的有限土地從未過度擁擠；不知饑荒為何、少有貧民。

小島及村莊一般由大致民主的諮議團或議會治理，領導或交涉代表為遴選出的島民代表。在陲區，政治組織通常只有島民議會或村鎮議會。內環王國中，統治階級早已奠立，多數大島及城市（至少名義上）皆由世代相傳的貴族男女統治，整個群島王國數百年來皆由王治理。然而，實質統治城鎮都市的，多半是議會、商賈與貿易公會。大型公會網絡遍及內環王國各地，不受黑弗諾王之外的領主或組織管轄。

采邑制度、領地制度、奴隸制度曾偶爾在某些區域出現，但在黑弗諾王統治下並不存在。

魔法為普遍認可的的實質力量，由少數個人行使，而非全體。魔法塑造、影響了赫族的制度，因此，群島王國生活表面似乎近似其他非工業社會，但其實天差地遠。其中一項指標或許是：有組織的宗教付之闕如。各地普遍存有迷信，卻無神祇、教派

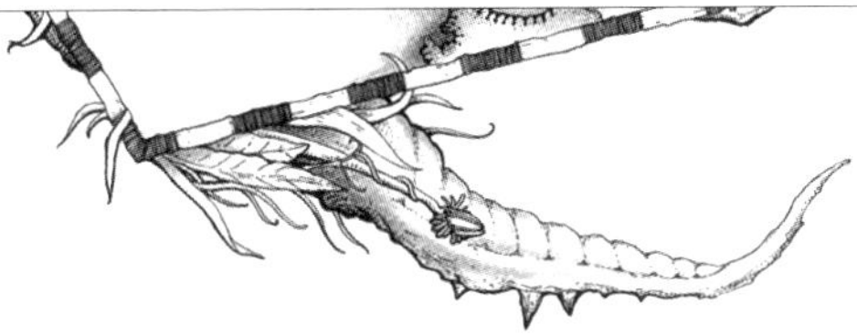

或各種正式崇拜。儀式只存於某些太古力聖地的傳統奉獻，或每年普天同慶的大型節日，如日迴及長舞節；唸誦、歌唱傳統歌謠與敘事詩，或表演魔法咒語時，也有儀式。

群島王國及陲區人民同屬赫族語言及文化，卻帶有地域差異。西南陲區的浮筏民族保留大型年度慶典，卻鮮少展現其他群島文化，他們沒有商業，沒有農業，也不知有他族。

多數群島民族都有褐色或紅褐色皮膚、黑直髮、深色眼睛，體型多半矮小、纖細、小骨架，但頗為健美豐盈。東陲及南陲民族則較為高大、骨架較重，膚色也較深。許多南方人有深褐色皮膚。多數群島男子皆少有鬍鬚，或根本不長。

甌司可、羅格密及博茨人的膚色較群島王國其餘民族來得淺，經常有褐髮、甚至金髮，淺色眼瞳，男人多半有鬚。他們的語言及部分信仰較接近卡耳格族而非赫族。這些遙遠的北方人可能是卡耳格後裔。卡耳格人在東方四大陸定居後，約於兩千年前又航返西方。

卡耳格大陸

群島王國東北方四大島上，居民膚色自淺褐到白，髮色自深到淺都有，除了深色瞳眸外，也有藍色和灰色。

除了甌司可島外，卡耳格及群島王國的膚色種類鮮少混雜，因北陲十分荒僻、人煙稀少，兩、三千年來，卡耳格民族對群島王國人民普遍敵視，刻意避免接觸。

卡耳格四大島嶼氣候多乾燥，但經灌溉耕耘便頗為豐饒。卡耳格社會似乎相對封閉，鮮少受外界的影響，只有南方及西方的強勢鄰居帶來負面影響。

卡耳格民族中，魔法似乎少以與生俱來的形式出現，或許是因為受到社會及主政者忽視或主動壓制。魔法除了是邪惡力量，應當畏懼躲避外，在社會中亦不受認可。因此，相較於群島王國，卡耳格人不能也不願使用魔法，使他們在各方面處於劣勢，這或許也是他們強行劫掠、入侵鄰近南陲及弓忒島之外，無意參與商業或其他交流活動的原因。

龍

歌謠及故事顯示，龍的出現早於所有生物。古赫語中，「龍」的隱喻或委婉語有「頭胎」、「至壽者」、「長兒」。（代表家裡長子的字，在甌司可語為「阿卡德」，在卡耳格語為「嘎達」，兩者均由「哈斯」衍生。「哈斯」就是太古語中的「龍」。）

弓忒與陲區散見的文獻及故事、卡耳格大陸的聖史片段、帕恩島智典晦澀神祕

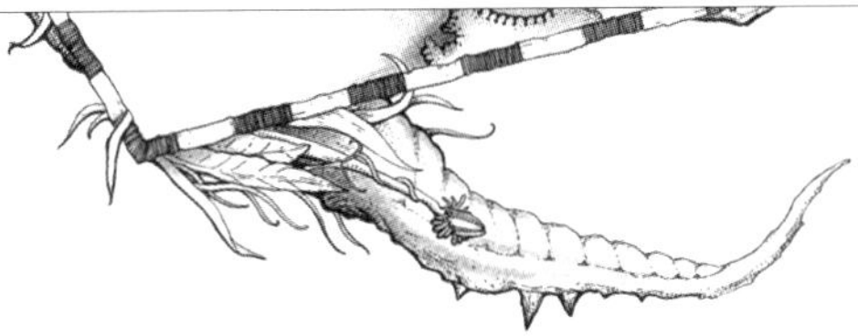

故事片段，皆長期為柔克學者所忽視。這些文字說明，在最早的年代，龍與人同種，其後分裂為二，彼此生活習慣或欲望均不相容，也許是長期地理分隔，造成漸行漸遠的分歧與種族差異。帕恩智識及卡耳格族傳說堅稱這是刻意分離，由分裂協議——或稱「夫爾納登」、「夫都南」——造成。

這些傳說在卡耳格大陸最東邊的胡珥胡保存最為完整，該地的龍已退化成沒有高等智慧的動物，但胡珥胡人堅信人類與龍族的血緣關係；伴隨這些古老傳說則有近代流傳的故事：變為人形的龍、變為龍形的人，以及亦龍亦人的生物。

無論分裂如何發生，自有歷史記載，人類便住在群島王國中心及其以東的卡耳格大陸，龍則留在最西端島嶼，及更遙遠的彼方。人類常不解龍族為何選擇空無大海為領土——龍是「風與火的生物」，栽入海中便會溺斃，但牠們無須在水面或陸地降落。牠們依憑翅膀而生，在空中、日光、星光中飛翔。龍唯一需要的地面是崎嶇多岩處，以便下蛋、養育小龍。西陲最遠端那些狹小貧瘠的島嶼，符合這項需求。

《伊亞創世歌》並未明顯提及龍族與人類同源，或日後如何分離，但這可能是因為這篇詩歌的正本據傳以創生語寫成，其年代早在分裂之前。詩中有關人龍同源的最佳證據是其中古赫語詞「阿拉斯」，此詞通常解讀為「人民」或「人類」，但語源（出自《阿特與薩阿之真符文》）是「文字生物」、「說話者」，可能正意味龍族或包含龍族。歌謠中另一個偶爾使用的詞為「阿勒拉斯」，意指「真字生物」、「說真字者」、「說真言者」，可能意指人類巫師、龍族，或兩者皆是。晦澀的帕恩智識認為，此詞同時意指巫師與龍。

龍生而通曉真語，或如格得所說，「龍及龍語為一體兩面」。即便人類最初也擁有這份天生的智識或身分，如今俱已喪失，一如早已喪失龍性。

語言

太古語，又稱創生語，是兮果乙在時間之始用以創造地海諸島的語言，咸認毫無界限，因它賜予萬物真名。

如上述，龍生而知曉這語言，人類則不然。不過也有例外。有強大魔法天賦，或透過人類與龍族古老血緣關係的少數人類，也天生知曉某些太古語詞彙，但多數人都必須學習太古語。操持魔法的赫族人透過師傅習得，術士及女巫學得少數，巫師學到許多，有些人則幾乎可以像龍一般流利使用。

咒文皆至少使用一個太古語詞，不過村野女巫或術士未必確知其意。宏深咒文完全以太古語組成，只有唸誦時才得以理解。

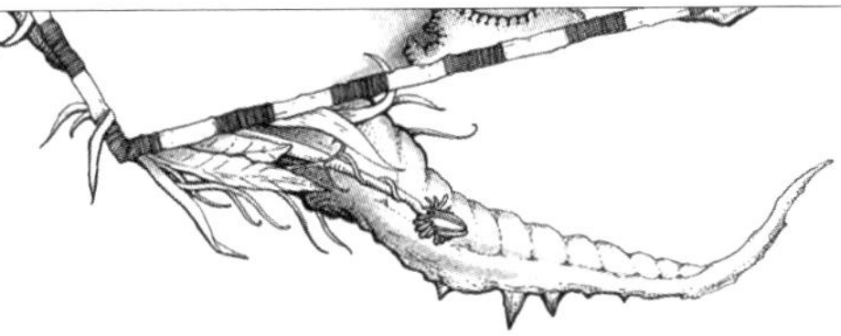

群島王國赫語、甌司可語、卡耳格語等，都是太古語的遠房後裔，這些語言皆無法編組魔法咒文。

群島王國人民說赫語，方言與島嶼同多，但未差異到彼此完全無法了解。甌司可及西北二島使用的甌司可語比之赫語，更近似卡耳格語。三種語言中，卡耳格語的詞彙、句構廣由太古語衍生而來。大多數說卡耳格語的人，正如同多數說赫語的人，不了解兩者語出同源。群島王國的學者意識到此事，但多數卡耳格人加以否認，他們分不清赫語與咒語中使用的太古語，將群島王國語言盡皆視為邪惡魔法，感到恐懼和鄙視。

文字

據說文字由符文師傅發明，他們是群島王國首批偉大巫師，或許為了保留太古語而發明了文字。龍沒有文字。

地海有兩種截然不同的文字：真符文與符文文字。

群島王國的真符文包含創生語字詞。真符文不僅是象徵，更是創因：可讓事物出現、令某樁狀況發生，或實現某事件。寫出此符文便是行動，行動的力量則依客觀環境而定。大多數真符文只出現在古籍與智典中，只有受過專門符文訓練的巫師才會使用。不過，其中有多種經常使用，連未經學習的一般人也非常熟悉的文字，例如：寫在門框上保護房子免遭祝融的符文。

真符文發明很久之後，發展出一套與之相關卻不帶魔法的符文文字，用於撰寫赫語。這種文字影響現實的能力與任何文字並無二致，換句話說，影響力雖然間接，卻也可觀。

據說，兮果乙最初在風中以火寫出真符文，因此真符文與創生語在同一時期出現，但此說可能有誤，因為龍不使用真符文，即便識得也不會承認。

每個真符文都有其含義、言外之意，或特定範圍的意義。赫語多少可予以定義，但這麼說比較好：這些符文不完全是文字，而是咒語或行動。然而，真符文必須存在於太古語句，由巫師說出或寫成，不能以陳述句呈現，須帶有行動意圖；施咒時還須輔以聲音手勢。滿足這些條件後，文字或符文的力量才會完全釋放。

須書寫記錄時，咒文皆以真符文寫成，偶爾也混入赫語符文。書寫真符文，就如同說太古語般，必須保證所說必為真實——是人就須遵守。人無法以太古語說謊，龍卻可以——至少龍是這麼說。如果龍說謊，豈非證明牠們所言為真？

真符文在口語中的名稱可能是太古語中所指涉的字詞，或是譯成赫語時的言外

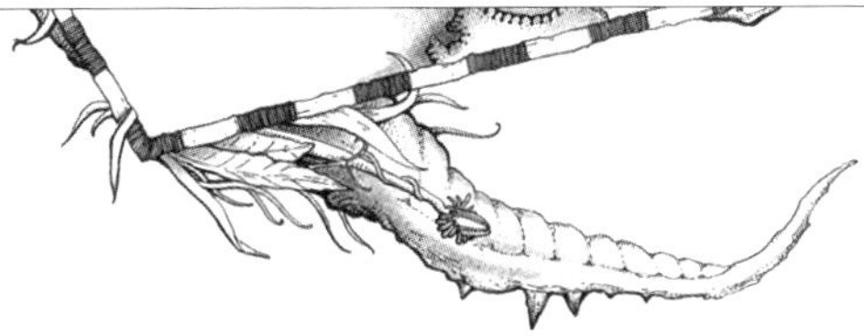

之意之一。常用的符文名字，一般說赫語的人都隨意使用，例如庇耳（用以抵禦火災、風災、瘋狂）、西弗（一路順風）、西姆（工作順勢）等；操弄魔法的人即使說這些人盡皆知的常用名字，也非常謹慎，因為這些名字其實都是太古語詞彙，可能在不期中或意料外，影響事件本身。

所謂「赫語符文六百」，其實不是用以撰寫普通語言的赫語符文，而是真符文，附有「拴鎖」，在普通語言中無法啟動。這些符文在太古語中的真名必須默記。求知慾強的魔法學徒會進一步修習「進階符文」、「伊亞符文」及其他種種符文。如果說太古語無邊無境，則符文亦然。

日常赫語為了政務、商務、個人傳訊、記錄歷史、故事、歌謠等用途，以赫語符文工整寫成。多數群島王國人民在數年就學時間中，便學會數百到數千個字詞。無論口語或書寫，赫語在施法上都毫無用處。

文學與歷史淵源

一千五百多年前赫語符文成形，使敘事寫作得以進行。此後，以歌唱或口語流傳的《伊亞創世歌》、「冬頌」、行誼、敘事詩、歌曲等等皆經人抄寫，以文字保存。口耳相傳的方式依舊存在。許多古文抄寫本可避免內容差異過大或完全失傳，但歌謠、歷史為孩童教育的一部分，由口耳教學，藉由人聲，一代傳一代。

古赫語與現代語在詞彙及讀音上有所差異，但硬記死背、定期背誦、聆聽古典作品，也得以保存了古語言的意義（或許有助於遏止日常言談中語言流失），赫語符文如同漢字，可包含多種不同讀音及意義轉變。

行誼、敘事詩、歌曲、流行歌謠仍以口語表演的方式創作，創作者多為專業歌手。受歡迎的新作不久便寫在大幅紙上，或收入叢集。

無論表演或默誦，此類詩篇及歌曲的價值盡在內容，而非良莠不齊的文學品質。主要詩作手法有鬆散的格律、頭韻、制式定句，反覆構砌等，內容包括神話、史詩、歷史敘事、地理描述、自然觀察、農業活動、海洋知識，及手工藝、勸世故事與寓言、哲學、幻想、性靈詩篇與情歌等等。行誼及敘事詩通常經人吟誦，歌謠則由人演唱，伴以打擊樂。專業唸誦者與歌手可能以豎琴、六弦提琴、鼓及其他樂器伴奏。歌曲通常較少敘事內容，而多因曲調受到喜愛及保存。

史書、記載及魔法巫術，僅以書寫形式留存，晚期常混合了赫語符文及真符文。智典（由一名或一門系巫師創寫注釋的咒文合輯）通常只有一份。

要牢記的是：這些智典的文字，不可唸出聲。

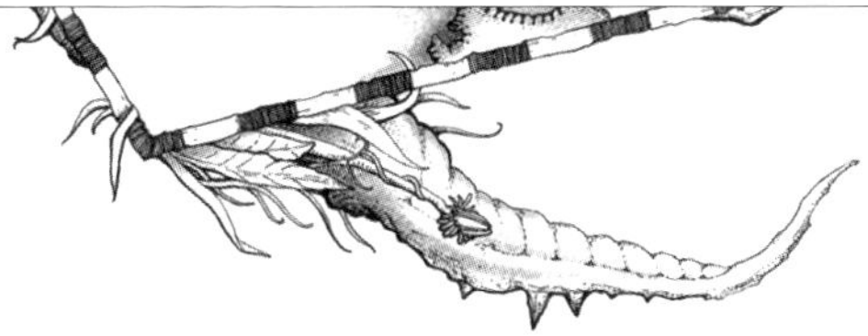

甌司可人使用赫語符文撰寫語言，因為他們主要與赫語區貿易往來。

卡耳格人對任何書寫形式都深深抗拒，認為書寫即為巫魅邪惡。他們以不同顏色、不同重量的毛線編織，從事複雜的帳務與紀錄；卡耳格人也是數學專家，使用十二進位。在眾神王掌權後，卡耳格人才開始使用符號文字，而且非常罕見。官員及商人經過些許簡化、增添，將赫語符文改編為卡耳格文，以應付商業及外交之用。但卡耳格族祭司從不學習書寫，許多卡耳格人仍每寫一個赫語符文便輕畫一道，以剪除潛藏的巫術。

歷史

說明：許多島嶼有當地的紀年方式。群島王國上，最廣為使用的計日系統源於《黑弗諾敘事詩》，以莫瑞德繼位年訂為史上第一年。依照這套系統，此處的「現時」，實為群島王國一〇五八年。

起源

我們已知的古代地海，皆可從詩篇與歌謠中尋獲，這些詩篇與歌謠遠在抄寫之前，便已口耳流傳數百年。

《伊亞創世歌》是最古老、最神聖的詩篇，至少以赫語流傳了兩千年，原始版本可能在這數千年前便已存在。詩中三十一個詩節訴說兮果乙如何在時間之初抬起地海諸島、以創生語命名、創造萬物。該詩篇最初便以創生語唸誦。

然而，根據歌曲內容，海洋比島嶼更古老。

先於明燦之伊亞
先於兮果乙造嶼
拂曉之風撫於海

而在柔克圓丘、心成林、峨團陵墓、鐵若能、帕歐之唇及許多地方出現的大地太古力，可能與世界同時出現。

兮果乙可能是大地太古力，或曾是大地太古力之一，也可能是大地本身的一個名

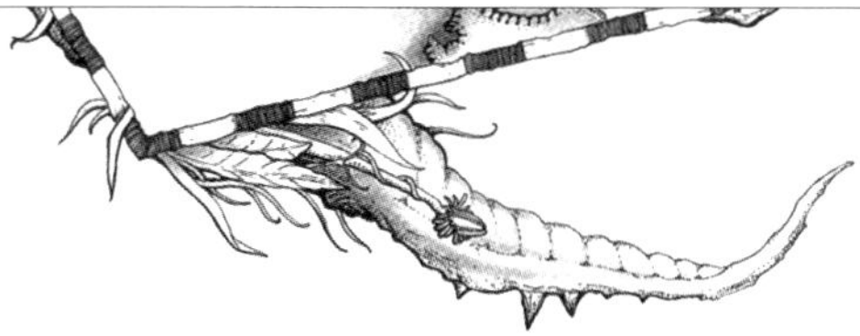

稱。有人認為，所有龍，或特定的龍、特定的人，即是兮果乙化身。唯一確定的是，「兮果乙」一詞是從古赫語動詞「兮即」衍生的古老敬稱，「兮即」意謂「創造、塑造、刻意出現」。同一字根衍生名詞「伊兮即」，意指「創造力、氣息、詩篇」。

《伊亞創世歌》是群島王國教育的基礎。年滿六、七歲的孩童都聽過該詩篇，且多數已開始背誦。凡無法默記，與他人吟誦、歌唱此詩的成人，或無法教導孩童此詩者，均被視為極端無知。這首詩在冬、春二季教授，每年在長舞節慶祝夏至時全曲唱誦。

《地海巫師》曾引用其中一段：

惟寂靜，出言語；
惟黑暗，成光明；
惟死亡，得再生；
鷹揚虛空，燦兮明兮。

《地海孤雛》引用第一詩節開端：

自無而有，
自始而終，
孰能知悉？
凡人得門而入，
但分其道也。
永歸萬物中，
至壽者，守門者，兮果乙……

及第一詩節末句：

是以，光明伊亞升於浪沫。

群島王國史

英拉德眾王

現存最古老的兩篇史詩（或歷史文本）為《英拉德行誼》與《少王行誼》，後

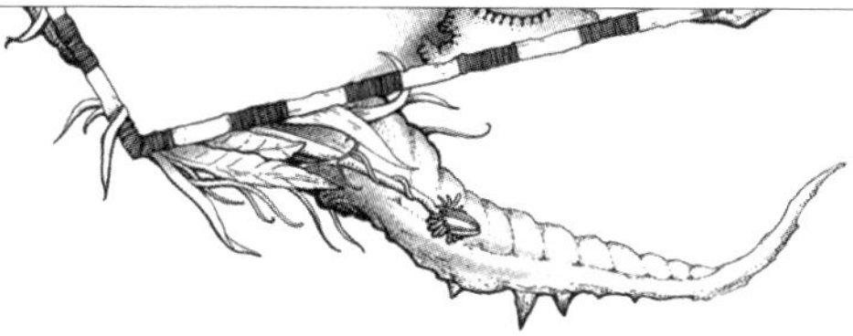

者又稱《莫瑞德行誼》。

《英拉德行誼》大多似乎純屬虛構，講述莫瑞德之前的王，及莫瑞德登基後第一年。這幾位統治者的首都在英拉德島的貝里拉。

英拉德島早期的王及女王——拉爾阿沙、多亨、恩納珊、提曼、塔戈塔等人——逐漸擴大統治權，最後自行宣稱為地海統治者。領土最南只達伊里安島，不包括東邊的飛克威島、西邊的帕恩及偕梅島、北邊的甌司可島，但他們確曾派遣探險者前往內極海與陲區。地海最古老的地圖於約一千兩百年前在貝里拉繪成，目前藏於黑弗諾宮典籍庫。

這幾位王及女王略通太古語及魔法，其中有些人的確是巫師，有些則由巫師提供諮詢或協助。但《英拉德行誼》中的魔法是飄忽不定的力量，依靠不得。莫瑞德是首位被稱為法師的人及王。

莫瑞德

冬至日迴宴中唱頌的《少王行誼》中，訴說著莫瑞德的故事。人稱莫瑞德為法師王、白法師、少王。他出自英拉德島宗室的旁系血親，繼承表親的王位，祖先是巫師，擔任王室顧問。

詩篇以群島王國最為人熟知及珍愛的愛情故事開始，即莫瑞德與葉芙阮的故事。年輕的王在統治的第三年南下到群島王國中最大的黑弗諾島，平息當地城邦間紛爭。他乘「無槳長艇」回航時來到索利亞島，「於春之果園」見到葉芙阮——人稱「索利亞島女」或「索利亞女士」。他未繼續前往英拉德島，而留在葉芙阮身旁。為許下婚盟，莫瑞德贈與她一只銀手環或臂環，那是他的家傳珍寶，刻有獨特強大的真符文。

莫瑞德與葉芙阮成婚後，詩篇將他們統治的年歲描述為短暫的黃金時期，及日後道德與統治的基石與標準。

兩人成婚前，一名法師或巫師也追求葉芙阮，其名從未明言，只以「莫瑞德之敵」或「杖主」稱之。此人不願釋懷，決心奪回葉芙阮。兩人婚後和平的短短數年，杖主法力逐漸壯大。五年後，他以詩中詞語前來宣稱：

> 葉芙阮若非我所有，我將毀言兮果乙之字，
> 我將毀滅島嶼，由白浪淹沒萬世。

他的法力能在海上喚起巨浪，也能阻止或提早引入潮汐；聲音能迷惑全體人

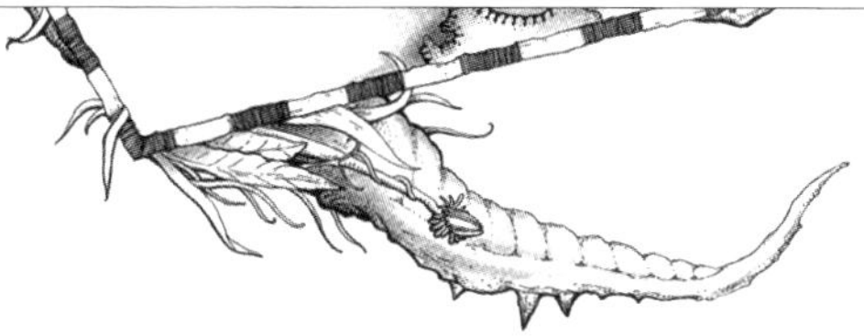

民，凡聽他言語者都陷入他掌控。因此，他命令莫瑞德的人民反叛。英拉德村民大喊被王背叛，便摧毀自己的城市與農田，水手鑿沉自己的船、士兵服從敵人咒法，在血腥毀滅的戰爭中相互殘殺。

莫瑞德試圖將臣民自咒語中解放，與敵人對戰時，葉芙阮帶著一歲稚兒回到故鄉索利亞——她的力量會在當地達到顛峰。但敵人尾隨，意圖將她變成階下囚與奴隸。她藏身恩沙諸泉，憑著對該處太古力的智識抵抗敵人，將他驅離該島。詩篇有言：「大地甘泉逐退鹹苦之敵」。但他在逃逸途中俘獲葉芙阮兄長撒蘭，當時撒蘭正從英拉德島啟航前往幫助胞妹。杖主將薩蘭變成尸偶或工具，派他傳口信給莫瑞德，說葉芙阮帶著孩子逃往英拉德之領的小島。

莫瑞德聽聞口信，掉入陷阱險些葬身。敵人從英拉德島西方往東，沿著廢墟一路追趕。在英拉德島平原上，莫瑞德遇見依然忠誠的同伴，大多是水手，自英拉德率領船艦前來協助，於是莫瑞德轉身戰鬥。敵人不與他直接對戰，而派莫瑞德手下受魔法束縛的戰士迎擊，更可怕的是，敵人以術法乾縮戰士軀體，直到他們「存活，卻似沙漠之黑乾屍」。為保護子民，莫瑞德退兵。

莫瑞德離開戰場時天空降雨，他看到敵人的真名以雨滴寫在沙土上。知曉敵人真名，便能對抗其咒術，將之驅離英拉德島，「駕乘西風、雨風、濃雲」，一路追擊，越過冬季海洋。雙方勢均力敵，最後對戰中，兩人在伊亞海附近雙雙身亡。

敵人因痛苦煎熬，憤而掀起大浪，使其全速淹沒索利亞島。莫瑞德身亡瞬間，葉芙阮便得知此事。她命令子民全數上船，然後，詩曰：「她手持小豎琴」，在等待毀滅浪潮來襲——唯莫瑞德或能平息——的時辰內，完成歌曲〈白法師輓歌〉。島嶼淹沒海中，葉芙阮亦隨之溺沒，然而，她的柳木搖籃船卻安然飄離，將其子瑟利耳帶到安全之地，身上帶著莫瑞德的信物——刻有和平符文的環。

在群島王國的地圖上，索利亞島是以白空格或漩渦標示。

繼莫瑞德之後，英拉德另有七位王或女王執政，國土穩健擴大而且富庶。

黑弗諾眾王

莫瑞德死後一百五十年，阿肯巴王——威島的虛里絲王子——將宮廷遷往黑弗諾，讓黑弗諾大港成為王國首都。黑弗諾比英拉德更趨近地海中心，位置更宜於交易或派遣艦隊保護赫族島嶼，免受卡耳格的搶奪侵略。

《黑弗諾敘事詩》記述黑弗諾十四位王的歷史（事實上是六位王及八位女王，約一五〇〇—四〇〇〇年）。由男女雙方家族血統及群島王國幾個貴族間聯姻而成，皇

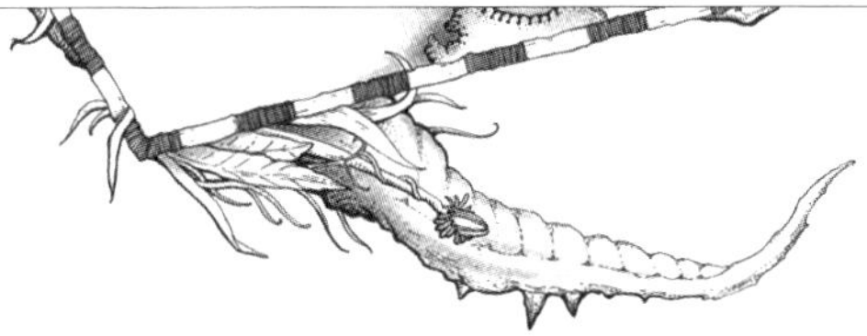

室包括五大家族：英拉德家族是最古老的一支，直接承襲莫瑞德及瑟利耳的血脈；另有虛里絲、伊亞、黑弗諾家族；最後是伊里安家族。海生傑瑪王子是伊里安家族中首位繼承黑弗諾王座的人。他的孫女為赫露女王，赫露之子馬哈仁安（統治期間為四三〇—四五二年）是黑暗年代前最後一位王。

黑弗諾眾王統治的年代富庶、開創、強盛，但在該時代最後百年，來自東方卡耳格及西方龍族的攻擊變得頻繁激烈。

負責保衛群島王國諸嶼的王、貴族及島長逐漸倚賴巫師，以擊退龍族及卡耳格船艦。在《黑弗諾敘事詩》及《龍主行誼》中，隨著故事進展，這些巫師的名字與事蹟開始蓋過王治紀錄。

偉大的學者法師阿斯編纂一本智典，蒐集了許多零散知識，尤其是創生語詞彙。此《真名之書》遂成為命名基礎，是魔法技藝系統的一環。王派他至西方擊敗或驅散不斷在西方諸島追逐牛群、放火、毀壞農莊的龍群，同時，他將書留予帕笛島一名法師同僚。在安絲摩島西方某處，阿斯與巨龍歐姆對戰，這場戰鬥眾說紛紜，雖然此後龍族暫止侵擾，但可確定的是，歐姆戰後倖存，阿斯卻因此身亡。他的書遺失了數百年，目前藏於柔克的孤立塔。

據說龍族以光或火為食，在盛怒下殺生，保護幼龍，也為取樂而殺生，但從不食用獵物。自太古以至赫露統治期間，牠們只占用西陲最外緣島嶼——可能是牠們領土的最東緣——作為會面及生育之用，絕少出現在多數島民眼前。龍族天性易怒高傲，內環王國人口漸增，漸趨富庶，或許讓龍族倍感威脅，因為即便是西陲，船隻往來也日漸頻繁。無論原因為何，那些年裡牠們愈來愈常突襲西方島嶼的羊群、牛群及村民。

胡珥胡島上流傳一則故事，敘說知名的「夫都南」（意即「大分裂」），提到：

人選擇重負，
龍選擇雙翼。
人選擇擁有，
龍選擇捨棄。

意謂人類選擇占有財產，龍族選擇捨棄。然而，如同人類之中也有苦行僧，有些龍也貪圖閃亮物品、黃金、珠寶。例如耶瓦德，牠有時會以人形在人群間行走，一度將富饒的蟠多島變成龍族育兒室，最後才被格得趕回西方。但根據敘事詩及歌曲，龍族劫掠的動機似乎不是貪婪，而是憤怒，出於某種受騙、背叛的感覺。

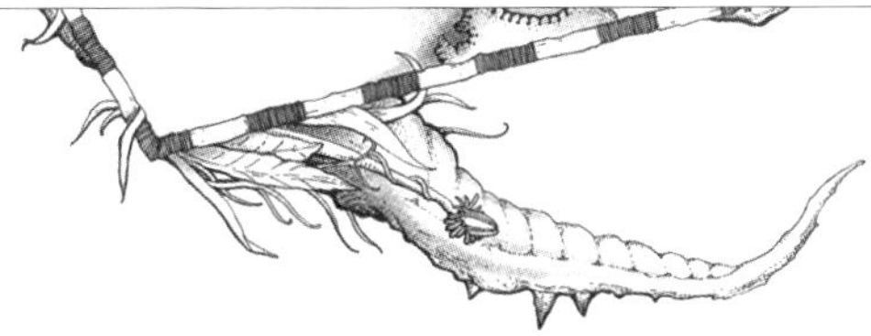

敘述龍族劫掠及巫師報復侵略的行誼及敘事詩中，將龍族描繪為無異於野生動物般無情、駭人、高深莫測，但頗為聰慧，有時還比巫師睿智。雖然牠們說真言，卻善於詭辯，其中有些龍顯然喜歡與巫師鬥智，「以岔舌狡辯」。龍族與人類相同，只有最偉大的龍才會以真名示人。在敘事詩〈哈薩行〉中，龍族為難以對付但感情充沛的生物，理應對人類入侵的艦隊感到憤怒，因為牠們深愛自己荒涼的領土。牠們對英雄說：

航返日出之屋，哈薩
留西拂長風於吾翅
留吾天海、未知、無極……

馬哈仁安及厄瑞亞拜

女王赫露又名鷹后，承繼父位，其父為伊里安家族的鄧格瑪。王夫艾曼屬於莫瑞德家族。她統治滿三十年後，將皇位傳給兩人之子馬哈仁安。

馬哈仁安的法師顧問暨孟焦之友是一介平民，即「無父人」，是黑弗諾內陸村莊女巫之子。他是群島王國最鍾愛的英雄，其故事傳於《厄瑞亞拜行誼》，仲夏長舞節時，樂師都會唱誦這首詩歌。

厄瑞亞拜的魔法天賦在幼時便顯而易見。他被送到宮廷，由宮廷巫師訓練，女王挑選他作為王子的友伴。

馬哈仁安與厄瑞亞拜結為肝膽之交。他們並肩作戰十年，對抗卡耳格人，因為卡耳格偶爾東來的襲擊近來已成圍捕奴隸的殖民入侵。芬圍、托何溫及托里口群島、司貝維、佩若高，以及部分弓忒，在卡耳格統治下已有一代，甚或更久。厄瑞亞拜在威島虛里絲施下強大法術對抗卡耳格軍隊，那批軍隊搭乘「千艘船艦」在威島沼澤登陸，蜂擁橫越本島而來。他用名為「水智識」的太古力乞願咒（也許是葉芙阮在索利亞用以抵禦敵人的同一咒語），將虛里絲噴泉（威島領主花園中的神聖泉水及水池）水流變成一道將入侵者衝回海岸的洪流，馬哈仁安的軍隊就在岸邊等待。艦隊中沒有一艘船回到卡瑞構。

厄瑞亞拜的下一個挑戰是個名叫「火爺」的法師，法力強到可以將一天延長五個小時，但無法實現誓言，讓太陽在正午靜止，將黑暗永遠驅離島嶼。火爺變換為龍身迎戰厄瑞亞拜，但是終究戰敗，犧牲了伊里安的森林與城市——他在戰時縱火燃燒。

其實，火爺可能是化為人形的龍，因其死後不久，打敗阿斯的巨龍歐姆便領著

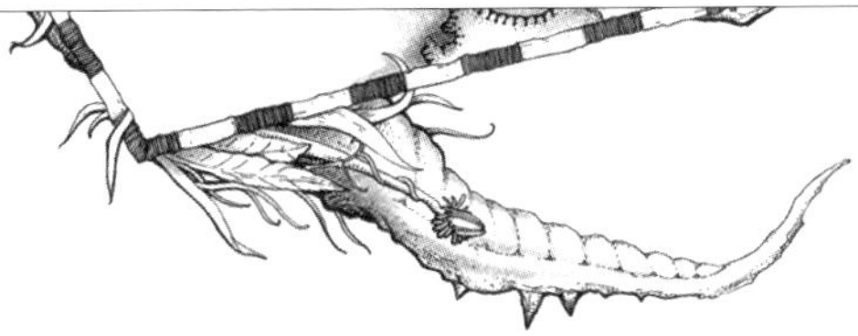

數群族人騷擾群島王國西方諸島，也許正是為了替火爺報仇。這些飛航的熊熊火光令島民極為恐懼，數百艘船載著人民從帕恩島及偕梅島逃往內環諸島，但龍族造成的損害遠不及卡耳格人，因此馬哈仁安判斷，迫切的危機在東方。他親自前往西方出戰龍族，同時派厄瑞亞拜到東方試圖與卡耳格大陸的王締結和平。

皇太后赫露將莫瑞德送給葉芙阮的臂環交給使者——艾曼在娶親時將環送予她。此環自瑟利耳的後裔代代相傳，是他們最珍貴的寶物。臂環上刻著絕無僅有的圖形，即繫連符文，又稱和平符文，據信能保證和平正直的統治。「讓卡耳格王戴上莫瑞德的臂環。」皇太后說道。因此，厄瑞亞拜帶著這份最慷慨的禮物，誓言心向和平，隻身前往卡瑞構島的眾王之城。

索瑞格王殷勤接待厄瑞亞拜，他的艦隊遭受慘烈損失後，若馬哈仁安不求報復，他即準備和談，並自占領的赫族群島撤退。

然而，卡耳格族王治已受雙神的高等祭司操控。索瑞格的高等祭司殷特辛反對所有和談與和解，他向厄瑞亞拜挑戰，進行巫術對決。因卡耳格人不施行赫族認知的魔法，因此殷特辛必定是將厄瑞亞拜誘騙到大地太古力會抵銷厄瑞亞拜力量之處。赫族的《厄瑞亞拜行誼》只講到英雄及高等祭司「角力」，直到：

太古黑暗之衰弱滲入厄瑞亞拜四肢，
地母黑暗之緘默滲入其心，
他長期臥躺，名聲及友愛皆忘，
長期，胸膛靜躺破碎之環。

「智王索瑞格」之女將厄瑞亞拜自恍惚或囚禁咒中救出，恢復他的力量。他將剩下的半片和平之環送給她。（從她開始，此環就在她的後代間傳承逾五百年，直到索瑞格最後的繼承人為止，那是一對被放逐到東陲蠻荒之島的兄妹；妹妹將環送給格得。）殷特辛保留另一半碎環，那半環「進入黑暗」——即進入峨團陵墓的大寶藏室。（格得在那裡找到它，合併兩片半環，取回失落的和平符文，與恬娜將環帶回黑弗諾。）

這個故事的卡耳格版本是由祭司以神聖吟頌的方式講述，說殷特辛擊敗厄瑞亞拜，使他「失去巫杖、護符及力量」，偷偷潛回黑弗諾，成為廢人。但巫師在那年代不持巫杖，厄瑞亞拜面對巨龍歐姆時，絕對身心健全，法力強大。

馬哈仁安王尋求和平，卻從未如願。厄瑞亞拜在卡瑞構島時（可能為期數年），龍的掠奪行為加劇。內環諸島受到西土逃亡難民所擾，也受中斷的運輸與交

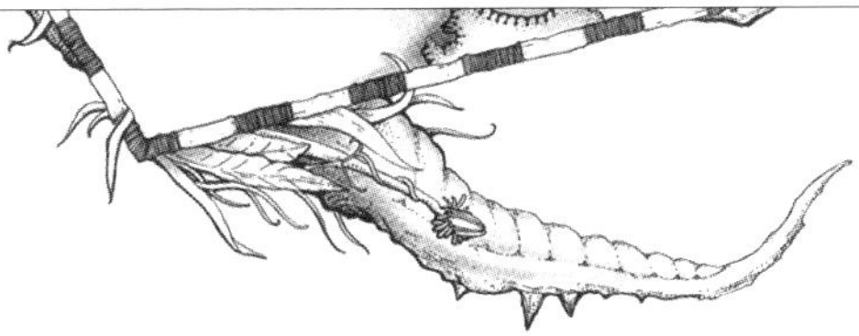

易煩擾，因為龍族早已開始對厚斯克島以西航行的船隻放火，甚至騷擾內極海的船隻。馬哈仁安所能動用的巫師及士兵盡出前往抵抗龍族，本人也四度親征，但利劍及飛箭對全副武裝、噴火、飛翔的敵人沒多大用處。帕恩島成為「焦炭平原」，黑弗諾以西的村莊城鎮也夷為平地。王室巫師在帕恩海上咒伏、獵殺了幾隻龍，此舉可能加深龍族的憤怒。正當厄瑞亞拜返回時，巨龍歐姆飛到黑弗諾城，以火焰威脅王城高塔。

厄瑞亞拜以「被東風磨透的帆」航進海灣，無暇「擁抱肝膽之交，問候家鄉」，立即變成龍形，飛到歐恩山上方與歐姆戰鬥。黑弗諾宮中也看得見「子夜的空中火焰」。牠們往北飛，厄瑞亞拜緊追在後。在道恩附近海面，歐姆再度轉身，重挫法師，令他不得不降到地面，回復自己的形體。他來到太古島伊亞，兮果乙從海中抬起的第一座島，歐姆追趕在後。在那神聖強勁的土壤上，他與歐姆相會。雙方停戰，以平等身分對談，同意結束兩族間的敵對關係。

不幸，王室巫師對龍族攻擊王國中心感到憤怒，也受到帕恩海之勝的鼓舞，早已乘船前往遙遠西陲，攻擊龍族養育下一代的小島與岩石，殺死許多雛龍，「以狼牙棍擊碎怪物之卵」。聽到此事，歐姆龍之怒又醒，牠「像火箭般躍向黑弗諾」。（龍在赫語及卡耳格語中泛指男性，但事實上，龍族的性別僅限於推測，至於最古老偉大的龍，性別則是個謎。）

傷勢尚未康復的厄瑞亞拜找到歐姆，將之趕出黑弗諾，追遍「整個群島王國及陲區」，絕不讓牠降落至陸地，一路將牠逼越海洋，直到最後一次可怕的飛行中，雙方經過龍居諸嶼來到西陲最後一座島嶼，偕勒多。彼處，外灘上，雙方精疲力竭，以「爪、火、字、劍」面對面決戰，直到：

雙方血流混融，染沙成紅，
雙方氣息已絕，海浪聲聲，
屍體纏臥在側，共赴死亡之境。

故事說，馬哈仁安王親至偕勒多，「泣於海邊」。他將厄瑞亞拜的劍帶回，置於宮中最高塔頂。

歐姆死後，龍族依舊是西方之患，尤其在獵龍人的刺激之後，但牠們不再騷擾人居島嶼及和平船運。蟠多的耶瓦德是唯一在王治年代之後劫掠內環諸島的龍。凱拉辛，又名「至壽者」，將格得及黎白南帶到柔克島時，內極海上已有數百年不曾見過龍了。

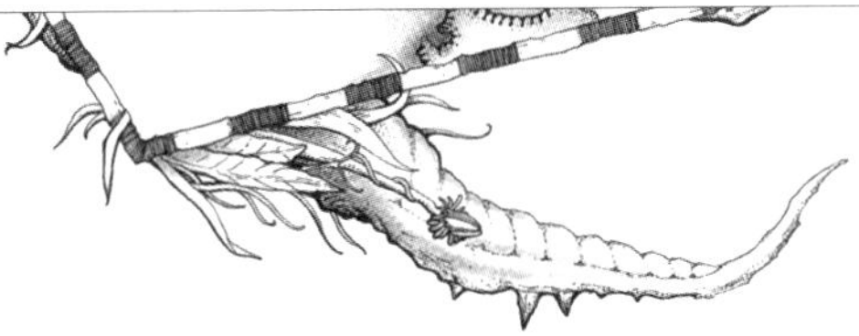

馬哈仁安在厄瑞亞拜死後數年也身故，因為他看不到和平的締結，又看到王國中有許多動盪與紛亂。許多人都傳言，既然和平之環已經遺失，便無法產生真正的地海之王。在對抗叛變領主海汶之蓋西斯時，身負致命重傷的馬哈仁安說出一則預言：「將繼承吾之御座者，乃跨越暗土仍存活，且舟行至當世諸多遠岸者。」

黑暗年代、結手、柔克學院

馬哈仁安於四五二年過世後，幾名繼承人搶奪王位，卻無人成功。區區數年內，鬥爭便摧毀中央統治系統。群島王國成為世襲封建王子、小島及城邦政府、海盜藩王間的戰場，人人都想聚財擴土，或保衛自己的疆界。交易與海運因海盜劫掠而逐漸消失，城市及鄉鎮遁入抵禦城牆後，工藝、漁業、農業因持續劫掠及戰爭而受到影響，王治下不存在的奴隸制度再度普及。魔法是掠奪及戰爭的主要武器。巫師或將自己外聘給藩王，或為自己爭奪權力。由於這些巫師不負責任，扭曲自身力量，導至魔法開始招致爭議。

龍族在這段期間並未構成威脅，卡耳格人也陷入內部衝突，但年歲推移，群島王國社會分化愈形嚴重。道德與智慧的傳承只餘創世歌、其他傳說與英雄故事的知識與教導，及手工藝與技能的保存，其中也包括用於正道的魔法技藝。

「結手」是組織鬆散的聯盟，其宗旨是為了解魔法，依道德使用魔法、教導魔法。此組織在馬哈仁安死後約一百五十年，由柔克島上男女組成。由於瓦梭的法師藩王視「結手」為政治主權的威脅，便劫掠柔克，幾乎殺盡島上成年男子，但「結手」早已延伸至全內極海島嶼。此社群以「結手之女」的身分存在數百年，一直維持模糊而旺盛的情報、溝通、保護、教學網絡。

大約在六五〇年，柔克的伊蕾哈和雅菡兩姊妹、尋查師彌卓及其餘結手之人，在柔克建立了一座學院，用以蒐集、分享知識，釐清學問範疇，並對巫術的使用加諸道德上的控制。由於結手在其他島上都有成員，學院名聲及影響力快速擴大。黑弗諾法師帖列爾視學院為不受控制的個人力量，深感威脅，便率龐大艦隊前去摧毀柔克。結果他自己反遭摧毀，船艦零落四散。此項首度勝利奠定了柔克學院牢不可破的聲譽。

在柔克穩定成長的影響下，巫術塑造成一套條理分明的知識體系，功用漸受道德與政治目的控制。在學院完成訓練的巫師會前往群島王國其他土地，對抗藩王、海盜、世仇的貴族，阻止劫掠及搶奪，強力維持邊界和平，保護個人、農場、城鎮、城市、海運，直到社會秩序重新建立。早年他們奉派去執行和平，爾後也受召維持和平。在黑弗諾王座懸虛的兩百年中，柔克學院儼然群島王國的中央政府。

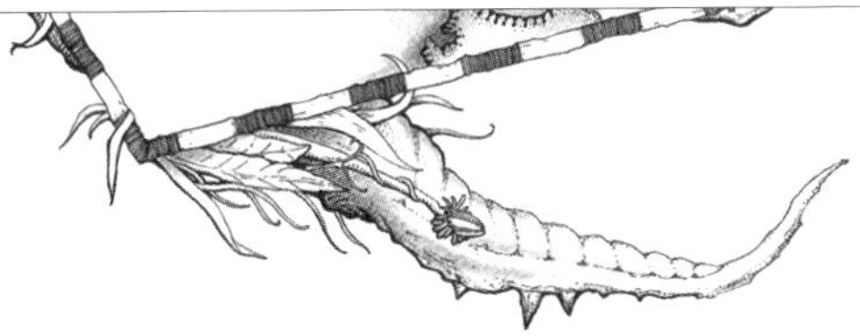

柔克大法師的權力在許多方面與王類似。野心、驕傲與成見的確影響首任大法師哈爾凱，他創造了屬於自己的權力頭銜。但學院持續的教誨與行為，以及同僚間的警惕，也有效抑止並預防哈爾凱其後的大法師嚴重誤用己力削弱他人、壯大自己。

然而，魔法在黑暗時期得到的邪惡聲譽，卻繼續依附在許多術士及女巫的行為上。女人的力量特別遭致懷疑誹謗，因認為它會與太古力合而為一，情況更為嚴重。

整個地海有幾處泉水、山洞、小丘、岩石、樹林，曾是全副力量及神聖的位址，當今亦然。這些地方皆受當地人恐懼或崇拜，有些則遠近馳名。

了解這些地方與力量，是卡耳格領土的宗教核心。在群島王國中，太古力的知識依然是部分深沈普遍的思想及崇敬基礎。環顧諸島，多半由女巫施行的技藝，如接生、治療、照料牲口、探水、採礦及冶金、種植及生長法咒、愛情法咒等等，經常援引或求助於太古力，但柔克學富五車的巫師通常不信任古老儀式，不會求助「地母大力」。只有帕恩島巫師會在神祕、深奧、據傳危險的帕恩智識中，混合兩種儀式。

雖然太古力與所有力量一樣可墮落為邪惡的用途，以滿足野心的目的（如甌司可的鐵若能石），但其本質卻很神聖，且先於道德概念。然而，在黑暗時期及其後年代，巫師在赫族土地上將太古力女性化、鬼怪化，卡耳格大陸的祭司王及神王亦然。時至第八世紀，群島王國內環諸島中，只有村婦在這些神聖場所進行儀式及奉獻。她們因這種行為而受鄙視或傷害。巫師遠離這種地方。柔克是全地海大地太古力的中心，這些力量在柔克圓丘及心成林最能深沈、完整地呈現，卻無人如此加以形容，只有終其一生住在大林的形意師傅，將人類技藝與行為跟大地的古老神聖連結，提醒巫師及法師，他們的力量不屬於自身，而是暫借而來。

卡耳格大陸史

卡耳格四大陸的歷史幾乎多為傳說，不外乎數千年來組成卡耳格社會的部落、城邦、小王國當地的爭端與調停。

奴隸制度常見於許多城邦，且存在著社會種姓制度及性別差異（「分工」），比群島王國更嚴苛。

即使在最好戰的部落間，宗教也是團結的一項要素。四大陸中有數以百計的和平之地，不允許戰爭或爭執。卡耳格宗教即是家庭與社群對太古力的崇拜，太古力是神祕或具大地母性的力量，以地方神靈顯現，在聖址及家中神壇接受鮮花、香

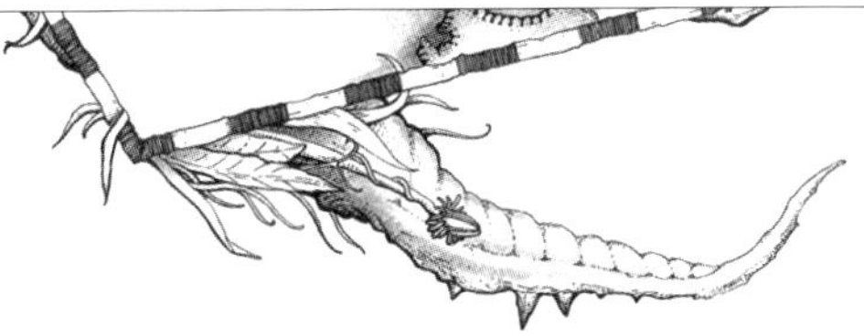

油、食物、舞蹈、徑賽、祭禮、雕塑、歌謠、音樂、沈默等等不同獻禮崇拜。崇拜兼具隨性及儀式，存在於個人及社群。沒有祭司組織，任何成人都可以舉行儀式，並以此教導孩童。這種古老的靈魂儀式在雙神及神王等新進宗教制度出現後，依然非正式、非公開地進行。

在四大陸無數聖樹叢、洞穴、山陵、泉水、岩石中，最神聖之處在峨團沙漠的洞窟及地面岩石，人稱「陵墓」。最早的記載中，此地為聖地，峨團與胡龐地方的王在當地均設立旅店，接待朝聖者。

六、七百年前，一種天神宗教開始散布島嶼，由雙神信仰發展而來。雙神是阿瓦及烏羅，祂們原為胡珥胡一則沙漠傳奇裡的雙生英雄，之後加上天父作為諸神之首，發展出祭司階層，以帶領儀式。雙神及天父的祭司未壓制對太古力的崇拜，而是將宗教職業化，管理儀式及祭典，增建日益昂貴的廟宇，控制公開儀式，如婚禮、葬禮、官員就職等。

此宗教的階層及集中化傾向，首先就支持了卡瑞構島胡龐王的野心。透過武力及外交策略，胡龐家族約在百年內征服或吸收了多數卡耳格小國，總數共計超過兩百。

厄瑞亞拜前來為群島王國及卡耳格大陸締結和平，帶來繫環作為信物，宣示王的誠意時（赫曆四四〇年），即前往胡龐，視此地為卡耳格帝國首都，並待索瑞格王以統治者之禮。

但數十年來，胡龐王一直與高等祭司及阿瓦巴斯信徒互有衝突，阿瓦巴斯為聖城，離胡龐五十哩遠。雙神祭司從國王手中奪走力量，讓阿瓦巴斯不只是宗教中心，也成為國家政治中心。厄瑞亞拜的造訪似乎碰上權力從國王轉移至祭司的末期階段。索瑞格王以榮耀接待他，但高等祭司殷特辛與他爭鬥，擊敗或欺騙他，甚至囚禁他。因此即將繫結兩王國的環也為之斷裂。

這次爭鬥後，卡耳格王的血脈繼續在胡龐流傳，其名義受到尊重，卻無實權。四大陸由阿瓦巴斯統治。雙神高等祭司亦成為祭司王。

群島王國曆八四〇年，祭司王之一對另一人下毒，宣布自己是天父、神王化身，以肉身受人膜拜。雙神崇拜繼續，廣受歡迎的太古力亦然，但宗教及世俗力量從此都在神王手中，神王則由阿瓦巴斯的祭司選出（常多少隱藏暴力），加以神化。四大陸宣告為天之帝國，神王的正式頭銜是萬王之帝。

胡龐家族的末代繼承人是一對男女孩童，安撒與安秀。神王希望終結卡耳格王族血脈，卻不願因王族流血而蒙上瀆神之罪，便下令將兩個孩子遺棄荒島。安秀公主的衣服及玩具中，有半個由厄瑞亞拜攜去的破環。她垂垂老矣時，將此環交給因船難漂流到島上的格得。之後，在峨團護陵第一女祭司阿兒哈（恬娜）協助下，格

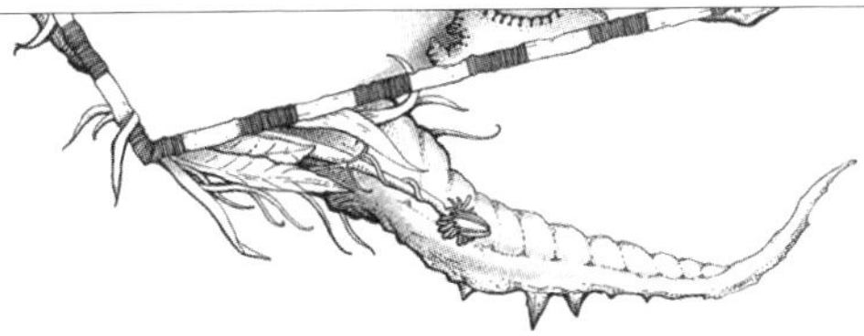

得終於接合破環，重新創造和平符文。他與恬娜將癒合的環帶回黑弗諾，等待莫瑞德及瑟利耳後裔黎白南。

魔法

群島王國的赫語族中，施展魔法的能力就像音樂天賦，是一種天生的才能，只是更為稀有。多數人完全缺乏天賦，而少數人，也許百中選一，才擁有潛在可培養的天分，未經訓練便已表露天分的人則更為稀少。

魔法天賦主要在使用真言（即創生語）時能獲得力量。真言中，事物真名就是事物本身。

這種語言是龍族天生的能力，人類也可以學習，有些人天生未經教導，便至少知道幾個創生語詞。教導創生語即為教導魔法的核心。

人的真名是真言中的一個詞。女巫、術士、巫師天分必備的一項要素，就是知曉孩子真名，並賦予孩子真名。只有在特定情況、正確時點（通常是青少年早期）、正確的地方（一道泉、一池水或流動的河），才可喚起這份知識，領受賜禮。

因為人的真名代表其人，字字屬實，毋庸置疑，凡知曉真名者，便擁有此人真正的力量，得以操縱其生死。通常真名只有贈與人及擁有人知道，兩人畢生都將之視為祕密。賜予真名的力量與守密的責任一體。有人出賣過真名，但絕非賜予真名的人。

有些人天賦異稟、訓練有素，能找出另一人的真名，甚至讓真名不尋自來。因為此類知識可以出賣或誤用，所以極端危險。凡人都會保守真名的祕密，龍族亦然，而巫師則以咒語隱藏、守禦真名。莫瑞德甚至要見到敵人真名以落雨寫在沙上，才能與之對戰。格得能逼迫耶瓦德服從，是因他巫術與學識俱全，發現耶瓦德數百年以來埋在假名下的真名。

魔法在莫瑞德年代以前是一種狂放的天賦，莫瑞德以王與法師的雙重身分制定魔法技藝的知識及道德準則，聚集巫師前來宮廷合作以共謀福祉、研究技法的道德基礎與限制。這份和平持續到馬哈仁安的王祚。在黑暗年代，因無法控制巫師的力量及廣泛誤用，魔法遂逐漸變得惡名昭彰。

柔克學院

如同上述，學院約設立於六五〇年，而九位師傅又稱「柔克九尊」，原本是：

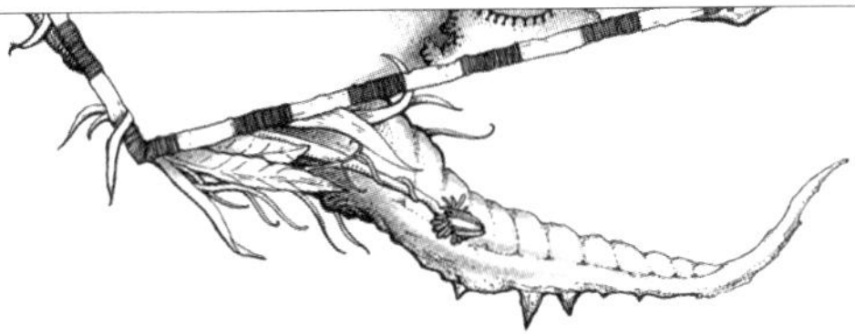

風鑰師傅：執掌控制天候咒語的師傅
手師傅：執掌幻象的師傅
藥草師傅：執掌治癒技藝的師傅
變換師傅：執掌改變物體及肉體咒語的師傅
召喚師傅：執掌召喚生靈及亡者咒語的師傅
名字師傅：執掌真言知識的師傅
形意師傅：心成林的居士，執掌真意及意圖的師傅
尋查師傅：執掌尋查、束縛、歸還咒語的師傅
守門師傅：執掌進入及離開宏軒館的師傅

首位大法師哈爾凱廢除尋查師頭銜，以誦唱師傅取代。誦唱師傅的工作是保存及教導所有口傳行誼、敘事詩、歌曲等等，並唱誦咒語。

女巫、術士、巫師等詞的用法原本鬆散，只是粗略描述，而哈爾凱嚴格制定其層級。在他的規定下：

女巫術只限女性使用。女性操持的魔法一律稱為「低層法藝」，儘管包括人稱「高等技藝」的法藝，如治癒、誦唱、變換等等。女巫只能彼此學習或向術士學習，不得進入柔克學院——哈爾凱全力阻撓巫師教導女性，特別禁止教導女人任何真言字彙。雖然這禁令普遍受到漠視，但長久下來，操持魔法的女性卻徹底、持久地喪失了知識與力量。

術法由男人操持，除此之外與女巫術並無不同。術士互相訓練，略識真言。術法包括哈爾凱定義的「低層法藝」（尋查、修補、探水、治療動物等等）以及某些高等技藝（治療人類、唱誦、天候操控）。展現術法天分，繼而被送到柔克受訓的學生，首先要修習術法高等技藝，如果修成，便可繼續深造其他魔法技藝，尤其是命名、召喚、形意等等，繼而成為巫師。

巫師，在哈爾凱的定義下，是接受另一名巫師特別督導訓練，然後從這名巫師手中領取巫杖的男子。巫杖通常由大法師賜給學生，使之成為巫師。這種教導及傳承也在柔克以外的地方進行，如帕恩島，但柔克師傅逐漸懷疑任何非於柔克接受訓練的學生。

法師基本上仍屬未加定義的詞彙，是法力高強的巫師。

大法師的名稱與職位為哈爾凱所發明，柔克大法師是第十位師傅，從不算在九尊內。大法師是道德及智慧的中樞力量，也擁有可觀的政治權力。整體而言，這份

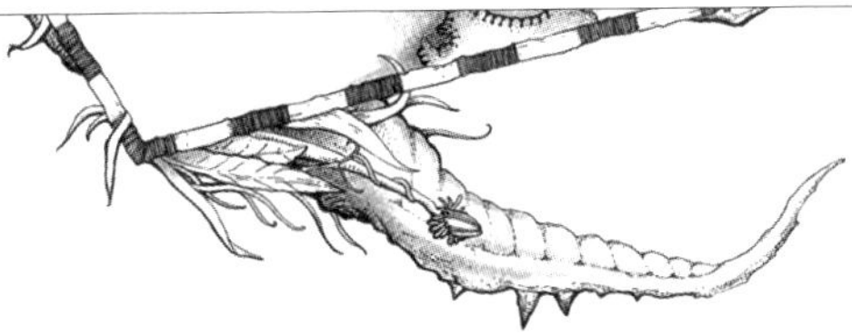

力量用於良善之事。為了維持柔克為群島社會強健、集中、正常、和平的要素，大法師會派遣受過訓練、了解操持魔法道德的術士及巫師保護社群，使之免受旱災、瘟疫、入侵者、龍族，及錯用魔法技藝的傷害。

自從黎白南王加冕，黑弗諾大港之高廷與議會復職後，柔克便沒有大法師了。這個原本不屬於學院或群島王國統治的職位似乎既不合用，也不適宜；許多人稱為大法師之最的格得，可能是最後一位。

禁慾及巫術

柔克學院由男女兩性共同建立，最初數十年，男女雙方都在學院教導與學習，但由於自黑暗年代起，人們普遍視女性、女巫術、太古力為不潔，深信男人必須自我準備，審慎避開「低層咒語」、「土智識」、女色，以施展「高等技藝」。不願受制於禁慾咒鋼鐵控制的男子，則永遠不得施用高等技藝，頂多只能當普通術士。因此，男性巫師開始躲避女性，拒絕教導女性，或向她們學習。女巫施用技藝，幾乎清一色維持自己的性別本能，因此被禁慾男子形容為魅惑的妖婦、不淨、污穢、本質邪惡。

七三〇年，威島的哈爾凱任首位柔克大法師，他將女子自學院摒除，九尊中只有形意師傅及守門師傅抗議，卻遭否決。三百多年來，沒有一位女子在柔克學院學藝。那幾百年中，巫術是受尊崇的技藝，可以帶來社會地位權力，而女巫術則是不潔、無知的迷信，由女人操持，受僱於鄉野村民。

巫師必須禁慾的信念數百年來未曾受到質疑，最後可能成了心理上的事實。然而去除這層偏見後，魔法與性慾之間的關係似乎視個人、魔法、狀況而定。毫無疑問，即便是偉大如莫瑞德的法師，也同時為人夫、為人父。

五百多年來，有野心操作宏深法術的男子會矢志絕對禁慾，並自行施咒強迫執行。柔克學院裡，學生從進入宏軒館那一刻起便活在這個守貞咒下，日後若成為巫師，則終生奉行。

極少有術士嚴格禁慾，許多人選擇結婚養家。

施用魔法的女性可能間斷禁慾及禁食，並遵守其他公認具有淨化及集中力量的紀律，但多數女巫擁有豐富的性生活，也比多數村婦自由，無須害怕受虐。許多女巫與另一名女巫或平凡女子許下「女巫婚盟」。女巫不常與男性結婚，即使結婚，也可能會選擇術士。

地海故事集（地海六部曲之五）
Tales from Earthsea

作者　勒瑰恩（Ursula K. Le Guin）
譯者　段宗忱
社長　陳蕙慧
責任編輯　李嘉琪
封面設計　蔡南昇
內頁排版　極翔企業有限公司

社長　郭重興
發行人兼出版總監　曾大福
出版　木馬文化事業股份有限公司
發行　遠足文化事業股份有限公司
地址　231新北市新店區民權路108之4號8樓
電話　02-2218-1417　傳真　02-8667-1891
email: service@bookrep.com.tw
郵撥帳號　19588272　木馬文化事業股份有限公司
客服專線　0800221029
法律顧問　華洋國際專利商標事務所　蘇文生 律師
印刷製版　呈靖彩藝有限公司
初版10刷　2022年6月
定價　新台幣320元
ISBN 978-986-359-343-0

木馬臉書粉絲團：http://www.facebook.com/ecusbook
木馬部落格：http://blog.roodo.com/ecus2005

國家圖書館出版品預行編目(CIP)資料

地海故事集 / 勒瑰恩（Ursula K. Le Guin）著；
段宗忱譯. -- 初版. -- 新北市：木馬文化出版：
遠足文化發行, 2017.02
　面；　公分. --（地海六部曲；5）
譯自：Tales from earthsea
ISBN 978-986-359-343-0（平裝）

874.5　　　　　　105023226